Der Tod
hat schwarze
Tatzen

Die Autorin

Catherine Ashley Morgan wurde in Seattle geboren und übersiedelte der Liebe wegen mit 24 nach Großbritannien. Sie arbeitete zunächst als Telefonistin und verfasste in ihrer Freizeit Kurzgeschichten und Gedichte. Unter verschiedenen Pseudonymen hat sie inzwischen mehrere Romane veröffentlicht.
Catherine Ashley Morgan lebt in der Nähe von Glasgow, ist glücklich verheiratet, hat zwei Kinder sowie ein Schwein, einen Hund und eine Katze.

Catherine Ashley Morgan

Der Tod hat schwarze Tatzen

Roman

Aus dem Englischen
von Ralph Sander

Weltbild

Besuchen Sie uns im Internet:
www.weltbild.de

Übersetzung: Ralph Sander
Projektleitung: usb bücherbüro, Friedberg/Bay
Redaktion: Sandra Lode
Umschlaggestaltung: zeichenpool, München
Umschlagmotiv: www.shutterstock.com (© photopixel; © kkays2; © severjn)
Satz: Lydia Kühn
Druck und Bindung: CPI Moravia Books s.r.o., Pohorelice
Printed in the EU
ISBN 978-3-86365-092-6

2015 2014 2013 2012
Die letzte Jahreszahl gibt die aktuelle Ausgabe an.

Prolog

Feuchte, kalte Luft schlug dem Mann entgegen, als er die rostige Eisentür öffnete. Er fasste den Bewusstlosen unter den Achseln, dann hob er ihn an und zog ihn durch den Gang bis zur nächsten Tür. Bis dort waren es zwar nur ein paar Meter, aber das änderte nichts daran, dass der Ballast, den er von der Stelle bewegen musste, mehr wog als vermutet.

»Du hättest dich auch vor dem Abendessen von mir erwischen lassen können«, beklagte er sich schwer atmend. »Dann hättest du dir wenigstens nicht mehr so die Wampe vollgeschlagen.«

Er könnte den Bewusstlosen auch einfach unter Wasser drücken, bis er tot war, und ihn dann irgendwo am Ufer ablegen, doch dann würde es vielleicht eher nach einem Unfall aussehen, und einen solchen Eindruck wollte er doch unbedingt vermeiden.

Schnaufend zog er den Mann weiter durch den Gang, bis die andere Tür erreicht war, die nur von dieser Seite als solche erkennbar war, während man sich für die im Gebäude selbst gelegene Seite eine raffinierte Tarnung ausgedacht hatte, die sie für jeden nichts ahnenden Betrachter praktisch unsichtbar machte.

Er legte den Schalter um, mit dem sich die Geheimtür öffnen ließ, überzeugte sich davon, dass der andere Mann tatsächlich noch bewusstlos war, und zog ihn durch die Tür, die er hinter sich offen stehen ließ. Dann nahm er die Hände weg, und der Bewusstlose fiel zu Boden, wo sein Kopf mit einem dumpfen Knall aufschlug. Es war zwar achtlos von dem Mann, wie er mit seinem Opfer umging, aber für das, was er vorhatte, war es letztlich egal, wie unsanft oder rücksichtsvoll er es behandelte. Im Schein der mitgebrachten Taschenlampe bewegte er sich durch den dunklen Raum, bis er an der regulären Tür angekommen war, wo er den Lichtschalter umlegte.

Eine Reihe von Leuchtstoffröhren erwachte flackernd zum Leben und beleuchtete einen lang gestreckten, gewölbeartigen Kellerraum. Der Mann sah sich um und betrachtete die diversen Gerätschaften, die dort verteilt standen und alle vor vielen Jahrhunderten zum letzten Mal zum Einsatz gekommen waren. Er brauchte nicht lange, bis er seinen Entschluss gefasst hatte, welches Instrument es sein sollte. Eigentlich hatte er von Anfang an diese Lösung bevorzugt, dennoch war es ihm wichtig gewesen, sich erst noch einmal umzusehen und alle zur Verfügung stehenden Möglichkeiten in Erwägung zu ziehen.

Er bückte sich und hob den Bewusstlosen vom kühlen Steinboden hoch, um ihn rücklings auf eine lange Bank zu legen. Dort schob er ihn noch ein Stück bis ans andere Ende, bis er genau richtig lag, dann brachte er das Holz mit der Aussparung in die richtige Position, damit der Mann seine Lage nicht noch im letzten Moment verändern konnte.

Er überprüfte, ob das Textilklebeband um die Hand- und Fußgelenke seines Opfers noch fest saß, das Gleiche machte er bei dem breiten Band, mit dem er ihm den Mund verklebt hatte. Auch das saß noch perfekt, und so sehr der Mann sich auch anstrengen mochte, es würde ihm nicht gelingen, sich davon zu befreien, solange er nicht die Finger zu Hilfe nehmen konnte.

Aus der Innentasche seiner Jacke zog er eine kleine Plastikflasche, die noch zur Hälfte mit Mineralwasser gefüllt war, öffnete sie und kippte dem Mann einen Teil des Inhalts ins Gesicht. Der schüttelte sich und erlangte leise stöhnend das Bewusstsein wieder, dann sah er seinen Entführer an, musste dabei aber die Augen zusammenkneifen, weil er ins Licht einer grellen Lampe blickte, die über ihm an der Decke montiert war.

Der größere, fast schlaksige Mann lächelte sein Opfer an, dann zeigte er nach oben. Der Gefesselte folgte mit den Augen der angezeigten Richtung, brauchte jedoch einen Moment, ehe er verstand, was diese Holzkonstruktion zu bedeuten hatte.

Dann begann er, sich verzweifelt zu winden, konnte sich aber nicht befreien. Außer erstickten Lauten drang nichts durch das Klebeband vor seinem Mund, und auch die verstummten, als die mit einem Gewicht beschwerte Klinge nach unten sauste.

Sekunden später war es vorbei, und der schlaksige Mann nickte zufrieden. Alles Weitere würden die anderen erledigen.

Ein leises »Miau« ließ ihn aufhorchen, und als er sich umdrehte, sah er, dass die Katze sich in den Raum geschlichen hatte. Offenbar war die Kellertür nur angelehnt gewesen, und sie hatte sie aufgedrückt, um herauszufinden, wer sich um diese Zeit noch hier zu schaffen machte. Er ging zu ihr, schob sie durch den Türspalt unsanft nach draußen und knurrte: »Verschwinde, du bist noch nicht an der Reihe.«

Dann kehrte er zur Geheimtür zurück, stieß einen leisen Pfiff aus und wartete kurz. Zwei Männer in ölverschmierten blauen Overalls kamen durch den Gang zu ihm. Er zeigte auf die Guillotine und sagte: »Ihr wisst, was ihr zu tun habt.« Nachdem die beiden hastig genickt hatten, ließ er sie allein.

1

Es war quasi so etwas wie eine Hinrichtung«, erklärte Dr. Kelley und zog das Laken zurück, um den Leichnam wieder zu bedecken.

»›Quasi so etwas wie‹?«, wiederholte Detective Inspector Franklin, der sich neben den Rechtsmediziner gestellt hatte.

Kelley zuckte mit den Schultern. »Meinetwegen kann ich das auch verkürzen auf: ›Es war eine Hinrichtung.‹ Aber dann wäre unsere angenehme Unterhaltung viel schneller beendet, und das wäre doch schade, nicht wahr, DCI Remington?«

Anne Remington, die Vorgesetzte von Franklin und DI Hennessy, der sich beim Anblick des Leichnams hatte abwenden müssen, setzte ein demonstratives Lächeln auf und stimmte ihm zu. »Ja, das wäre wirklich zu schade.« Sie konnte nur froh sein, dass sie von ihren Mitarbeitern vorgewarnt worden war, was diesen neuen Rechtsmediziner anging, mit dem sie zusammenarbeiten mussten und der gar nicht so neu war. Immerhin hatte Dr. Jeremiah Kelley diese Stelle über dreißig Jahre lang innegehabt und war erst vor ein paar Jahren in den Ruhestand gegangen.

Nachdem sich vor einigen Monaten die Notwendigkeit ergeben hatte, die Stelle des Rechtsmediziners neu zu besetzen, sich aber niemand bewarb und die umliegenden Grafschaften auch so schon unterbesetzt und überlastet waren, sodass man von dort niemanden abziehen konnte, war die Verwaltung auf eine List verfallen. In den Richtlinien stieß man auf eine – wie Kelley es formulierte – »kaum bekannte und selten benutzte Reserveaktivierungsklausel« und zwangsverpflichtete ihn, begleitet von dem beiläufigen Hinweis, seine Pensionszahlungen zu kürzen, falls er der Aufforderung nicht nachkam.

»Ich möchte wetten, dass das vor Gericht keinen Bestand hätte«, hatte Kelley gesagt, als sie ihm kurz nach der Einstellung das erste Mal begegnet war.

»Warum gehen Sie dann nicht vor Gericht?«

»Ich habe mich mit einem Bekannten unterhalten, der selbst Rechtsanwalt ist und der sogar mit einem ähnlichen Fall beschäftigt war. Er konnte mir aus eigener Erfahrung berichten, dass das öffentliche Interesse an meiner Arbeitskraft schwerer wiegt als mein Recht auf eine ungekürzte Pension – natürlich alles nur hinter vorgehaltener Hand, genauso wie die Auskunft, dass solche Verfahren fünf Jahre und länger hinausgezögert werden.« Er hatte wütend geschnaubt, als er ihr davon erzählte. »Vielleicht können *Sie* ja die nächsten fünf Jahre auf fünfzig Prozent Ihrer Bezüge verzichten, ich kann es jedenfalls nicht.« Nach einer kurzen Pause hatte er dann hinzugefügt: »Sie sehen, der Staat bekommt, was der Staat will. Aber keine Sorge, DCI Remington, ich werde Sie nicht im Stich lassen, nur weil ich zwangsverpflichtet wurde. Ich werde meine Arbeit weiterhin gewissenhaft erledigen, und wenn ich weiß, dass es sich tatsächlich um etwas Dringendes handelt, um einen Täter dingfest zu machen, dann werde ich auch nicht um fünf Uhr Feierabend machen und nach Hause gehen.«

»Danke, Doktor«, hatte sie lächelnd erwidert und ihm die Hand gereicht. »Auf gute Zusammenarbeit.«

»Eines noch«, bemerkte er abschließend. »Versuchen Sie, die Kriminalität an der Wurzel zu bekämpfen, dann habe ich weniger Arbeit.«

Der heutige Tag war der unerfreuliche Beleg dafür, dass sie mindestens einmal zu wenig versucht hatte, seiner Bitte zu entsprechen, sonst hätte Dr. Kelley nicht um diese Uhrzeit in der Gerichtsmedizin sein müssen. »Was können Sie uns denn erzählen?«, wollte sie wissen.

Kelley griff nach seinem Notizblock, auf dem er alles Wesentliche notiert hatte. »Die Kollegen von der Spurensicherung haben festgestellt, dass jemand den Massagesessel und die Fernbedienung für den Fernseher manipuliert hat. Der Massagesessel wurde so verändert, dass er den Strom an die Person weiterleitet, die in ihm sitzt, sobald diese Person oder auch jemand anders auf der Fernbedienung die Lautstärke verändert, also spätestens zu Beginn der ersten Werbeunterbrechung. Die Taste hat nur den Startimpuls gegeben, es war also nicht möglich, den Strom noch schnell abzustellen. Ein Druck auf die Taste, und das Opfer wird geröstet. So wie in diesem Fall. Meine Untersuchungsergebnisse entsprechen den Beobachtungen der Kollegen. Mrs Boyle wurde durch einen Stromschlag getötet.«

»Und ein Unfall ist ausgeschlossen?«, meldete sich DI Hennessy zu Wort, der größere von Annes beiden Kollegen.

»Hm«, machte Kelley und setzte ein süffisantes Lächeln auf. »Das würde ich gern so formulieren: Wenn Sie eine logische Erklärung dafür finden, wie sich ein Funksender in die Fernbedienung und ein passender Empfänger in einen Massagesessel einschleichen können, ohne dass irgendein Mensch die Finger im Spiel hatte, dann sollten Sie einen Unfall natürlich nicht ausschließen. Ich hoffe, das war klar genug.«

»Ja, zumindest so klar, wie man es von einem Rechtsmediziner erwarten kann«, konterte der Detective Inspector und drehte sich zu Anne um. »Und was meinen Sie, Chief?«

Ein lautes Räuspern von Kelley klang ganz danach, als ob er sich übergangen fühlte.

Anne hätte Hennessy auffordern können, damit aufzuhören, aber zum Glück war sie frühzeitig von ihm und Franklin darüber aufgeklärt worden, dass die beiden jahrelange Erfahrung mit dem Rechtsmediziner hatten und diese gegenseitigen scheinbaren Anfeindungen einfach dazugehörten. Zwar war sie anfangs im Zweifel gewesen, ob die beiden ihr das vielleicht nur auftischten, damit sie sich nicht einmischte, doch nachdem sie ein paar Mal das amüsierte Funkeln in Kelleys Augen gesehen hatte, wusste sie, es entsprach der Wahrheit.

»Dass wir nach einem Motiv suchen müssen, warum jemand ihren Tod wollte«, sagte sie in nüchternem Tonfall. »Und warum er sich auch noch so viel Arbeit gemacht hat.«

»Vielleicht macht sich der Täter ja nicht gern die Finger schmutzig«, gab Franklin zu bedenken, dessen Gesicht wie immer leicht rot angelaufen war, so als käme er gerade vom Jogging oder aus der Sauna. »Er bereitet alles vor, aber das Opfer bringt sich praktisch selbst um. Er muss keine Waffe abfeuern, nicht mit dem Messer auf jemanden losgehen und auch niemanden mit bloßen Händen erwürgen. Wenn er seine Arbeit getan hat, lebt sein Opfer ja noch, und er hat vermutlich ein reines Gewissen.«

»Die Frage ist, wer sich so über Mrs Boyle geärgert hat, dass er überhaupt zu solchen Maßnahmen greifen würde«, steuerte Hennessy zur laufenden Diskussion bei.

»Wenn Sie mich fragen, was Sie wahrscheinlich gar nicht vorhaben, weshalb ich es Ihnen trotzdem sage, nur damit ich später sagen kann: ›Ich hab's ja gleich gesagt‹«, mischte sich der Rechtsmediziner ein, »dann hat sich da zwar jemand sehr viel Mühe gemacht, um Mrs Boyles Ableben herbeizuführen, aber das ist zumindest für meinen Geschmack zu viel Mühe.«

»Wie meinen Sie das?«, fragte Anne, die sich schon vor längerer Zeit angewöhnt hatte, alle Beteiligten zu Wort kommen zu lassen und dabei auch für jene Erklärungsversuche offen zu sein, die eigentlich völlig unwahrscheinlich, aber eben nicht unmöglich waren. Seit sie auf ihrem vorangegangenen Posten bei der Greater Dartmoor Police einmal den Fehler gemacht hatte, integer scheinende Personen für unschuldig zu halten und nicht einmal die Möglichkeit ihrer Schuld in Erwägung zu ziehen, würde ihr das kein zweites Mal passieren. Und ja, es hatte auch etwas damit zu tun, dass sie sich in ihrem Stolz gekränkt fühlte, wenn ein Bürger – in dem Fall die Buchautorin Christine Bell zusammen mit ihrer Katze Isabelle – einen Fall aufklärte und ihr auch noch den Täter präsentierte, obwohl sie selbst nicht mal einen Fall für möglich gehalten hatte.

»Na ja, wenn ich jemanden aus welchen Gründen auch immer umbringen wollte«, begann Kelley, schob die Hände in die Taschen seines weißen Kittels und lehnte sich gegen die Edelstahlwanne an der Wand hinter ihm, »dann würde ich doch wohl versuchen, keine Spuren zu hinterlassen. Oder ich würde versuchen, das Ganze wie einen Unfall zu arrangieren. Ich persönlich könnte Ihnen natürlich eine Handvoll Gifte und den einen oder anderen Kniff aufzählen, wie man einen Mord begeht, ohne eine verfolgbare Spur zu hinterlassen, aber wir dürfen nicht von mir ausgehen.« Mit einer Hand fuhr er durch sein volles graues Haar. »Dieser Täter hat weder das eine noch das andere gemacht. Durch den Sender hat er eine Spur hinterlassen – natürlich eine ohne Fingerabdrücke und ohne DNS-Spuren, mit denen man ihn überführen könnte, aber es ist trotzdem eine Spur. *Und* er hat eine Vorgehensweise gewählt, die einen Unfall oder eine Selbsttötung ausschließt ...«

»Es sei denn, Mrs Boyle wollte sich so aus dem Leben verabschieden«, warf Franklin grinsend ein.

»Dann würde ich ein Bad in Salzsäure vorschlagen«, gab Dr. Kelley ungerührt zurück. »Aber ruhig ein wenig verdünnt, dann haben Sie auch was davon, DI Franklin.«

Der zuckte mit den Schultern. »War ja nur so ein Gedanke.«

Kelley wollte weiterreden, stutzte dann aber und fragte: »Ein Gedanke? Sie hatten einen Gedanken? Sagen Sie, ist das früher auch schon mal vorgekommen? Ich meine ... wenn Sie noch nie einen Gedanken hatten, wovon ich ziemlich überzeugt bin, woran wollen Sie erkennen, dass es sich jetzt um einen handelt? Welche Erfahrungswerte haben Sie?«

»Ich habe ihm mal erklärt, wie das mit den Gedanken funktioniert, Doc«, ging Hennessy dazwischen und klopfte seinem Kollegen auf die Schulter. »Seitdem weiß er, worauf er achten muss.«

»Tatsächlich?« Kelley schien beeindruckt. »Und *Sie* haben ihm das erklärt?«

Die beiden DIs begannen schallend zu lachend, und auch der Doktor konnte nicht länger ernst bleiben.

»Könnten wir …«, begann Anne behutsam, da sie nicht Kelleys gute Laune stören wollte, »… denn mal zum Thema zurückkommen? Bitte?«

»Von mir aus«, antwortete der Rechtsmediziner und wandte sich wieder ihr zu.

Franklin wollte ebenfalls sein Einverständnis kundtun, aber dann sah er, dass seine Chefin warnend einen Zeigefinger hochhielt.

Er räusperte sich und sah zu Kelley.

»Worauf ich eigentlich hinaus will, ist Folgendes: Wenn ein so offensichtlicher Mord begangen wird, dann würde ich das für einen … einen Racheakt halten. Oder eine Warnung.«

»Eine Warnung?«, gab Anne bissig zurück. »Mrs Boyle ist in ihrem Massagesessel geröstet worden. Diese Warnung dürfte über das Ziel hinausgeschossen sein.«

»Ich dachte eher an eine Warnung, die an eine andere Adresse gerichtet ist«, stellte er klar. »Etwas in der Art von: ›Jetzt siehst du, was dir blüht, wenn du nicht spurst.‹«

Sie dachte einen Moment lang darüber nach, schließlich nickte sie. »Ja, das sollten wir in Erwägung ziehen. Danke, Dr. Kelley.«

»Danken Sie nicht mir, danken Sie unserem wunderbaren Staat dafür, dass er mich wieder zu diesem erfüllenden Dienst an unserem Vaterland heranzogen hat«, gab Kelley schroff zurück und zog die Mundwinkel nach unten, was aber kaum auffiel, da jahrzehntelanger Ärger mit inkompetenten Vorgesetzten, drängelnden Kollegen und arroganten Anwälten seine dauerhaft missmutige Miene geprägt hatte.

»Ach, wissen Sie, ich danke lieber Ihnen«, sagte Anne und wandte sich zum Gehen. »Bei Ihnen weiß ich wenigstens, was Sie getan haben. Bei unserem Staat dagegen …« Sie zog vielsagend die Augenbrauen hoch und gab den DIs ein Zeichen, damit sie ihr folgten.

Auf dem Weg durch den Korridor ging sie durch, was sie auf ihrem Notizblock festgehalten hatte. »Viel wissen wir noch nicht«, stellte sie nachdenklich fest. »Aber die Sache mit der Warnung sollten wir nicht außer Acht lassen.«

»Wären wir da nicht auch von selbst drauf gekommen, Chief?«, fragte Franklin, als sie das Gebäude verließen und er an ihr vorbeiging, um ihr die Tür aufzuhalten.

Sie zuckte mit den Schultern. »Denken Sie dran, dass Kelley nicht freiwillig da unten sitzt und Leichen aufschneidet. Wenn es ihm guttut, seine Ansichten zu äußern, dann werde ich ihn nicht davon abhalten. Erstens haben wir alle nichts davon, wenn der Doktor verärgert dazu übergeht, Dienst nach Vorschrift zu machen und nur noch die nötigsten Untersuchungen vorzunehmen, und zweitens kann er ja beim nächsten Mal eine Idee haben, auf die wir noch nicht gekommen sind.« Sie ging an ihm vorbei zu dem neuen Dienstwagen, einem dunkelblauen Ford Mondeo, der ihr zugestanden worden war, nachdem sie praktisch an ihrem ersten Arbeitstag in Northgate eine ganze Mordserie hatte aufklären können – die ihr selbst zunächst einen Kater und später noch zwei Kätzchen eingebracht hatte, die beide inzwischen gut ein halbes Jahr alt waren.

»Sind Sie mit Kelley eigentlich immer schon so locker umgegangen?«, fragte sie, während sie per Fernbedienung den Wagen entriegelte.

Die beiden DIs tauschten kurz einen Blick aus, dann antwortete Hennessy: »Das ist Kelleys Art, mit dem Anblick der Toten auf seinem Edelstahltisch fertig zu werden. Er hat früher in London gearbeitet, und da wurden die Leichen praktisch im Viertelstundentakt angeliefert. Da muss er auch schon diese zynische Ader gehabt haben. Seine Vorgesetzten hielten ihn für taktlos und arrogant, weil sie nichts kapiert hatten, und deswegen wurde er nach Northgate versetzt. Die Ironie dabei ist ja, dass seine Chefs dachten, sie würden ihn damit bestrafen, ihn aufs Land zu schicken, aber im Grunde haben sie ihm den größten Gefallen seines Lebens getan. Ab und zu mal ein Toter und alles nur natürliche Todesursachen. Er hat hier wirklich nicht viel tun müssen, aber er saß auf einer vollen Planstelle und wurde dementsprechend bezahlt.«

»Hat er Ihnen das erzählt?«, erkundigte sie sich.

»Zum Teil ja, also eigentlich nur das, was ich zuletzt gesagt habe. Was London und die Gründe für seine Versetzung angeht ...« Er druckste einen Moment lang herum. »Also ... ich hatte mal eine Freundin bei der Londoner Polizei ... in der Personalabteilung. Ich hatte sie gebeten, einen Blick in Kelleys Akte zu werfen, daher ... daher weiß ich von den anderen Sachen.«

Sie stiegen ein, und Anne fuhr los in Richtung Wache, während Franklin schon mal dort anrief, um zu fragen, ob es irgendwelche wichtigen Neuigkeiten gab. »Okay, danke«, erwiderte er schließlich und steckte das Telefon weg.

»Und?«, fragte Anne, als sie im Rückspiegel sah, dass der DI nicht mehr telefonierte. »Irgendwas passiert, während wir weg waren?«

»Keine Morde, keine Überfälle«, meldete er. »Aber auf Sie wartet ein Besucher.«

»Und wer? Jemand, den ich kenne?«

»Kommen Sie, Chief, lassen Sie sich überraschen«, antwortete Hennessy, bevor sein Kollege noch etwas sagen konnte. »Ein bisschen Spannung gehört zum Polizeialltag.«

Als sie die Wache betraten, fiel Annes Blick sofort auf ihren Besucher, der im Wartebereich vor der Theke saß und wirklich so etwas wie ein alter Bekannter war. Schließlich hatte er ihr an ihrem ersten Arbeitstag nur wenige Minuten nach Dienstantritt bereits einen Fall eingebrockt, der sie auf der Suche nach einer geraubten Kartäuserkatze namens Lady Agathe durch die gesamte Grafschaft geführt hatte.

Lord Bromshire.

Der grauhaarige ältere Herr mit Stirnglatze und Backenbart trug wie üblich einen Anzug aus fein kariertem dunkelbraunem Tweed, dazu eine beige Krawatte mit einem dezenten Wappen. Als er aufstand, stützte er sich auf seinen Spazierstock, dessen versilberte Krücke die Form eines Entenkopfs hatte.

»Miss Remington, da sind Sie ja!«, begrüßte er sie und kam zu ihr, nahm ihre Hand und deutete eine Verbeugung an.

»Lord Bromshire«, erwiderte sie mit einem Nicken. »Was führt Sie zu mir?«

Seit sie den Fall seiner verschwundenen Kartäuserdame Lady Agathe gelöst und die Katze wohlbehalten wiedergefunden hatte, war dieser Mann wie ausgewechselt. Seine mürrische, vorlaute Art war einem freundlichen und zuvorkommenden Wesen gewichen, und was Anne vor allem freute, war die Tatsache, dass er sie als Nachfolgerin von DCI Heddleswaithe akzeptiert hatte. Es hätte ihr zwar letztlich egal sein können, wenn er weiterhin den Macho gegeben hätte, weil sie nicht von seinem Wohlwollen abhängig war, trotzdem hatte sie nichts dagegen, dass er jetzt ein deutlich besser gelaunter Mann war als noch bei ihrer ersten Begegnung.

»Was machen meine Babys?«, fragte er interessiert, anstatt auf ihre Frage zu antworten. »Sind sie alle wohlauf?«

»Die beiden wachsen und gedeihen prächtig«, versicherte sie ihm und strich sich eine dunkle Haarsträhne aus dem Gesicht. »Und sie verstehen sich wunderbar mit meinem Toby, auch wenn er mir manchmal ein bisschen leidtut, wenn die beiden immer weiter rumtollen, obwohl er lieber schlafen würde. Aber er hat eine Engelsgeduld mit ihnen. Und was machen die drei Kleinen, die Sie behalten haben?« Sie hatte seine Haushälterin Mrs Marsh zwar erst letzte Woche noch gesehen und sich nach dem restlichen Nachwuchs von Lady Agathe erkundigt, aber die drei hatten ständig so viel Unsinn im Sinn, dass man wohl jeden Tag etwas Neues hätte berichten können.

Lord Bromshire winkte ab. »Seien Sie froh, dass ich Ihnen die beiden Babys aus dem Wurf schon vor der Geburt versprochen hatte, sonst hätte ich keines von den kleinen Schätzchen hergegeben. Ich hätte nie gedacht, dass man mit Katzen so viel Spaß haben kann.« Er lächelte sie fast verlegen an. »Wissen Sie, diese Katzenausstellungen sind ja schön und gut, aber ich muss inzwischen ehrlich sagen, dass ich mehr davon habe, wenn diese Tiere mein Haus auf den Kopf stellen, anstatt nur den ganzen Tag auf einem Sofakissen zu liegen und gelangweilt in die Gegend zu starren.«

Sie nickte bestätigend. »Und ich dachte schon, Sie wollten wieder ein Verbrechen melden.«

»Nein, nein«, wehrte er ab und folgte ihr zu ihrem Schreibtisch. »Das Verbrechen hat sich noch gar nicht ereignet, das kommt erst noch.«

Im Vorbeigehen deutete sie auf den Besucherstuhl, dann ging sie um den Schreibtisch herum und nahm Platz. Beiläufig überflog sie die Notizen, die der wachhabende Constable Flaherty während der Nachtschicht gemacht und ihr hingelegt hatte. Viel war in dieser Nacht nicht geschehen: zwei Fälle von Ruhestörung und ein Autofahrer, dessen Wagen in einem Vorgarten gelandet war, weil angeblich sein Navigationsgerät darauf bestanden hatte, genau an dieser Stelle rechts abzubiegen. Zwischendurch warf sie Bromshire einen argwöhnischen Blick zu. »Sie wissen von einem Verbrechen, das erst noch geschehen wird. Haben Sie eine Drohung erhalten, oder wie darf ich das verstehen?«

»Eine Drohung?« Bromshire machte eine verdutzte Miene. »Warum sollte mir jemand eine Drohung geschickt haben? Nein, nein, ich habe eine Einladung bekommen.«

»Zu einem Verbrechen?«

»Ja, ganz genau«, bestätigte er und sah Anne einen Moment lang an. »Oh, warten Sie, ich glaube, Sie wissen gar nicht, um was es geht, nicht wahr?«

Anne schüttelte den Kopf. »Ich habe keine Ahnung.«

Bromshire überlegte sekundenlang, dann nickte er verstehend. »Ja, natürlich. Sie waren letztes Mal ja noch gar nicht hier.« Er lehnte sich auf seinem Stuhl nach hinten und machte den Eindruck, als wollte er sehr, sehr weit ausholen, um auf den Punkt zu kommen. »Sagt Ihnen der Name Siddarth Kapoor etwas?«

»Nicht dass ich wüsste. Ist das ein Bollywood-Schauspieler?«

»Nein, ein schwerreicher indischer Geschäftsmann. Ich kenne ihn schon seit … ach, ich weiß gar nicht mehr, fünfundzwanzig Jahren? Nein, sogar noch länger. Der Mann hat mehr Geld, als ein Mensch in seinem ganzen Leben ausgeben kann. Ich hatte früher mit ihm geschäftlich zu tun. Ein absolut korrekter Mann, das lief immer alles ohne Probleme ab. Vor ein paar Jahren hat er hier an der Küste eine alte Burg gekauft, und immer wenn er nach England kommt, was üblicherweise zweimal im Jahr ist, dann lädt er seine Geschäftsfreunde auf die Burg ein, um mit ihnen eine Mördersuche zu veranstalten …«

»Sie meinen ein Spiel, richtig?«, vergewisserte sich Anne.

»Ja, ja, natürlich«, beteuerte Bromshire hastig. »Kapoor ist ein großer Fan von Agatha Christie und anderen englischen Krimiautoren, und er denkt sich jedes Mal einen neuen Fall für seine Gäste aus.«

»Hm, ist doch nett.«

»Grundsätzlich ja, und ich habe bislang auch jedes Mal die Einladung angenommen. Kapoor denkt nicht nur an seine momentanen Geschäftspartner, sondern auch an Leute wie mich, die längst im Ruhestand sind, die ihm aber in der Anfangszeit geholfen haben, hier bei uns Fuß zu fassen.«

»Was für ein Unternehmen hat er denn eigentlich?«, wollte sie wissen und fuhr den Rechner hoch.

»Oh, angefangen hat er mal mit Stoffen, dann kamen irgendwann Spielwaren dazu, Computer, Mobiltelefone … eigentlich alles, womit man Geld machen kann, aber immer nur Qualitätsware, nie irgendwelchen Ramsch, den man in diesen schrecklichen Geschäften kaufen kann, die überall in den Großstädten wie Pilze aus dem Boden schießen. Er ist ein angesehener Geschäftsmann …«

Während Bromshire weiterredete, ließ Anne ihren Blick über den Schreibtisch wandern und betrachtete einmal mehr die sonderbare Kombination aus ultraflachem Laptop und uraltem Telefon, die beide nicht gegensätzlicher hätten sein können. Den Laptop hatte sie erst vor zwei Wochen angeschafft, nachdem ihre vierbeinige Dreierbande es zu Hause geschafft hatte, eine Dose Farbe über die Tastatur ihres alten Laptops zu kippen. Ein Stück daneben stand ein schwarzes, unglaublich klobiges Telefon aus den späten Fünfziger- oder den frühen Sechzigerjahren, das zweifellos noch zur Erstausstattung der Wache gehörte, so wie viele andere Dinge auch. Der Hörer schien einen halben Zentner zu wiegen, jedenfalls im Vergleich zu modernen Telefonen, und man musste noch eine Wählscheibe benutzen.

Nach anfänglichen Bemühungen, das Ding so schnell wie möglich loszuwerden, hatte Anne es sich dann doch anders überlegt und es nicht übers Herz gebracht, es auf den Müll zu werfen. Dieser Apparat hatte schließlich all die Jahre wie ein Fels in der Brandung dagestanden und jedem technologischen Fortschritt getrotzt.

»Okay«, sagte sie schließlich geduldig, obwohl ihr Blick schon ein paar Mal zur Uhr gewandert war. Allmählich konnte er mal auf den Grund seines Besuchs zu sprechen kommen. »Sie sind also zu so einer Art Detektivspiel auf eine Burg eingeladen, aber was hat das mit mir zu tun?«

Lord Bromshire legte den Kopf ein wenig schräg. »Mehr, als Sie für möglich halten.« Nach einer kurzen, wohl als bedeutungsschwanger gedachten Pause fuhr er fort: »Ich möchte Sie nämlich bitten, an meiner Stelle die Einladung anzunehmen.«

Sie kniff argwöhnisch die Augen zusammen. »Wieso? Vermuten Sie, dass da irgendwas nicht mit rechten Dingen zugeht?«

»Allerdings«, antwortete er, hob aber hastig die Hand zu einer beschwichtigenden Geste. »Nicht im Sinne eines echten Verbrechens, so meinte ich das nicht. Aber wir werden da in mehrere Teams aufgeteilt, und mein Team hat noch nie gewonnen, egal in welcher Kombination.«

»Seien Sie doch einfach ein guter Verlierer«, schlug Anne ihm vor.

»Darum geht es nicht, Miss Remington. Ich bin davon überzeugt, dass Kapoor vor allem einigen Damen heimlich Tipps gibt, um sie auf die richtige Fährte zu führen. Jedes Mal, wenn mein Team kurz davor steht, den Täter festzunageln, bringt er über die Tat noch irgendein Detail ins Spiel, das genau zu der Lösung einer der anderen Gruppen passt, obwohl das von denen keiner wissen kann.«

»Und was soll ich da machen?«, fragte sie in einem Tonfall, der ihm hoffentlich klarmachte, dass sie gar nicht daran dachte, sich auf eine solche Aktion einzulassen.

»Sie sind vom Fach, Miss Remington«, antwortete er. »Sie können den Mann widerlegen und beweisen, dass er bestimmte Gäste bevorzugt. Ihnen werden die anderen glauben, weil Sie Polizistin sind – was Sie übrigens erst dann enthüllen dürfen, wenn Sie den Täter kennen, damit Kapoor nicht vorgewarnt ist.«

»Gibt es irgendeinen bestimmten Grund, warum Sie Kapoor vor all seinen Gästen blamieren wollen?«, erkundigte sie sich ohne Umschweife.

»Wie meinen Sie das?«

»So wie ich es gesagt habe, Lord Bromshire.«

Er zuckte scheinbar ratlos mit den Schultern.

»Lord Bromshire, Ihnen ist doch klar, dass dieser Mr Kapoor sich vor all seinen Gästen zum Narren macht, wenn ich den Beweis erbringe, dass er falsch spielt, um bestimmte Leute zu bevorzugen. Was hat er Ihnen getan, dass Sie es ihm heimzahlen wollen? Warum lassen Sie ihm nicht seinen Spaß?«

Nach längerem Zögern rückte er schließlich mit der Sprache

heraus. »Zum einen, weil die Sieger unter sich eine Kiste voll Goldbarren aufteilen dürfen. Es geht mir dabei nicht so sehr um das Gold, auch wenn ich nichts gegen einen Goldbarren als Siegerprämie einzuwenden hätte. Mir geht es ums Prinzip, dass ein ehrlicher Sieg nicht möglich zu sein scheint. Zum anderen, weil ich das Gefühl nicht loswerde, dass Kapoor mit seiner Masche über irgendetwas anderes hinwegtäuschen will. Was das sein könnte, weiß ich nicht, aber bei ihm komme ich mir manchmal wie bei einem Zauberkünstler vor, der theatralisch die linke Hand zum Himmel streckt, damit alle auf sie achten, während er mit der rechten die weiße Taube aus seinem Umhang hervorholt. Ich habe auch schon mit den anderen Gästen gesprochen, und ein paar sehen das ganz ähnlich, aber keiner von ihnen traut sich, etwas zu sagen, weil sie alle fürchten, dass ihnen lukrative Aufträge entgehen. Die ehemaligen Geschäftspartner verteilt er immer geschickt auf Gruppen mit Leuten, mit denen er erst seit kurzer Zeit zu tun hat, und die wollen natürlich nicht unangenehm auffallen, weil sie auch weiterhin mit ihm Geschäfte machen wollen. Also halten alle den Mund.«

»Und ich soll für Sie die Spielverderberin geben, verstehe ich das richtig?«

Bromshire lachte kurz auf. »So hätte ich es zwar nicht formuliert, aber im Wesentlichen geht es darum. Wenn Sie den ›Meisterdetektiv *Hercule* Kapoor‹ widerlegen, fällt das auf keinen seiner Geschäftspartner zurück. Sie stehen sozusagen losgelöst von der Gruppe da.«

»Mit welchem Argument wollen Sie sich denn davonstehlen?«

»Ich habe ein leider sehr stichhaltiges Argument«, erklärte er. »Eine Bescheinigung meines Hausarztes. Letzte Woche hat Lord Brandenburg drüben in Millersfield ein Bankett gegeben, das wohl etwas zu üppig war. Mir wurde unwohl, und Brandenburg rief einen Arzt. Ich wurde untersucht, und mir wurden strikte Diät und viel Ruhe verordnet. Wenn Sie erst mal sehen, welche Berge von indischen Spezialitäten Kapoor seinen Gästen serviert, dann kann von Diät keine Rede sein. Und abgesehen davon herrscht bei dieser Mördersuche auch alles andere, aber keine Ruhe. Der Vorfall bei Lord Brandenburg hat sich natürlich herumgesprochen, weshalb Kapoor keinen Verdacht schöpfen wird, wenn Sie mich vertreten.«

Anne starrte auf die Liste der eingegangenen E-Mails auf ihrem Laptop, ohne auch nur einen der Namen bewusst wahrzunehmen. Auch wenn sie es eigentlich nicht zugeben wollte, reizte sie der Gedanke, sich diesen Mr Kapoor einmal anzusehen, um herauszufinden, ob er tatsächlich so unfair spielte, wie Bromshire behauptete. Allerdings …

»Wann findet das Ganze denn statt?«, erkundigte sie sich.

»Was haben wir heute? Mittwoch?«, gab Bromshire zurück und antwortete auch direkt: »Ja, richtig, also am Freitagmittag, und das geht bis Sonntagmittag, wegen der Ebbe«, fügte er noch hinzu.

»Zwei Tage? Und übermorgen geht es schon los?« Sie schüttelte den Kopf. »Das kann ich nicht machen. Sehen Sie, wir haben gerade einen Mordfall zu klären. Ich kann nicht einfach zwei Tage lang alles stehen und liegen lassen. Das ist …«

»Kommen Sie, Chief«, warf Franklin ein, der sich an seinen Schreibtisch gegenüber von ihrem gesetzt und die Unterhaltung zwangsläufig mit angehört hatte. »Die Leute befragen können wir auch mal ohne Sie. Wir wissen ja, was passiert ist, jetzt kommt doch nur die Fleißarbeit, alle auszuquetschen, die mal irgendwas mit Mrs Boyle zu tun hatten …«

»Ach, es geht um die alte Mrs Boyle?«, fragte Bromshire.

»Alt?«, wiederholte Anne verwundert. »Reden wir hier von der gleichen Mrs Boyle? Unsere war nämlich erst fünfundvierzig.«

»Ja, aber sie hat sich immer benommen wie eine alte Frau. Sie hatte an allem was zu nörgeln und auszusetzen, und wenn sie selbst was gemacht hat, dann hat sie sich nicht um andere

Leute gekümmert«, erklärte der Lord. »Aber umgekehrt wollte sie allen Vorschriften machen, was sie zu tun und zu lassen haben.«

»Ihnen auch?«

»Was? Nein, ich hatte mit ihr nie zu tun.« Er schwieg kurz. »Obwohl, warten Sie. Einmal wollte sie mich anzeigen, weil ich sie angeblich beinahe überfahren hätte. Dabei stand sie vor ihrem Haus und hatte volle Einkaufstaschen in der Hand. Direkt bei ihr vor dem Haus gibt es einen Fußgängerüberweg, und obwohl sie auf dem Weg zur Haustür war, machte sie in dem Moment einen Schritt auf den Überweg zu, so als wollte sie auf die andere Straßenseite wechseln – mit ihren Einkäufen und fort von ihrem Haus! Ich war mit meinem Wagen dicht vor dem Überweg, und ich wusste, das ist nur wieder eine von ihren Schikanen, und deshalb habe ich nicht angehalten. Anschließend ist sie dann zur Polizei marschiert, um mich anzuzeigen, aber das hatte sich schnell von selbst erledigt, weil ein Nachbar auf der Wache erschien, um seinerseits Mrs Boyle wegen versuchten gefährlichen Eingriffs in den Straßenverkehr anzuzeigen. Er hatte sie beobachtet, wie sie mich zum Bremsen nötigen wollte, und damit war die Angelegenheit dann auch erledigt. Keine der Anzeigen wurde aufgenommen, und ich hatte seitdem Ruhe vor ihr.«

DI Franklin begann zu lachen, als er das hörte. »Ja, das weiß ich noch, als wär's erst gestern gewesen. Das Gesicht von Mrs Boyle war unbeschreiblich, als auf einmal dieser Nachbar neben ihr an der Theke stand und sie mit ihren eigenen Waffen schlug.«

»Das hat sich sofort rumgesprochen«, ergänzte Hennessy, der eine Tasse Kaffee in der Hand hielt und sich gegen seinen Schreibtisch lehnte.

»Danach standen die Leute hier Schlange, um die gute Mrs Boyle mit Anzeigen zu überschütten. Wir haben das zwar alles der Form halber aufgenommen, aber nie weitergeleitet, weil es zu neunundneunzig Prozent so banal war, dass sich kein

Richter damit befasst hätte. Aber es hat Mrs Boyle für eine Weile ziemlich kleinlaut werden lassen.«

»Das heißt, Sie müssen jede Menge Leute befragen«, machte Anne den beiden Detectives klar. »Zu zweit werden Sie da aber zu viel zu tun haben. Ich kann unter solchen Umständen nicht einfach ein paar Tage fehlen.«

»Sie wissen doch, was der Superintendent gesagt hat«, entgegnete Franklin. »Seit einem halben Jahr haben Sie sich keinen freien Tag gegönnt, und das …«

»Detective, seit ich hier bin, hatte ich fast jedes Wochenende frei«, wandte sie ein, kam aber nicht so weit, wie sie es eigentlich wollte.

»Na, sehen Sie«, ging Hennessy dazwischen. »Dann macht es doch nichts aus, wenn Sie an diesem Wochenende auch nicht ins Büro kommen. Genau genommen nehmen Sie sich ja nur den Freitag frei.«

»Und wer weiß?«, fügte sein Kollege hinzu. »Vielleicht stoßen Sie dabei ja auf den nächsten großen Fall.«

»Außerdem kümmern wir uns um Ihre drei Katzen«, versicherte Hennessy ihr. »Wir fahren abwechselnd ein paar Mal am Tag bei Ihnen zu Hause vorbei und sehen nach dem Rechten.«

Unschlüssig sah sie zwischen den beiden und Bromshire hin und her, schließlich nickte sie. »Also gut, wenn mich hier alle loswerden wollen, dann gehe ich eben dorthin.«

»Großartig«, freute sich Bromshire und stand auf. »Ich hole nur schnell die Wegbeschreibung aus dem Wagen, damit Sie wissen, wie Sie nach Bhatpara Castle kommen.«

»Bhatpara Castle?«

»Kapoors Geburtsstadt«, sagte er. »Nachdem er Grennich Castle gekauft hat, hat er die Burg umbenannt.«

»Aha«, machte sie nur, weil es weiter auch nicht wichtig war. Zweifellos gab es irgendeine Behörde in diesem Land, die über solche Umbenennungen informiert werden musste und darüber entschied, ob das alles seine Richtigkeit hatte.

Allerdings vermutete sie, dass das ohnehin kaum jemanden kümmerte, solange nicht eine chinesische Investorengruppe den Buckingham Palace kaufte und ihn in Chang Palace umbenannte.

»Sie werden ihren Spaß haben, glauben Sie mir«, versicherte er ihr. »Sie werden es nicht bereuen.«

2

Lord Bromshires Versprechen sollte sich schon zwei Tage später als frommer Wunsch entpuppen.

Anne schlief noch fest, als auf einmal jemand Sturm klingelte und sie aus irgendeinem ganz angenehmen Traum gerissen wurde. Sie hob den Kopf und sah, dass Kater Toby noch immer zusammengerollt auf ihrem Kissen lag und laut schnarchend schlief, während die Kartäusermädchen Laverne und Shirley sofort hellwach waren. Sie hatten die Nacht in Annes Kniekehlen gepresst verbracht und saßen nun da, den Hals gereckt und die Ohren gespitzt, während sie mit großen Augen zwischen Anne und der Schlafzimmertür hin und her schauten.

Sie warf einen Blick auf den Wecker und schüttelte ratlos den Kopf. Wenn irgendwo etwas passiert wäre, hätten ihre Detectives sie angerufen, anstatt erst herzufahren und sie aus dem Schlaf zu klingeln.

Und Besuch erwartete sie auch keinen, schon gar nicht um diese Uhrzeit.

»Vielleicht hat Bromshire ja noch was vergessen«, murmelte sie und stand vorsichtig auf, um die beiden Jungtiere nicht zusätzlich zu erschrecken, die ihr mit einigem Abstand nach unten folgten, nachdem Anne in einen Morgenmantel geschlüpft war.

Als sie im Erdgeschoss angekommen vom Wohnzimmer in den kurzen Flur ging, zog sie die Tür hinter sich zu, damit die Katzen nicht nach draußen schlüpfen konnten. Bei Toby wusste sie, dass der nur die wenigen Schritte bis zur Gartenmauer zurücklegte, aber bei den Jungtieren wollte sie kein solches Experiment wagen. Die mussten erst mal etwas älter sein und ruhiger werden, und selbst dann würde der erste Ausflug ohnehin nur angeleint erfolgen.

Durch die kleinen Buntglasscheiben in der Tür konnte sie eine Frau ausmachen, eine sehr blonde Frau, aber mehr auch nicht. Wer sollte das sein? Eine Nachbarin war sie nicht, da war sich Anne sicher. Ohne die Sicherheitskette zu entfernen, öffnete sie die Tür einen Spaltbreit. »Ja, bitte?«, fragte sie.

»Hallo, da bin ich«, bekam sie zur Antwort.

Durch den Spalt konnte Anne jetzt erkennen, dass es sich um eine junge Frau handelte, deren Alter irgendwo zwischen achtzehn und zwanzig liegen musste. »Ähm ... das sehe ich auch«, gab sie zurück. »Aber *wer* sind Sie überhaupt?«

»Ich bin Jess.« Wieder folgte eine lange Pause, als sei alles gesagt, was gesagt werden musste.

»Ich bin noch nicht ganz wach, *Jess.* Könnten Sie etwas genauer sagen, wer Sie sind und was Sie hier wollen?«

»Jessica Randall«, kam die gedehnte Antwort, als stelle jedes Wort mit mehr als einer Silbe eine körperliche Belastung dar.

»Und weiter?«

»Wie weiter?«

Anne atmete tief durch. »Ich habe Sie gefragt, wer Sie sind und was Sie hier wollen. Ich weiß jetzt, wer Sie sind, aber nicht, was Sie hier wollen.«

»Mr Bromshire hat mich hier abgesetzt«, sagte Jessica Randall und zog ein Handy aus der Tasche. Sie strich mit dem Zeigefinger über das Display, dann begann sie auf einmal zu kichern, tippte etwas ein und steckte das Handy wieder weg. »Er meinte, Sie wüssten dann schon Bescheid.«

»Tut mir leid, aber da irrt er sich.«

»Okay«, meinte die junge Frau, blieb aber vor der Tür stehen. »Kann ich jetzt reinkommen?«

»Miss Randall ...«

»Sie können ruhig Jess sagen, das machen alle«, unterbrach sie sie.

»Jess, ich habe keine Ahnung, wieso Sie hier sind ...«

»Sie können mich ruhig duzen«, warf sie nun ein.

»Fein, aber vielleicht könntest du mich ja erst mal ausreden lassen. Alles andere können wir dann immer noch regeln.«

Jess zuckte mit den Schultern. »Warum denn? Ist doch alles geregelt.«

Es fiel Anne schwer, die Geduld zu bewahren, also atmete sie erst noch einmal tief durch, dann sagte sie: »Hör zu, Jess, ich weiß nicht, wieso du hier bist und warum Mr Bromshire dich hier abgesetzt hat. Du weißt das offenbar, aber *ich* nicht. Wärst du bitte so freundlich, mir so genau wie möglich zu erklären, was du hier willst?«

Wieder kam zuerst ein Schulterzucken. »Okay. Mr Bromshire hat mir versprochen, dass er mich beim nächsten Mal mit zur Burg nimmt, wenn er wieder eingeladen ist, aber jetzt kann er nicht, weil er krank ist oder so was, und er hat mir gesagt, dass Sie jetzt hinfahren und dass Sie mich mitnehmen, und darum hat er mich eben bei Ihnen abgesetzt, damit wir nicht zu spät sind, weil wir irgendwie um zwölf oder so da sein müssen, weil da Ebbe ist oder so.« Jess verzog den Mund. »Ich glaub, so hat er das gesagt. Meine ich jedenfalls.«

»Bist du mit Mr Bromshire verwandt?«

»Ist das hier 'n Verhör oder was?«, kam die etwas patzige Antwort.

Kopfschüttelnd schloss Anne die Tür und ging zurück ins Wohnzimmer, wo sie in ihrem Adressbuch nach Bromshires Handynummer suchte.

»Ja, bitte?«, meldete sich Bromshire nach dem zweiten Klingeln.

»Remington«, sagte sie nur.

»Chief Remington? Was kann ich für Sie tun?«

»Wer ist Jess?«

»Na, die Enkelin.«

Anne stieß frustriert die Luft aus. »*Welche* Enkelin?«

»Von der ich Ihnen erzählt habe«, antwortete er.

»Lord Bromshire, vielleicht befinden Sie sich ja in einem

Paralleluniversum oder etwas in der Art, in dem Sie mir das alles bereits erzählt haben, aber ich hinke da wohl hinterher, *weil ich von nichts weiß.* Fahren Sie jetzt rechts ran, und dann holen Sie das nach, was Sie Ihrer Meinung nach längst erledigt haben.«

»Woher wissen Sie, dass ich unterw…«

»Ich wusste es nicht, aber Sie haben es mir gerade bestätigt«, knurrte sie. »Und jetzt halten Sie an, bevor ich vor dem Europäischen Gerichtshof durchsetze, dass Leuten, die beim Autofahren telefonieren, das Bußgeld noch während des Gesprächs von ihrem Konto abgebucht wird.«

Das Motorengeräusch wurde leiser, dann sagte Bromshire: »So, da bin ich.«

»Wer ist Jess? Und warum ist sie hier?«, hakte Anne nach. »Und antworten Sie nach Möglichkeit in ganzen Sätzen, die keinen Spielraum für Gegenfragen von meiner Seite lassen. In dem Punkt habe ich nämlich jetzt wirklich genug.«

»Jessica ist die Enkelin von Brian Thorpe, einem alten Freund«, erklärte er. »Ich habe sie für dieses Mal zur Mördersuche eingeladen, als ich noch nicht wusste, dass ich gar nicht hinfahren würde. Sie ist gestern bei mir eingetroffen, und ich habe sie wie vereinbart heute Morgen bei Ihnen abgesetzt.«

»Wie vereinbart?«, wiederholte sie ungläubig. »Wann haben wir das denn vereinbart?«

»Na, am Mittwochmorgen, als ich bei Ihnen auf der Wache war.«

»Lord Bromshire, wenn Sie wollen, fragen Sie gern bei meinen Detectives nach«, sagte Anne. »Die werden Ihnen die gleiche Antwort geben, nämlich die, dass Sie mit keinem Wort die Enkelin eines alten Freundes erwähnt haben. Und jetzt werde ich früh am Morgen von einer jungen Frau überfallen, die nicht in der Lage ist, eine Frage zu verstehen, die über drei Worte hinausgeht.«

»Ach, Jess ist nicht dumm, falls Sie das meinen«, versuchte

er sie zu beruhigen. »Sie ist nur meistens mit den Gedanken woanders. Sie wissen ja, wie die Jugend von heute ist. Ständig telefonieren sie oder schicken sich diese … SMS oder wie das heißt.«

»Das ist mir auch schon aufgefallen«, kommentierte sie.

»Miss Remington, ich hoffe, Sie sind mir nicht böse«, sagte Bromshire schließlich. »Aber ich war fest davon überzeugt, dass ich Ihnen das mit Jessica erzählt habe. Es tut mir wirklich leid. Wenn Sie keine Lust haben, die Fahrt zusammen mit Jessica zu unternehmen, dann müssen Sie das nur sagen. Dann hole ich sie wieder ab, und sie fährt mit dem nächsten Bus nach Hause.«

Ja, machen Sie das, hätte sie am liebsten geantwortet. *Und holen Sie sich auf dem Weg auch gleich Ihren Brit Award ab in der Kategorie ›Beste schauspielerische Leistung während eines Telefonats‹.* Sie glaubte ihm kein Wort, aber sie konnte ihm seine dreiste Lüge nicht beweisen. Bromshire wusste ganz genau, warum er Jess »vergessen« hatte zu erwähnen. »Na ja, wenn sie schon eine so weite Reise unternommen hat, dann kann ich sie ja wohl schlecht wieder nach Hause schicken«, hörte sie sich selbst sagen und fragte sich, welcher Teil ihres Verstands wohl diese Worte über ihre Lippen geschickt hatte.

»Oh, vielen Dank, Miss Remington, Sie werden es auch nicht bereuen«, erwiderte er. »Und denken Sie daran, dass Sie bis um zwölf das Ziel erreicht haben müssen«, betonte er. »Wegen der Ebbe.«

»Ja, ich weiß«, erwiderte sie, auch wenn sie immer noch nicht verstand, was daran so wichtig sein sollte. Und wieso bekam sie schon wieder zu hören, sie werde es nicht bereuen? Tatsächlich bereute sie es doch längst. Sie konnte nur hoffen, dass es sie nicht *noch mehr* bereuen würde.

Sie legte auf und kehrte zurück zur Haustür. Laverne und Shirley hatten es sich inzwischen auf dem Sofa bequem gemacht, ließen Anne aber nicht aus den Augen, bis sie die Flurtür hinter sich zugezogen hatte. Dann entfernte sie die

Sicherheitskette und öffnete die Haustür. »Dann komm mal re…«, begann sie … doch von Jess war nichts mehr zu sehen. »Jess?«, rief sie.

Keine Antwort.

»Jess?«

Nichts.

Verdutzt ging sie bis zum Gartentor und sah dabei nach links und rechts. Hatte Jessica Randall etwa die geschlossene Haustür als Aufforderung aufgefasst, dass sie weggehen sollte? Plötzlich hörte sie ein Kichern und entdeckte die junge Frau, die sich zwischen zwei Wagen auf die Bordsteinkante gesetzt hatte und gebannt auf ihr Handydisplay schaute.

»Jess, was machst du da?«, rief Anne ihr zu, die keine Lust hatte, mit Morgenmantel auch noch bis auf die Straße zu laufen. Es reichte, dass sie sich so in den Vorgarten begeben hatte. »Steh auf und komm rein.«

Jess drehte sich um und lächelte Anne an, als hätte die ihr nicht gerade eben die Tür vor der Nase zugeschlagen. »Ist alles klar?«, fragte sie.

»Ja, komm rein«, sagte Anne. »Du kannst schließlich nicht auf der Straße rumsitzen.«

»Okay.« Die junge Frau stand auf und kam zu ihr, schrieb aber weiter fleißig allein mit dem linken Daumen an einer SMS. Mit der freien Hand drückte sie das Gartentor auf, schnappte sich ihre kleine Reisetasche, die sie neben der Haustür hatte stehen lassen, und ging an Anne vorbei nach drinnen.

»Ach, Jess, bist du eigentlich gegen Katzen allergisch?«, fragte Anne, als sie ihr ins Haus folgte.

»Keine Ahnung, wir haben zu Hause keine. Wieso?«

»Nur so«, gab Anne zurück und schüttelte den Kopf. Wie konnte Bromshire nur behaupten, sie würde es nicht bereuen?

»Da vorne muss es sein«, sagte Jess, als sie vor Anne eine Lücke in der dichten Baumreihe entdeckte, die die linke Fahrbahnseite säumte.

Anne nahm Gas weg und ließ ihren Dienstwagen langsamer werden, damit sie den Weg nicht verpasste, den sie nehmen musste, um das letzte Stück in Richtung Küste zurücklegen zu können.

»Ja, du hast recht, glaube ich«, erwiderte sie und hielt an, um sich erst mal den Weg anzusehen, der da von der engen Landstraße abzweigte. »Hm, das müsste es wohl sein.« Sie ließ sich von ihrer Beifahrerin den Plan zeigen, den sie von Bromshire erhalten hatte, dann schaute sie zur anderen Straßenseite. »Ja, genau, da ist ein alter Meilenstein mit … einer eingravierten ›15‹. Wir sind richtig, Gut gemacht, Jess.«

»Danke, Anne«, antwortete sie und konnte sich ein Grinsen nicht verkneifen.

Anne ihrerseits reagierte darauf mit einem zufriedenen Lächeln. Wenigstens hatte in Jessicas Fall der erste Eindruck ein völlig falsches Bild vermittelt, das schon in dem Moment korrigiert worden war, als sie das Haus betreten und die beiden jungen Kartäuser auf dem Sofa hatte liegen sehen. Sie war völlig begeistert von den Kleinen gewesen und hatte sich die ganze Zeit über liebevoll mit ihnen beschäftigt, während Anne geduscht und sich reisefertig gemacht hatte. Toby alias Tobias Eugene Rustleborne VIII hatte in der Zwischenzeit ebenfalls das Bett verlassen und sich demonstrativ auf Jessicas Rücken gelegt, um dort weiterzuschlafen, da sie bäuchlings auf dem Boden gelegen und mit Laverne und Shirley gespielt hatte.

Es war nicht so einfach gewesen, Toby von ihrem Rücken zu nehmen, da er sich in Jessicas Pullover festgekrallt hatte, was die zu einem amüsierten Kreischen veranlasst hatte – was für Toby wiederum Grund genug gewesen war, sich noch fester in die Maschen zu krallen. Aber schließlich war es der Lockruf des Fressnapfs gewesen, der ihn davon überzeugt hatte, doch nicht den idealen Schlafplatz gefunden zu haben.

Nach einer ausgiebigen Verabschiedung von ihren drei Katzen hatten sie sich auf den Weg nach Bhatpara Castle oder

Grennich Castle gemacht, und zu Annes großem Erstaunen hatte sich nach einer Weile eine Unterhaltung über alle möglichen Themen von Musik über Politik bis hin zu Prominenten entwickelt, in deren Verlauf sich Jess als ausgesprochen intelligentes Mädchen entpuppt hatte. Für ihre neunzehn Jahre war sie wirklich erstaunlich belesen und vielseitig interessiert. Möglicherweise war Jess ja so wie Anne um kurz nach sieben einfach noch nicht wach genug gewesen, um die Fragen zu erfassen, die sie ihr gestellt hatte. Auf jeden Fall war Anne mittlerweile angenehm überrascht, und auch wenn sie lieber skeptisch blieb, konnte sie sich dennoch vorstellen, dass sie es vielleicht wirklich nicht bereuen würde, auf Bromshires Vorschlag eingegangen zu sein.

Sie verließ die Straße und bog in den unbefestigten Weg ein, der sich durch den dichten Wald schlängelte. Dort war es so dunkel, dass sich nach wenigen Metern die Scheinwerfer des Wagens automatisch einschalteten. »Eines sage ich dir, Jess«, erklärte Anne nach ein paar Minuten. »Ein Stück weit fahre ich noch, aber wenn dann noch kein Ende dieser Strecke abzusehen ist, kehren wir um. Ich möchte hier nicht irgendwo mit dem Wagen liegen bleiben, wenn ich niemanden zu Hilfe rufen kann, weil ich nicht weiß, wo wir überhaupt sind. Wir sind seit Ewigkeiten an keinem Haus mehr vorbeigekommen!«

»Ich weiß, Anne«, stimmte sie ihr zu. »So langsam find ich's auch ein bisschen unheimlich.«

»Natürlich werden wir dann zu spät kommen, falls wir überhaupt noch den richtigen Weg finden«, ergänzte Anne.

»Ist schon okay«, meinte Jess, die ihre Umgebung mit einigem Unbehagen betrachtete.

Gerade wollte sie noch etwas anfügen, da hörte der Wald so plötzlich auf, dass Anne eine Vollbremsung machte, da sie fürchtete, unmittelbar vor sich eine Klippe zu haben. Sie kniff die Augen zusammen und spähte in den grellen Sonnenschein, der die weite Fläche hinter dem Waldstück in blendende Helligkeit tauchte.

»Wir sind wohl richtig«, stellte Jess fest und zeigte auf eine Gruppe von Personenwagen, die in gut hundert Metern Entfernung auf einem freien Platz direkt an der felsigen Küste standen. Die Burg war ebenfalls auszumachen, allerdings war sie deutlich weiter weg und – sie stand auf einer Insel!

»Eine Insel?«, platzte Anne heraus, während sie wieder losfuhr, um sich zu den anderen Wagen zu begeben, die da vorn auf irgendetwas warteten. »Sollen wir mit einer Fähre übersetzen, oder wie läuft das hier?«

Jess zuckte mit den Schultern und erwiderte nichts.

Beim Näherkommen fiel Anne auf, dass auf dem Platz nur Fahrzeuge der teuersten Marken versammelt waren: Jaguar, Rolls-Royce, Bentley, Mercedes, BMW ... und nun stellte sie sich mit ihrem Mondeo zu dieser erlesenen Gesellschaft. Da hätte sie ja auch direkt mit dem alten Ford Escort Streifenwagen herkommen können, aufgefallen wäre sie so oder so. Nur dass sie sich dann gleich zu erkennen gegeben hätte, was sie aber nicht tun wollte.

Sie ließ den Wagen ausrollen und kam hinter einem protzigen goldfarbenen Mercedes der S-Klasse zum Stehen, der zwei Dinge bewies: dass sein Besitzer genug Geld hatte, um sich so etwas leisten zu können, und dass er gleichzeitig keinen Funken Geschmack besaß, wenn er mit einer solchen Sonderlackierung durch die Gegend fuhr. Ein Mann mit einem genauso stillosen Toupet stieg aus dem Mercedes aus und kam zu ihnen, gerade als sie und Jess ihren Wagen verließen. Der Mopp auf seinem Kopf war pechschwarz und saß so schief, dass an allen Seiten die echten grauen Haare zum Vorschein kamen. Dem faltigen Gesicht nach musste er weit über siebzig sein, aber sein Erscheinungsbild sollte wohl einem mindestens vierzig Jahre jüngeren Mann entsprechen.

Aus dem Augenwinkel bemerkte Anne, dass Jess sich schnell die Hand vor den Mund hielt, damit niemand ihr breites Grinsen bemerkte.

»Sie müssen Miss Remington sein«, sagte der Mann, als er

nur noch zwei oder drei Meter von ihr entfernt war. »Der alte Bromshire hatte Sie schon angekündigt.«

»Ach, tatsächlich?«, erwiderte Anne und schüttelte seine Hand. »Wann hat er das denn gemacht?«

Der ältere Mann zuckte mit den Schultern. »Ich weiß nicht mehr so genau, aber … das müsste am Montag gewesen sein.«

»Am *Montag?*«

Er dachte kurz nach, dann nickte er. »Ja, das war am Montag. Er rief an, als ich mir gerade *Coronation Street* ansehen wollte. Typisch Bromshire. Nur weil er die Serie nicht einschaltet, meint er, das würde auch sonst niemand tun.« Er schüttelte den Kopf. »Oh, verzeihen Sie, was ist denn nur mit meinen Manieren los? Ich habe doch völlig vergessen, mich vorzustellen. Gestatten Sie? Sir Lester Fitzgerald.«

»Angenehm, Sir Lester. Anne Remington, und das ist Jessica …«

»Doch nicht etwa Ihre Tochter?«, unterbrach er sie. »Sie können unmöglich schon Mutter einer fast erwachsenen Tochter sein.«

»Sie ist tatsächlich nicht meine Tochter«, bestätigte Anne und ging kommentarlos über das abgegriffene Kompliment hinweg. Allerdings passte es zu diesem Mann, wie sie fand. »Sie heißt Jessica Randall und ist die Enkelin eines Bekannten von Lord Bromshire, er hatte ihr versprochen, sie dieses Mal mitzunehmen, aber da er gesundheitlich nicht dazu in der Lage ist …«

»Ja, ich weiß«, sagte Sir Lester, als er die kurze Pause bemerkte, die Anne absichtlich eingelegt hatte, um ihm die Gelegenheit für eine Erwiderung zu geben. »Ich war dabei, als er bei Lord Brandenburg plötzlich zusammenbrach. Schrecklich war das. Ich dachte schon, es geht mit ihm zu Ende.« Sein Blick war mit einem Mal auf einen weit entfernten Punkt gerichtet. »Wenn ich mal in sein Alter komme, dann hoffe ich, dass ich auch noch so fit bin, um so einen Zusammenbruch zu überstehen.«

Anne konnte daraufhin nur nicken, da es ihr die Sprache verschlagen hatte. Bromshire war ihrer Meinung nach deutlich jünger als Sir Lester, doch der schien da wohl anderer Ansicht zu sein.

»Aber zu etwas anderem«, fuhr er fort. »Ich hatte mich schon auf den Wagen gefreut, mit dem Sie herkommen würden. Nicht den da, sondern Ihren kleinen Flitzer.«

»Sie meinen den Sunbeam?«

»Genau den«, bestätigte Sir Lester. »Ein Sunbeam Tiger, wenn ich den alten Bromshire richtig verstanden habe. Ein Mark I oder Mark II?«

»Mark I, das Original«, antwortete Anne und konnte sich ein stolzes Lächeln nicht verkneifen, als sie seine anerkennende Miene sah. »Ein Erbstück von meinem Großvater.«

»Sie Glückliche. Ich wollte immer einen kaufen, aber meine Frau war strikt dagegen, müssen Sie wissen. Wir waren uns seinerzeit einig, dass sie nichts gegen dieses oder jenes Auto mehr in unserer Garage einwenden würde, solange sie auf dem Beifahrersitz bequem sitzen konnte und Platz genug hatte. Ich war damit einverstanden, aber als ich dann den Sunbeam sah, da wünschte ich mir, ich hätte sie vorher zu irgendeiner Ausnahmeregelung überredet. Sie fand den Wagen schrecklich unbequem, er war ihr zu eng, der Sitz war zu hart … es war einfach nichts zu machen, also musste ich auf den Wagen verzichten.«

»Ach, das tut mir leid«, sagte sie. »Aber wenn ich ehrlich sein soll, dann muss ich Ihrer Frau zustimmen. Ich finde es auch nicht immer ein Vergnügen, den Wagen zu fahren. Da sitzt man in dem hier schon viel bequemer.« Dabei zeigte sie auf den Mondeo, ohne aber die Marke oder das Modell auch noch beim Namen zu nennen. Sie selbst empfand das Auto als luxuriös, da sie zuvor noch nie etwas in dieser Größenordnung gefahren hatte, doch neben den Werten, die hier versammelt waren, wirkte sie mit dem Mondeo wie die verarmte Tante beim Familientreffen der Millionäre.

»Sagen Sie«, fuhr sie nach einem Augenblick fort. »Wieso stehen wir eigentlich alle hier herum? Warten wir auf eine Fähre?«

»Oh, hat der alte Bromshire nichts dazu gesagt?«

»Nein, nur dass wir unbedingt zeitig ankommen müssten, ansonsten nichts.« Sie setzte eine ahnungslose Miene auf. »Man könnte ja fast meinen, dass es sich um irgendein Geheimnis handelt, das er nicht verraten durfte.«

Sir Lester schüttelte den Kopf. »Nein, das ist kein Geheimnis. Ganz im Gegenteil, die Geschichte von Grennich Castle ist sogar relativ weit verbreitet, jedenfalls, wenn man sich für Burgen interessiert. Historisch gesehen hat sich hier nie etwas Bedeutendes ereignet.« Er ließ eine kurze Pause folgen, dann fügte er schnaubend hinzu: »Außer natürlich, dass dieser indische Großkotz meint, er müsste nicht nur unsere historischen Bauwerke aufkaufen, sondern ihnen auch noch indische Namen geben. Zustände sind das, einfach unfassbar. Man könnte fast meinen, dass sie unser ganzes Land vereinnahmen wollen.«

Anne verkniff sich die Bemerkung, dass es noch gar nicht so schrecklich lange her war, dass die *Inder* dachten, die Engländer wollten *ihr* ganzes Land vereinnahmen. Aber es wäre ein sinnloses Unterfangen gewesen, mit diesem Sir Lester darüber zu diskutieren, auch wenn er zumindest den Falten in seinem Gesicht nach zu urteilen fast alt genug sein dürfte, um sich noch an die Zeit in Indien erinnern zu können. Stattdessen fragte sie arglos: »Sie mögen diesen Mr Kapoor nicht?«

»Hah!«, machte er. »Ich weiß nicht, wer aus der eingeladenen Gesellschaft ihn überhaupt leiden kann. Ein paar von den Leuten vermutlich, aber die Mehrheit mag ihn gar nicht, auch wenn das niemand offen sagt. Nur … was soll man als Unternehmer machen, wenn man die eigenen Umsätze zu dreißig oder mehr Prozent mit dem Zeugs bestreitet, das er einem zu einem guten Preis anbietet? Kein guter Kaufmann will es sich mit einem solchen Großhändler verscherzen, wenn die Konkurrenz mit höheren Einkaufspreisen kalkulieren muss.«

»Ich dachte, so etwas würde ihn sympathisch machen«, wunderte sich Anne.

»Als Kaufmann ja, aber nicht als Mensch«, stellte Sir Lester klar. »Ich habe geschäftlich ehrlich gesagt nicht mit vielen Indern zu tun, darum weiß ich nicht, ob die meisten so sind wie er oder ob er die Ausnahme darstellt, auf jeden Fall hat er eine grässliche gönnerhafte Art an sich. Sie wissen schon, so von oben herab. Das werden Sie schon merken, wenn Sie ihn erst mal kennengelernt haben.« Wieder gab er einen verächtlichen Laut von sich. »Und dann dieses alberne Mörderspiel, zu dem er einlädt. Er lässt immer das Team gewinnen, in dem die attraktivste Frau mitspielt, weil er sich auf der anschließenden Siegesfeier dann an sie ranmacht. Egal, ob sie eine Kundin ist oder die Ehefrau eines Kunden – die Nacht von Samstag auf Sonntag verbringt sie mit Kapoor. Und alle sehen geflissentlich weg.« Mit einer Miene, als hätte er auf eine Zitrone gebissen, fügte er hinzu: »Schließlich will es sich niemand mit ihm verscherzen. Das einzig Gute daran ist, dass er dieses Spiel nur zweimal im Jahr veranstaltet und den Rest der Zeit in seiner Heimat verbringt.«

»Das klingt ja gar nicht so vergnüglich, wie Lord Bromshire es dargestellt hat«, merkte Anne etwas pikiert an. »Das heißt, er sprach zwar von … na, nennen wir es mal ›Auffälligkeiten‹ bei der Bestimmung des Siegers, aber von diesen anderen Dingen hat er mir nichts gesagt.« Sie fragte sich angesichts dieser Enthüllungen, wie der alte Lord nur auf die Idee gekommen sein konnte, eine junge, attraktive Frau wie Jessica auf die Burg und damit quasi in die Höhle des Löwen mitzunehmen.

»Bromshire hat sein Geschäft auch vor Jahren mit einem saftigen Gewinn verkaufen können, mit dem sein Lebensabend gesichert ist«, sagte Sir Lester. »Seitdem hat er mit Kapoor geschäftlich nichts mehr zu tun, er wird nur weiter eingeladen, und es ist pure englische Höflichkeit, die ihn noch dazu veranlasst, dem Ruf von Mr Bollywood zu folgen.«

Anne nickte nur, weil sie Bromshire von einer Seite kannte, die nichts mit der angeblichen »puren englischen Höflichkeit« zu tun hatte, aber das mochte auch damit zusammenhängen, dass er sie für inkompetent gehalten hatte. Inzwischen hatte er seine Einstellung ihr gegenüber grundlegend geändert, und sein Verhalten war durchaus als höflich zu bezeichnen.

»Dann können wir uns nur überraschen lassen, was das Wochenende bringen wird«, meinte sie ausweichend.

Sir Lester schüttelte den Kopf. »Das kann ich Ihnen jetzt schon sagen. Kapoor wird ein Auge auf Sie und Ihre junge Begleiterin haben, sobald er Sie beide sieht. Sie können jetzt schon davon ausgehen, dass Ihre Gruppe gewinnen wird.«

»Verstehe ich das richtig, dass Jessica und ich mit ihm die Nacht verbringen sollen?«, fragte sie ungläubig.

»Darauf können Sie wetten, Miss Remington«, sagte Sir Lester todernst. »Wenn er Sie beide einem Team zuteilt, dann wird er sich auch an Sie beide ranmachen. Wenn er Sie aufteilt, dann sind Sie aus dem Schneider, weil er es dann nämlich nur auf Jessica abgesehen hat.«

»Dann erwartet ihn eine unerfreuliche Überraschung«, erklärte Anne entschieden und lächelte grimmig. »So was soll er nur wagen.« Eigentlich wäre es ja das Vernünftigste gewesen, auf der Stelle kehrtzumachen und Jess wieder nach Hause zu bringen, doch Anne wollte der jungen Frau den Spaß nicht verderben und war sich außerdem sicher, dass sie in der Lage sein würde, den indischen Casanova in seine Schranken zu verweisen. Sie brannte innerlich schon darauf, Kapoor die Meinung zu sagen, wenn er versuchen sollte, sich ihr oder Jess mit eindeutigen Absichten zu nähern.

Mit einem Schulterzucken wechselte Sir Lester das Thema. »Ich wollte Ihnen ja eigentlich etwas über die Geschichte von Grennich Castle erzählen, wir sind da doch ein bisschen abgeschweift.«

»Ja, genau«, stimmte Anne zu, die innerlich jetzt wirklich auf Krawall gebürstet war und große Lust hatte, einen Streit vom Zaun zu brechen. »Ich bin ganz Ohr.«

»Sehen Sie«, begann er. »Als Grennich Castle im dreizehnten Jahrhundert auf dieser Insel erbaut wurde, hat der Burgherr den Standort ganz bewusst gewählt. Die Insel war nämlich durch einen natürlichen, etwa fünf Meilen langen Damm aus aufgeschwemmtem Sand mit dem Festland verbunden. Allerdings konnte man ihn nur bei Ebbe für einige Zeit trockenen Fußes überqueren, oder besser gesagt: trockenen Hufes, denn man musste sich schon beeilen, wenn man das andere Ende erreichen wollte, ohne von der einsetzenden Flut eingeholt zu werden. Er hob die Fäuste, als hätte er Zügel darin, und ließ die beiden Frauen eine gekonnte Reiter-Pantomime sehen.«

»Das heißt, der Damm ist fast immer überspült?«, fragte Jess, die ihm interessiert zugehört hatte.

»Richtig. Bei Flut stand der Damm immer unter Wasser, und sobald die Ebbe einsetzte, kam er nach und nach zum Vorschein. Beim tiefsten Stand angelangt, befand sich die Sandbank auf ganzer Länge einige Zentimeter über dem Wasserspiegel. Aber weil der tiefste Stand ja nur ein Zeitpunkt, aber kein Zeitraum ist, beginnt das Wasser gleich darauf wieder zu steigen. Das war ideal für die Verteidigung der Burg gegen Angreifer. Die hatten nur ein sehr kleines Zeitfenster, und wenn man bedenkt, wie viele Kilos sie an Rüstungen und Waffen mitschleppten, dann war es eine äußerst riskante Unternehmung, auf die Burg vorzurücken. Dazu kam der Vorteil für die Burgherren, dass sich auf diesem Weg nur zweimal am Tag ein Feind der Burg nähern konnte, und das auch nur zu Zeiten, die von Ebbe und Flut bestimmt wurden. Ein Überraschungsangriff war ausgeschlossen. Außerdem ist das Wasser um die Insel recht flach und mit scharfkantigen Felsen gespickt. Das hat es seit jeher unmöglich gemacht, sich auf dem Seeweg zu nähern, wenn man nicht riskieren will, sich den Rumpf an den Felsen aufzuschlagen und zu kentern oder auf der Sandbank aufzulaufen. Allenfalls jemand, der sich in diesen Gewässern sehr gut auskennt, könnte mit einem kleinen Ruder- oder Motorboot gefahrlos zur Insel gelangen.« Sir Lester hob fast entschuldigend die Schultern. »Und genau das ist der Grund, wieso Grennich Castle in der Geschichte keine nennenswerte Rolle spielt. Hier wurden keine gewaltigen Schlachten geschlagen und keine Entscheidungen ausgetragen, die sich auf den Rest des Landes ausgewirkt hätten.«

Anne lehnte sich gegen ihren Wagen und betrachtete nachdenklich eine Linie aus Pfählen, die sich vom Ufer aus in Richtung der Silhouette erstreckte, die in der Ferne von der Burg und der sie umgebenden Insel gebildet wurde. »Aber vor über siebenhundert Jahren war der Meeresspiegel doch niedriger als heute. Da müsste der Damm doch inzwischen eigentlich ständig überspült sein«, wandte sie ein.

Sir Lester nickte zustimmend. »Ganz richtig, das war bis zum Anfang des zwanzigsten Jahrhunderts auch so. Aber irgendwann vor dem Zweiten Weltkrieg, als das alles hier militärisches Sperrgebiet war, wurde die Strecke auf mehreren Metern Breite mit Kies aufgeschüttet, damit man die Insel mit Militärfahrzeugen erreichen konnte. Angeblich haben unsere Jungs von der Burg aus die Deutschen ausspioniert, aber so genau weiß das keiner. Danach ging die Burg in Privatbesitz über, und der neue Eigentümer und seine Nachfahren haben dafür gesorgt, dass die Kiesfahrbahn über die Jahre immer mal wieder ausgebessert wurde, was natürlich ein teures Unterfangen war. Tja, und jetzt gehört das alles Mr Kapoor.«

»Dann ist die Strecke also vor über siebzig Jahren für motorisierte Fahrzeuge befestigt worden?«, fragte Anne. »Damals lag sie doch aber sicher dauerhaft über dem Wasserspiegel, oder?«

»Nein«, erläuterte der ältere Mann. »Die Militärs sahen es offenbar auch als Vorteil an, dass die Burg vom Festland aus nicht jederzeit erreichbar war. Zu der Zeit, als der Damm aufgeschüttet wurde, lag die Fahrbahn vielleicht für zwei oder drei Stunden am Tag über Wasser. Da der Meeresspiegel in den letzten Jahrzehnten aber relativ stark gestiegen ist und der Kies sich über diese Zeit auch etwas abgesetzt hat, wird der Damm nun seit ein paar Jahren auch beim tiefsten Stand der Ebbe immer noch knapp vom Wasser überspült. Wenn Sie nicht gerade die Kondition eines Langstreckenläufers haben, dann kommen Sie nicht trockenen Fußes zur Burg. Und zurück natürlich auch nicht. Mit dem Auto ist es besser, allerdings kann man wegen des unebenen und rutschigen Untergrundes nicht so schnell fahren, wie man es gern tun würde. Es ist schon etwas unheimlich, wenn von beiden Seiten die Wellen über die Fahrbahn schwappen, vor allem, wenn es windig ist. Aber dafür hat man ja diese Pfähle in den Untergrund gerammt, damit man sich an ihnen orientieren kann, wo die Fahrbahn verläuft.«

»Ist denn …?«, begann Anne, kam aber nicht weiter, da in diesem Moment eine Sirene ertönte.

»Oh, das ist das Zeichen«, sagte Sir Lester und wandte sich zum Gehen. »Das heißt, wir können jetzt losfahren, oder besser gesagt, wir müssen jetzt losfahren, damit wir heil drüben ankommen. Wir sehen uns«, fügte er dann noch an, zwinkerte den beiden Frauen zu und ging zu seinem Wagen.

Anne und Jess stiegen ebenfalls wieder ein, während die ersten Fahrzeuge sich in Bewegung setzten und auf den Damm fuhren, über den unverändert die Wellen schwappten. Wären da nicht die Pfähle gewesen, hätte man vermutlich gar nicht bemerkt, dass da ein Weg durchs Wasser führte.

»Jess, wenn wir wieder bei mir zu Hause sind«, wandte sie sich an die junge Frau auf dem Beifahrersitz, »erinnerst du mich dann bitte daran, dass ich den alten Bromshire erwürge?«

»Mach ich«, antwortete die so ernst, dass Anne einen Moment lang glaubte, Jess würde die Bemerkung für bare Münze nehmen. »Wegen der Fahrt durchs Wasser?«

»Ja, unter anderem.«

Auch Sir Lester mit seinem goldenen Mercedes fuhr los, und Anne gab Gas, um dicht an seinem Heck zu bleiben. Ein Blick in den Rückspiegel bereitete ihr ein mulmiges Gefühl, da sie offenbar als Letzte eingetroffen waren und damit das Ende der Kolonne bildeten, die sich wie eine Raupe über den Damm in Richtung Burg in Bewegung setzte.

3

Anne wünschte sich, sie hätte nicht das Schlusslicht der Kolonne bilden müssen. Als sie nach vielleicht hundert Metern einmal mehr in den Rückspiegel schaute, spielte sie einen Moment lang mit dem Gedanken, einfach anzuhalten, rückwärts zurück an Land zu fahren und dieses Wochenende auf der Burg ausfallen zu lassen, auch wenn sich Jessica womöglich wirklich darauf freute und auch wenn sie Lord Bromshire versprochen hatte, Mr Kapoors Detektivspiel ein wenig zu sabotieren. Der Anblick der Wellen, die vom Nordwind getrieben über den Damm schwappten, verursachte bei ihr ein Kribbeln in der Magengegend, das sie sonst nicht einmal verspürte, wenn sie einem bewaffneten Kriminellen gegenüberstand, der jeden Moment den Abzug durchdrücken konnte.

»Stimmt was nicht?«, fragte Jess plötzlich.

»Wie meinst du das?«, gab sie beiläufig zurück.

»Ich weiß nicht«, meinte die junge Frau. »Du wirkst irgendwie so … nervös.«

»Wirklich?«

Jess nickte. »Ja, du guckst ständig in den Spiegel. So wie jemand, der glaubt, dass er verfolgt wird.«

Anne schüttelte den Kopf. »Nein, es … es ist nur ein bisschen viel Wasser ringsherum, das ist alles.«

»Du kannst doch schwimmen, oder?«

»Natürlich kann ich schwimmen«, erwiderte sie. »Aber trotzdem will ich nicht mit meinem Wagen in Seenot geraten.«

»Oh, du meinst, wenn so eine Monsterwelle kommt? So wie in dem Film mit George Clooney?«, redete Jess weiter. »Ich weiß gar nicht mehr, wie der heißt. Aber der war gut.

Der Film, nicht Clooney. Also, okay, Clooney war auch gut, aber der ist mir zu alt. Mein Dad ist jünger als er. Als Clooney, meine ich.«

»Ich hab schon verstanden«, sagte Anne. »Aber können wir über was anderes reden als über Monsterwellen? Ich komme mir jetzt schon vor, als würde ich in einer Nussschale auf dem Ozean treiben.«

Es fühlte sich merkwürdig an, wie der Kies unter den Reifen knirschte, wenn man zugleich wusste, dass darunter nichts als Sand war. Ihr wollte nicht das Bild aus dem Kopf gehen, das ihr zeigte, wie der Sand auf einmal ins Rutschen geriet und die halbe Fahrbahn dadurch ins Wasser gerissen wurde. Sie wusste, es war eigentlich unsinnig, ja, sogar albern, sich darüber Gedanken zu machen, schließlich hatte der Kiesdamm jetzt schon über siebzig Jahre gehalten, aber sie konnte einfach nicht anders.

Ihr war auch klar, dass die Kolonne wegen der besonderen Fahrbahnverhältnisse nur in mäßigem Tempo über den Damm fahren konnte, dennoch hätte sie am liebsten Gas gegeben und die anderen überholt, auch wenn dafür kein Platz war. Gerade überlegte sie, wie das auf dieser Strecke wohl ablief, wenn sich zwei Fahrzeuge begegneten – schließlich konnte man hier nicht an den Straßenrand fahren, ohne in den Fluten zu versinken –, da passierten sie einen Abschnitt, an dem die Holzpfähle auf eine Länge von vielleicht zehn Metern ein Stück weit nach hinten versetzt waren.

»Ah«, sagte sie, »hier kann man also ausweichen.«

Jess schaute an ihr vorbei aus dem Seitenfenster. »Sieht aus wie eine Pannenbucht.«

»Stimmt, nur mit der Notrufsäule sieht es hier schlecht aus«, meinte Anne und stellte sich vor, wie ein glückloser Autofahrer bis zum Kinn im Wasser stand und einen Pannendienst anforderte. »Aber wahrscheinlich kommt dann sowieso nur die Seenotrettung, und die wird den Wagen wohl nicht abschleppen können.«

Lachend lehnte sich Jess zurück. »Das wär 'ne gute Idee für 'ne Folge von *Little Britain*.«

»Ja, das kann ich mir gut vorstellen, wie dann die Retter mit dem Autofahrer diskutieren, weil der Starthilfe haben will, da ja sein Wagen ›abgesoffen‹ ist.«

Plötzlich wurde der Mercedes von Sir Lester langsamer, und Anne musste abbremsen. »Was ist denn jetzt los?«, wunderte sie sich und spürte, wie sich gleich wieder diese ungewohnte Nervosität regte. Prompt war die Blödelei mit Jess vergessen, und sie sah in den Rückspiegel. Ohne die Pfähle wäre es nicht mehr möglich gewesen, den Verlauf des Damms zu bestimmen. Es war sicher etwas anderes, wenn man hier lebte und diese Strecke auswendig kannte. Dann wusste man, wo der Sandwall begann, und musste nur noch geradeaus fahren. Aber Anne empfand diese Pfähle nicht nur als nützliche Hilfe, sondern als überlebenswichtig, um sich nicht mitten auf dem Meer zu verfahren, so absurd das auch klang, wenn man in einem Auto saß.

Die Wagen vor ihr wurden noch langsamer, und dann kam die Kolonne sogar zum Stehen. Anne öffnete das Seitenfenster und lehnte sich nach draußen, aber was weiter vorne los war, konnte sie dennoch nicht erkennen.

»Leute«, sagte sie mehr zu sich selbst. »Wir sind auch noch da.«

»Keine Panik«, meinte Jess unbesorgt. »Bestimmt geht's gleich weiter.«

»Und wenn nicht?« Anne hasste sich für diese Unruhe, weil sie sich wie ein aufgescheuchtes Huhn vorkam, bei dem alle Beschwichtigungsversuche ins Leere liefen. Es war so gar nicht ihre Art, aber es musste daran liegen, dass sie machtlos war. Sie war der Situation ausgeliefert – weder konnte sie die Wagen vor ihr zur Seite schieben, noch ließ sich die Flut von ihr dazu überreden, ausnahmsweise mal eine Runde auszusetzen. Die Insel mit der imposanten Burg war schon zum Greifen nah, sie konnte höchstens noch zweihundert Meter entfernt sein, aber so kurz vor dem Ziel nicht mehr weiterzukommen, machte Anne nur noch nervöser. »Schließlich kann ich ja nicht einfach wenden und zurückfahren.«

»Ich wüsste was«, erklärte Jess, beugte sich zu ihr hinüber und betätigte die Hupe.

»Hey, was soll denn das?«, schnaubte Anne und versuchte, Jess' Finger vom Lenkrad zu lösen, doch die ließ nicht los und hupte immer wieder.

Nur Augenblicke später öffnete Sir Lester die Fahrertür und winkte ihr, dann hantierte er mit irgendetwas und stieg schließlich aus. Als er sich Annes Wagen näherte, sah sie, dass er Gummistiefel angezogen hatte, die so gar nicht zu seiner teuren Kleidung passen wollten. Mit vorsichtigen Schritten kam er zu ihnen, da der nasse Kies für einen Fußgänger einen tückischen Untergrund darstellte, auf dem man nicht schnell gehen konnte, ohne einen Sturz zu riskieren.

»Gibt es ein Problem, Miss Remington?«, fragte Sir Lester besorgt, der mit einer Hand sein miserables Toupet festhielt, obwohl Anne ja der Meinung war, dass der Wind es besser weggeweht hätte, damit der Mann die Würde ausstrahlen konnte, die zu seinem Namen passte.

»Außer dass Sie schon mal einen Rettungshubschrauber anfordern können, der uns aus dem Ärmelkanal fischt, ist alles in Ordnung. Bis dahin wird uns nämlich die Strömung getrieben haben, wenn wir hier noch lange warten müssen.«

Sir Lester lachte von Herzen. »Stimmt ja, Sie sind zum ersten Mal hier. Tut mir leid, daran hatte ich gar nicht gedacht, sonst hätte ich Sie vorgelassen, damit Sie nicht das Gefühl bekommen, man hätte Sie vergessen.«

»Warum geht es denn nicht weiter?«, erkundigte sie sich, wobei sie kurz nach unten sah und feststellte, dass das Wasser an Sir Lesters Gummistiefeln bereits bis zu den Knöcheln schwappte.

»Am Ende des Damms wird die Fahrbahn etwas steiler, wenn es auf die Insel selbst geht«, erklärte er und fuchtelte in Richtung der Burg. »Da muss man erst abbremsen, ranrollen und wieder anfahren. Das zieht jedes Mal einen kleinen Rückstau nach sich, das ist ganz normal.« Er lächelte sie aufmunternd an. »Keine Angst, Miss Remington, Sie kommen uns schon nicht abhanden.«

»Ich will's hoffen«, erwiderte sie, aber der amüsierte Tonfall war nur aufgesetzt.

Kaum war Sir Lester zu seinem Wagen zurückgekehrt und wieder eingestiegen, setzte sich die Kolonne auch schon in Bewegung. Erleichtert atmete Anne auf und gab Gas. Schließlich erreichten sie die Stelle, von der Sir Lester gesprochen hatte. Tatsächlich musste sie den Wagen bis an den steilen Knick in der Fahrbahn rollen lassen und dann ganz langsam wieder anfahren, da sie sonst vermutlich die Radaufhängung zu Schrott gefahren hätte.

Erst nachdem das letzte Stück überwunden war und dieser unangenehme Damm hinter ihnen lag, nahm sich Anne einen Moment Zeit, um sich die Burg genauer anzusehen, von der sie auf dem Weg hierher immer nur beiläufig die Konturen wahrgenommen hatte. Es war ein schlichtes, aber ausladendes Bauwerk von beachtlichen Ausmaßen, errichtet aus schmucklosen grauen Steinen. Alles war auf reine Zweckmäßigkeit ausgelegt worden: hohe Fenster, die genug Licht ins Innere ließen, dabei aber so schmal waren, dass kein Angreifer sich hätte hindurchzwängen können; Schießscharten für die Bogenschützen; dazu auf den Türmen und an den Brustwehren ungewöhnlich hohe Zinnen, wohl mit Rücksicht auf die Stürme, die sonst die Wachen von den Wehrgängen hätten wehen können.

Sie folgte den anderen Wagen die kurze Zufahrt zur Burg hinauf, und dann ging es auch schon auf den Burghof. Anne fiel auf, dass es anstelle der üblichen Zugbrücke ein hohes zweiflügeliges Holztor gab. Bei der Einfahrt bemerkte sie die Spitzen eines Fallgitters, die aus der Decke über dem Tor ragten. Damit war das Einzige, was fehlte, um aus Grennich

Castle eine »richtige« Burg zu machen, der Wassergraben. Andererseits war Grennich Castle ja bereits von einem Wassergraben der ganz besonderen Art umgeben, der ganz bestimmt vor vielen Jahrhunderten jeden anderen Burgherrn vor Neid hatte erblassen lassen.

Hatte die Vorderseite der Burg schon den Eindruck erweckt, dass es sich um ein sehr großes Bauwerk handeln musste, nahmen die Ausmaße vom Burghof aus betrachtet noch einmal deutlich zu.

Der Erbauer von Grennich Castle musste ein sehr vermögender Mann gewesen sein, wenn er eine so verschwenderische Anlage hatte errichten können – ganz abgesehen von dem immensen Aufwand, der sicher damit verbunden gewesen war, allein die Baustoffe vom Festland heranzuschaffen.

Der Burghof war zweigeteilt, ein vorderer Bereich war dem vorbehalten, was für eine gewöhnliche Burg das außerhalb gelegene Dorf gewesen war – eine Ansammlung von kleinen Steinhäusern für die Menschen, die von der Burg lebten und sie im Gegenzug mit allen Dienstleistungen versorgten. Da die Insel keinen Platz – und keinen Boden – für Ackerbau bot, mussten alle landwirtschaftlichen Produkte vom Festland hierher transportiert worden sein. Dementsprechend groß waren sicher die Lager für die Vorräte angelegt worden, um den Winter mit seinen Stürmen gut zu überstehen, die den Damm zweifellos über Wochen hinweg unpassierbar gemacht hatten. Ein Teil des äußeren Burghofs hatte früher wohl als Kräutergarten für die Heilkundigen und für den Koch gedient.

Sie passierten das zweite Tor und wurden von einer Schar identisch gekleideter junger Inder in Empfang genommen, die jeden Wagen zu einem Platz auf dem inneren Burghof lotsten. Da Sir Lester nach links und Anne nach rechts geschickt worden waren, fanden sie und Jess sich in neuer Gesellschaft neben einem dunkelroten Range Rover wieder. Aus dem stieg eine dürre, blasse Frau mit rötlichen Haaren, die wie eine magersüchtige Ausgabe von Tilda Swinton wirkte, auch wenn das kaum vorstellbar war.

Die Frau, die einen lila gefärbten Wildleder-Hosenanzug trug, blieb stehen und betrachtete Annes Mondeo, wobei ein mitleidiger Ausdruck auf ihrem schmalen, kantigen Gesicht nicht zu übersehen war. Anne nickte ihr zum Gruß zu, Jess sagte freundlich »Hallo«, doch das veranlasste den Tilda-Klon nur dazu, die Lippen noch fester aufeinanderzupressen, sodass auch noch das restliche Blut aus ihnen wich. Gleichzeitig zog sie die blassen rötlichen Augenbrauen zusammen, als überlege sie angestrengt, ob sie diese beiden viel zu leger und vor allem viel zu preiswert gekleideten Gestalten mit ihrem bedauernswerten kleinen Auto kennen musste. Schließlich schüttelte sie den Kopf, murmelte etwas Unverständliches und ging dann weg.

»Was war denn das?«, wunderte sich Jess, als die Frau – vermutlich – außer Hörweite war.

»Keine Ahnung«, gab Anne zurück und verriegelte mit der Fernbedienung den Wagen. »Möglicherweise nicht von diesem Planeten.«

Jess hielt sich hastig die Hand vor den Mund, um nicht laut zu lachen, als sie beide bemerkten, dass die Frau sich zu ihnen umdrehte. Es war nicht klar, ob sie sie auf diese Entfernung noch hatte hören können, vielleicht hatte der Blick auch nur ihrem eigenen Wagen gegolten.

Die Fahrer der anderen Wagen und ihre Begleitungen kamen vor dem Bergfried zusammen, und an der Art, wie sie sich in Grüppchen zusammenstellten und unterhielten, war deutlich zu erkennen, dass es für sie ein Wiedersehen war. Man kannte sich, man tauschte Anekdoten, und es herrschte allgemein gute Laune, die aber für Anne zumindest zum Teil gespielt sein musste, wenn sie überlegte, wie sich allein schon Lord Bromshire und Sir Lester über den Veranstalter dieser fiktiven Mörderjagd geäußert hatten. Aber wahrscheinlich ging es hier so zu wie bei jedem gesellschaftlichen Ereignis, bei dem man seinem ärgsten Feind mit einem Lächeln einen schönen Tag wünscht, während man insgeheim überlegt, wie man ihn am besten ruinieren kann.

»Komm, Jess, wir mischen uns unters Volk«, sagte sie zu der jungen Frau.

»Ich kenne hier doch keinen Menschen«, wandte die ein.

»Wenn du mit Lord Bromshire hergekommen wärst, würdest du ebenfalls keinen Menschen kennen«, hielt Anne ihr vor. »Oder irre ich mich?«

Jess zuckte mit den Schultern und folgte Anne, die jedoch umso langsamer wurde, je näher sie den anderen Gästen kamen. Die Grüppchen, die sich unmittelbar nach der Ankunft gebildet hatten, standen noch unverändert zusammen, obwohl ein paar Minuten vergangen waren. Also ging es nicht darum, sich zu begrüßen, was wohl schon vor der Fahrt über den Damm geschehen war, sondern hier hatten sich feste Gruppen gebildet.

Anne blieb in einiger Entfernung stehen, da sie keine Lust hatte, sich zu irgendeiner der Gruppen zu stellen, bei der sie zwangsläufig die Außenseiterin sein würde, die nicht wusste, worüber man sich unterhielt und was an dem Erzählten so witzig war.

Selbst Sir Lester unterhielt sich so angeregt mit einem Paar im mittleren Alter, dass sie sich wie ein Eindringling vorgekommen wäre, hätte sie sich unaufgefordert dazugestellt. Sie ging nicht davon aus, irgendeinen der Gäste je wiederzusehen, da genügte es auch, wenn sie jetzt auf Abstand blieb. Mr Kapoor würde sie schon irgendeiner Gruppe zuteilen, und dann war es noch früh genug, ihre unmittelbaren Mitspieler näher kennenzulernen. Schließlich war sie nicht hier, um einen echten Mord aufzuklären, also musste sie sich auch nicht mit jedem der Anwesenden beschäftigen.

Sie drehte sich langsam um ihre Achse und zählte insgesamt zweiundzwanzig Fahrzeuge, ihren eigenen Wagen nicht mitgerechnet. Sie alle waren mindestens der gehobenen Mittelklasse zuzuordnen, in einigen Fällen handelte es sich um Oldtimer, die allein durch ihren Wert in den Rang von Luxusobjekten erhoben wurden. Ohne Jess und sie selbst hatten sich fünfunddreißig Personen auf dem Burghof versammelt. In einiger Entfernung standen die jungen Inder an der Treppe zum Bergfried beisammen und unterhielten sich leise.

»Und? Was sagst du dazu?«, wandte sie sich an Jess und machte eine ausholende Geste, die die ganze Festungsanlage einschließen sollte.

»Alt«, antwortete Jess alles andere als beeindruckt. »*Sehr* alt.«

»Das ist ein Zeugnis unserer Geschichte.«

»Aber ein *sehr* altes.«

»Du musst das immer unter dem Gesichtspunkt betrachten, wann das alles geschaffen wurde, Jess. Diese Burg wurde mit vergleichsweise primitiven Mitteln erbaut, und sie ist auch nach Hunderten von Jahren immer noch so stabil wie am ersten Tag, während die meisten modernen Gebäude nach dreißig oder vierzig Jahren abgerissen und durch Neubauten ersetzt werden.«

»Die sind ja auch schon richtig alt«, wandte die junge Frau ein. »*Deshalb* werden sie doch abgerissen.«

Anne entging nicht das flüchtige Lächeln, das Jessicas Mundwinkel umspielte und das ihr verriet, dass sie sehr wohl verstanden hatte, um was es ihr eigentlich ging. Aber vermutlich war es einfach nicht cool zuzugeben, dass man »alte« Sachen interessant fand. Sie beschloss, das Thema vorerst auf sich beruhen zu lassen. Immerhin würden sie die nächsten zwei Tage gemeinsam auf dieser Burg verbringen, da ergab sich sicher noch eine Gelegenheit – spätestens, wenn sie die Widersprüche bei Mr Kapoors Mörderjagd aufgedeckt und den Mann widerlegt hatte.

Eine Frau in einem wallenden orangefarbenen Gewand kam aus der Tür zum Bergfried und schlug einen kleinen Gong an, den sie in der linken Hand hielt. Dann nickte sie den versammelten Gästen zu und zog sich gleich wieder zurück.

Die Grüppchen lösten sich auf und strebten auf den Eingang zu, während hinter ihnen das äußere Burgtor geschlossen wurde. Aus dem Augenwinkel sah Anne, dass Sir Lester zu ihr kam, aber bevor sie sich zu ihm umdrehen konnte, hörte sie etwas, das ihre Aufmerksamkeit auf sich zog.

Von außerhalb der Burgmauer waren Motorengeräusche zu vernehmen, so als würden dort mehrere Wagen vorbeifahren. Sie schaute zum Tor, aber da das bereits zu war, konnte sie nichts von dem sehen, was da draußen vor sich ging.

»Was ist?«, fragte Jess, die offenbar nichts mitbekommen hatte.

»Hast du das nicht gehört?«

»Was denn?«

»Na, diese Motorengeräusche«, sagte Anne. »So als wären noch Nachzügler auf dem Weg hierher ... obwohl ... nein, das kann nicht sein. Die Geräusche wurden leiser, als ob sich die Wagen von hier entfernten.«

Jess schüttelte den Kopf. »Tut mir leid, ich hab nichts mitbekommen. Penny hat mir gerade eine SMS geschickt.« Sie hielt ihr Smartphone hoch.

»Das sind Motorboote«, sagte plötzlich eine vertraute Männerstimme neben ihr.

»Ah, Sir Lester.« Sie wandte sich ihm zu. »Motorboote?«

»Entschuldigen Sie meine Manieren, Miss Remington. Ich wollte Sie nicht belauschen, ich habe ungewollt Ihre Unterhaltung mit angehört.«

»Dann habe ich mir die Geräusche also nicht eingebildet«, stellte sie mit einer gewissen Erleichterung fest.

»Nein, keineswegs. Diese Motorboote sind hier bei Ebbe oft unterwegs. Die Strömung treibt bestimmt alles Mögliche gegen die Sandbank, die den Damm bildet, und ich vermute mal, diese Leute kommen her, um das einzusammeln, von dem sie hoffen, dass sie es zu Geld machen können. Was immer das sein mag.«

»Das hörte sich aber nach Autos an«, wandte sie ein.

»Nein, nein, ganz sicher nicht«, hielt Sir Lester dagegen. »Das sind Boote. Ich glaube, ich habe diese Motorboote auch schon mal gesehen, wenn ich mich nicht irre. Nachts war das wohl mal.«

»Die sind nachts auch unterwegs?«, fragte sie erstaunt.

»Na ja«, Sir Lester zuckte mit den Schultern, »nachts ist schließlich auch wieder Ebbe.«

»Logisch«, sagte sie und nickte lächelnd, aber das Thema war für sie noch nicht erledigt. Irgendetwas kam ihr daran sonderbar vor, wenn sie im Moment auch nicht sagen konnte, was.

»Nach Ihnen«, sagte der ältere Mann und ließ ihr Jess den Vortritt.

Sie gingen an dem Diener vorbei, der für sie die Tür aufhielt, und gelangten durch einen Korridor in den großen Saal, bei dessen Anblick Anne abrupt stehen blieb und vor Fassungslosigkeit den Mund nicht mehr zubekam.

»Das ist ja …«, begann sie, kam aber nicht weiter, da ihr das treffende Wort nicht einfallen wollte.

»Cool!«, rief Jess, die sich mit leuchtenden Augen und strahlender Miene um sich selbst drehte, damit sie alles erfassen konnte.

Stillos war das Wort, das Anne gesucht hatte, das sie aber zumindest für den Augenblick für sich behielt. Sie hatte das Gefühl, in einen Bollywood-Albtraum geraten zu sein, so unglaublich überzogen war das Dekor in diesem Saal, von dessen Substanz rein gar nichts mehr zu entdecken war. Alle Wände sowie die hohe Decke waren hinter meterlangen Stoffbahnen verschwunden, vorwiegend in Gelb-, Rot- und Orangetönen, Säulen waren mit diesen Stoffen umwickelt, ein Meer aus Blütenblättern – die sich bei näherem Hinsehen als aus Stoff gefertigt entpuppten – war auf dem Fußboden verteilt worden. Auf Podesten standen große Schalen, in denen brennende Kerzen schwammen, ebenso standen Kerzen auf hohen Ständern im Raum verteilt. Annes erste Sorge, dass sich der Raum in eine Flammenhölle verwandeln könnte, wenn eine der Kerzen umkippte und die bei jedem Luftzug wallenden Stoffbahnen in Brand steckte, erwies sich als unbegründet, denn als sie auch dort genauer hinsah, wurde klar, dass diese Kerzen so echt wie die Blütenblätter auf dem Boden waren. Dazwischen verteilt standen mannshohe vergoldete Statuen, die zum Teil die absurdesten Formen aufwiesen, so beispielsweise eine Kreatur, die je zur Hälfte Mensch und Elefant war.

Anne musste einräumen, dass sie sich noch nie mit den Ritualen und Gottheiten der Hindus befasst hatte, weshalb sie kein Urteil dazu abgeben konnte, ob dieses scheinbare Sammelsurium auch nur annähernd authentisch war oder ob es vielleicht nur dazu diente, den Gästen das Bild zu bieten, dass sie aus Bollywood-Filmen kannten und erwarteten. Auf sie wirkte das Ganze ziemlich kitschig und wie eine Ansammlung schlechter Klischees, aber sie beschloss, den Mund zu halten, immerhin hatte sie nicht die Absicht, irgendwelche religiösen Gefühle zu verletzen, obwohl … obwohl das, was dieser Mr Kapoor mit einem historischen englischen Bauwerk angestellt hatte, immerhin *ihre* Gefühle verletzte.

Die anderen Gäste stellten sich in einem Halbkreis vor den erhöhten Bereich, auf dem früher einmal der Burgherr gesessen hatte, um über seinen Untertanen zu stehen, wenn er gemeinsam mit ihnen seine Mahlzeiten zu sich nahm. Auch dort war alles so überschwänglich dekoriert worden, dass man nichts mehr von dem eigentlichen Saal ausfindig machen konnte.

Da auch Sir Lester sich in Richtung dieses Podests bewegte, gab Anne Jess ein Zeichen, dass sie ihm folgen sollten. Die anderen hatten das hier schon öfter mitgemacht, sie wussten offenbar, was als Nächstes kommen würde.

Kaum hatten sie sich zu ihnen gestellt, kam hinter einer der Säulen ein Mann zum Vorschein, dessen Anblick die Gäste dazu veranlasste, begeistert zu applaudieren. Aber auch ohne den Applaus und selbst ohne diesen etwas theatralischen Auftritt hätte Anne gewusst, dass sie Siddarth Kapoor vor sich hatte. Der Mann – dessen Größe sie durch den Höhenunterschied nicht gut einschätzen konnte – besaß eine so intensive Ausstrahlung, dass er einfach nur wichtiger sein *konnte* als die Bediensteten, denen sie bislang begegnet waren. Sein Selbstbewusstsein stand ihm so deutlich ins Gesicht geschrieben, dass es schon an Arroganz grenzte – oder vielleicht sogar bereits pure Arroganz war, aber das musste sich erst noch herausstellen.

Kapoor, der einen orangefarben schillernden Anzug trug, der seinen durchtrainierten Körper betonte, hatte sein glattes schwarzes Haar streng zurückgekämmt und zu einem kurzen Pferdeschwanz zusammengebunden. Sein Gesicht hatte etwas Erhabenes, Aristokratisches an sich, und seine leuchtend blauen Augen unter den scharf konturierten, pechschwarzen Brauen lenkten jeden Blick automatisch auf sich. In Verbindung mit den indischen Gesichtszügen wirkten sie irgendwie irritierend. Obwohl Kapoor bereits über fünfzig sein musste, strahlte er die Vitalität eines wesentlich jüngeren Mannes aus, auch in seinem Gesicht konnte Anne von ihrem Standpunkt aus kaum Spuren des Alters erkennen. Sein Lächeln erinnerte an das eines gütigen Herrschers – oder an das eines Herrschers, der von anderen als gütig wahrgenommen werden wollte. Jeder Schritt schien genau bemessen, jede Geste und jeder Blick genau einstudiert.

Er war ein Mann, der durch sein Charisma jeden für sich gewinnen konnte – und das machte Anne auf der Stelle argwöhnisch. Er hatte noch kein Wort gesagt, weder zu seinen Gästen insgesamt noch zu ihr persönlich, und sie wusste sehr wohl, dass ihre Reaktion einer Vorverurteilung gleichkam. Dennoch … dieser Kapoor erinnerte sie an einen Sektenführer, einen Verführer, der den Menschen vormachte, um ihr Seelenheil besorgt zu sein, obwohl es ihm in Wahrheit nur um ihr Geld ging. Sie konnte sich ihn gut in der Rolle eines

Wander- oder Fernseherpredigers vorstellen, der vorgab, im Namen des Herrn zu handeln, obwohl er nur sich selbst bereichern wollte.

Diese Einschätzung ließ das ganze Dekor noch mehr nach bloßer Effekthascherei aussehen. Er gab seinen Gästen genau das, was sie erwarteten, weil er wusste, so blieben sie ihm geneigt. Wenn er sich bei dieser Mörderjagd auch so aufführte, dann war es kein Wunder, dass Lord Bromshire von ihm genug hatte.

Es gab nur eines, was für ihn sprach.

In seinen Armen hielt er eine Katze, die wie ein schwarzer Miniaturpanther aussah und aus bernsteingelben Augen interessiert in die Runde blickte. Anne war zwar keine Expertin, was Rassekatzen betraf, erkannte aber, dass es sich hier um eine Bombay handeln musste. *Das passt ja bestens zu einem Inder,* dachte sie unwillkürlich. Der Applaus schien die Katze nicht zu stören, es wirkte eher so, als wäre sie der Ansicht, die Menschen klatschten ihretwegen.

Ob es Kapoor tatsächlich sympathischer machte, dass er eine Katze besaß, konnte sie aber noch nicht genau sagen, solange sie nicht wusste, wie wichtig ihm die Katze war. Trug er sie mit sich herum, weil er sie nicht aus den Augen lassen wollte, oder war er ein so großer Bewunderer von James-Bond-Schurken, dass er das Tier nur als Accessoire betrachtete? Falls Letzteres zutraf, hatte er der Katze möglicherweise ein Beruhigungsmittel verabreicht, damit sie so gelassen diesen Auftritt über sich ergehen ließ? Sollte das der Fall sein, hätte Anne einen legitimen Grund, dem Mann ihre Meinung zu sagen, selbst wenn sich der übrige Eindruck nicht bestätigten sollte, den sie von ihm in den wenigen Sekunden seit seinem Auftritt bekommen hatte.

»Meine Freunde«, begann Kapoor mit samtweicher Sektenführerstimme und sah einen Gast nach dem anderen an. »Ich möchte Sie herzlich in meinem bescheidenen Heim hier in meiner zweiten Heimat begrüßen, die mir so ans Herz gewachsen ist, dass ich sie am liebsten auf der Stelle zu meiner ersten Heimat machen würde ...« Wieder begannen die Leute zu klatschen, was Anne nicht wunderte, aber ärgerte, weil das einer von diesen immer gleichen Einschmeichelsprüchen war, wie man sie von jedem Rock- und Popstar und von jedem Schauspieler kannte. Heute hieß es: »Oh, ich liebe das englische Publikum, es heißt mich immer ganz besonders herzlich willkommen.« Vierundzwanzig Stunden später hörte man dann im deutschen Fernsehen: »Oh, ich liebe das deutsche Publikum, es heißt mich immer ganz besonders herzlich willkommen.«

Anne konnte so etwas nur mit einem Kopfschütteln kommentieren. Aber es funktionierte immer – also auch jetzt und hier.

Kapoor lächelte und setzte die Katze auf dem Boden ab, damit er mit beschwichtigenden Gesten den Applaus bremsen konnte. Während wieder Ruhe einkehrte und der Mann weiterredete, lief die Bombay gemächlich die Stufen des Podests hinunter und verschwand irgendwo hinter einer der Statuen.

»Es freut mich und es ehrt mich, dass Sie alle meiner Einladung gefolgt sind – so wie immer, möchte ich fast sagen. Wenn ich in Ihre Gesichter blicke, dann kommt es mir so vor, als wäre ich im Kreis meiner Familie, so lange kenne ich jetzt schon die meisten von Ihnen.« Bei diesen Worten fiel sein Blick auf Anne und Jess, und außer ihnen merkte vermutlich niemand, dass er für einen winzigen Moment stutzte und die Augen leicht zusammenkniff. Gleich darauf hatte er sich aber wieder unter Kontrolle und fuhr fort: »Ich freue mich schon jedes Mal darauf ...«

Anne wurde abgelenkt, da sich in diesem Augenblick gleich über dem Knie Nadeln in ihren Oberschenkel zu bohren schienen. Sie sah nach unten und entdeckte Kapoors Bombay, die sich vor ihr auf die Hinterbeine gestellt hatte und sich mit den Vorderpfoten auf Annes Bein abstützte. Als sie merkte, dass sie Annes Aufmerksamkeit auf sich gelenkt hatte, gab sie ein fast lautloses Miauen von sich, als wollte sie ihr Herrchen nicht bei seinem Vortrag stören. Anne nahm die Katze auf den Arm, die sofort den Kopf an ihrem Kinn rieb und zu schnurren begann.

Jess sah kopfschüttelnd zu, aber Anne konnte nur mit einem Schulterzucken reagieren, da sie selbst keine Erklärung für das Verhalten der Katze hatte.

»Meine Diener werden Sie jetzt zu Ihren Quartieren bringen«, redete Kapoor unterdessen weiter, »und dann das Gepäck aus Ihren Wagen holen. Sie bekommen Zeit genug, um sich noch vor dem Essen frisch zu machen, das ich – Ihr Einverständnis voraussetzend – für fünfzehn Uhr eingeplant habe. Wir wissen ja mittlerweile alle aus Erfahrung, dass viele von Ihnen nicht so gut schlafen können, wenn sie erst heute Abend von all den Köstlichkeiten aus meiner Heimat kosten.« Zustimmendes Gelächter machte sich im Saal breit, und Kapoor nickte sichtlich zufrieden, dass seine Bemerkung gut aufgenommen worden war. »Im Anschluss daran werden Sie alle einen Blick auf den Preis werfen können, der dem diesmaligen Siegerteam winkt.« Er deutete auf eine kleine Holzkiste, die hinter ihm auf einem Tisch stand. »Ich glaube, Ihnen wird gefallen, was ich mir für Sie überlegt habe. Ich danke Ihnen für Ihre Aufmerksamkeit, in gut zwei Stunden sehen wir uns wieder.« Dann klatschte er in die Hände, woraufhin sich ein Schwarm von Bediensteten aus den Schatten ringsum löste. Jeder von ihnen steuerte zielstrebig auf einzelne Personen oder Paare zu, um sie zu ihrer Unterkunft zu begleiten.

Im Handumdrehen hatte sich der Saal geleert – bis auf Anne mit der Katze in ihren Armen und Jess … und bis auf einen Diener, der sich ratlos umschaute, da er wohl Lord Bromshire zugeteilt worden war, von dem aber jede Spur fehlte.

Kapoor sah zu ihnen, dann sagte er leise: »Shomu, bring die Damen zu mir.«

Der Diener nickte hastig und gab den beiden ein Zeichen, damit sie vortraten.

Als sie vor Kapoor standen, musterte der die Frauen mit einer Mischung aus Argwohn, Neugier und offenkundigem Interesse. »Sie sollten wissen, dass ich niemals ein Gesicht vergesse. Aber Sie beide«, er machte eine kurze Pause und schüttelte den Kopf, »habe ich noch nie zuvor gesehen. Wer sind Sie?«, fragte er im Tonfall eines Sicherheitsbeamten der Queen, der soeben einen Eindringling im Buckingham Palace erwischt hatte.

4

Anne gefiel Kapoors Ton nicht. »Hätte mich das nicht schon jemand fragen sollen, bevor ich überhaupt auf diese Insel kommen konnte?«, gab sie zurück, statt ihm zu antworten.

»Reagieren Sie auf Fragen immer mit einer Gegenfrage?«

»Sie etwa nicht?«, konterte sie und entlockte Kapoor damit ein flüchtiges Lächeln.

Er nickte bedächtig. »Bemerkenswert. Eine Frau, die nicht auf den Mund gefallen ist. Gestatten? Siddarth Kapoor, der Gastgeber dieser kleinen Veranstaltung. Verraten Sie mir jetzt, wer Sie sind? Oder muss ich vielleicht doch den Sicherheitsdienst rufen?«

»Anne Remington«, antwortete sie. »Lord Bromshire ist leider verhindert, daher hat er mich gebeten, für ihn einzuspringen. Und das ist Jessica Randall, die Enkelin eines Bekannten von Lord Bromshire. Ihr hatte er versprochen, sie dieses Mal mitzunehmen.«

»Ist Lord Bromshire etwas zugestoßen?«, erkundigte sich Kapoor besorgt.

»Nur ein Schwächeanfall. Er benötigt etwas Ruhe, und dieses Wochenende hier wäre für ihn auf jeden Fall zu anstrengend. Um Jessica nicht zu enttäuschen, habe ich mich bereit erklärt, mit ihr herzukommen.« Sie schüttelte den Kopf. »Ich verstehe das nicht. Ich war davon ausgegangen, Lord Bromshire hätte Sie längst darüber informiert, dass er nicht kommt.«

»Ach, vielleicht hat er das nur vergessen, oder aber Mr Bakherjee – mein Verwalter – hat nicht daran gedacht, es zu notieren.« Kapoor lächelte zufrieden. »Solange er eine so bezaubernde Stellvertreterin schickt, habe ich keinen Grund zur Klage. Dann freue ich mich also, Mrs Remington, Sie …«

»Miss Remington«, korrigierte sie ihn.

»*Miss* Remington?«, wiederholte er. »In dem Fall heiße ich Sie umso mehr in meinem bescheidenen Heim willkommen.« Dann lächelte er Jess an. »Und Sie natürlich auch, Miss Randall.«

»Hallo«, sagte sie ein wenig verlegen und schüttelte ihm gleich nach Anne die Hand, nachdem er die drei Stufen von dem Podest heruntergekommen war.

Kapoor war gut einen halben Kopf größer als sie, was seine ganze Erscheinung nur noch imposanter machte – und was von Jess auch ganz offenbar so empfunden wurde. Mit einem Seitenblick bemerkte Anne, dass die junge Frau von dem hochgewachsenen, gut aussehenden Inder sichtlich beeindruckt war.

Genauso unübersehbar war aber auch, dass Kapoors Interesse in erster Linie Anne galt, da er den Blick nur kurz von ihr abgewandt hatte, um Jess die Hand zu reichen. Womöglich wäre Anne von ihm genauso fasziniert gewesen, wenn sie nicht schon von Berufs wegen jedem Fremden mit einer Portion Skepsis hätte begegnen müssen. Nicht, dass sie zwangsläufig jeden für einen Kriminellen oder zumindest für einen potenziellen Kriminellen hielt, aber in ihrer Branche konnte sie sich keine Naivität und keine Vertrauensseligkeit leisten. Erst recht nicht, nachdem Lord Bromshire und Sir Lester sich bereits auffällig über den Mann geäußert hatten. Es mochte persönliche Abneigung der beiden sein, die nichts bedeuten musste, aber sie war gewarnt, und es wäre Leichtsinn gewesen, sich von Kapoor umgarnen zu lassen.

»Sagen Sie«, fuhr sie fort, »ich frage das nur aus Neugier, aber … es könnte sich doch tatsächlich jemand an diese Kolonne hängen, der es auf Sie abgesehen hat.«

»Nur meine Geschäftspartner erhalten eine Einladung, es ist eine rein private Veranstaltung. Hier ist niemand von den Medien anwesend, der davon berichten und so jemanden auf den Gedanken bringen könnte, hier ein … einen Anschlag auf mich zu verüben.«

»Das schon, aber Ihre Geschäftspartner werden doch bestimmt nach dem Wochenende anderen davon erzählen, und die erzählen es wieder anderen«, hielt Anne dagegen, »und irgendwann spricht es sich zu jemandem herum, der dann auf die Idee kommt, sich selbst einzuladen. Sehen Sie, Mr Kapoor, ich will Sie nicht in Angst und Schrecken versetzen, aber es hat niemanden gekümmert, dass ich mich der Kolonne angeschlossen habe. Man hat mir einen Parkplatz zugewiesen und mir sogar die Tür zum Bergfried aufgehalten. Wäre ich eine Auftragskillerin, könnte ich Sie kurz vor der nächsten Ebbe erschießen und dann die Insel verlassen.«

Kapoor sah sie nachdenklich an. »Ich gebe zu, Sie sprechen damit einen Punkt an, den ich bislang nicht bedacht habe. Ich bin mir zwar sicher, dass keiner von meinen Geschäftspartnern die Absicht hegt, mir Schaden zuzufügen, aber wenn die Konkurrenz – vor allem die aus Osteuropa mit ihrer drittklassigen Massenware – sich entschließt, mich aus dem Weg zu räumen ... dann muss ich sagen, dass ich beim nächsten Mal vorsichtiger sein sollte.« Nach einer kurzen Pause fügte er hinzu: »Allerdings kann ich mir nicht vorstellen, dass eine zierliche Frau wie Sie als Auftragskillerin arbeiten würde. Ihre Hände sind viel zu schmal und zu zerbrechlich, um eine Waffe zu halten.«

»Lassen Sie sich nicht vom äußeren Eindruck täuschen, Mr Kapoor«, warnte sie ihn höflich, aber bestimmt. »Ich habe schon mehr Waffen in meinen Händen gehalten, als Sie für möglich halten würden.«

»Tatsächlich?« Interessiert legte er den Kopf schräg. »Wie kommt das? Sind Sie Geheimagentin? Eine ... *Jane* Bond?

»Nein, ich bin ... Sportschützin.«

Nur mit Mühe gelang es ihr, das Wort »Polizistin« zurückzuhalten. »Das ist mein Ausgleichssport für meinen Job als Buchhalterin.«

»Sportschützin? Sehr bemerkenswert«, kommentierte er. »Das macht Sie zu einer idealen Besetzung des Täters in meiner Mördersuche.« Plötzlich stutzte er, da die Bombay sich in Annes Armen drehte, um noch bequemer zu liegen.

»Kommen Sie, ich nehme Ihnen Phaedra ab«, sagte er und griff nach der Katze. »Sie hat zwar für ihre Größe genau das richtige Gewicht, aber auf Dauer bekommt man doch … wie sagt man? … lange Arme, wenn man sie trägt.«

»Ach, das ist …«, begann Anne, aber in dem Moment fing Phaedra zu fauchen an, gleich darauf schlug sie mit einer Pfote nach Kapoor, der erschrocken zurückwich. »Ich glaube, Ihre Katze hat momentan andere Pläne«, meinte sie lächelnd, bemerkte aber das wütende Funkeln in den Augen des Inders, der die Attacke persönlich zu nehmen schien. So war sie zwar auch gemeint, da die Katze mit ihm zumindest in diesem Moment nichts zu tun haben wollte, aber das würde Anne nicht noch betonen. Ihr missfiel schon der Blick des Mannes, den man bei ihm vermutlich auch beobachten konnte, wenn einer seiner Diener nicht sofort spurte. Da würde sie ihn nicht mit irgendeiner Anmerkung noch mehr gegen das Tier aufbringen. »Ich schlage vor, ich trage sie einfach noch eine Weile.«

»Aber wenn sie Ihnen zu schwer wird, setzen Sie sie ab.« Er drehte sich zu dem Diener um, den er Shomu genannt hatte, und gab ihm ein Zeichen, damit er sich zurückzog. »Ich werde mir die Freiheit nehmen, Sie beide zu Ihren Quartieren zu begleiten.«

»Das ist sehr nett, danke«, sagte Jess, deren brennendes Interesse an Kapoor offenbar wieder nachgelassen hatte. Vermutlich war ihr nach ihrer anfänglichen Begeisterung aufgefallen, dass dieser Mann nach ihren eigenen Maßstäben *viel zu alt* sein musste, was wiederum Anne zu der Frage veranlasste, wie alt Kapoor wohl genau war. Sein Gesicht wies auch aus der Nähe betrachtet nur wenige Falten auf, und wenn, dann hatte sein strahlendes Lächeln sie verursacht. Hals und Hände waren glatt wie bei einem durchschnittlichen Vierzigjährigen oder auch bei einem äußerst jung gebliebenen Sechzigjährigen.

Sie verließen den Saal durch einen Seiteneingang, dann folgten sie dem Mann durch einen breiten Korridor, der von Porträts mutmaßlich wichtiger Inder gesäumt wurde – »meine Ahnengalerie«, wie Kapoor im Vorbeigehen anmerkte. Die Rahmen dieser Bilder waren so protzig wie das Dekor im Saal, und nach europäischen – und erst recht nach britischen – Maßstäben konnte man sie nur als maßlos übertrieben und kitschig bezeichnen.

Es ging eine Steintreppe hinauf, die mit einem unpassenden Geländer versehen worden war, dass man eher im Schloss des Sonnenkönigs oder in Neuschwanstein vermutet hätte. In diesem Fall musste Anne allerdings einräumen, dass sie gegen einen solchen Stilbruch nichts einzuwenden hatte. Die Vorstellung, auf einer völlig nackten Treppe bis hinauf in den ersten Stock gehen zu müssen, hätte ihr gar nicht gefallen.

»Wie sind Sie eigentlich auf die Idee gekommen, für Ihre Geschäftspartner diese Mördersuche zu planen, Mr Kapoor?«, wollte sie wissen, als sie von der Treppe in den nächsten Korridor wechselten.

»Oh, das ist eine lange Geschichte«, entgegnete er. »Oder besser gesagt, es ist eine Geschichte mit einer langen Vergangenheit. Als Jugendlicher entdeckte ich bei einem Freund ein Buch von Agatha Christie, einen Krimi mit diesem schrulligen Belgier, den alle für einen Franzosen halten, weil sein Name so französisch klingt.«

»Hercule Poirot!«, warf Jess ein.

»Ganz genau, junge Lady«, sagte Kapoor anerkennend. »Sind Sie auch Krimifan?«

»Kann man so sagen«, antwortete Jess. »Ich weiß das, weil ich mit meinem Großvater ein paar Mal *Tod auf dem Nil* gesehen habe.«

Der Inder nickte begeistert. »Wenn Sie ihn mehr als einmal gesehen haben, dann nehme ich an, er hat Ihnen auch gefallen.«

»Er war okay«, sagte sie. »Aber eigentlich sehe ich mir lieber *Twilight* und so an.«

»Das sind diese Vampirfilme, richtig?«

Sie nickte bestätigend.

»Nun, warum auch nicht«, meinte er dann in einem freundlichen Ton, in dem für Anne dennoch etwas Gönnerhaftes mitschwang, aber das bildete sie sich vielleicht auch nur ein. »Es soll jeder das Hobby haben, das ihm gefällt. Ich nehme an, Harry Potter ist wohl nichts mehr für Sie, oder?«

»Igitt«, sagte Jess. »Das ist was für kleine Kinder.«

Lachend wandte er sich an Anne, und abermals wurde deutlich, dass er der Höflichkeit halber mit Jess redete, während sein eigentliches Interesse Anne galt. »Und wie steht es mit Ihrer Begeisterung für Krimis?«

»Sie werden es vielleicht nicht glauben«, erwiderte sie. »Aber ich beschäftige mich für mein Leben gern mit Kriminalfällen. Bei jedem Fall, den ich mitbekomme, verfolge ich ganz genau, was sich tut und ob die Polizei den Täter fassen kann.«

»Reden Sie von echten Kriminalfällen?«, fragte er erstaunt.

»Ja, richtig.«

»Wissen Sie, bei Ihrem Eifer haben Sie womöglich den Beruf verfehlt«, meinte er nachdenklich. »Sie hätten bestimmt eine gute Polizistin abgegeben.«

Anne zuckte vage mit den Schultern. Sie musste aufpassen, dass sie sich nicht verriet.

»Hm«, machte er und stieß nachdenklich schnaubend den Atem aus. »Wenn ich Sie so höre, dann sollte ich Sie wohl tatsächlich zur Täterin in meinem Stück machen, sonst haben Sie nach fünf Minuten den Fall durchschaut, und das Wochenende ist für alle meine Gäste gelaufen.«

»Ach, kommen Sie, Mr Kapoor«, wiegelte sie ab. »Ein Krimifan wie Sie wird sich doch einen komplexen Fall überlegt haben, der von allen Höchstleistung erfordert. Das sind Sie Agatha Christie und Hercule Poirot schuldig.«

Kapoor setzte ein strahlendes Lächeln auf, ihre lobenden

Worte zeigten sofort Wirkung. »Ja, Miss Remington, da haben Sie recht. Vermutlich fürchte ich tief in meinem Inneren, ich könnte in Ihnen meinen Meister gefunden haben … oder besser gesagt: meine Meisterin. Aber da ich nun weiß, dass ich nicht wie sonst üblich nur Gäste in meiner Burg habe, deren Spürsinn in Sachen Verbrechen eher mittelmäßig ausgeprägt ist, werde ich mich gleich an die Arbeit machen und die Geschichte um zwei oder drei Kniffe ergänzen, damit Sie den anderen nicht doch davoneilen und mir spätestens heute Abend den Mörder präsentieren.«

»Ich mache Ihnen einen Vorschlag, Mr Kapoor«, gab sie zurück. »Sollte ich den Fall wider Erwarten schnell durchschauen, dann werde ich Ihnen sagen, wen ich warum für den Täter halte. Wenn ich damit richtig liege, werde ich mich aus dem Spiel zurückziehen und die anderen weitermachen lassen. Mir ist wirklich nicht daran gelegen, als Spielverderberin dazustehen und mir den Zorn der anderen Gäste zuzuziehen. Was halten Sie davon?«

»Das würden Sie machen?«, fragte er wie ein Vater, der sein Kind seit Jahren im Glauben ließ, dass es den Osterhasen tatsächlich gab, und der nun in Sorge war, weil jemand die Wahrheit verraten wollte.

Anne nickte bekräftigend. »Wenn ich den Täter kenne, könnten wir ja noch gemeinsam überlegen, wie man im Rahmen des Möglichen den Fall so umstrickt, dass auf einmal ein anderer der Täter ist.« Dabei zwinkerte sie ihm verschwörerisch zu.

Es dauerte für ihren Geschmack ein oder zwei Sekunden zu lange, bis er seinen Protest anmeldete. »Ich bin ein Ehrenmann, Miss Remington, ich würde niemals nachträglich die Regeln ändern. Das wäre doch Betrug.«

Sie zuckte mit den Schultern. »War nur so ein Gedanke. Ich habe das nicht persönlich gemeint.«

Sofort gab er sich wieder versöhnlich. »Keine Angst, Miss Remington. So habe ich es auch nicht aufgefasst.« Er blieb stehen und sah sich um. »Ah, da sind wir ja.« Er führte Anne zu einer Tür auf der linken Seite des Gangs, dahinter fand sich ein Zimmer, das so wie der einstige Rittersaal in einen Bollywood-Albtraum verwandelt worden war. »Das ist Ihr Quartier; für Sie, Miss Randall, ist das Zimmer gleich nebenan reserviert.« Mit diesen Worten ließ er Anne allein.

Wenigstens machte das Bett einen bequemen Eindruck, was auch Phaedra fand, die sich abrupt in Annes Armen zu winden begann, damit sie sie auf der Bettdecke absetzte. Anne gehorchte, und die Katze legte sich sofort auf die Seite und begann, sich genüsslich zu putzen.

Immerhin würde Anne in der Nacht nichts von den grausigen Wandbehängen und Statuen sehen, die alles verdeckten, was zur ursprünglichen Substanz der Burg gehörte. Kopfschüttelnd ging sie zum Fenster, um einen Blick nach draußen zu werfen, und stutzte, als sie feststellte, dass sich dicht vor ihr die Burgmauer befand, die ihr die Sicht auf die Umgebung versperrte. Sie hatte gehofft, das Meer sehen zu können, aber dafür musste sie sich wohl erst auf die Burgmauer begeben.

»Wow, das ist ja ein riesiges Zimmer«, hörte sie Jess staunend sagen, dann kamen sie und Mr Kapoor zu ihr zurück.

»Und? Gefällt es Ihnen?«, wollte er wissen. »Ihre Begleiterin ist restlos begeistert.«

»Tja, dann kann ich mich meine Begleiterin wohl nur anschließen«, entgegnete sie und wich damit einem klaren »Nein« aus. Für einen Augenblick überlegte sie, ob sie dem Mann die Wahrheit sagen sollte, ob sie ihm klarmachen sollte, dass man mit der indischen Kultur zwar Farbenpracht verband, dass dies hier aber deutlich zu dick aufgetragen war. Sie stand in keinem geschäftlichen Kontakt zu Kapoor, sie konnte ihm die Wahrheit sagen, weil sie keine Konsequenzen zu fürchten hatte. Aber … machte Kapoor das wirklich nur, um die Erwartungen seiner Gäste zu erfüllen? Oder liebte er tatsächlich diesen Überschwang in jeglicher Hinsicht? Nein, es gab keinen Grund, das zu sagen, was sie dachte. Es genügte schon, wenn sie Lord Bromshires Wunsch nachkam und dem Geschäftsmann nachwies, dass er bei seiner Mördersuche falsch spielte, aber da handelte es sich wenigstens um Fakten und nicht bloß um eine Geschmacksfrage.

Dann ging ihr etwas anderes durch den Kopf, und noch bevor sie wusste, wie ihr geschah, rutschte ihr eine Frage heraus: »Wie kommt es eigentlich, dass für uns zwei Zimmer vorbereitet wurden, wo Sie doch eigentlich davon ausgegangen sind, dass Lord Bromshire herkommen würde, und zwar allein?«

Im ersten Moment schien es so, als würde Kapoor gleich explodieren, doch dann warf er den Kopf in den Nacken und begann schallend zu lachen, wobei seine strahlend weißen Zähne aufblitzten. »Miss Remington«, sagte er, obwohl er noch immer nicht ganz ernst bleiben konnte. »Sie haben tatsächlich eine kriminalistische Ader. Ihr Hobby ist Ihnen in Fleisch und Blut übergegangen, und ich kann nur noch einmal betonen, dass Sie Ihren Beruf verfehlt haben.« Er sah sie bewundernd an und nickte. »Sie hätten auch als Anwältin arbeiten können. Ihnen entgeht einfach nichts. Großartig, meine Hochachtung!« Er klopfte ihr auf die Schulter, dann schloss er die Tür zu ihrem Zimmer, bevor er weitersprach. »Es gibt dafür eine ganz einfache Erklärung. Wenn ich meine Einladungen verschicke, können meine Gäste bei ihrer Rückantwort vermerken, ob sie allein oder in Begleitung kommen. Einige von ihnen vermerken daneben ›mit Ehepartner‹, die Gäste bekommen dann ein Doppelbett, obwohl diese Betten eigentlich alle gleich groß sind. Auf jeden Fall werden sie gemeinsam in einem Zimmer untergebracht.«

»Und, sind es Ehepaare?«

Kapoor grinste. »Sie können es nicht lassen, nicht wahr? Aber Ihre Frage ist durchaus berechtigt, denn einige meiner Geschäftspartner scheinen jedes Jahr zweimal zu heiraten, da sie jedes Mal mit einem anderen ›Ehepartner‹ hier eintreffen.« Er zwinkerte ihr und Jess zu. »Entweder muss die Scheidungsrate im Königreich sehr hoch sein, oder aber es wurde irgendwann die Polygamie eingeführt, und ich habe davon nichts mitbekommen. Was die anderen Gäste betrifft, die nur ›mit einer Begleitung‹ vermerken, gehe ich immer erst einmal davon aus, dass es sich vielleicht um einen guten Freund handelt oder um einen wichtigen Angestellten, der auf diese Weise belohnt werden soll. In diesen Fällen werden grundsätzlich zwei Zimmer bereitgestellt, außerdem steht immer ein Kontingent an ›Reservezimmern‹ zur Verfügung … für welche Zwecke auch immer.« Er bemerkte Annes ratlosen Blick. »Sehen Sie, wenn einer meiner Gäste eine Nacht in einem anderen Zimmer verbringen will, dann habe ich damit kein Problem. Ich bin nicht der Moralwächter, der nachts durch die Gänge schleicht und darauf achtet, dass ja keiner etwas Verwerfliches tut. Es gibt gelangweilte Ehemänner, aber es gibt auch genauso viele gelangweilte Ehefrauen, und wenn man sich in den Gruppen näherkommt und etwas Abwechslung sucht, dann werde ich nicht mit erhobenem Zeigefinger dazwischengehen.«

»Und … kommt so was häufig vor? Dass die Schlafzimmer getauscht werden, meine ich?«, fragte Anne.

»Es kommt vor, so viel kann ich dazu sagen«, entgegnete er. »Genaues weiß ich selbst nicht. Mir wird zwar im Lauf des Wochenendes das eine oder andere zugetragen, aber dem schenke ich keine Beachtung, weil ich nicht weiß, was davon stimmt und was nur ein Gerücht oder vielleicht sogar Prahlerei ist. Wie gesagt, das spielt für mich keine Rolle.«

Anne dachte kurz über seine Worte nach, dann nickte sie. »Okay, dann werde ich mal aufhören, Sie mit Fragen zu löchern, sonst glauben Sie am Ende noch, ich würde Sie verhören. Aber ich bin zum ersten Mal hier, und Lord Bromshire hat mich nicht über alle Details aufgeklärt.« Sie zuckte entschuldigend mit den Schultern. »Tut mir leid, wenn ich dadurch vielleicht etwas neugierig wirke, aber ich will schließlich auch nichts verkehrt machen.«

Kapoor lächelte sie beruhigend an. »Solange Sie nicht nach fünf Minuten den Namen des Täters rufen, können Sie hier eigentlich nichts verkehrt machen«, versicherte er ihr. »Wenn Sie mir dann Ihren Wagenschlüssel geben würden, dann kann einer meiner Diener Ihr Gepäck holen.«

»Ich trage mein Gepäck selbst«, erwiderte Anne reflexartig und schroffer, als es für die Situation angemessen war.

»Ich könnte das als Beleidigung meiner Gastfreundschaft auslegen«, meinte Kapoor, und diesmal hörte er sich gar nicht so amüsiert an.

Sie konnte niemanden an den Wagen lassen. Erstens war da das im Handschuhfach eingebaute Funkgerät, das jemand entdecken konnte, wodurch ihre Tarnung vorzeitig auffliegen würde – was auch für die Polizei-Kelle galt, die im Kofferraum lag. Zweitens war sie gar nicht dazu befugt, einer Zivilperson den Schlüssel für ihren Dienstwagen zu überlassen. Nichts davon konnte sie Kapoor als Grund nennen, also sagte sie nach einem kurzen Stammeln: »Ich bin nur eine einfache Buchhalterin, ich trage mein Gepäck immer selbst. Ich käme mir seltsam vor, wenn ich das nicht machen würde, sondern wenn das ein … ein Diener für mich erledigen würde.«

»Für mich ist das etwas ganz Normales«, wandte Kapoor ein.

»Das mag sein, aber ich habe keine Diener, und Dinge, die ich selbst erledigen kann, erledige ich auch selbst«, machte sie ihm klar. »Hilfe akzeptiere ich nur, wenn ich sie brauche, und meine Tasche und die von Jess kann ich ohne Probleme tragen.«

Der Mann hob beschwichtigend die Hände. »Ich werde Sie zu nichts zwingen, Miss Remington. Ich will meinen Gästen nur den Luxus bieten, den sie aus jedem Hotel gewöhnt sind.«

»Ja, das dachte ich mir schon, Mr Kapoor, aber Sie müssen wissen, dass ich nicht so viel verdiene, um in solchen Hotels absteigen zu können.« Sie machte eine unbeholfene Geste.

»Ich würde mich auch nicht wohlfühlen, wenn ich für alles und jedes einen Diener oder Butler oder sonst jemanden in der Art hätte.«

»Miss Remington«, sagte er in einem gespielt schulmeisterlichen Ton. »Sie müssen sich nicht bei mir dafür entschuldigen. Ich akzeptiere das. Okay.«

»Okay«, erwiderte sie dankbar und sah zu Jess. »Ich bringe deine Tasche mit.«

»Danke, ich geh dann mal duschen«, antwortete die junge Frau und sah fragend zu Kapoor. »Äh, hier gibt's doch Duschen oder?«

»Ja, in Ihrem Zimmer rechts von der Tür müssen Sie nur den roten Vorhang zur Seite ziehen, dann sehen Sie schon die Tür zum Badezimmer.«

»Alles klar.« Jess lief nach nebenan.

Als Kapoor Annes fragenden Blick bemerkte, deutete er hinter die offen stehende Tür. »Ihr Badezimmer befindet sich hinter diesem Vorhang.«

»Oh, wie historisch korrekt«, meinte Anne ironisch.

Daraufhin verzog der Inder den Mund und ließ schuldbewusst den Kopf sinken. »Ja, ich weiß, was Sie denken. Nein, nein, ich *weiß* es nicht, aber ich kann es mir *vorstellen.* Sie müssen wissen, ich mag diese alten Gemäuer, ich habe schon als Kind meine eigene Ritterburg haben wollen, aber das Innenleben … die sanitären Anlagen … die hygienischen Zustände … so etwas findet man heute in meiner Heimat leider immer noch, vor allem weil meine Regierung der Meinung ist, dass wir Atomraketen und ein Raumfahrtprogramm benötigen, die beide jedes Jahr so viel Geld verschlingen, dass man davon alle meine Landsleute über Jahre hinweg mit drei Mahlzeiten am Tag versorgen könnte.« Er schwieg einen Moment lang, dann gab er sich einen Ruck. »Ich möchte nicht in einem zivilisierten Land die gleichen primitiven Zustände vorfinden wie daheim, darum habe ich das Innenleben dieser Burg so herrichten lassen, dass es sich hier gut leben lässt.

Ich kann mir gut vorstellen, dass Sie das als Frevel an Ihrer Vergangenheit ansehen, weil das alles hier quasi Ihnen gehört, aber …«

»Schon gut«, sagte sie und winkte ab, dann fügte sie halb im Scherz hinzu: »Es ist nicht die einzige Burg in England, trotzdem möchte ich es so ausdrücken: Ein Denkmalschützer würde Ihnen dafür vermutlich den Kopf abreißen.«

»Ich verstehe schon, aber ich möchte Ihnen eine Frage stellen: Warum sind Menschen auf der einen Seite so versessen darauf, das Alte zu erhalten, wenn sie auf der anderen Seite nicht schnell genug etwas Neues bekommen können? Warum soll ein Burg erhalten bleiben, und warum werden andererseits ganze Stadtviertel dem Erdboden gleichgemacht, um dort Stadien oder Einkaufszentren zu bauen?«

»Na ja, es geht um die historische Bedeutung …«

»Ist eine alte Burg historisch bedeutender als ein Stadtviertel?«, fragte er.

»Ich denke schon«, sagte sie, auch wenn sie selbst nicht so recht wusste, ob sie das tatsächlich so meinte.

»Eine Burg hat vielleicht eine historische Schlacht erlebt, ein Ritter hat vielleicht eine wichtige Rolle gespielt«, fuhr er fort. »Aber hat irgendjemand festgehalten, was in diesem Stadtviertel Wichtiges passiert ist? Wie viele Menschen haben irgendwann einmal dort gewohnt und später etwas Bedeutsames geleistet?«

Sie zuckte mit den Schultern. »Keine Ahnung.«

»Eben. Außer den Menschen selbst, die dort gelebt haben, hat niemand eine Ahnung, und deshalb ist es auch nicht so wichtig, ob man alles abreißt, während so eine Burg bis in alle Ewigkeit im Originalzustand erhalten bleiben soll.«

Anne nickte nur, da sie nicht wusste, was sie darauf erwidern sollte. Es war offensichtlich, dass man Kapoor irgendwann etwas für ihn, aber für niemanden sonst Wichtiges genommen hatte, dennoch hatte sie keine Lust, dieses Thema zu vertiefen, zumal ihr der Mann mit einem Mal ein wenig unheimlich vorkam. Es war so, als würde ihn die Erinnerung an dieses für ihn so einschneidende Erlebnis von einer Sekunde zur nächsten vor Wut kochen lassen, und sie wollte lieber nicht wissen, wohin das führen würde.

»Tja, ich werde dann mal mein Gepäck holen«, erklärte sie schließlich und ging an ihrem Gastgeber vorbei zur Tür.

Ein zwar ziemlich helles, aber energisches Miauen veranlasste Anne nach nur wenigen Schritten stehen zu bleiben. Sie sah, dass Phaedra aufgestanden war und sich mit den Vorderpfoten auf das Holzbrett am Fußende stützte, wobei sie sie so vorwurfsvoll anschaute, als wollte Anne sie im Stich lassen.

»Was hast du denn?«, fragte Anne und ging langsam zurück zum Bett. Sie war noch gut einen Meter entfernt, da bemerkte sie, dass Phaedra sich duckte und die Muskeln in den Hinterläufen anspannte, gleichzeitig reckte sie den Hals und bewegte den Kopf hin und her, um ihr Ziel aus verschiedenen Perspektiven anzuvisieren.

Um Himmels willen, wurde ihr schlagartig klar. *Sie will mich anspringen!*

Während sie sich vor ihrem geistigen Auge bereits mit tiefen, blutigen Kratzern überzogen sah, weil eine solche Aktion nicht gut gehen konnte, machte Anne einen Schritt zur Seite. Das irritierte die Katze genug, um sie von ihrem Vorhaben abzubringen, Anne in die Arme springen zu wollen.

Bevor sie noch irgendetwas versuchen konnte, bekam Anne sie zu fassen, nahm sie hoch und legte sie sich halb über die Schulter, während Phaedra versuchte, ihren Kopf an ihrem Ohr zu reiben.

»Da mag Sie aber jemand sehr«, stellte Kapoor fest. »Aber dass Sie mir nicht auf die Idee kommen, meinen kleinen Liebling zu entführen.«

»Oh nein, das habe ich gar nicht vor«, antwortete sie und ging mit der Katze über der Schulter aus dem Zimmer. Kapoor folgte ihr, zog die Tür zu und gab ihr den Schlüssel. »Ich habe schon drei Minitiger zu Hause.«

»Ah, dann sind Sie Phaedra deswegen so sympathisch. Was für Katzen haben Sie denn?«, erkundigte er sich.

»Einen Siamkater, Tobias Eugene Rustlebourne VIII., kurz Toby, und zwei Kartäuser-Hauskatzen-Mischlinge, Laverne und Shirley, beide erst ein halbes Jahr alt.«

»Eine interessante Kombination.«

»Ja, Toby stammt von einem Nachbarn, der … verstorben ist.« Sie vermied es zu erwähnen, dass Tobys Besitzer in Wahrheit ermordet worden war, weil das nur unnötig viele Fragen nach sich gezogen hätte. »Und die beiden Kleinen sind aus einem Wurf, der den Besitzer ihrer Mutter überfordert hätte.«

»So, so, dann sind Sie also zu Ihren Katzen gekommen wie die … wie sagt man noch gleich? … wie die Jungfrau zum Kinde, richtig?«

»So kann man das ausdrücken«, stimmte sie ihm zu. »Das war alles nicht geplant, ich wurde von den Ereignissen einfach überrollt. Aber ich würde keine von den dreien wieder hergeben, für kein Geld der Welt.«

»Da geht es ihnen so wie mir«, ließ Kapoor sie wissen. »Ich wüsste auch nicht, was ich ohne meine Phaedra machen sollte.«

»Wie machen Sie das eigentlich mit der Quarantäne, bevor Sie mit ihr einreisen?«, fragte Anne, diesmal aber nicht als Polizistin, sondern rein aus Sorge um das Wohl des Tieres. »Und der lange Flug von Indien bis hierher?«

Kapoor winkte ab. »Das ist gar kein Problem. Wenn ich nicht in England bin, kümmert sich der Tierarzt um die Katze. Sie ist dann für ein paar Monate bei ihm untergebracht, bis ich wieder da bin.«

»Ich dachte, Sie kommen nur zweimal im Jahr nach England.«

»Das ist richtig. Jeweils für drei bis vier Wochen«, bestätigte er. »Deshalb sind Phaedra und ich auch so unzertrennlich. Jedenfalls normalerweise«, fügte er hinzu und deutete mit einer Kopfbewegung auf die Katze, die sich mit dem Rücken gegen Annes Gesicht presste und laut schnurrte.

Das kann ich mir lebhaft vorstellen, dachte Anne zynisch. *Als ob Phaedra mit ihm überhaupt etwas zu tun haben wollte, wenn sie zehn Monate im Jahr bei einem Tierarzt in Pension ist!*

Sie erwiderte nichts, weil sie nicht wusste, ob sie sich würde zurückhalten können, wenn sie den Mund aufmachte.

»Oh, wir sind ja schon wieder am Saal angelangt«, sagte Kapoor verdutzt. »Die Wege kommen einem nie so weit vor, wenn man sich angeregt unterhält.«

»Stimmt«, pflichtete sie ihm bei und beugte sich leicht zur Seite, damit er ihr die Katze von der Schulter nehmen konnte, da sie mit dem Tier nicht nach draußen gehen wollte.

Phaedra begann zu knurren, als sie sah, dass sich die Hände ihres Herrchens näherten. Das Knurren wurde mit jedem Zentimeter, um den der Abstand schrumpfte, lauter, und dann konnte sich Anne gerade noch in letzter Sekunde so wegdrehen, dass die ausgefahrenen Krallen Kapoors Finger um Haaresbreite verfehlten. »Ich glaube, sie will da bleiben, wo sie ist«, sagte er und klang etwas verärgert. »Ich würde sie mir ja schnappen, das ist nicht das Problem, aber ich weiß nicht, ob sie sich in Ihrer Schulter festkrallt. Das könnte dann schmerzhaft werden.«

»Hm, ich will ja nur die Taschen aus dem Wagen holen, aber ich möchte sie nicht gern mit nach draußen nehmen …«, gab Anne zu bedenken.

»Ach, das ist kein Problem«, beruhigte der Inder sie. »Sie ist oft draußen unterwegs, der Wind und die Kälte machen ihr offenbar nicht so viel aus.« Er überlegte kurz. »Aber Sie könnten Schwierigkeiten damit bekommen, zwei Taschen zu tragen. Lassen Sie mich mitkommen, ich helfe Ihnen.«

»Ach, das sind nur zwei ganz leichte Taschen, Mr Kapoor«, bremste sie ihn schnell. »Das kriege ich schon hin. Außerdem möchte ich noch schnell telefonieren, unter vier Augen, Sie verstehen.« Er nickte. »Wie kommt es eigentlich, dass ich hier so guten Handy-Empfang habe? Ich meine, die Insel liegt doch ziemlich weit draußen.«

»Dafür gibt es eine ganz einfache Erklärung«, antwortete er mit auf dem Rücken verschränkten Händen.

Anne wusste nicht, ob sie sich das vielleicht nur einbildete, aber es kam ihr so vor, als müsste Mr Kapoor sich zusammenreißen, damit er nicht die Katze packte und ihr von der Schulter zerrte.

»Auf dem Bergfried ist eine Sendeanlage montiert, die man von unten nicht sehen kann, damit die Silhouette der Burg nicht verschandelt wird. Aber es ist eine sehr leistungsfähige Anlage, damit haben Sie so ziemlich überall auf der Insel guten Empfang.«

»Aha«, machte sie und kam sich mit der fremden Katze auf der Schulter etwas seltsam vor. »Dann sehen wir uns um drei Uhr beim Essen, richtig?«

»Drei Uhr, ganz genau.«

»Was mache ich mit Phaedra?«, wollte sie wissen und verdrehte den Kopf, um irgendwie sehen zu können, wie unmöglich das Tier da hing. »Sie scheint mich ja nicht aus den Augen lassen zu wollen.«

»Tja … wenn es Ihnen nichts ausmacht, könnten Sie sie ja für die Dauer des Essens in Ihrem Zimmer lassen. Ich schicke Ihnen gleich einen Diener nach oben, der Ihnen Futter und Wasser bringen soll. Auch wenn ich selbst nichts dagegen einzuwenden hätte, sind nicht alle Gäste so … unempfindlich, was Haustiere beim Essen angeht.«

Anne nickte zustimmend.

»Ja, das ist wohl das Beste. Wenn danach die Mörderjagd beginnt, kann sie ja wieder raus.«

Dann wandte sie sich ab, durchquerte den Saal und ging nach draußen. Dort zog sie ihr Handy aus der Tasche und drückte eine der Kurzwahltasten. Nach dem zweiten Klingeln meldete sich eine vertraute Stimme.

»Franklin.«

»Remington hier, hallo, Detective.«

»Chief, wie geht's Ihnen?«, fragte er. »Alles in Ordnung?«

»Bislang ja. Was machen die Ermittlungen?«, erkundigte sie sich.

»Noch keine Fortschritte. Die Leute haben nichts gesehen und nichts gehört, behaupten sie jedenfalls. Aber wenn wir nachfragen, stellt sich in den meisten Fällen raus, dass sie sich aus dem einen oder anderen Grund mit Mrs Boyle gestritten hatten, mal mehr, mal weniger heftig. Könnte also durchaus sein, dass sie bloß nichts mitbekommen *wollten.*«

Anne dachte kurz nach. »Mal sehen. Wenn sich nichts Brauchbares ergibt, sollten wir diese Nachbarn auf die Wache bestellen. Vielleicht hilft es ihrem Gedächtnis ja ein bisschen auf die Sprünge, wenn wir ihnen auf *unserem* Territorium begegnen.«

»Ganz genau, Chief«, antwortete DI Franklin. »Das haben wir auch schon so in der Akte vermerkt.«

Anne musste lächeln. »Na, sehen Sie, Detective, aus Ihnen wird auch noch mal was.«

»Tut mir leid, ich hab Sie nicht verstanden, Chief, die Verbindung ist sehr schlecht … I… …öre …aum no…«, begann Franklin daraufhin eine Leitungsstörung zu imitieren.

»Schon gut, Detective«, ging sie amüsiert dazwischen. »Sie wissen, wie ich's meine. Aber zu einem anderen Thema. Wie …«

»Die drei sind gesund und munter, als ich heute Mittag reinkam, haben sie alle zusammen auf der Couch gelegen und fest geschlafen«, berichtete er, da er genau gewusst hatte, was sie ihn fragen wollte. »Ich habe ihnen Futter und ein paar Leckerchen gegeben, sie haben alles aufgefressen und sich dann wieder schlafen gelegt. Gegen sechs fahre ich wieder vorbei und sehe nach dem Rechten.«

»Okay, danke. Dafür haben …«

»Hören Sie schon auf, Chief. Sie wissen genau, dass ich das gern mache. Nachher werde ich auch eine Weile mit ihnen spielen, auch wenn der arme Toby von den beiden Verrückten wahrscheinlich wieder in Grund und Boden getrampelt wird.«

Anne lachte, dann fiel ihr noch etwas ein: »Ach, Detective, können Sie bitte mal einen Namen für mich überprüfen? Haben Sie was zum Schreiben?«

»Immer.«

»Der Name lautet Siddarth Kapoor.« Sie buchstabierte ihn, Franklin schrieb mit. »Er ist unser indischer Gastgeber hier auf Grennich Castle, oder Bhatpara Castle, wie er es jetzt nennt.«

»Okay, und was hat er verbrochen?«, fragte er.

»Bislang noch nichts. Jedenfalls nichts, wovon ich wüsste. Forschen Sie einfach nach, was es über ihn zu wissen gibt.«

Franklin schwieg einen Moment. »Hm, dann ist er entweder ein zwielichtiger Typ, oder er ist so gutherzig, dass mit ihm eigentlich etwas nicht stimmen kann. Richtig?«

»Detective, wir arbeiten offensichtlich schon zu lange Seite an Seite, wenn Sie mich so gut kennen«, meinte sie lobend. »Er ist zu gut und edel und zu aalglatt. Ich glaube, er verbirgt irgendwas. Schicken Sie mir eine SMS, wenn Sie etwas herausgefunden haben, ich weiß nämlich nicht, ob ich dann telefonieren kann.«

»Wird erledigt.«

»Und keine Namen nennen, ich kann nicht ausschließen, dass mir irgendwer über die Schulter schaut.«

»Keine Namen, alles klar. Ich melde mich.« Mit diesen Worten legte er auf, während Anne an ihrem Wagen angekommen war. Erst jetzt bemerkte sie, dass der Wind aufgefrischt hatte, aber die Bombay auf ihrer Schulter ließ sich davon nicht beeindrucken. So gleichmäßig, wie sie atmete, musste Phaedra inzwischen eingeschlafen sein.

Kopfschüttelnd öffnete Anne den Kofferraum und holte die beiden Reisetaschen heraus, dann machte sie sich auf den Rückweg zu ihrem Quartier.

Das verspätete Mittagessen – oder das vorgezogene Abendessen, je nachdem, wie man es betrachten wollte – war ein üppiges Festmahl. Die Gäste saßen an einer langen Tafel, die in U-Form aufgestellt worden war. In der Mitte waren mehrere Tische zusammengeschoben worden, darauf standen große silberne Tabletts mit Bergen von Safranreis, Schüsseln mit Kartoffel- und Linsengerichten, Salate, unzählige Schälchen mit Soßen, Pulvern und Gewürzen, die die ganze Bandbreite der indischen Küche repräsentierten. In Weiß gekleidete Diener eilten zwischen dem Büffet und den Gästen hin und her, um ihnen mal von dieser, mal von jener Speise etwas auf einen Teller zu geben, wobei sie jedes Mal einen neuen Teller nahmen, damit der Geschmack des jeweiligen Gerichts unverfälscht blieb.

Als Folge davon entstanden im Viertelstundentakt ganze Türme aus benutzten Tellern, die von emsigen Küchenhilfen – den einzigen Inderinnen, die Anne bislang zu Gesicht bekommen hatte – weggeschleppt wurden, während andere Frauen mit den gespülten Tellern aus der vorangegangenen Runde zurückkehrten und sie auf den Beistelltisch stapelten, damit die zu den Gästen pendelnden Diener ständig Nachschub zur Hand hatten.

Anne betrachtete das Büffet mit gemischten Gefühlen, da sie sich mit manchen Dingen, von denen sie probiert hatte, am liebsten den Teller randvoll gepackt hätte, um davon zu essen, bis sie platzte. Andererseits wären ihr dann einige andere Köstlichkeiten entgangen, die rein optisch nicht so verlockend waren, dafür aber umso besser schmeckten.

»Das ist schon was anderes als das, was ich zu Hause beim Curry-Mobil bestellen kann«, sagte sie zu Jess, die links von ihr saß, während sich zu ihrer Rechten Siddarth Kapoor befand – was sie auch gar nicht anders erwartet hatte.

»Curry-Mobil?«, wiederholte die junge Frau, die soeben Reis mit Hühnerfleisch serviert bekam. »Was ist das?«

»Northgate ist eine ziemlich weitläufige Grafschaft, da lohnen sich keine Lokale, bei denen man anruft, um Essen zu bestellen. Bis die von einer Ortschaft zur nächsten gefahren sind, ist schon längst alles kalt. Deshalb ist Mr Roowapindiban auf die Idee gekommen, eine fahrende Küche zu bauen, also eigentlich eine Küche in einem Transporter einzurichten – du kennst bestimmt diese Fish'n'Chips-Verkäufer vor Fußballstadien.«

Jess nickte. »Die stehen auch bei Konzerten draußen.«

»Ja, richtig, und mit so was fährt er jetzt durch die Grafschaft. Du bestellst bei ihm, dann fährt er los und bereitet praktisch vor der Haustür das Essen frisch zu und liefert es.« Sie deutete auf die Tische in der Mitte des Us. »Aber mit dem da kann er natürlich nicht mithalten.«

»Das liegt daran«, mischte sich Kapoor in ihre Unterhaltung ein, »dass Ihr Mr Roowapindiban die … wie soll ich es ausdrücken? … die ›eingebritischte‹ Version der indischen Küche anbietet. Bei ihm gibt es alles, was die Engländer für indisches Essen halten.« Er beugte sich vor, um an Anne vorbei zu Jess zu sehen. »Wissen Sie, Miss Randall, welches Gewürz es in Indien nicht gibt?«

Sie sah ihn an und zuckte ratlos mit den Schultern. »Salz vielleicht?«

»Nein, Curry.«

»Curry?« Jess verzog ungläubig das Gesicht. »Aber Curry kommt doch aus Indien, oder etwa nicht? Woher kommt es denn dann?«

»Von nirgendwoher«, antwortete Kapoor. »Curry als Gewürz existiert gar nicht, das ist eine Erfindung Ihrer Vorfahren, die unser Land kolonialisierten. Sie nannten das, was wir aus unzähligen Gewürzen in genauso unzähligen Kombinationen zubereiten, einfach einheitlich Curry, und irgendwann hat sich der Begriff verselbstständigt – außerhalb von Indien natürlich nur. Bei uns zu Hause redet man von Masala, und da gibt es so viele verschiedene Varianten, wie es Einwohner in Indien gibt. Jede Familie hat ihr eigenes Rezept, und selbst das wird immer wieder variiert.«

»Interessant«, sagte Anne, nachdem sie mit einem Schluck Tee den zu intensiven Kümmelgeschmack ihrer Gemüseballchen heruntergespült hatte. »Wissen Sie, Mr Kapoor, mich fasziniert bei solchen Dingen immer wieder, wie hartnäckig die Menschen an manchem festhalten, obwohl es längst widerlegt worden ist. Ich glaube, man wird in zweihundert Jahren immer noch im Supermarkt im Gewürzregal ein Tütchen Currypulver kaufen können, auch wenn die Leute zigmal gesagt bekommen, dass es das als eigenes Gewürz gar nicht gibt.«

»Tja, Miss Remington, der Mensch ist nun mal ein Gewohnheitstier«, sinnierte Kapoor. »Vermutlich haben Sie und ich auch solche Eigenarten, dass wir von irgendeiner Meinung nicht abzubringen sind, nur merken wir es nicht.« Er lächelte sie an, sah auf die Armbanduhr und sagte: »Ah, es wird Zeit, dass wir zum Ende kommen.«

»Zum Ende? Es hat doch noch gar nicht angefangen«, scherzte Anne und schob ihren Teller zurück. Ein Diener kam zu ihr, um den Teller abzuholen. Bevor er fragen konnte, was er als Nächstes bringen sollte, gab Kapoor ihm ein Zeichen, woraufhin er sich mit den anderen jungen Männern zurückzog. Anne sah ihnen nach und war fest davon überzeugt, dass einige von ihnen viel zu jung sein mussten, als dass sie seit so vielen Stunden hätten arbeiten dürfen. Aber das war etwas, womit sie sich später immer noch befassen konnte.

Kapoor stand auf, ging um die U-förmige Tafel herum und stieg die Stufen zum Podest hinauf, um die Holzkiste zu holen, auf die er schon bei der Begrüßung gedeutet hatte. Er stellte sich hinter die Tafel, auf der das Büffet angerichtet war, und räusperte sich.

»Meine lieben Gäste, werte Geschäftsleute, Ladies and Gentlemen, der Countdown beginnt in Kürze. In einer halben Stunde werde ich Sie mit einem brutalen Verbrechen konfrontieren, das Sie vor viele Rätsel stellen wird. Sie werden all Ihren Scharfsinn einbringen müssen, um die Beweise zu sichten, um mögliche Zeugen und Tatverdächtige zu verhören und schließlich und endlich mit dem Finger auf die Person zu deuten, die das hinterhältige Verbrechen begangen hat. Das Team, dem das nach Ablauf der Spielzeit gelingt, bekommt den Hauptpreis überreicht, aber natürlich wird niemand leer ausgehen, schließlich gibt es keine Verlierer, sondern nur Zweitplatzierte.«

Während er in die Runde sah und seine Gäste anlächelte, vibrierte Annes Handy. Sie zog es aus der Tasche und hielt es unterhalb der Tischkante so, dass sie das Display lesen konnte. Franklin hatte ihr eine SMS geschickt. Sie öffnete die Nachricht und las: *Bombay-Boy ist bei uns sauber. Frage noch Kontakte im Ausland. Fr*

Ein leises »Hm« kam ihr über die Lippen. Sie hätte zwar schwören können, dass dieser Mann nicht der strahlende Traummann war, als der er sich präsentierte, aber wenn Franklin nichts gefunden hatte, dann gab es auch nichts zu finden. Der Detective arbeitete so wie jeder ihrer Mitarbeiter äußerst gewissenhaft.

Sie steckte das Telefon weg und sah wieder zu Kapoor, der soeben den Verschluss der Kiste öffnete. »Und das«, verkündete er mit einer weiteren dramatischen Kunstpause, »ist der Hauptpreis.«

Der Deckel ging auf, und dann … fiel ein abgetrennter, blutiger Kopf heraus, der auf der Tischplatte aufschlug, abprallte und sich einmal um sich selbst drehte, ehe er aufrecht in der Mitte der Platte mit Safranreis landete und dort liegen blieb.

5

Der Schreck währte bei Anne nur einen Moment lang, dann sprang sie schon von ihrem Platz auf und lief um die Tafel herum zu Kapoor, der nur dastand und auf den Kopf im Reisrand starrte. Einige Gäste lachten amüsiert, da sie den Vorfall offenbar für einen makabren Scherz ihres Gastgebers hielten, allerdings saßen sie auch am weitesten entfernt. Von dort war es für einen unbedarften Zuschauer durchaus möglich, den Kopf für eine Attrappe zu halten – ganz im Gegensatz zu Anne, die zwar wenig unmittelbare Erfahrung mit Enthaupteten hatte, aber bei der Recherche oft genug solche Fotos gesehen hatte.

Das Skurrile daran war, dass ein echter abgeschlagener Kopf sie meist an eine übergestülpte Maske erinnerte, während Masken, die solche Köpfe darstellen sollten, viel zu lebendig wirkten.

Das hier war eindeutig real, das verriet ihr auch das Blut, das aus der Kiste tropfte, die Kapoor noch immer in seinen Händen hielt, da er nicht fassen konnte, was er da sah. So erging es auch den meisten seiner Gäste, von denen einige den Kopf anstarrten, dabei aber kreidebleich wurden. Aus dem Augenwinkel bemerkte Anne, dass ein paar Leute ohnmächtig geworden und auf den Tisch gesunken waren, während ein oder zwei aufsprangen und dabei ihren Stuhl umwarfen, wohl um noch schnell genug an die frische Luft zu gelangen, bevor sie sich übergeben mussten. Die gleich darauf folgende Geräuschkulisse verriet ihr, dass sie es nicht mehr rechtzeitig geschafft hatten.

Auf einmal stand Jess hinter ihr.

»Was machst du hier?«

»Ich will mir das ansehen«, antwortete sie. »Der sieht ja richtig echt aus.«

»Stimmt, weil er echt *ist*«, gab Anne zurück.

»Ehrlich?«

Sie nickte und wunderte sich, dass Jess nicht erschrocken zurückwich, sondern daraufhin nur noch genauer hinsah.

»Wird dir davon nicht schlecht?«, erkundigte sie sich.

Jess schüttelte den Kopf. »Nö. Ich will mal Rechtsmedizinerin werden«, erklärte sie.

»Ist das dein Ernst? Du weißt aber schon, dass das in der Realität nicht so schön ist wie bei *CSI*, und erst recht nicht wie bei *Body of Proof*, oder?«

»Ja, ich weiß. Ich hab ja schon ein Praktikum bei uns im Leichenschauhaus gemacht.«

Anne musterte die junge Frau und konnte nur staunen, welche Wandlung ihre Meinung über Jess innerhalb weniger Stunden durchgemacht hatte. Am Morgen hatte sie noch den Eindruck gehabt, dass man ihr erzählen konnte, sie solle heißes Wasser einfrieren, dann müsse sie später nur noch die Eiswürfel erhitzen und könnte schon einen Tee aufsetzen. Während der Fahrt war aus der wortkargen, meistens in Gedanken versunkenen jungen Frau eine angenehme Beifahrerin geworden, mit der man sich gut unterhalten konnte, und nun legte sie auch noch diese Überraschung nach …

»Okay, dann weißt du ja, was ich jetzt brauche.«

»Einweghandschuhe«, sagte Jess wie aus der Pistole geschossen. »Und eine Plastiktüte, um den Kopf zu verpacken.«

Anne zog den Wagenschlüssel aus der Hosentasche. »Hier. Im Kofferraum findest du hinter der linken Verkleidung ein Fach, da ist ein kleiner Zubehörkoffer verstaut. In dem findest du Handschuhe und Plastikbeutel für Beweismittel, bring von jedem … nein, bring den Koffer mit, das ist einfacher. Ich weiß nicht, was wir noch alles brauchen werden.«

»Wieso hast du Plastikbeutel für Beweismittel dabei?«, fragte die junge Frau.

»Das erkläre ich dir nachher. Hol erst mal den Koffer, okay?«

»Schon unterwegs«, rief Jess ihr zu, während sie davoneilte.

Nachdem Anne wieder allein mit dem nach wie vor erstarrten Kapoor war, wandte sie sich an die anderen Gäste. »Ladies and Gentlemen, darf ich kurz um Ihre Aufmerksamkeit bitten? Mein Name ist Anne Remington, Detective Chief Inspector Remington«, rief sie, um das Stimmengewirr zu übertönen. »Verlassen Sie bitte den Saal, und lassen Sie sich von den Dienern dabei helfen, die Ohnmächtigen nach draußen an die Luft zu bringen. Wenn wir hier die Spuren gesichert haben, werde ich mich an Sie wenden. Bis auf Weiteres betritt niemand diesen Saal, da sich hier offenbar ein Verbrechen zugetragen hat. Haben Sie verstanden?« Gemurmel machte sich breit, von einigen eindeutig bestätigender Art, während andere ihren Unmut kundtaten, wohl, weil sie gern dicht am Geschehen drangeblieben wären.

Sie sah, dass mindestens zwei oder drei Gäste ihr Handy hervorgeholt hatten, um ein Foto von dem abgetrennten Kopf zu machen. Es wäre nutzlos gewesen, sie jetzt noch daran hindern zu wollen, außerdem gab es Wichtigeres zu tun.

»Mr Kapoor«, wandte sie sich an den Gastgeber. »Sagen Sie Ihrem Personal, es soll die Leute hier rausschaffen – und stellen Sie bitte diese Holzkiste auf den Tisch.« Sie wartete, nichts geschah. »Mr Kapoor?«

Ein Ruck ging durch den Mann, er blinzelte ein paar Mal, dann nickte er und stellte die Kiste ab, in der sich der Kopf befunden hatte. »Was soll ich?«

»Ihrem Personal sagen, es soll Ihre Gäste nach draußen begleiten und sich um die Leute kümmern«, wiederholte sie. »Ich kann jetzt niemanden sonst hier gebrauchen.«

»Ja, sicher«, murmelte er, dann winkte er einen der Diener zu sich und sagte etwas auf Hindi zu ihm. Der junge Mann nickte und rief seinen Kollegen etwas zu, die sich daraufhin um die Gäste kümmerten.

»Danke, Mr Kapoor. Kennen Sie das Opfer?«, wollte sie wissen.

»Ja, das ist … das war Jok Bakherjee … mein Assistent, mein Verwalter, meine rechte Hand, wenn man so will«, antwortete er noch immer wie benommen. »Er hat sich hier vor Ort um meine Kunden gekümmert und auch auf die Burg aufgepasst.«

»Könnten Sie sich vorstellen, wer dafür verantwortlich ist?«

Kapoor rieb sich mit den Händen übers Gesicht. »Ich wüsste nicht mal, was er getan haben sollte, um so zu enden. Das ist … entsetzlich.«

»Wann haben Sie denn Mr Bakherjee das letzte Mal gesehen?«, hakte sie nach. Sie bemerkte, dass eine der Türen zum Saal geöffnet wurde, dann sah sie Jess mit dem Koffer hereinkommen.

»Das war am Mittwochmittag.«

Sie betrachtete Bakherjees Kopf, der keineswegs den Eindruck machte, bereits vor zwei Tagen abgetrennt worden zu sein. Dagegen sprach vor allem die Tatsache, dass noch Blut aus dem Hals tropfte.

»Also vor zwei Tagen«, fügte Anne hinzu. »Zugegeben, diese Burg ist sehr groß, aber Sie haben Mr Bakherjees Fehlen seitdem nicht bemerkt?«

»Nein, nein«, erwiderte Kapoor. »Er hatte in London irgendwelche privaten Angelegenheiten zu erledigen, und er wollte sich am Wochenende mit ein paar Bekannten treffen und am Sonntag oder Montag zurückkommen. Er ist am Mittwochmittag aufgebrochen. Ich habe ihn wegfahren sehen … zur Ebbe am Mittag.«

»Dann ist er offenbar früher zurückgekommen«, stellte Anne fest, während Jess den kleinen Koffer auf der langen Tafel abstellte. »Vielleicht hatte er etwas vergessen.«

»Nein, sein Wagen ist gar nicht da. Ich bin vorhin noch über den Hof gegangen«, sagte Kapoor. »Der Platz ist leer, auf dem sein Wagen sonst steht.«

»Haben Sie Mr Bakherjee abfahren sehen?«, hakte sie nach. »Oder haben Sie seinen Wagen wegfahren sehen?«

Kapoor überlegte kurz. »Ich stand oben im Turm am Fenster ... das heißt ... es war sein Wagen, aber wenn ich es genau überlege ... nein, den Fahrer konnte ich nicht erkennen. Ich bin einfach davon ausgegangen, dass es Bakherjee war.« Er schüttelte nachdenklich den Kopf, und gerade wollte er noch irgendetwas ergänzen, als er auf einmal stutzte. »Miss Remington, wieso stellen Sie mir eigentlich solche Fragen? Ich weiß ja von Ihrem Krimifaible, aber ... na ja, ich möchte nicht gerade wie ein Schwerverbrecher von Ihnen verhört werden.«

»Das machen Polizisten nun mal, wenn sich ein Mord ereignet hat, Mr Kapoor.«

»Sie sind Polizistin?«

»Ja, haben Sie das gerade eben nicht mitbekommen?« Sie zog das Mäppchen mit der Dienstmarke aus der Hosentasche und hielt es ihm aufgeklappt hin. »DCI Anne Remington, Northgate Police.«

Kapoor verzog grimmig den Mund. »Sie sagten, Sie seien Buchhalterin. Sie haben mich getäuscht.«

»So würde ich das nicht ausdrücken«, hielt sie dagegen und wunderte sich, dass der Mann so gereizt reagierte, anstatt froh darüber zu sein, dass sich jemand an Ort und Stelle befand, um die Angelegenheit in die Hand zu nehmen. »Ich habe Ihnen erzählt, dass ich gut schießen kann, dass ich mich für Kriminalfälle interessiere und dass ich mit Buchhaltung zu tun habe, und alles stimmt.«

»So ein Blödsinn«, knurrte er.

»Das ist kein Blödsinn«, widersprach sie. »Die Fakten waren zutreffend, nur die ›Verteilung‹ war vielleicht ein wenig schwammig formuliert. Welchen Schluss Sie daraus ziehen, tja, darauf habe ich keinen Einfluss.«

»Sie wissen so gut wie ich, dass das nur Haarspalterei ist, DCI Remington«, brummte er. »Außerdem haben Sie gar keine Befugnis, hier als Polizistin aufzutreten.«

»Wie soll ich das verstehen?«

»Diese Insel gehört nicht zu England, sondern zu den Lloyd Isles«, erklärte er. »Die bestehen aus der Isle of Gilmore, der Isle of Waters und der Isle of Dwight. Die Isle of Gilmore ist die Hauptinsel der Gruppe, und zuständig ist Police Chief Superintendent Hardison.«

»Das wissen Sie aber sehr genau. Wie kommt das?«, fragte sie prompt. Ihr war im Lauf der Jahre aufgefallen, dass es in erster Linie – zumindest potenzielle – Gesetzesbrecher waren, die sich sehr genau mit Zuständigkeiten, Rechten und Pflichten des Polizeiapparats auskannten, um sich mit juristischen Spitzfindigkeiten herausreden zu können.

Nach einem winzigen, fast unmerklichen Zögern erwiderte Kapoor: »Wir … hatten hier mal einen Einbruch zu melden, und daher weiß ich das. Mein Assistent hatte die nächste Polizeistation bei Whitehaven informiert, und da wurde ihm gesagt, er müsse sich an die Polizei auf der Isle of Gilmore wenden. Obwohl wir zweimal am Tag durch den Damm mit dem Festland verbunden sind, zählen wir rechtlich zu den Lloyd Isles.«

Anne nickte. »Gut, dann geben Sie mir die Nummer der dortigen Polizei, damit ich anrufen und die Kollegen anfordern kann.«

Wieder zögerte Kapoor, schließlich fragte er: »Warum drängen Sie so darauf, das alles jetzt sofort zu erledigen? Jok ist tot, es lässt sich nicht mehr ändern, Detective.«

»Das weiß ich auch, Mr Kapoor. Aber der Mord scheint sich innerhalb der letzten Stunden abgespielt zu haben, und das würde bedeuten, dass der Täter höchstwahrscheinlich noch hier auf der Insel ist. Damit haben wir die Chance, ihn dingfest zu machen, bevor er uns entwischen kann.« Sie ließ eine lange Pause folgen. »Oder ist Ihnen etwa nicht daran gelegen, den Mörder zu finden?«

Ihr Gastgeber presste einen Moment lang die Lippen zusammen, atmete tief durch die Nase und gab sich einen

Ruck. »Verzeihen Sie, Miss Remington«, sprach er dann ruhig. »Natürlich möchte ich, dass der Mörder gefasst wird. Die letzten Minuten waren nur etwas viel für mich, weil so viel gleichzeitig auf mich eingestürzt ist … dieser brutale Mord … dann die Enthüllung, dass Sie mich getäuscht haben, auch wenn Sie das anders sehen … und – das mag jetzt für Sie oberflächlich klingen – die Tatsache, dass das vor all meinen englischen Geschäftspartnern geschehen ist. Ich weiß, diese abscheuliche Tat wiegt schwerer als alles andere, aber als Unternehmer denkt man auch an die Konsequenzen, an das Image. So etwas kann einem das Genick brechen.«

»Jess«, wandte sie sich an die junge Frau. »Kannst du mir meine Lederjacke holen? Die liegt auf dem Bett, hier ist der Zimmerschlüssel.«

»Sonst noch was?«, fragte Jess und schien nur darauf zu warten, sich irgendwie nützlich zu machen.

Anne überlegte kurz. »Ja, sieh zu, ob du irgendwo einen Notizblock oder etwas in der Art auftreiben kannst. Wir müssen die Aussagen der anderen Gäste und des Personals aufnehmen.«

»Okay.« Jess war schon auf dem Weg nach draußen, während sich Anne wieder dem Gastgeber zuwandte.

»Das klingt nicht so oberflächlich, wie Sie glauben, Mr Kapoor«, versicherte sie ihm. »Sie müssen natürlich an solche Dinge denken, aber gerade deshalb ist es umso wichtiger, der Wahrheit auf den Grund zu gehen, damit Ihre Gäste sehen, dass Sie diesen geschmacklosen Vorfall nicht zu verantworten haben.«

»Ja, ich weiß. Ich werde auch tun, was ich kann, um Ihnen zu helfen.«

»Das können Sie, indem Sie mich mit einer Liste getrennt nach Personal und Gästen versorgen. Und rufen Sie für mich die Polizei auf der Isle of Gilmore an, ich will diesen Superintendent Hardison zumindest darüber informieren, dass ich bis auf Weiteres die Ermittlungen leite.«

Kapoor nickte und zog sein Handy aus der Jackentasche, inzwischen öffnete Anne den Koffer und nahm Einweghandschuhe und Plastikbeutel heraus. Sie beschriftete die Beutel mit Datum und Uhrzeit und dem Namen des Opfers, da hörte sie, dass Kapoor sein Telefon auf Lautsprecher gestellt hatte.

»*Lloyd Isles Police, was kann ich für Sie tun?*«, meldete sich eine Frauenstimme.

»Hier ist Siddarth Kapoor von Bhatpara Castle«, sagte er.

»*Ah, Mr Kapoor, wie geht es Ihnen?*«, fragte die Frau. »*Ich nehme an, Sie möchten den Superintendent sprechen.*«

»Ja, ich …«

»*Tut mir leid, aber er ist nicht da.*«

»Können Sie mir seinen Detective geben?«

»*Auch nicht da.*«

Kapoor legte die Stirn in Falten. »Ist denn …«

»*Außer mir ist niemand da, und ich kann auch niemanden zu Ihnen schicken, Mr Kapoor*«, unterbrach sie ihn, da sie offenbar gewusst hatte, was er als Nächstes fragen wollte. »*Auf der Isle of Waters spielt sich in einer Pension derzeit eine Geiselnahme ab, und alle unsere Leute sind vor Ort im Einsatz. Egal was es ist, ich muss Sie um Geduld bitten.*«

»Ja, ist gut, danke«, sagte Kapoor und legte auf. Er schaute zu Anne. »Wie es aussieht, ist es jetzt so oder so Ihr Fall, DCI Remington.«

Sie nickte bestätigend. »Hatte Mr Bakherjee Feinde?«

Kapoor zuckte mit den Schultern. »Ich habe ihn jedes Jahr genauso lange gesehen wie meine Katze, Miss Remington. Den Rest des Jahres, also gut zehn Monate lang, hatten wir nur per Mail Kontakt, ab und zu auch mal per Telefon. Ich habe keine Ahnung, mit wem er Umgang hatte. Er stand mit meinen Geschäftspartnern in Kontakt, weil er wegen der Zeitdifferenz für die Leute hier besser zu erreichen war als ich. Aber wie gesagt, was er in der übrigen Zeit gemacht hat und mit wem er sich womöglich getroffen hat, weiß ich nicht.«

»Okay«, gab sie nachdenklich zurück. »Als Sie heute Mittag nach der Begrüßung den Saal verlassen haben, da haben Sie die Kiste doch stehen lassen. Wann haben Sie sie danach das letzte Mal gesehen?«

»Nachdem Sie zu Ihrem Wagen gegangen sind.«

»Und da war noch alles in Ordnung?«

»Ja, da befanden sich noch die kleinen Goldbarren in der Kiste«, erklärte er.

»Goldbarren?«

»Ganz richtig«, bestätigte er.

»Sie lassen eine Kiste voller Gold einfach hier im Saal stehen?«, wunderte sich Anne. »Hatten Sie denn keine Angst, jemand könnte sich in einem unbeobachteten Moment an der Kiste zu schaffen machen?«

Ein Lächeln huschte über Kapoors Gesicht. »Ich zweifle nicht an der Loyalität meiner Bediensteten, und ich würde auch keinem meiner Gäste unterstellen, sich unehrenhaft zu verhalten, Miss Remington. Trotzdem bin ich nicht so naiv, Goldbarren im Wert von knapp hunderttausend Pfund unbewacht herumliegen zu lassen.« Nach einer kurzen Pause fügte er hinzu: »Diese Barren waren aus mit Goldfarbe lackiertem Blech mit einer Bleiplatte im Inneren, um ihnen das nötige Gewicht zu verleihen.«

»Aha, und diese Attrappen waren noch vorhanden, als Sie um … wie viel Uhr war das, als Sie nachgesehen haben?«

»Gegen zwei würde ich sagen. Wir beide haben uns ja noch eine Weile unterhalten, dann sind wir hergekommen, Sie sind rausgegangen, ich habe die Kiste geöffnet.«

Sie überlegte kurz. »Dann muss der Austausch also zwischen vierzehn und fünfzehn Uhr stattgefunden haben, obwohl … Ihre Bediensteten haben wann damit begonnen, alles für das Essen vorzubereiten?«

»Kurz nach zwei. Ich habe sie extra noch mal zur Eile angetrieben, weil sie nur noch weniger als eine Stunde hatten, um alles anzurichten.«

»Das heißt, von da an herrschte hier Hektik«, folgerte Anne. »Damit dürfte es für den Täter schwierig gewesen sein, sich mit einem abgeschlagenen Kopf in der Hand in den Saal zu schleichen. Wenn es hier von Dienern wimmelt, läuft er doch Gefahr, von irgendjemandem beobachtet zu werden.«

»Der Täter könnte die Kiste aber mitgenommen haben, um den Austausch woanders vorzunehmen«, gab der Inder zu bedenken. »Wenn er mit ein paar Stühlen herkommt, kann er auf dem Weg nach draußen die Kiste mitnehmen, in einer stillen Ecke die Goldbarren entnehmen und den Kopf hineinlegen.«

Anne lehnte sich gegen die Tischkante gleich hinter ihr. »Dazu müsste sich der Täter bestens hier auskennen und wissen, wo er eine solche stille Ecke finden kann.«

Kapoor setzte eine betretene Miene auf. »Ich weiß, ich mache Ihnen damit die Arbeit nicht leichter, Detective, aber so gut wie jeder, der sich momentan in der Burg aufhält, kennt sich hier bestens aus.«

»Wie soll ich das verstehen?«

Er hob entschuldigend die Hände. »Meine Bediensteten arbeiten seit Jahren für mich …«

»Seit Jahren?«, unterbrach sie ihn. »Einige von Ihren Bediensteten wirken auf mich nicht älter als sechzehn oder siebzehn. Wie sollen sie seit Jahren für Sie arbeiten?«

»Ich muss Sie enttäuschen, Miss Remington«, sagte Kapoor. »Aber das durchschnittliche Alter meiner Diener liegt bei fünfundzwanzig. Dass sie alle viel jünger wirken, liegt daran, dass ich bei der Einstellung ganz speziell diesen Typ auswähle, also schmale Statur, nicht allzu groß, und vor allem ein jugendliches Erscheinungsbild.«

Anne sah ihn nur fragend an, woraufhin er fortfuhr: »Es ist nicht das, was Sie womöglich jetzt denken. Ich habe bei meinen ersten Veranstaltungen die Erfahrung gemacht, dass einige meiner Gäste ängstlich reagierten, wenn sie mit einem älteren und auch entsprechend älter aussehenden indischen

Diener konfrontiert wurden. Ich weiß nicht, ob es irgendetwas Rassistisches ist, was da bei den Leuten durchkommt, aber auf jeden Fall sind ihnen jüngere, kleinere Diener lieber. Mir geht es nur darum, dass sich meine Gäste wohlfühlen.«

»Gut, dagegen kann ich nichts einwenden«, sagte sie, nachdem sie kurz über die Logik hinter einer solchen Denkweise nachdachte, aber keine befriedigende Antwort finden konnte. »Aber Sie sprachen davon, dass sich fast *jeder* hier auskennt. Bezog sich das auch auf die Gäste?«

»Ganz richtig, Detective«, bestätigte er und nickte betrübt. »Durch die Mördersuche bedingt, kommen meine Gäste in der ganzen Burg herum. Damit es nicht langweilig wird, gibt es jedes Mal einen Trakt oder ein Kellergewölbe mehr zu erkunden, und allmählich sind keine Räumlichkeiten mehr übrig, die sie noch nicht gesehen haben. Wenn es also darum geht, sich zu verstecken, dann können Ihnen die meisten wahrscheinlich gleich vier oder fünf Ecken nennen, wo man von niemandem gesehen wird.«

»Hm«, machte sie. »Das erleichtert mir die Arbeit überhaupt nicht.«

»Das habe ich befürchtet.« Kapoor zuckte hilflos mit den Schultern.

»Aber von den Gästen konnte niemand wissen, dass Mr Bakherjee noch in der Burg war. Am Mittwoch war von ihnen keiner hier, als er angeblich abgefahren ist«, überlegte sie.

Ihr Gastgeber ließ sich erschöpft auf die mittlere Stufe zum Podest sinken. »Detective, Sie wissen, ich bin ein Krimifan, deshalb nehmen Sie es mir nicht übel, wenn ich Ihnen sage, dass ich mich im Moment fühle, als wäre ich in eine *Columbo*-Episode geraten. Für jede Überlegung, die Sie anführen, liefere ich ein Gegenargument, als wollte ich versuchen, Sie von Ihrer Fährte abzubringen.«

»Mr Kapoor, Sie belasten sich nicht selbst, wenn Sie mich darauf hinweisen, dass ich Unsinn rede«, ließ sie ihn wissen.

»Miss Remington, so etwas würde ich Ihnen niemals unterstellen. Aber es muss ja gar nicht so sein, dass Mr Bakherjee noch in der Burg war. Ich sagte ja bereits, ich weiß nicht, was mein Verwalter getan hat, wenn ich nicht da war.« Kapoor machte eine vage Geste. »Angenommen, er ist am Mittwoch tatsächlich von hier weggefahren und hat sich ohne mein Wissen mit einem meiner Kunden getroffen. Er wollte irgendetwas mit ihm verabreden, das ist schiefgelaufen, er wurde niedergeschlagen und irgendwo festgehalten, dann legt der Kunde Bakherjee in den Kofferraum, fährt mit ihm her, biegt irgendwo unterwegs in einen Waldweg ein, wo er ihn enthauptet, dann bringt er den Kopf auf die Insel und versteckt ihn in der Kiste.«

Anne hatte mit geschlossenen Augen der Schilderung gelauscht, um sich den Ablauf bildlich vorzustellen. Schließlich erwiderte sie: »Ich kann mir zwar nicht vorstellen, was Ihr Assistent vorgeschlagen haben soll, dass ihn daraufhin jemand enthauptet, aber … es ist nicht schlichtweg unmöglich. Nur … warum bringt er dann den Kopf her? Warum lässt er nicht einfach die Leiche verschwinden?«

»Um von sich abzulenken? Um den Eindruck zu erwecken, dass die Tat hier begangen wurde und nur jemand infrage kommen kann, der sich schon vor der Ankunft der Gäste hier aufgehalten hat?«

In dem Moment kam Jess zurück, brachte Annes Lederjacke und noch irgendeine Umhängetasche mit. Allerdings war sie nicht allein. Phaedra trottete hinter ihr her und lief zielstrebig auf Anne zu, sprang auf den Tisch und schmiegte sich sofort an sie, als hätte sie sie seit einer Ewigkeit nicht mehr gesehen.

»Ich kann nichts dafür, sie ist einfach mitgekommen«, rechtfertigte sich Jess hastig. »Bevor ich die Tür zumachen konnte, war sie schon im Gang, und als ich sie mir schnappen wollte, ist sie so lange vor mir hergelaufen, bis ich es aufgegeben habe. Dann hat sie mich vorbeigelassen und ist mir hinterhergelaufen.«

Anne zuckte mit den Schultern. »Katzen haben ihren eigenen Willen, da kann man nicht viel dagegen unternehmen, außer sich ein paar hässliche Kratzer zu holen.« Sie sah zu ihrem Gastgeber. »Mr Kapoor, wenn Sie uns vorläufig allein lassen könnten? Wir müssen jetzt eine Weile ungestört sein.«

»Ja, natürlich«, sagte er und ging zur Tür. »Wenn Sie mich brauchen, sagen Sie meinem Diener Bescheid, er wird da draußen im Korridor warten.«

»*Wir?*«, fragte Jess, nachdem Kapoor den Saal verlassen hatte. »Ich darf dir helfen?«

»Meinst du etwa, ich will die ganze Arbeit allein machen?«, konterte Anne und grinste sie ironisch an. Sie zeigte auf die Umhängetasche. »Was ist das?«

»Sozusagen mein Notizblock.«

»Sozusagen?«

Jess lächelte vielsagend und wackelte mit den Augenbrauen. »Du wirst schon sehen.«

»Dann muss ich mich wohl überraschen lassen«, meinte Anne und griff nach ihrem Handy. »Jetzt muss ich erst mal telefonieren.«

Sie tippte auf die Wahlwiederholung.

»Ja, Chief?«, meldete sich DI Franklin.

»Haben Sie noch etwas über Mr Kapoor rausgefunden?«, fragte sie.

»Ich warte noch auf die Rückmeldungen, Chief.«

»Können Sie da ein bisschen Druck machen? Ich hätte nämlich noch einen zweiten Namen für Sie. Jok Bakherjee, der Verwalter der Burg und Assistent von Kapoor.«

»Okay, was hat er angestellt?«

»Man könnte sagen, er hat den Kopf verloren«, antwortete sie und hörte, wie Jess im Hintergrund ein Prusten zu unterdrücken versuchte.

»Oh, dann hat er tatsächlich was angestellt?«

»Genau das, was ich gerade sagte. Er hat sich enthaupten lassen.«

»Nicht sehr schön.«

»Ganz meine Meinung.«

»Benötigen Sie Unterstützung, Chief?«

»Nicht hier vor Ort, das kann ich allein bewältigen. Aber ich kann nicht gleichzeitig unsere Datenbestände durchsuchen, ob da irgendwo dieser Bakherjee auftaucht. Finden Sie raus, was Sie können. Später bekommen Sie von mir noch eine Namensliste, die müssen Sie auch überprüfen.«

Franklin seufzte leise. »Und ich nehme an, die Resultate brauchen Sie vorgestern, richtig?«

»Mindestens. Einen Tag davor wäre mir noch lieber.«

»Ich muss jetzt aber erst noch was erledigen«, wandte er ein.

»Was Dringendes?«, fragte Anne knapp.

»Ihre Katzen würden das mit einem klaren ›Ja‹ beantworten.«

Anne musste lächeln. »Schon klar, aber … warten Sie. Wir haben jetzt kurz nach sechs. Um die Zeit bin ich meistens sowieso noch nicht zu Hause, das heißt, die drei schlafen noch. Fahren Sie bitte gegen acht Uhr hin, dann können Sie vorher noch sehen, ob Sie was über diesen Jok Bakherjee herausfinden.«

»Wird erledigt. Aber wenn Toby sich beschwert, weil er so lange auf sein Abendessen warten musste, dann werde ich ihm sagen, er soll Sie anrufen, Chief.«

Lachend beendete sie das Gespräch und steckte das Handy weg.

»Du bist echt Polizistin«, staunte Jess, während Anne Einweghandschuhe und Plastikbeutel aus dem kleinen Koffer holte. »Warum hast du mir das nicht gesagt?«

Sie erklärte der jungen Frau den Grund für die Heimlichtuerei und fügte hinzu: »Lord Bromshire hatte Angst, dir könnte versehentlich eine falsche Bemerkung rausrutschen.«

»Klar, ich bin ja auch noch vier und verplappere mich bei jeder Gelegenheit«, spottete Jess und zog den Reißverschluss der Umhängetasche auf.

»Ich fand's erst auch etwas unsinnig«, entgegnete Anne.

»Aber zwei- oder dreimal hätte ich mich sogar selbst fast verplappert. Jetzt zeig schon, was ein ›sozusagener Notizblock‹ sein soll.«

»Und ich hatte schon überlegt, ob ich dein Smartphone konfisziere, damit ich wenigstens ein paar halbwegs brauchbare Fotos von Bakherjees Kopf habe«, sagte Anne, während sie das abgetrennte Haupt vorsichtig von den Reiskörnern befreite und so hielt, dass Jess die Fotos machen konnte. »Dass du eine Digitalkamera mit allem Schnickschnack im Gepäck haben könntest, wäre mir nie in den Sinn gekommen.«

»Und ein iPad als Notizblock ist auch keine schlechte Idee, oder?«, entgegnete die junge Frau grinsend.

»Davon hast du mich schon jetzt überzeugt«, bestätigte Anne, da Jess ihr in einer kurzen Einführung gezeigt hatte, wie sie das Gerät für die Ermittlungen nutzen konnten.

»Können wir das iPad auch für die Zeugenaussagen einsetzen?«, wollte Jess wissen.

»Wie meinst du das?«

»Na, ich meine, können wir die Leute filmen, wenn wir sie befragen? Dann müssen wir nicht alles mitschreiben, und es kann anschließend niemand behaupten, dass er dies und das gar nicht gesagt hat.«

Anne schüttelte den Kopf, aber als sie merkte, dass Jess die Geste falsch auffasste, sagte sie: »Ich wollte deinen Vorschlag nicht abtun, Jess, ich habe nur gerade überlegt, dass du auch eine gute Polizistin werden könntest. Du denkst mit, du bist aufmerksam. Das sind gute Eigenschaften, um es zum Detective zu bringen.«

Die junge Frau lächelte sie strahlend an. »Danke, Anne, das ist sehr nett von dir.« Sie beugte sich vor, um den Schnitt im Detail zu fotografieren. »Ich werde mir das mal durch den Kopf gehen lassen.«

Als Anne ihr zusah, mit welcher Präzision sie ihre freiwillige Arbeit erledigte, und ihr Anweisungen gab, wie sie den Kopf drehen sollte, erklärte sie schließlich: »Andererseits bist du vielleicht für die Arbeit als Gerichtsmedizinerin noch besser geeignet.«

»Findest du?«

»Ja, das finde ich. Es gibt nicht viele Leute, die sich einen abgetrennten Kopf so aus der Nähe ansehen können wie du, ohne dass ihnen zumindest ein wenig mulmig wird.«

Jess zuckte mit den Schultern. »Okay, das ist zwar schlimm, was hier passiert ist, aber es lässt sich nicht mehr rückgängig machen, egal ob ich deswegen kotzen muss oder nicht. Ich habe damit kein Problem … jedenfalls solange es keine Tiere sind. Ich glaube, das könnte ich nicht«, murmelte sie und wurde ernster.

»Jess, konzentrier dich auf das, was jetzt zu tun ist, nicht auf irgendwas, was gerade keine Rolle spielt, okay?«

»Ja, okay.« Sie rang sich zu einem Lächeln durch, und dann war sie gleich wieder eifrig bei der Arbeit.

»So, mehr Fotos brauchen wir bestimmt nicht«, meinte Jess nach ein paar Minuten.

»Dann kann ich den Kopf ja jetzt eintüten.«

»Ja«, bestätigte sie. »Das, was ich dir zeigen will, ist auf dem Bildschirm besser zu sehen.«

»Was willst du mir zeigen?«, fragte Anne.

»Gleich, ich muss erst die Fotos überspielen.«

Anne hatte soeben den Kopf in den Plastikbeutel gesteckt, die blutigen Handschuhe ausgezogen und den Beutel verschlossen, als ihr Handy vibrierte und zweimal kurz klingelte. Sie holte es aus der Hosentasche und öffnete die eingegangene Nachricht.

»Von deinem Detective?«, fragte Jess beiläufig, während sie ein paar Fotos auswählte und in einer Galerie anordnete.

»Ja, er hat was zu Bakherjee gefunden, aber nichts Wichtiges. Ein paar Strafzettel wegen zu schnellen Fahrens. Aber er sucht weiter.«

»Ist das gut?«

»Dass er weitersucht?«

»Dass er über den Mann nichts finden kann«, sagte Jess.

Anne zuckte mit den Schultern und schnaubte leise. »Das kann alles und nichts bedeuten. Vielleicht hat er tatsächlich noch nie etwas getan, durch das er irgendwo irgendwem aufgefallen ist. Oder er hat was getan, aber seine Spuren so gut verwischt, dass nichts über ihn auftaucht. Im ersten Fall wäre es für ihn persönlich gut, im zweiten Fall nicht. Aber uns stellt das so oder so vor das Problem, dass es für uns keinen Ansatzpunkt für unsere Ermittlungen gibt. Wenn er nie mit irgendjemandem aneinandergeraten ist, haben wir keine Namen, denen wir nachgehen könnten. Wir wissen nicht, wem wir Fragen zu Bakherjee stellen könnten, weil wir keine Ahnung haben, mit wem er Umgang hatte – ausgenommen natürlich diese Gruppe Geschäftsleute nebenan.«

»Die wir alle noch befragen müssen«, ergänzte Jess.

»Ja. Vielleicht ergibt sich ja da eine Spur, die uns zu seinem Mörder führen kann.« Sie legte den Beutel mit Bakherjees Kopf auf den Tisch, auf dem bereits die verpackte und von Jess mit der gleichen Detailversessenheit fotografierte Kiste stand. »Was willst du mir zeigen?«, fragte sie und deutete auf das iPad.

Jess klappte den Ständer aus und stellte den Tablet-PC wie einen großen Bilderrahmen hin. »Hier«, begann sie. »Sieh dir den Schnitt an, mit dem sein Hals durchtrennt wurde.« Sie tippte die Bilder der Reihe nach an, die dann nacheinander vergrößert wurden.

»Ein sauberer Schnitt, wenn du das meinst«, erwiderte Anne. »Wie mit dem Lineal gezogen.«

»Ein perfekter Schnitt und vor allem exakt horizontal.«

»Und?«

»Na ja, ich frage mich, wie einem ein solcher Schnitt gelingen kann«, sagte Jess. »Wenn der Täter mit einem großen Messer ausgeholt hat, muss er ein Stück größer gewesen sein als Bakherjee …«

»Uns fehlt der Rest des Opfers, um etwas zu seiner Größe sagen zu können«, wandte Anne ein.

»Ich weiß, aber darum geht es auch gar nicht. Ich will sagen, dass ein Täter die Klinge absolut horizontal halten muss, damit ihm so ein Schnitt gelingen kann. Das Opfer dürfte sich dabei nicht bewegen, was aber an sich schon unmöglich ist, weil es von der Wucht, mit der die Klinge gegen den Hals trifft, zur Seite gedrückt wird. Das heißt, der Schnitt wird automatisch schief ...«

»Also kommt ein großes Messer nicht infrage«, folgerte Anne.

»Sogar aus einem weiteren Grund nicht, weil ich es für ziemlich ausgeschlossen halte, dass es dem Täter gelingen könnte, mit einem einzigen Schlag den Kopf vom Rumpf abzutrennen. Dafür ist ein Messer nicht schwer genug.«

»Eine Axt vielleicht?«, überlegte Anne.

»Die hätte genug Gewicht, aber auch da haben wir das Problem, dass die Wucht beim Auftreffen auf den Hals den Körper zur Seite drücken würde, und dann würde der Schnitt nicht so sauber ausfallen. Das gilt auch für ein Schwert.«

»Was soll der Täter dann benutzt haben?«, rätselte sie. »Etwa eine Kreissäge? Oder eine Kettensäge?«

Jess schüttelte den Kopf. »Nah dran, aber auch nicht richtig. Ein Sägeblatt würde das Gewebe aufreißen, aber das hier ist glatt durchtrennt, mit einem sauberen Schnitt.«

Anne betrachtete die Fotos noch einmal, während sie nachdachte. »Mit einem sehr schweren Messer könnte man das hinkriegen ... wenn sich das Opfer nicht bewegt, richtig?«

»Ja, richtig.« Jess grinste spitzbübisch.

»Sag schon, was du vermutest«, forderte Anne sie ein wenig ungeduldig auf.

»Das Opfer konnte sich nicht bewegen, der Kopf wurde mit einem sauberen Schnitt abgetrennt – welches Instrument fällt dir da ein?«

Anne riss die Augen auf. »Eine Guillotine!«

»Richtig. Eine Guillotine.«

»Es würde mich nicht wundern, wenn es hier noch einen Folterkeller gibt«, sagte Anne. »Aber das wird uns Mr Kapoor beantworten können. Das und sicher noch eine Menge anderer Fragen.« Sie drehte sich um und betrachtete die beiden Plastikbeutel. »Wir wissen nur noch nicht, ob Bakherjee bereits tot war, bevor es enthauptet wurde.«

Die junge Frau schüttelte den Kopf. »Nicht, wenn ich in dieses Gesicht sehe. Das ist im blanken Entsetzen erstarrt, und vor allem sieht man hier rund um den Mund, dass die obersten Hautschichten abgelöst wurden. Das spricht für Klebeband.«

»Damit Bakherjee nicht schreien konnte, als ihn der Tod ereilte.«

Jess nickte. »Und ich würde auch sagen, der Täter hat ihn rücklings auf die Bank gelegt, damit Bakherjee sieht, wie die Klinge nach unten geschossen kommt.«

»Sozusagen die Krönung eines Racheakts. Allerdings halte ich das Ganze ja für eine Warnung an Kapoor. So wie der abgeschlagene Pferdekopf in *Der Pate*.«

»Ja, so was habe ich eben auch schon gedacht. Aber Kapoor verhält sich irgendwie zu ruhig dafür. Oder er ist ein guter Schauspieler.«

»Das ist er sowieso«, bestätigte Anne. »Allerdings war er das nicht in den ersten paar Minuten, nachdem der Kopf auf dem Tisch gelandet ist. Da war er wirklich entsetzt ... aber da war noch irgendetwas anderes in seinem Blick. Ich kann es nicht genau bestimmen, es wirkte auf mich so wie ... wie Fassungslosigkeit. Aber auf eine Weise, als hätte jemand ... ich weiß nicht ...«

»Als hätte jemand eine Drohung wahrgemacht?«, versuchte Jess ihr auf die Sprünge zu helfen.

»Richtig. Als hätte jemand eine Drohung wahrgemacht. ›Wenn du uns nicht dies und jenes gibst, machen wir erst deinen Assistenten einen Kopf kürzer. Und danach dich.‹ Er hat das für einen Bluff gehalten, und jetzt muss er einsehen, dass es kein Bluff war«, spielte Anne das Szenario durch.

»Und wie wird er darauf reagieren?«

»Das wird sich noch zeigen. Aber so, wie ich ihn einschätze, wird er nicht klein beigeben, sondern der Gegenseite seine Macht demonstrieren.«

Jess sah sie verdutzt an. »Und was sollen wir jetzt tun?«

»Wir warten ab. Solange wir nicht wissen, wer ihm droht – und er wird uns gegenüber nicht zugeben, dass er bedroht wird, weil es uns erstens nichts angeht und weil er sich zweitens selbst darum kümmern wird … solange wir das nicht wissen und auch keine Ahnung haben, welchen Anlass es für diese Drohung gibt, können wir überhaupt nichts machen. Außer natürlich mit der Befragung der möglicherweise Verdächtigen anzufangen. Dann zeig mir mal, wie ich an dem PC die Aufnahme starte.«

Mit ein paar Berührungen schloss Jess die Fenster, die die Fotos zeigten, und öffnete das Programm für die Kamera. »Das geht ganz einfach …«

Detective Inspector Hennessy saß in seinem Wagen und schaute aus dem Seitenfenster zum Haus seiner Vorgesetzten. Im Erdgeschoss und im ersten Stock waren alle Fenster hell erleuchtet, und von Zeit zu Zeit sah er mal einen Schatten vorbeihuschen, mal konnte er seinen Kollegen DI Franklin richtig sehen. »Warum dauert das denn so lange? Wir haben bald acht Uhr«, murmelte er. »Du sollst eine Dose Katzenfutter öffnen und auf in drei Näpfe verteilen. Das kann doch nicht so schwer sein!«

Durch das große Fenster im Parterre konnte er beobachten, wie Franklin aus der Küche kam und suchend durch das Wohnzimmer ging. Dabei schüttelte er immer wieder den Kopf.

»Jetzt reicht's mir aber«, schnaubte Hennessy, stellte den Motor ab, machte das Licht aus und stieg aus. Er ging im schwachen Schein der Straßenlampe zur Haustür und klopfte zweimal energisch an. Gleich darauf öffnete sein Kollege die Tür.

»Ah, gut, dass du da bist. Komm rein, du musst mir suchen helfen«, sagte Franklin und schloss die Tür hinter ihm.

»Findest du deine Pflegekinder nicht, oder was ist los, Ben?«

»Ich habe schon alles auf den Kopf gestellt, aber ... ich habe keine Ahnung, wo sie sind.«

»Vielleicht marschieren sie ja hinter deinem Rücken immer schnell in ein anderes Zimmer, um dich zu beschäftigen«, scherzte Hennessy. »Aber wenn du dich nicht beeilst, ist die Küche im Pub für heute Abend zu. Wir haben noch eine Viertelstunde, sonst müssen wir uns wieder was auf die Wache kommen lassen.«

»Ich kann mich noch so sehr beeilen«, gab Franklin zurück. »Wenn ich die Katzen nicht finde, hilft auch alles Beeilen nichts. Remington bringt mich um, wenn den dreien irgendwas zugestoßen ist.«

»Du hast doch alle Türen und Fenster dreimal überprüft, bevor du heute Mittag gegangen bist«, erwiderte Hennessy. »Rausgelaufen sein können sie also nicht. Vielleicht haben sie sich irgendwo im Kleiderschrank versteckt. Diese Viecher kommen auf die verrücktesten Ideen.«

»Was meinst du, was ich die ganze Zeit hier mache?«

»Jedenfalls hast du dir nicht den Kühlschrank angesehen«, sagte er, als er sich gegen den Türrahmen zur Küche lehnte.

»Ich habe sogar *im* Kühlschrank nachgesehen, auch wenn das noch so verrückt klingt!«

Hennessy schüttelte den Kopf. »Nein, nein, du hast dir nicht den Kühlschrank angesehen. Oder besser gesagt, das, was am Kühlschrank festgemacht ist.«

»Meinst du die Magnete oder was?«

Er winkte seinen Kollegen zu sich und zeigte auf den zerknitterten Zettel, der mit zwei Magneten an der Tür festgemacht war.

»Was ist denn das?«, fragte Franklin verwundert. »Der hing doch heute Mittag noch nicht da.«

»Natürlich nicht, da waren die Katzen ja auch noch im Haus.«

»›Ich habe ihre Katzten‹«, las Franklin laut vor. »›Sie kriegen sie morgen früh zurük. Um 6 Uhr. An der Haltestelle Gosden Park. Kommen sie allein. Und selbst. Niemand sonst. Und keine Polizei.‹«

Als er sich zu Hennessy umdrehte, meinte der: »Ich glaube, das wird dem Chief nicht gefallen.«

6

Ich wüsste nicht, warum ich eine Ihrer Fragen beantworten sollte«, erwiderte Mrs Channingham, nachdem Anne den Aufnahme-Button berührt hatte. »Sie haben Mr Kapoor gehört. Sie sind hier nicht zuständig!«

»Wenn Gefahr im Verzug ist, dann bin ich auch da zuständig, wo ich es normalerweise nicht bin«, machte Anne ihr klar. »Die Polizei der Lloyd Isles ist derzeit nicht in der Lage, Leute herzuschicken, die den Fall übernehmen könnten. Also springe ich ein.«

»Mit einer Schülerin als Hilfssheriff?«, fragte Mrs Channingham spitz und warf Jess einen geringschätzigen Blick zu.

»Miss Randall ist meine Assistentin«, betonte Anne. »Als Polizistin ist es mein gutes Recht, Bürger dazu zu bestimmen, mich bei meiner Arbeit zu unterstützen, wenn die Situation es erfordert – und das ist momentan der Fall.« Sie nickte Jess aufmunternd zu, um ihr zu bestätigen, dass sie ihre Arbeit gut machte.

»Und mein gutes Recht ist es, nicht wie eine Schwerverbrecherin behandelt zu werden«, fauchte Mrs Channingham und fuhr sich durch ihr kurz geschnittenes graues Haar, das daraufhin in alle Richtungen hochstand.

Anne atmete ein paar Mal tief durch, um ruhig zu bleiben. Mittlerweile war es kurz nach neun, und Mrs Channingham war erst die fünfte Person aus der Gästegruppe, die von ihr befragt wurde. Und sie war nicht die Erste, die sich mit Händen und Füßen sträubte, eine Aussage zu machen.

»Mrs Channingham, ich erkläre es Ihnen noch mal, und ich würde Sie bitten, mir diesmal bis zum Schluss zuzuhören«, sagte sie in einem gelassenen Tonfall, der sie selbst überraschte.

Sie hätte nicht gedacht, dass sie sich nach diesem Hin und Her noch so gut im Griff haben würde. »Jemand hat Mr Bakherjee ermordet, und allem Anschein nach ist das geschehen, nachdem alle Gäste auf die Insel gekommen waren. Niemand sagt, dass Sie diesen Mann ermordet haben …« Anne zeigte ihr das Foto, das sie mit Jess' Digitalkamera aufgenommen hatte und das den abgeschlagenen Kopf des Toten vom Kinn an aufwärts zeigte, um den Leuten so das schlimmste Detail zu ersparen.

»Und das ist wirklich Mr Bakherjee?«, vergewisserte sich Mrs Channingham.

»Erkennen Sie ihn nicht wieder? Von Mr Kapoor weiß ich, dass er Sie so wie alle anderen Kunden betreut hat, wenn Kapoor in Indien war.«

»Wie soll ich den Mann wiedererkennen?«, gab sie schroff zurück. »Die sehen doch alle gleich aus.«

»*Die sehen alle gleich aus?*«, wiederholte Anne etwas pikiert. »Wie kommen Sie denn darauf?«

»Was denn? Haben Sie sich diese kleinen Diener nicht angeguckt, die ständig hier rumwieseln? Können *Sie* die etwa voneinander unterscheiden?«

Anne nickte nachdrücklich. »Ja, wenn man sich die Mühe macht, sie auch anzusehen.«

Mrs Channingham lächelte schief und begann, ebenfalls zu nicken. »Ja, natürlich. *Sie* müssen ja schließlich die Unruhestifter voneinander unterscheiden können, wenn es mal wieder irgendwo Randale gibt, nicht wahr?«

Ein paar Sekunden lang überlegte Anne, ob sie sich tatsächlich auf eine Diskussion einlassen sollte, kam aber zu dem Schluss, dass die vornehme Mrs Channingham zu verbohrt war und nur noch unkooperativer reagieren würde, wenn Anne ihr in diesem Punkt die Meinung sagte. Stattdessen fragte sie: »Aber Sie können doch Mr Kapoor von den anderen unterscheiden, nicht wahr?«

»Er ist ja auch ein Gentleman«, kam die Antwort wie aus der Pistole geschossen.

»Und die anderen? Die Sie nicht unterscheiden können? Was sind die?«

»Na, das Fußvolk, die Arbeiter. Sie wissen doch – die Inder mit ihrem Kastensystem.«

»Hm«, machte Anne nachdenklich. »Ich glaube, dass es nicht nur die Inder sind, die die Menschen in Kasten einteilen.«

Der ironische Seitenhieb prallte von Mrs Channingham wirkungslos ab, da sie mit den Schultern zuckte und erwiderte: »Mag sein, dass es noch ein paar andere Stämme gibt, die so denken, aber da kenne ich mich nicht aus. Auf jeden Fall hat so was seine Vorzüge. Dann weiß das Dienstpersonal auch, dass es Dienstpersonal *ist,* und es kommt nicht auf irgendwelche absurden Ideen. Sie wissen schon, von wegen Gewerkschaften gründen und so weiter.« Dabei setzte die Frau ein säuerliches Lächeln auf.

Anne tippte mit den Fingern auf die Tischplatte, doch bevor sie *darauf* etwas entgegnen konnte, meldete sich Jess zu Wort.

»Wenn ich gerade etwas sagen darf?« Sie wartete, bis Anne zustimmend genickt hatte. »Wir sind ein wenig vom Thema abgekommen. Mrs Channingham sollte doch eigentlich nur unseren Fragenkatalog beantworten.«

Unter normalen Umständen hätte Anne sich nicht mal von einem ihrer Detectives so etwas sagen lassen, aber in diesem Moment war sie Jess sogar dankbar dafür, dass sie das Gespräch wieder in die ursprünglichen Bahnen gelenkt hatte. Diese Channingham hatte sie mit ihrer herablassenden Art so gereizt, dass sie völlig aus dem Konzept gekommen war. »Ganz richtig, Jess. Wir wollen hier ja keine … politische Diskussion führen«, sagte sie, obwohl sie anstelle von »politisch« gern einen anderen Begriff benutzt hätte. »Also zurück zum eigentlichen Thema. Ich beschuldige Sie nicht eines Verbrechens, aber ich muss ein Profil erstellen, wer sich im fraglichen Zeitraum wo aufgehalten hat, damit ich verschiedene Faktoren ausschließen und so die Suche einengen kann.«

»Was für Faktoren?«, wollte Mrs Channingham wissen.

»Das sind polizeiinterne Dinge«, sagte sie nur.

»Die Polizei dient aber dem Bürger«, wandte die Geschäftsfrau trotzig ein. »Und damit hat der Bürger ein Recht zu wissen, was die Polizei tut.«

»Die *Polizei* versucht, den Mörder von Mr Bakherjee ausfindig zu machen, und Sie, Mrs Channingham, behindern momentan die *Polizei* in ihrer Arbeit. Ich kann Sie auch noch nachträglich dafür festnehmen lassen, wenn wir alle wieder zu Hause sind.«

Mrs Channingham kniff die Augen zusammen. »Das würden Sie nicht wagen«, flüsterte sie.

Anne zuckte mit den Schultern und hielt gelassen dagegen: »Sie können es ja darauf ankommen lassen, dann werden Sie schon sehen, wozu ich fähig bin.«

Gerade wollte die Geschäftsfrau zur nächsten wutentbrannten Erwiderung ansetzen, da räusperte sich Jess lautstark und irritierte sie lange genug, damit Anne weiterreden konnte. »Also, zurück zum eigentlichen Thema, und ich möchte Sie bitten, auf meine Fragen zu antworten und Ihre Meinung nur dann kundzutun, wenn ich das ausdrücklich sage.« Die Pause, die Anne danach folgen ließ, war zu kurz, als dass Mrs Channingham sich dazu äußern konnte.

»Sie sind heute Mittag auf die Insel gekommen?«, fragte Anne.

»Wann sollte ich …«, begann Mrs Channingham mürrisch.

»Antworten Sie bitte nur mit Ja oder Nein«, unterbrach Anne sie energisch.

»Ja.«

»Sie sind nicht schon früher an diesem Tag auf der Insel gewesen?«

»Natürlich nicht. Wie sollte ich …«

»Nachdem Mr Kapoor uns im großen Saal begrüßt hat«, redete Anne unbeirrt weiter, »wurden Sie danach von einem seiner Diener zu Ihrem Zimmer geführt?«

»Ja.«
»Auf direktem Weg?«
»Ja.«
»Und immer in Begleitung des Dieners?«
»Ja.«
»Was haben Sie in der Zeit gemacht zwischen dem Betreten Ihres Zimmers und dem Moment, als Sie das Zimmer wieder verlassen haben, um zum Essen zu gehen?«
Mrs Channinghams Augen funkelten boshaft. »Wie soll ich denn darauf mit Ja oder Nein antworten?«, fragte sie schnippisch, aber als sie sah, dass Anne sie nur schweigend anstarrte, verzog sie missmutig den Mund. »Ich habe mich frisch gemacht, dann habe ich über meinen Laptop eine Videokonferenz mit meinen Abteilungsleitern abgehalten. Die ist auf meinem Computer mitgeschnitten worden, da können Sie sich von den Uhrzeiten überzeugen. Danach habe ich mich umgezogen und bin zum Essen gegangen.«
»Sind Sie auf direktem Weg in den Saal gegangen?«
»Ja.«
»Gibt es dafür Zeugen?«
»Ja.«
Anne hatte bereits damit gerechnet, dass ihr Gegenüber sich diese Spitzfindigkeit nicht würde verkneifen können, also stützte sie einen Arm auf die Tischplatte und legte das Kinn auf ihre Hand, um Mrs Channingham gelangweilt anzusehen.
»Also gut, ich wurde von Martine Laidin und Geoffrey Montgomery begleitet.«
»Haben Sie zu irgendeinem Zeitpunkt ab dem Augenblick, als wir den Damm überquert haben, irgendetwas Ungewöhnliches beobachtet?«, wollte Anne dann wissen.
»Etwas Ungewöhnliches?«, gab sie zurück. »Wie meinen Sie das?«
»Na ja, Sie sind nicht zum ersten Mal hier. War diesmal irgendetwas anders als sonst? Haben Sie etwas gehört oder gesehen, was Sie zuerst nicht weiter gestört hat, was aber nach

dem Mord möglicherweise in irgendeinem Zusammenhang mit der Tat stehen könnte? Hat sich jemand auffällig verhalten? Besonders nervös beispielsweise?«

Diesmal gab Mrs Channingham nicht sofort eine Antwort, sondern musste erst überlegen. Nach einer Weile schüttelte sie den Kopf. »Nein, außer dass Lord Thumberwores neue Freundin noch jünger ist als die vom letzten Mal. Wenn das so weitergeht, wird er noch eine Kopie ihrer Geburtsurkunde mit sich herumtragen müssen, damit er sie jedem unter die Nase halten kann, der seine Gespielin für minderjährig hält.«

Anne nickte. Das Paar war ihr auch aufgefallen, er war um die achtzig, sie wirkte so jung, dass man meinen konnte, sie sei seine Enkelin … oder Urenkelin. »Okay, das wird zwar nichts zu bedeuten haben …«

»Wieso nicht? Vielleicht hat Mr Bakherjee ja gedacht, sie ist erst fünfzehn, und als er Thumberwore als Kinderschänder bezeichnet hat, ist der ausgerastet, wie man so sagt, und hat ihm den Kopf abgerissen.«

»Ja, wir werden das bei unseren Ermittlungen sicher berücksichtigen«, sagte Anne. »Tja, das war's dann schon. Sie können erst mal in Ihr Zimmer zurückkehren.«

»Sehr gnädig von Ihnen, DCI Remington«, knurrte sie und stand auf. Als sie zur Tür ging, rief sie über die Schulter: »Heute Nacht, wenn Ebbe ist, fahre ich nach Hause, so viel steht fest.«

Die Tür fiel hinter ihr zu, und Phaedra, die die ganze Zeit über bei Anne auf dem Tisch gelegen und die Gespräche mit den Gästen scheinbar interessiert verfolgt hatte, streckte sich und riss das kleine Maul weit auf, als sie zu einem herzhaften Gähnen ansetzte. Die Augen zogen sich zu schmalen Schlitzen zusammen, die Ohren klappten nach hinten weg. Dann schmatzte sie zwei-, dreimal und sah Anne ein wenig verschlafen an.

»Ich bin ganz deiner Meinung, Kleine«, sagte sie zu Phaedra und streichelte sie unter dem Kinn, was die Katze dazu veranlasste, den Kopf in den Nacken zu legen und genüsslich zu schnurren. Annes Blick fiel auf den Napf mit Katzenfutter, den einer der Diener vor einer Weile gebracht und der Katze hingestellt hatte. Die hatte nur mal kurz daran geschnuppert und sich dann gleich wieder abgewandt, als sei das Essen unter ihrer Würde.

»Warum hast du Mrs Channingham eigentlich nicht gesagt, dass du sie heute Nacht nicht abfahren lässt?«, erkundigte sich Jess.

»Kannst du dir vorstellen, was ich mir dann hätte anhören müssen?«

»Ja, das ist wahr. Bestimmt würde sie so lange diskutieren, dass die Flut schon wieder eingesetzt hat, wenn sie fertig ist.«

Anne nickte bestätigend. »Und wenn sie die Diskussion erst heute Nacht um halb eins anzettelt, kriegt sie die Ebbe schon mal ganz sicher nicht mit.«

»Stimmt es, dass Katzen einen sechsten Sinn haben und wissen, wann sie schlechte Menschen vor sich haben?«, wechselte die junge Frau abrupt das Thema.

Anne sah Jess verwundert an. »Wieso fragst du das?«

Jess zuckte mit den Schultern. »Na ja, ich dachte, vielleicht können wir eine Menge Zeit sparen, wenn wir jedem kurz die Katze vors Gesicht halten und darauf achten, wie sie reagiert. Wenn sie einen anfaucht oder nach ihm schlagen will, hätten wir unseren Mörder.« Das amüsierte Blitzen in ihren Augen verriet Anne, dass diese Idee nicht wirklich ernst gemeint war.

»Schön wär's. Aber Katzen reagieren so nur bei Leuten, die ihnen mal was getan haben oder die etwas gegen Tiere im Allgemeinen und gegen Katzen im Besonderen haben. Denk an die Schurken aus den James-Bond-Filmen, die haben auch oft eine Katze dabei. Die müssten ja dann mit Kratzern übersät sein.«

»Das sind doch aber nur Schauspieler«, wandte Jess ein.

»Unter denen gibt's aber jede Menge schlechte, also hätten die Katzen viel zu fauchen«, meinte Anne grinsend, dann wurde sie ernst und sah auf die Liste. Sie stöhnte frustriert auf und sagte: »Nur noch dreißig Leute, und dann noch zwei Dutzend Diener. Wenn das in dem Tempo weitergeht, ist der Meeresspiegel längst so weit angestiegen, dass wir nicht mal mehr bei Ebbe hier wegkommen.« Sie zeigte auf das iPad. »Wie viel Speicherplatz ist da eigentlich drauf? Nicht, dass nach der Hälfte der Liste auf einmal Schluss ist.«

»Kein Problem«, versicherte ihr Jess. »Wenn es zu eng wird, schicke ich die Videos einfach direkt auf meine Website, von da können wir sie jederzeit wieder runterladen.«

Anne nickte beruhigt. »Gut, dann können wir ja einfach weitermachen wie gehabt. Auf eine lange Nacht«, sagte sie und stieß mit Jess an, die ihr ihr Teeglas hinhielt.

Phaedra hatte offenbar genau zugehört, da sie sich nach einem weiteren Gähnen wieder hinlegte und die Pfoten einklappte.

»Okay, dann geh raus und ruf … David Davison auf. Er ist der Nächste auf der Liste.«

»Anne, darf ich einen Vorschlag machen?«, fragte Jess und blieb sitzen.

»Was denn?«

»Vielleicht sollten wir nicht so streng nach Alphabet vorgehen.«

»Das ist die einzige Methode, mit der ich verhindern kann, dass irgendwer behauptet, ich würde die Leute nicht gleich behandeln. Wenn ich jetzt jemanden von weiter hinten vorziehe, dann wird der glauben, dass er verdächtiger ist als die anderen. Und die anderen werden das auch meinen.«

»Wir könnten eine Ausnahme machen«, beharrte Jess.

Anne warf ihr einen argwöhnischen Blick zu. »Wen hast du im Sinn? Weißt du irgendwas, was ich nicht weiß?«

Jess schüttelte den Kopf. »Ich dachte eigentlich bloß an diesen Sir Fester …«

»Lester«, berichtigte Anne sie.

»Ja, Sir Lester. Mit ihm sollten wir zuerst reden.«

»Ich weiß nicht, ich traue ihm nicht so recht zu, dass er noch in der Lage ist, jemanden wie Bakherjee zu überwältigen und ihm den Kopf abzuschlagen«, wandte Anne ein.

»Das meine ich damit nicht.« Jess drehte sich auf ihrem Platz zur Seite, um nicht dauernd den Kopf nach links wenden zu müssen, wenn sie sich mit Anne unterhielt.

Bei Jess' Anblick, die in Jeans und bunt gemustertem Sweatshirt neben ihr saß, wurde ihr einmal mehr bewusst, wie grundlegend falsch gezogen sie bis zu dem Moment gewesen waren, als der Kopf aus der Kiste fiel und im Reis landete. Bromshire hatte von »legerer« Kleidung gesprochen, aber da gingen die Vorstellungen wohl weit auseinander, denn die anderen Gäste waren zum Essen so gekleidet erschienen, als wollten sie anschließend in die Oper gehen – wenn auch nicht gerade zur Abendvorstellung mit anschließendem Sektempfang. Dennoch hatte der Unterschied zwischen dieser Kleidung und Annes dünnem dunkelblauem Pullover, Jeans und bequemen Schuhen ausgereicht, dass sie sich ein wenig unbehaglich gefühlt hatte, während sich Jess überhaupt nicht daran zu stören schien, obwohl sie in ihrem bunten Oberteil noch deplatzierter gewirkt hatte.

Jetzt war ihr das längst egal, da sie froh war, die Ermittlungen in bequemer Kleidung durchführen zu können.

»Ich habe nur an das gedacht«, fuhr Jess fort, »was Sir Lester erzählt hat, als wir noch am Ufer gestanden und darauf gewartet haben, dass wir zur Burg fahren können.«

»Sir Lester hat eine Menge erzählt«, erwiderte Anne. »Was genau meinst du?«

»Na ja, er hat doch gesagt, dass die meisten Leute diesen Kapoor gar nicht mögen, nur gibt das keiner zu, weil sie es sich nicht mit ihm verscherzen wollen. Und er hat gesagt, dass er den Mann auch nicht leiden kann.«

»Ich weiß, aber das macht ihn nicht verdächtiger als die anderen, die nichts dazu sagen.«

Jess nickte. »Das nicht, aber es macht ihn sympathischer. Er kann uns nämlich bestimmt einiges darüber erzählen, wer von den Gästen nicht so gut auf Kapoor zu sprechen ist, und wenn wir das jetzt von ihm erfahren, dann kannst du die Leute mit den Aussagen konfrontieren und sehen, wie sie reagieren. Dann können sie nicht mehr wie Mrs Channingham und die vier vor ihr behaupten, sie wüssten von nichts.«

Anne legte den Kopf schräg und sah die junge Frau bewundernd an. »Wenn ich dich nicht doch noch dazu überreden kann, zur Polizei zu gehen, dann liegt auf jeden Fall eine Karriere als brillante Rechtsmedizinerin vor dir. Das kann ich dir jetzt schon sagen.« Nach einer kurzen Pause fügte sie hinzu: »Dann hol mal Sir Lester her.«

»Wird gemacht, Chief«, erwiderte Jess, stand zackig auf und marschierte zur Tür.

»Und?«, fragte Franklin, als sein Kollege Hennessy von der gegenüberliegenden Straßenseite zu ihm kam. »Irgendwas Brauchbares erfahren?«

DI Hennessy schüttelte missmutig den Kopf. »Und du?«

»Nichts, was uns weiterhilft. Unser Cat… sorry, unser Kidnapper hat sich genau den richtigen Abend ausgesucht, um Remingtons Katzen zu entführen. Der Streik der Fluglotsen hat alle Zeitpläne durcheinandergewirbelt, und ich habe von jedem Zweiten, den ich angetroffen habe, zu hören bekommen, dass es hier in den letzten Stunden von Kurierdiensten gewimmelt haben muss …«

»Kein Wunder, da haben sich schließlich zehn Tage lang Pakete angesammelt, und die Leute wollen schließlich das bekommen, was sie auf eBay ersteigert haben«, sagte Hennessy. »Sonst gibt's nachher schlechte Bewertungen. Ein Taxi wurde auch noch gesehen«, fügte er hinzu.

»Ja, ich weiß«, bestätigte Franklin, während sie beide langsam zurück zum Wagen gingen. »Die Ansons an der nächsten Ecke sind mit diesem Taxi nach Hause gekommen, nachdem die lieben Fluglotsen heute Mittag ihren Streik vorerst unterbrochen haben. Und dann hat diese Massenkarambolage auf der Autobahn dafür gesorgt, dass Scharen von Pendlern Stunden später als sonst nach Hause gekommen sind, und von denen haben viele fleißig Essen bestellt: beim Chang-Mobil, beim Curry-Mobil, sogar bei diesem neuen Pasta-Mobil …«

»Na ja, war ja auch nur eine Frage der Zeit, bis der alte Luigi seinen Laden zumacht und auf ›Nudeln auf Rädern‹ umsteigt«, gab Hennessy zu bedenken. »So leer, wie sein Lokal in den letzten Monaten war …«

»Vielleicht kommt ja noch jemand auf die Idee, mit seinem Pub durch die Gegend zu fahren und live vor der eigenen Haustür ein Guinness zu zapfen.«

Hennessy nickte nachdenklich. »Gar keine schlechte Idee. Das erspart einem wenigstens das Problem, den Heimweg zu finden, wenn man ein paar Gläser zu viel getrunken hat.«

Sie stiegen in den Wagen, und Hennessy griff nach dem mittlerweile zwecks Spurensicherung in einer durchsichtigen Plastiktüte steckenden Zettel, den der Unbekannte im Haus an der Kühlschranktür hinterlassen hatte. »Ich begreife nicht, was das soll«, grübelte er und betrachtete den Zettel. »Wer ist so dumm und entführt die Katzen einer Polizistin? Das ist ja schon ein Widerspruch in sich! ›Und keine Polizei.‹ Wie soll Chief Remington das bewerkstelligen, wenn sie selbst zu dieser Haltestelle kommen soll?«

»Vielleicht erlaubt sich ja irgendwer einen ziemlich dummen Streich«, warf Franklin ein. »Ich meine, mal ganz abgesehen von diesem ›Keine Polizei‹-Unsinn – wo ist die Lösegeldforderung? Der Entführer will, dass sie die Katzen selbst in Empfang nimmt. Er verlangt weder Geld noch sonst irgendwas. Ist das jemand, der sich über ihre Katzen geärgert hat? Will er dem Chief eine schlaflose Nacht bereiten?«

»Vielleicht ist das ja eine Falle, um Remington allein zu erwischen. Womöglich will sie ja jemand entführen, und weil sie heute Abend nicht zu Hause war, hat derjenige stattdessen die Katzen mitgenommen.«

Franklin schüttelte den Kopf. »Na, ich weiß nicht. Wenn ich das machen wollte, dann … keine Ahnung, dann würde ich ihr vielleicht zu Hause auflauern, um sie nach Feierabend abzupassen und in meine Gewalt zu bringen, damit sie bis zum Dienstbeginn am nächsten Morgen nicht vermisst wird. Auf die Weise hätte ich einen Vorsprung von acht oder neun Stunden, um meine Spuren zu verwischen und mit ihr irgendwohin zu verschwinden, bevor jemand nach ihr sucht. Aber bei dieser Ankündigung muss dem Täter doch klar sein, dass wir alle Fluchtwege überwachen werden.«

»Und wenn es dem Täter nicht klar ist?«, hielt Hennessy dagegen und ließ den Kopf nach hinten gegen die Kopfstütze sinken. »Vielleicht ist es ja ein naiver Typ, der nicht so weit denkt.«

»Ich will nicht hoffen, dass du wegen der Schreibfehler auf den Gedanken gekommen bist«, wandte Franklin ein. »Du weißt, ich habe auch meine Schwierigkeiten mit so manchen Wörtern, aber deswegen bin ich nicht naiv oder dumm.«

Hennessy schüttelte den Kopf. »Natürlich nicht, andernfalls wäre ich der Naive und Dumme, wenn ich so was glauben würde. Das hat mit den zwei Schreibfehlern gar nichts zu tun, ich meinte nur, der Täter glaubt vielleicht, dass es so läuft, wie er will, wenn er Remington dazu auffordert.« Er schaltete die Innenbeleuchtung ein, die mittlerweile ausgegangen war, und hielt den Brief ins Licht. »Und was die Schreibfehler angeht … wer weiß, ob die authentisch sind. Möglicherweise will jemand den Eindruck erwecken, dass er unsere Sprache nicht so ganz beherrscht, vielleicht damit wir in der falschen Richtung suchen.«

»Oder er kennt jemanden, der immer ›Katzten‹ anstelle von ›Katzen‹ schreibt, und er will den Verdacht auf ihn lenken.«

Bei diesen Worten zog Hennessy die Stirn in Falten. »Und in welcher Verbrecherdatei soll das vermerkt stehen? Ich wusste nicht, dass man Kriminelle prinzipiell darum bittet, ›Katzen‹ zu buchstabieren.«

»Im *Internet,* du Trottel«, fauchte Franklin ihn an. »Du hast bestimmt schon mal davon gehört, dass Leute im Internet ein Blog veröffentlichen, in dem sie über alles schreiben, was sie für wichtig halten …«

»Und was in Wahrheit kein Schwein interessiert«, warf sein Kollege ein.

»… und es könnte ja sein, dass da einer ständig von ›Katzten‹ schreibt, und weil das sonst keiner macht, denkt sich der wahre Täter, dass wir uns erst mal diesen Blogger vornehmen.«

»Sag mal, hast du eine von den Pillen geschluckt, die wir letzte Woche bei diesem Kerl aus Amsterdam sichergestellt haben?«

»Wie kommst du denn darauf?«

»Na, ich hab dir einfach nur aufmerksam zugehört, und als ich dir irgendwann nicht mehr folgen konnte«, erklärte Hennessy, »da war mir klar, das liegt nicht an mir, sondern an dem, was du da von dir gibst. Vergiss den Blödsinn, und den ›Trottel‹ nimmst du gefälligst zurück.«

»Ja, meinetwegen.«

»Nein, *meinetwegen*«, korrigierte er ihn. »Und das nächste Bier geht auf dich.«

»Alles klar«, sagte Franklin und zückte sein Handy. »Na, dann werde ich mal Chief Remington die unerfreuliche Neuigkeit verkünden.«

»Nein, nein, das kommt gar nicht infrage«, widersprach ihm Hennessy prompt. »Wir sind keine kleinen Constables, die zu ihrem Vorgesetzten laufen und fragen, was sie machen sollen. Für wie inkompetent soll sie uns denn halten? Sie ist nicht so wie Chief Heddleswaithe. Sie will zwar auch auf dem Laufenden gehalten werden, aber lieber erst dann, wenn es erste Resultate gibt. Und wenn wir ihr morgen früh den Entführer präsentieren können, nachdem wir ihn an der Bushaltestelle geschnappt haben, wird sie sich zum einen darüber freuen, dass ihre Süßen wieder da sind, und wir werden gut dastehen, weil wir Initiative gezeigt haben. Außerdem hat Remington auf dieser Burg schon genug Ärger, da müssen wir sie nicht auch noch in Sorge um ihre Katzen versetzen. Sie kann jetzt sowieso nicht da weg, also muss sie auch nichts davon wissen, jedenfalls vorläufig nicht.«

Franklin dachte kurz nach. »Und wenn sie uns einen Tipp geben kann, wer dafür infrage kommen könnte?«

»Wenn sie das könnte, hätte sie uns spätestens vor ihrer Abreise erzählt, dass wir irgendwen im Auge behalten sollen, solange sie weg ist«, argumentierte Hennessy. »Sie hat selbst gesagt, dass sie mit ihren Nachbarn gut auskommt. Wenn wir jemanden finden wollen, der es in welcher Form auch immer auf Remington abgesehen hat, dann sollten wir uns lieber die Leute vornehmen, gegen die wir unter ihrer Leitung in den letzten sechs Monaten ermittelt haben.«

»Noch eine lange Liste«, murmelte Franklin. »Mir reicht schon die, die sie uns wegen dieses Mordfalls in der Burg geschickt hat.«

»Nur dass wir *die* Arbeit an unsere armen Constables delegiert haben«, betonte sein Kollege.

Franklin zuckte mit den Schultern. »Okay, als wir das gemacht haben, ging es uns wirklich nur darum, eine lästige Arbeit abzuwälzen, während wir was essen gehen wollten. Aber das hat sich ja nun gerächt, und deswegen sind das jetzt keine armen Constables mehr. Immerhin ist uns unser Abendessen im Pub durch die Lappen gegangen.«

»Mist, dabei habe ich jetzt richtig Hunger«, beklagte sich Hennessy. »Wo kriegen wir um die Uhrzeit noch was her?«

Gerade ließ Franklin den Motor an, da bemerkte er im Rückspiegel, dass sich ein Transporter näherte, langsamer wurde und in zweiter Reihe gleich neben ihrem Wagen stehen blieb. »Falls du gebetet haben solltest«, sagte er, »dann bist du erhört worden. Wir wurden soeben von Luigis Pasta-Mobil zugeparkt. Da können wir gleich was mitnehmen, bevor wir zur Wache zurückfahren.«

*

Noch bevor Jess mit Sir Lester hereinkam, ging eine der anderen Türen im Saal auf, einer von Kapoors Dienern trat ein und kam auf den Tisch zu, an dem Anne saß. Im ersten Moment dachte sie, der junge Mann wollte zu ihr, aber beim Näherkommen schüttelte er den Kopf. »Verzeihen Sie die Störung, ich soll nur nach Phaedra sehen, ob sie noch etwas zu essen haben möchte«, erklärte er in einem korrekten und fast akzentfreien Englisch, das so klang, als hätte er sein ganzes Leben in England verbracht – was womöglich auch der Fall war, obwohl Kapoor die weite Reise wohl nicht ohne ein Minimum an Personal zurückgelegt hatte.

Sie nickte ihm zu. »Den Weg haben Sie vergeblich gemacht«, erwiderte sie. »Sie hat den Teller nicht angerührt. Scheint so, als hätte sie keinen Hunger.«

»Phaedra hat immer Hunger«, antwortete der Diener. »Ich wohne in der Nähe des Tierarztes, der sich die meiste Zeit des Jahres um die Katze kümmert, daher weiß ich das.«

»Ach«, machte Anne verblüfft. Dann hatte sie mit ihrer Vermutung zumindest halbwegs richtig gelegen. »Und Sie sind ...?«, fragte sie und legte die Liste vor sich, die Kapoor ihr überlassen hatte.

»Ajay Kohli«, antwortete er.

Sie fand den Namen auf der Liste und notierte dahinter die Adresse, die der junge Mann ihr nannte. »Und was machen Sie den Rest des Jahres hier in England? Arbeiten Sie dann auch als Diener?«

»Nein, auch wenn man das meinen sollte«, gab Kohli amüsiert zurück. »Ich arbeite in einer Bank. Wertpapierhandel.«

Anne kratzte sich am Kopf. »Und was machen Sie dann hier? Haben Sie eine Wette verloren?«

Der Diener begann zu lachen. »Nein, viel schlimmer. Mr Kapoor ist ein guter Freund meines Onkels, und deshalb werde ich jedes Mal zu diesem kleinen Freundschaftsdienst verpflichtet.«

»Ihre ... ›Kollegen‹ auch, Mr Kohli?«

»Ein paar von ihnen sind auch hier zu Hause. Vier oder fünf, glaube ich, sind es außer mir noch, aber der Rest kommt mit Mr Kapoor aus Indien. Allerdings nur drei, vier Diener begleiten ihn auf dem Flug, die anderen machen ihre Version von *In achtzig Tagen um die Welt.*«

Anne sah ihn fragend an. »Wie soll ich das verstehen?«

»Na ja, er lässt sie die Strecke mit Bahn, Bus und Schiff zurücklegen.«

»Das dauert ja eine Ewigkeit!«

Kohli nickte zustimmend. »Das ja, aber dafür entlohnt er sie auch großzügig. Was sie dafür bekommen, um hier als seine Diener zu arbeiten, entspricht in Indien zwei Jahresgehältern eines einfachen Arbeiters.« Nach einer kurzen Pause fügte er hinzu: »Was nach viel klingt, aber nicht mal die Hälfte von dem ist, was Sie oder ich in einem Monat verdienen. Aber zu Hause ist das wenige Geld trotzdem eine Menge wert.«

»Dann kommt Mr Kapoor ja ziemlich günstig davon«, stellte sie fest. »Und er dürfte das Ganze wohl auch noch steuerlich geltend machen.«

»Nur so kann man Millionen oder Milliarden verdienen.« Kohli ging zum Tisch, wo der Teller mit dem Katzenfutter stand. »Na, Phaedra, hast du heute Abend ausnahmsweise mal keinen Hunger?«

Er nahm den Teller weg, und die Katze hatte dagegen offenbar nichts einzuwenden. Sie schaute ihm nur zu, dann drehte sie sich wieder zu Anne um, als sei ihr deren Gesellschaft zehnmal lieber als eine Portion Katzenfutter, die sehr appetitlich angerichtet war – zumindest aus menschlicher Sicht, was aber nichts bedeuten musste, schließlich sah umgekehrt in einer toten Maus kein Mensch eine appetitliche Köstlichkeit, über die er sich hermachen wollte.

»Vielleicht ist ihr ja der Abend auf den Magen geschlagen«, meinte Anne im Scherz.

Kohli lachte aber nicht darüber, sondern nickte nachdenklich. »Das wäre denkbar. Sie ist ziemlich empfindsam, was die

Stimmung der Menschen in ihrer Nähe angeht, und momentan herrscht ja nun wirklich keine gute Stimmung.«

»Das kann man wohl so sagen.«

Der junge Mann deutete eine kurze Verbeugung an. »Ich muss jetzt zurück in die Küche, Detective Chief Inspector Remington. Wenn Sie mich entschuldigen würden.«

»Ja, aber halten Sie sich zur Verfügung. Ich werde Ihnen und Ihren Kollegen sicher noch ein paar Fragen stellen müssen, was den heutigen Tag angeht.«

Kohli nickte. »Dann sollten Sie aber wissen, dass Kapoors ›echte‹ Diener nur Ihre Muttersprache beherrschen, sie können allenfalls ein paar Brocken Englisch sprechen.«

»Oh«, seufzte sie, dann fragte sie kurz entschlossen: »Könnte ich Sie als Dolmetscher dazuholen?«

»Ja, wenn das für Sie in Ordnung ist.«

Sie verzog leicht das Gesicht. »Eigentlich ist es nicht so ganz in Ordnung, weil Sie genauso wie jeder andere hier sowohl als möglicher Zeuge wie auch als potenzieller Täter infrage kommen. Es könnte also sein, dass Sie etwas anderes übersetzen, als Ihre Kollegen eigentlich sagen, weil Sie so unsere Ermittlungen in eine Richtung lenken würden, die von Ihnen wegführt.«

Kohli setzte eine verdutzte Miene auf. »Wenn ich der Täter wäre, dann hätten Sie mich unter Umständen jetzt erst auf die Idee gebracht, wie ich mich verhalten muss.«

»Ich weiß«, gab sie zurück und lächelte flüchtig. »Aber falls Sie der Täter sind und bereits mit diesem Gedanken gespielt haben, dann wissen Sie jetzt, dass ich mich nicht blind auf Ihre Übersetzungen verlassen werde.«

»Nicht schlecht«, sagte er, verbeugte sich noch einmal kurz und ging dann mit dem Teller Katzenfutter zur Tür.

Während sie ihm nachsah, musste sie unwillkürlich an die Bemerkung von Mrs Channingham denken, Kapoors Diener würden ja doch alle gleich aussehen. Zugegeben, dass sie alle schwarze Haare hatten und auch noch fast die gleiche Frisur mit ordentlichem Seitenscheitel trugen, machte es nicht so leicht, sie aus einiger Entfernung zu unterscheiden. Aber jedes Gesicht hatte seine ganz eigenen Züge, und wenn man in diesen Leuten nicht einfach das Heer der Arbeiterschaft sah, dann konnte man beim besten Willen nicht behaupten, dass sie alle gleich aussahen.

Die Tür am anderen Ende des Saals ging auf, und Jess kam mit Sir Lester herein. Anne winkte die beiden zu sich, stand aber auf und entfernte sich ein paar Schritte von ihrem Platz, um kurz bei ihren Detectives nach dem aktuellen Stand der Dinge zu fragen.

»Franklin.«

»Remington hier, Detective. Wie sieht es aus?«

»Wir haben hier alle Mann daran gesetzt, die Listen durchzuarbeiten, die Sie uns gemailt haben, Chief«, antwortete er. Im Hintergrund waren Stimmen zu hören, sie erkannte den einen oder anderen Constable. »Das ist eine Menge Arbeit …«

»Ich weiß«, unterbrach sie ihn. »Aber mir läuft hier die Zeit davon. Ich versuche, zusammen mit Jess die Leute zu befragen, ob sie was gesehen haben, wo sie waren und so weiter. Was glauben Sie, was für eine Menge Arbeit *das* ist.«

»Chief, ich wollte mich nicht beschweren«, stellte er klar. »Ich wollte damit nur sagen, dass wir noch nicht alle Namen bis ins Detail überprüfen konnten, aber dem augenblicklichen Stand nach fällt da niemand sonderlich auf. Bei den Namen von der Gästeliste sind vorwiegend Bußgelder oder auch schon mal Fahrverbote wegen überhöhter Geschwindigkeit zu finden …«

»Das wundert mich nicht«, kommentierte Anne. »Das sind ja alles wichtige Geschäftsleute, für die kein Tempolimit gilt.«

»Genau«, stimmte er ihr zu. »Ein paar von ihnen hatten mal Ärger mit dem Finanzamt, weil sie die eine oder andere Steuerschuld nicht beglichen hatten, aber bislang ist es das eigentlich schon. Ich kann Ihnen ja das per E-Mail schicken, was wir bislang zusammengetragen haben, und dann bekommen Sie in Abständen die Aktualisierungen nachgeschickt, sobald wir mehr haben.«

»Ja, machen Sie das«, sagte Anne. »Und wenn Sie irgendwelche Verbindungen zwischen den Leuten entdecken, die darüber hinausgehen, dass sie alle Geschäftspartner von Kapoor sind, dann machen Sie einen Vermerk, okay.«

»Wird erledigt. Die weißeste Weste von allen hat übrigens immer noch Ihr Mr Kapoor«, ergänzte er dann. »Ich nehme an, das macht ihn für Sie noch verdächtiger, nicht wahr, Chief?«

Unwillkürlich musste Anne grinsen. An ihrem ersten Tag als neuer DCI für die Grafschaft Northgate hatte sie sich bei ihrer Begegnung mit den neuen Kollegen noch insgeheim gefragt, wer von ihnen den längeren Atem haben würde, da es ihr nicht so vorgekommen war, als würde es ein angenehmes Arbeitsklima werden. Aber gleich der erste Fall hatte sie Stück für Stück zu einem eingespielten Team zusammengeschweißt, was Franklins Frage einmal mehr bewies. »Allerdings«, bestätigte sie. »Ein Mann wie Kapoor muss in irgendwelche zwielichtigen Angelegenheiten verstrickt sein.«

»Sie wissen ja, dass das politisch vollkommen unkorrekt ist, so was zu sagen, oder, Chief?«, warf Franklin amüsiert ein.

»Ich weiß, und deshalb sage ich so was umso lieber. Ich will ja gar nicht mal behaupten, dass er wirklich was verbrochen hat, aber es müsste sich zumindest irgendetwas darüber finden lassen, dass er in Bestechungsaffären oder Ähnliches verwickelt gewesen sein könnte.«

»Tut mir leid, er ist ein unbescholtener Bürger. Dazu muss ich allerdings noch sagen, dass das nur die Informationen betrifft, die bei uns über ihn gespeichert sind«, betonte er. »Ich warte nach wie vor auf eine Rückmeldung von meinen Auslandskontakten, und ich kann nur hoffen, dass uns das Wochenende nicht dazwischenfunkt.«

»Sie meinen, dass bis Montag keiner zu erreichen sein könnte?«

»M-hm. Das wäre der schlimmste anzunehmende Fall.«

»Denken Sie positiv, Detective«, versuchte sie ihn aufzumuntern, was aber für sie selbst genauso galt. Wenn sie keine brauchbaren Informationen bekam, dann standen die Chancen gut, dass der Täter ungestraft davonkam. Sie konnte die Gäste nicht auf unbestimmte Zeit auf der Insel festhalten, und selbst wenn das nach dem Gesetz möglich gewesen wäre, würde sie sich gegen diese Übermacht auf Dauer genauso wenig behaupten können wie ein Sheriff, der im Wilden Westen in einer Stadt der Gesetzlosen versuchte, für Ordnung zu sorgen.

Plötzlich hörte sie, wie auf der Wache ein Telefon klingelte. Einer der Constables ging ran, im nächsten Moment hörte sie Flaherty etwas rufen, und dann sagte Franklin hastig: »Chief, wir müssen los. Da ist gerade die Meldung eingegangen, dass eine Leiche gefunden wurde. Ich lasse Sie wissen, was los ist, sobald wir uns ein Bild von der Situation verschafft haben.« Dann beendete er das Telefonat.

Anne stand da und starrte auf das Display, während sie sich wünschte, niemals hergekommen zu sein. Was bei ihr vor der Haustür geschah, lag ihr viel mehr am Herzen als dieser brutale Mord hier, der sie mit entmutigenden sechzig Verdächtigen konfrontierte.

7

Sir Lester nahm auf dem Stuhl Platz, auf den Jess deutete, dann wartete er geduldig, bis Anne ihr Telefonat beendet hatte und an den Tisch zurückkehrte. »Ich hoffe, ich muss das nicht als schlechtes Zeichen werten, dass Sie Ihre bisherige alphabetische Vorgehensweise aufgegeben haben, um mich vorzeitig zu befragen«, sagte er, aber das Aufblitzen in seinen Augen verriet ihr, dass seine Sorge in Wahrheit gar nicht so groß war.

Konnte er sich diese Ironie leisten, weil er tatsächlich ein unbescholtener Bürger war – abgesehen natürlich von den Vergehen, von denen Franklin am Telefon gesprochen hatte, die aber von den Verursachern selbst bestenfalls für Bagatellen gehalten wurden – oder weil er so abgebrüht war, dass er sich nichts aus einem Polizeiverhör machte? Anne hielt beides für möglich, aber das änderte nichts an ihrer Vorgehensweise. Sie benötigte Informationen, und so wie sie gezwungen war, diesen Mr Kohli als Dolmetscher einzusetzen, wenn sie von Kapoors Personal etwas erfahren wollte, musste sie jetzt Sir Lester als Informanten zum Zuge kommen lassen, auch wenn sie nicht wusste, ob er die Fakten zu seinen Gunsten zurechtbiegen würde. Andererseits hatte sie immer noch ihren Instinkt, der sie normalerweise nicht im Stich ließ und der ihr helfen würde, Wahrheiten und Unwahrheiten voneinander zu trennen.

»Kein Grund zur Sorge, Sir Lester«, versicherte sie ihm. »Keiner der anderen Gäste hat Sie belastet oder etwas Negatives über Sie gesagt, und genau das ist mein Problem.«

»Dass niemand etwas Negatives über mich gesagt hat, stellt für Sie ein Problem dar?«, wiederholte Sir Lester verwirrt. »Wie soll ich denn das verstehen?«

»Oh, das war nicht so glücklich formuliert«, räumte sie ein, war aber über ihren Versprecher sogar ganz froh, weil seine Reaktion nicht den Eindruck machte, als sei er sich irgendeiner Schuld bewusst. »Was ich sagen wollte, war, dass sich bislang niemand in ähnlicher Weise wie Sie über sein Verhältnis zu Mr Kapoor geäußert hat. Als wir uns mit Ihnen vor der Fahrt über den Damm unterhalten haben, da sprachen Sie davon, dass die meisten Gäste Kapoor nicht mögen ...«

Er setzte ein wehmütiges Lächeln auf. »Da wusste ich ja auch noch nicht, dass Sie Polizistin sind, sonst hätte ich wohl eher den Mund gehalten. Hätte ich gewusst, dass Sie meine Bemerkungen später gegen mich verwenden würden ...«

»Nein, Sir Lester«, unterbrach sie ihn. »Ich will Ihre Bemerkungen nicht gegen Sie verwenden, weder gegen Sie noch gegen einen anderen Gast. Aber wenn einer der Gäste der Täter ist, dann komme ich nur dahinter, wenn ich die Wahrheit kenne. Wenn mir jeder erzählt, dass er ein gutes Verhältnis zu Kapoor hat, dann werde ich nie herausfinden, wer Mr Bakherjee geköpft hat. Ich bin auf Ihre Hilfe angewiesen, Sir Lester, sonst könnte es sein, dass der Täter ungeschoren davonkommt.«

Der ältere Mann sah sie fast bewundernd an, ehe er entgegnete: »Ihre ehrlichen Worte überraschen mich. Ich dachte, die Polizei spielt bei der Ermittlung von Verbrechen nicht mit offenen Karten, um den oder die Mörder in Sicherheit zu wiegen.«

»Wenn mir eine andere Vorgehensweise zur Verfügung stehen würde, wäre es sicher etwas anderes«, räumte sie ein. »Aber verraten Sie mir mal, wie ich bluffen soll, wenn ich keine Möglichkeit habe, die Leute voneinander zu trennen. Sobald ich den nächsten Gast befrage, erzählt der vorangegangene den anderen, was ich gefragt und gesagt habe, und damit läuft jede Anspielung ins Leere. Oder ich mache jeden allen anderen gegenüber misstrauisch, und dann werden so viele Verdächtigungen und Behauptungen verbreitet, dass ich genauso schlau bin wie vorher. Entweder keiner beschuldigt den anderen oder jeder beschuldigt jeden – nichts davon hilft mir weiter.«

Sir Lester nickte. »Dann bin ich so etwas wie Ihr … Kronzeuge? Verstehe ich das richtig?«

»Theoretisch ja«, bestätigte sie. »Aber theoretisch sind Sie auch genauso tatverdächtig wie jeder andere, solange Sie kein Alibi haben, das sich irgendwie bestätigen lässt.«

»Das ist kein großer Anreiz, um aus dem Nähkästchen zu plaudern«, hielt er dagegen.

»Ich weiß, aber ich muss jetzt ausnahmsweise zu einem ganz gehässigen Spruch greifen, den ich selbst nicht mag, weil er das Prinzip der Beweislast umkehrt.«

»Lassen Sie mich raten: Wer nichts sagen will, der hat was zu verheimlichen. Richtig?«

Anne nickte. »Ja. Wenn Sie jetzt nicht mehr mit mir reden wollen, kann ich das einerseits verstehen, weil ich Sie in eine Zwickmühle gebracht habe. Aber wenn Sie nichts getan haben, dann können Sie sich auch nicht selbst belasten.«

Er schloss kurz die Augen und legte den Kopf in den Nacken, dann atmete er zweimal tief durch. »Ich mag Sie, Detective Chief Inspector, weil Sie ehrlich sind, und ich habe mich eben in Ihre Situation zu versetzen versucht.«

»Und?«, fragte sie erwartungsvoll.

»Ich kann das Dilemma nachvollziehen«, antwortete er bedächtig, »und ich kann auch Ihre Schlussfolgerung nachvollziehen.« Er zuckte mit den Schultern. »Also gut, was genau wollen Sie wissen?«

»Danke, Sir Lester«, sagte sie leise. Es gefiel ihr gar nicht, mit so offenen Karten zu spielen, aber sie hatte keine andere Wahl. Sie gab Jess ein Zeichen, die setzte sich zu ihr und stellte das iPad hochkant auf den Tisch.

»Was ist das?«, fragte Sir Lester.

»Das ist ein tragbarer Computer, der …«

Der ältere Mann winkte ab. »Ich weiß, dass das ein iPad ist, ich lebe nicht irgendwo in den Highlands. Ich meinte, was Sie da machen.«

»Wir zeichnen alle Gespräche auf«, erklärte Jess, nachdem Anne auf ihren fragenden Blick mit einem kurzen Nicken reagiert hatte. »Wir haben hier kein Tonbandgerät, und wenn wir mitschreiben, was gesagt wird, können sich Fehler einschleichen, oder jemand behauptet nachher, dass er irgendetwas Bestimmtes gar nicht gesagt hat.«

»Aha«, machte Sir Lester. »Na, dann zeigen Sie mal, was Sie als Assistentin so können.«

Anne gab ihr ein Zeichen, und sie startete die Aufnahme.

»Sir Lester«, begann Anne. »Wie gut kannten Sie Mr Bakherjee?«

Ein spöttisches Schnauben kam über seine Lippen. »Zu gut, wenn Sie mich so fragen.«

»Zu gut?«

»Sehen Sie, Mr Bakherjee passt nicht nur auf diese Burg auf, wenn Kapoor nicht im Land ist, sondern er ist auch so eine Art Mittelsmann für ihn. Das heißt, er hält den Kontakt zu uns als Kapoors Kunden.«

»Das ist ... das war doch eigentlich von Vorteil«, korrigierte sie sich, als ihr auffiel, dass sie beide über den Ermordeten so redeten, als würde der noch leben. »Der Kontakt zu Kapoor nach Indien muss doch zwangsläufig unpersönlicher gewesen sein.«

»Richtig«, stimmte Sir Lester ihr zu. »Aber dafür war es nie sehr angenehm, mit Bakherjee zu reden. Wenn wir – und da spreche ich eigentlich für alle Eingeladenen – von ihm besucht wurden, dann war das üblicherweise kein freudiges Ereignis, weil er mal die Einkaufspreise erhöhte, mal die Rabatte senkte, Reklamationen auf die lange Bank schob, Gutschriften ewig und drei Tage hinauszögerte und raffinierte Angebotspakete präsentierte.«

»Angebotspakete?«, wiederholte Anne. »Was muss ich mir darunter vorstellen?«

»Ich werde Ihnen ein Beispiel geben«, sagte der ältere Mann. »Vor zwei Jahren haben wir vor Weihnachten bei ihm sogenannte flammenlose Kerzen eingekauft, das sind künstliche Kerzen, die wie echte aussehen, aber mit Batterie und LED-Flamme arbeiten. Die waren der Verkaufsschlager überhaupt, weil wir durch einen guten Einkaufspreis die Konkurrenz um dreißig Prozent unterbieten konnten. Nicht mal die Shoppingsender im Fernsehen konnten da mithalten. Wir haben immer wieder nachbestellen müssen, weil die Kunden uns die Läden leergeräumt haben. Im vergangenen Jahr kam dann Mr Bakherjee vorbei, um die Bestellungen für die Weihnachtssaison aufzunehmen, und natürlich wollten wir wieder Kerzen bestellen ...«

»Und er hat den Preis erhöht?«, warf Jess ein, die interessiert zugehört hatte.

Sir Lester schüttelte den Kopf. »Im Gegenteil, sie waren sogar pro Stück noch fünf Pence günstiger als im Jahr davor. Aber die Kartoneinheit war von zehn auf zwölf Kerzensätze erhöht worden, was zwar keinen Unterschied ausmacht, wenn ich sechs Kartons à zehn Sätze bestelle. Dann sind es halt fünf Kartons zu je zwölf Sätzen. Aber wenn ich nachbestelle, habe ich jedes Mal zwei Sätze mehr. Wenn dann nur neun Kerzensätze verkauft werden, blieb zuvor einer übrig, jetzt sind es drei.« Er sah zwischen Anne und Jess hin und her, die beide verstehend nickten. »Was aber viel ärgerlicher ist: Weil es angeblich vom Hersteller aus nicht anders gelöst werden kann, wird ein Hohlraum in den einfach nur zu großen neuen Kartons mit einem völlig minderwertigen Satz batteriebetriebener Teelichter aufgefüllt, hundert Stück für fast fünf Pfund.«

»Und das ist zu teuer?«, erkundigte sich Anne, die sich nicht vorstellen konnte, was ein batteriebetriebenes Teelicht wert sein sollte.

»Diese Lichter sind Schrott«, erklärte Sir Lester. »Ein Stück kostet fünf Pence, aber die Kunden wollen so was Miserables nicht mal geschenkt mitnehmen. Ich bezahle fünf Pfund für etwas, was ich nicht weiterverkaufen kann, und dann sind auch noch die Batterien in diese Dinger eingeschweißt, weshalb ich sie nicht mal in den Müll werfen kann, sondern von einem Spezialbetrieb entsorgen lassen muss. Ein Karton Kerzen kostet mich also nicht sechzig Pence weniger als vorher, sondern gut vier Pfund fünfzig mehr plus Entsorgungskosten.«

»Aber trotzdem ist Kapoor immer noch der günstigste Anbieter?«, fragte Anne.

Sir Lester nickte. »Das schon, aber diese Methode wendet er bei allen möglichen Artikeln an, die gut laufen. Das heißt, der Gewinn schrumpft immer wieder ein bisschen mehr.«

»Dann muss doch irgendwann ein Punkt erreicht sein, an dem die Konkurrenz Kapoor unterbietet, oder nicht?«

»Darauf hat Bakherjee schon geachtet, dass das nicht passiert. Und hin und wieder werden ja auch die Preise gesenkt, aber gleich darauf wird man gezwungen, sich wieder irgendwelchen Schrott in den Laden zu legen ... oder besser ins Lager, damit man sich nicht den Ruf versaut.«

»Könnte diese Vorgehensweise ein Grund sein, dass einer der Gäste seinen Tod wollte?«

»Dass jemand seinen Tod wollte, das ja. Aber keiner von den Teilnehmern an dieser Mörderjagd.«

»Ähm ... wer dann?«

»Die Leute, die er mit seiner Preispolitik in den Ruin getrieben hat. Aber die kommen natürlich nicht mehr her. Kapoor lädt ja nur die Geschäftspartner ein, mit denen er aktuell noch zu tun hat oder die ihr Geschäft aus Altersgründen aufgegeben oder weiterverkauft haben. Also die Leute, von denen er sich nichts Nachteiliges anhören muss.«

»Und unter den aktuellen Kunden kann es niemandem geben, der einen Grund haben könnte, Bakherjee zu ermorden?«

»Miss Remington, sicher hat jeder von uns schon mal gesagt oder gedacht, dass er den Kerl am liebsten erwürgen oder ihn einen Kopf kürzer machen würde, aber ihn umbringen?« Er schüttelte den Kopf. »Nein, ich kann mir nicht vorstellen, dass irgendeiner hier das machen würde. Letzten Endes ist es doch so, dass für jeden von uns die Pleite eines Konkurrenten bedeutet, dass wir alle ein kleines Stück von dessen Marktanteil abbekommen.«

»Also profitieren Sie von der Pleite.«

»So wie jedes Unternehmen, das einen Konkurrenten vom Markt verdrängt.« Er zuckte mit den Schultern. »Der Markt ist nun einmal ständig in Bewegung, und das heißt auch, dass ein paar Unternehmen verschwinden, dass aber auch ein paar neue dazukommen. Das ist wie Ebbe und Flut, das ist …«

Plötzlich stutzte Sir Lester und sah auf seine Armbanduhr. »Oh, schon elf«, sagte er. »Apropos Ebbe und Flut … ich will ja niemanden anschwärzen, aber … na ja, es ist wohl auch zu deren Sicherheit, weil das einfach zu gefährlich ist … auf jeden Fall habe ich draußen von ein paar Leuten gehört, dass sie wohl nach Mitternacht von hier verschwinden wollen, wenn wieder Ebbe ist und der Damm befahren werden kann.«

Anne horchte auf. »Heute Nacht?«

»Ja, weil sie keine Lust haben, sich von Ihnen wie Schwerverbrecher behandeln und hier festhalten zu lassen.«

»Und wer genau war das? War zufällig Mrs Channingham eine von ihnen?«

Sir Lester schüttelte den Kopf. »Keine Ahnung, ich hatte mich auf eine Bank hinter einer Säule draußen im Vorraum gesetzt, und die Leute tuschelten auf der anderen Seite dieser Säule miteinander. Deswegen konnte ich keine Stimmen erkennen, ich würde nur sagen, dass es vier oder fünf Leute waren, mindestens zwei davon Frauen. Aber bis ich aufgestanden und um die Säule herumgegangen war, hatten sie sich schon wieder unter die anderen Gäste gemischt.«

Sie nickte bedächtig. Wenn sich der Täter wirklich unter den Gästen befand, würde das für ihn die Gelegenheit sein, von hier zu entkommen, bevor sie ihn überführen konnte. Zumindest diese Gruppe schien dazu entschlossen, auch im

Stockfinsteren über den Damm zurück aufs Festland zu fahren, was zweifellos nicht ungefährlich war – und was dafür sprach, dass der Täter dazugehörte, da er natürlich das größte Interesse daran hatte, schnellstens von hier zu verschwinden.

»Ich bin gleich wieder da«, sagte sie zu Jess. »Du kannst Sir Lester schon mal aus dem Saal begleiten und den Nächsten auf unserer Liste hereinbitten.«

»Okay«, erwiderte die junge Frau und rief auf ihrem iPad die Liste auf, um festzustellen, welcher Name in der alphabetischen Übersicht der Nächste war. »Wo gehst du hin?«

»Ich muss nur schnell einen Fluchtweg versperren.«

Kalter Wind schlug ihr entgegen, als sie auf den Burghof kam, zudem hatte es zu regnen begonnen, und die Tropfen prasselten ihr ins Gesicht, während sie zu ihrem Wagen lief. Wegen des alten Kopfsteinpflasters war der Untergrund bei Nässe ziemlich tückisch, weshalb sie nur langsam gehen konnte, um nicht auszurutschen und hinzufallen. Zwar hatte Kapoor ringsherum an der Burgmauer eine Reihe von Neonleuchten anbringen lassen – was zweifellos jedem Denkmalschützer vor Entrüstung einen Herzanfall beschert hätte –, doch die regennassen Oberflächen reflektierten das Licht so stark, dass sie auch nicht genauer erkennen konnte, wohin sie trat.

Nach ein paar Schritten zog sie sich die Lederjacke ein Stück weit über den Kopf, damit sie nicht völlig durchnässt war, bis sie ihren Wagen erreicht hatte. Im Hintergrund war das beständige Rauschen der Wellen zu hören, das ihr jetzt zum ersten Mal richtig auffiel. Sie war seit ihrer Ankunft unentwegt so beschäftigt gewesen, dass sie keine Zeit gehabt hatte, einen Blick aufs Meer zu werfen – und zwar einen Blick, den sie auch genießen konnte, nicht das, was sie bei der Fahrt über den Damm davon nur halb mitbekommen hatte.

Hätte ich mich doch bloß nicht von Bromshire breitschlagen lassen, dachte sie, als sie bei ihrem Wagen angekommen und eingestiegen war. Gegen eine inszenierte Mörderjagd war ja nichts einzuwenden gewesen, und ihre Detectives kamen auch mal zwei Tage ohne sie zurecht, aber nachdem sich aus der Sache die Suche nach einem echten Mörder entwickelt hatte, musste sie doch sagen, dass sie jetzt viel lieber zu Hause bei ihren Katzen gewesen wäre. Obwohl … nein, mit denen würde sie jetzt auch nicht auf der Couch liegen und fernsehen können, weil es ja daheim schon wieder einen Toten gab.

Also wäre sie jetzt so oder so draußen, aber vielleicht nicht in Regen und Wind. Kopfschüttelnd startete sie den Wagen, legte den Rückwärtsgang ein und rangierte von dem Platz, den man ihr bei der Ankunft zugewiesen hatte. Der Mondeo holperte über das Kopfsteinpflaster, während sie im Rückspiegel beobachtete, wohin sie den Wagen rollen ließ. Im Lichtkegel der Scheinwerfer konnte sie die Limousinen der anderen Gäste sehen und zählen. Sie waren noch alle da. *Gut,* dachte sie.

Da es zwischen innerem und äußerem Burghof leider zwei größere Durchgänge gab, konnte sie den Weg nach draußen nur am äußeren Burgtor versperren. Sie fuhr bis vor das zweiflügelige Holztor und überlegte, wie sie am besten das Fahrzeug abstellen sollte. Das Tor ging nach innen auf, beide Hälften, die durch einen quer liegenden Balken geschlossen gehalten wurden, rappelten im Wind. Falls der noch stärker werden sollte und der Querbalken aus seiner etwas wacklig wirkenden Halterung gedrückt wurde, würden die Torhälften gegen den Wagen schlagen und ihn beschädigen, was ihr gar nicht gefiel. Wenn sie aber so dicht ans Tor heranfuhr, dass sie mit der Frontpartie dagegendrückte, stand der Wagen so, dass sich das Fallgitter im Torbogen genau über dem Wagendach befand. Sie wusste aus eigener Erfahrung und von Kollegen, dass ein in die Enge getriebener Täter zu allem in der Lage sein konnte, und wenn er sah, dass ihm der Fluchtweg versperrt worden war, kam er möglicherweise auf den Gedanken, sich zu rächen, und was lag da näher, als das alte Fallgitter zu lösen und auf diese Weise ihren Wagen schwer zu beschädigen. Auch wenn sie nicht wusste, wie schwer ein solches Gitter war, konnte sie sich doch gut vorstellen, dass die mit Metallbeschlägen verstärkten Spitzen sich mühelos durch das Wagendach bohren konnten – und das wollte sie noch weniger als ein paar Beulen in der Frontpartie.

Also stieg sie kurz entschlossen aus, ging zum Tor und schob den Balken zur Seite, damit sie es öffnen konnte. Der Wind wehte in dem Moment zum Glück vom Burghof aus in Richtung Tor, sodass ihr die schweren Flügel nicht sofort entgegenkamen. Als beide Seiten offen standen und jede Hälfte mit einem Pflasterstein an der Wand der Durchfahrt beschwert worden war, damit sie nicht von einer Böe gleich wieder zugeschlagen wurden, stieg Anne zufrieden ein und fuhr los. Die Zufahrt gleich hinter dem Tor fiel relativ steil ab, sodass der Wagen stark nach vorn geneigt zum Stehen kam, als sie wieder abbremste.

Im selben Moment fing eine Warnleuchte an zu blinken, und ein Signalton erklang. Anne stutzte und stellte erschrocken fest, dass der Tank laut Anzeige leer sein sollte. Das war unmöglich, sie hatte auf dem Weg hierher nicht mal die Hälfte verbraucht. Der Tank konnte nicht leer sein! Der erste Schreck legte sich schnell, als ihr Blick auf die Wasserflasche im Becherhalter am Handschuhfach fiel.

Ja, natürlich!, ging es ihr durch den Kopf. Der Wagen stand so schräg auf der Zufahrt, dass der Messstab im Tank kein Benzin mehr registrierte, weil sich alles im vorderen Bereich gesammelt hatte. Das war die Erklärung, so einfach. Dennoch setzte Anne vorsichtshalber noch einmal zurück, bis sie wieder die Durchfahrt erreicht hatte. Gleich darauf schlug die Tankanzeige wieder aus, die Warnleuchte erlosch, und das Signal verstummte.

Erleichtert darüber, dass sie nicht tatsächlich mit leerem Tank dastand, fuhr sie den Wagen abermals nach draußen, ignorierte den Fehlalarm und stellte den Motor ab. Als sie ausstieg und den Mondeo verriegelte, wurde ihr erst bewusst, wie viel lauter das Meeresrauschen hier draußen war. Irgendwo da drüben, wo sich das Festland befand, war hier und da in unbestimmbarer Entfernung ein schwacher Lichtschein auszumachen, zu ihrer Linken, weit draußen auf offener See, blinkten winzige Positionslichter, vermutlich von Frachtschiffen auf ihrem Weg durch die Nacht.

Hier draußen, außerhalb der Burgmauer, herrschte eine fast erdrückende Finsternis, die dadurch eine besonders beklemmende Note erhielt, dass man das Rauschen des Meeres und das Geräusch der an die Felsenküste der winzigen Insel schlagenden Wellen zwar deutlich hörte, jedoch nichts davon sah und es sich unmöglich bestimmen ließ, ob das Wasser einen, zehn oder zwanzig Meter entfernt war.

Unbehagen erfasste Anne, sie machte kehrt und lief in die Burg zurück, wo sie zunächst das Tor schloss und die beiden Flügel mit dem Balken arretierte. Sie ging durch den Torbogen in Richtung des inneren Burghofs, als sie auf einmal einen umherzuckenden Lichtkegel wie von einer Taschenlampe bemerkte, der sich ihr näherte und ihr ins Gesicht leuchtete, sodass sie geblendet die Augen zusammenkneifen und zur Seite sehen musste.

»Miss Remington?«, rief eine männliche Stimme. »Da sind Sie ja! Kommen Sie schnell!«

Der Mann hatte sie erreicht und hielt seine Taschenlampe jetzt so, dass der Lichtstrahl sein Gesicht beschien. Es war Ajay Kohli, der Diener, der eigentlich ein Bankangestellter war.

»Mr Kohli?«, entgegnete sie. »Was machen Sie denn hier?«

»Kommen Sie«, sagte er aufgeregt. »Es gibt noch einen Toten!«

»Das ist genau der Grund, weshalb ich niemals historische Waffen sammeln werde«, sagte Franklin und betrachtete zunächst die Säbel und Dolche an den Wänden im Wohnzimmer, erst dann wandte er sich dem Toten zu, der in seinem Sessel vor dem Kamin saß. Aus der Brust ragte die Spitze eines mittelalterlichen Schwertes, das von hinten durch die Sessellehne in seinen Körper getrieben worden war. Der Kopf des Mittdreißigers war gegen die Lehne gedrückt, die Hände lagen verkrampft auf seinem Schoß, die Handflächen wiesen mehrere tiefe Schnitte auf.

»Sieht so aus, als wäre er nicht sofort tot gewesen«, meinte Hennessy.

»Sie meinen, wegen der Schnittwunden?«, fragte Doctor Kelley, der über den Toten gebeugt dastand. »Er hat zumindest noch lange genug gelebt, um die Klinge zu umfassen, wohl in der Absicht, sie irgendwie aus seinem Körper zu schieben – was natürlich ein sinnloses Unterfangen war. Das Schwert steckt so fest in der Sessellehne, dass man es am Heft fassen muss, um es herauszuziehen. Mr Dearing hatte keine Chance, dem Tod noch irgendwie zu entgehen. Wie lange er versucht hat, sich gegen das Unabwendbare zur Wehr zu setzen, kann ich nicht auf die Minute genau sagen. Aber sehr lange kann es nicht gedauert haben, weil eine solche Wunde stark blutet und der Körper durch den Blutverlust sehr schnell geschwächt wird. Was natürlich nichts daran ändert, dass es ein sehr schmerzhaftes Ende war.«

»Und wie lange ist Mr Dearing schätzungsweise tot?«

Kelley verzog den Mund und studierte die Daten, die er inzwischen zusammengetragen hatte. »Seit etwa zwei Stunden, plus minus eine halbe Stunde.«

Franklin sah auf seine Armbanduhr. »Also irgendwann zwischen neun und zehn Uhr heute Abend.« Er nickte nachdenklich. »Wer hat ihn gefunden?«, fragte er Constable Clarkson, der an der Haustür stand und darauf achtete, dass die Schaulustigen aus der Nachbarschaft nichts zu sehen bekamen.

»Seine Freundin, Sir, eine Miss Norton«, antwortete er.

»Wo ist sie jetzt?«

»Im Haus nebenan, der Notarzt ist bei ihr«, sagte der Constable. »Miss Norton hat einen Schock erlitten, als sie ... das da gesehen hat.«

»Kann ich mir gut vorstellen«, meinte Hennessy, dann zeigte er auf die Wand. »Da drüben an der Wand dürfte das Schwert gehangen haben.«

Franklin nickte, als er die Lücke zwischen zwei ähnlich aussehenden Klingen betrachtete und die Haken bemerkte, auf denen diese Waffe gelegen haben musste. »Ich würde sagen, der Täter hat die Waffe von der Wand genommen und auf Mr Dearing gewartet. Dann hat er sich an ihn herangeschlichen und ihm die Klinge in den Leib gejagt.«

»Ja, klingt logisch«, stimmte sein Kollege ihm zu. »Sonst hätte Dearing ihm zusehen können, wie er das Schwert von der Wand nahm, und dann wäre er sicher nicht so ruhig in seinem Sessel sitzen geblieben.«

»Na, dann wollen wir doch mal sehen, ob Miss Norton uns irgendetwas Nützliches erzählen kann.« Er sah zu Kelley. »Sie geben uns Bescheid, wenn Ihnen noch was Wichtiges oder Merkwürdiges auffällt, Doc?«

Dr. Kelley verzog den Mund zu einem schiefen Grinsen. »Gut, dass Sie mich darauf aufmerksam machen, Detective Inspector Hennessy. Eigentlich wollte ich alle Erkenntnisse in meinem Tagebuch festhalten und es dann in meinem Nachttisch einschließen.«

Hennessy sah ihn mit zusammengekniffenen Augen an. »Kein Wunder, dass man ausgerechnet Sie aus dem Ruhestand geholt hat, Doc. Ich wette, sehr viele Leute haben Ihre nette, zuvorkommende Art so sehr vermisst, dass sie froh waren, Sie endlich wieder um sich zu haben.«

»Mein Charme ist eben unwiderstehlich«, meinte Kelley trocken und winkte den Constable zu sich. »Sie werden mir helfen, den Toten von diesem Schwert zu befreien.«

Constable Clarkson wurde bleich und wandte sich hilfesuchend an Hennessy, der an ihm vorbei nach draußen ging. »Detective? Muss ich das machen?«

Hennessy blieb kurz stehen und klopfte ihm aufmunternd auf die Schulter. »Betrachten Sie sich einfach als zwangsrekrutiert, Clarkson.« Dann folgte er Franklin in den Vorgarten.

Beim Nachbarhaus angekommen, öffnete ihnen eine Frau mittleren Alters die Tür.

»Mrs Hayes?«, fragte Franklin und stellte sich und seinen Kollegen vor, als sie nickte.

»Miss Norton ist hinten im Wohnzimmer«, ließ sie die beiden wissen. »Der Arzt ist noch bei ihr, er hat ihr ein Beruhigungsmittel gegeben.«

Als sie ins Wohnzimmer kamen, schloss Dr. Mayberry gerade seine Tasche und verabschiedete sich von einer hageren jungen Frau mit feuerroten Haaren, die auf dem Sofa lag und mit einer dicken Decke mit leuchtendem Blumenmuster zugedeckt war. Er redete so leise, dass nur Miss Norton ihn hören konnte.

»Machen Sie es bitte kurz, meine Herren«, sagte der Arzt an die beiden Detectives gewandt, die an der Tür auf ihn warteten. »Sie hat von mir ein Beruhigungsmittel bekommen, aber stellen Sie ihr bitte trotzdem keine Fragen, über die sie sich aufregen könnte, sonst wird die Wirkung aufgehoben.«

»Schon klar, Dr. Mayberry«, erwiderte Franklin und machte ihm Platz. »Wir werden uns beeilen.«

Beim Näherkommen nickte Hennessy der jungen Frau zu, deren Gesicht sehr blass war. »Miss Norton, ich bin Detective Inspector Hennessy, das ist mein Kollege Detective Inspector Franklin. Ich möchte Ihnen mein Beileid zum Verlust Ihres Freundes Mr Dearing aussprechen.«

»Danke«, flüsterte sie so leise, dass ihre Stimme kaum zu hören war.

»Ich weiß, Ihnen steht momentan nicht der Sinn danach«, fuhr er fort. »Aber wir müssten Ihnen ein paar Fragen stellen. Fühlen Sie sich dazu in der Lage?«

Miss Norton nickte schwach, ihr Blick wanderte zwischen

den beiden Männern hin und her, die in den beiden Sesseln gegenüber der Couch Platz nahmen.

»Sie haben Ihren Freund entdeckt, wenn ich das richtig verstanden habe«, begann Franklin behutsam.

»Ja«, antwortete sie leise. »Als ich nach Hause kam, da … da saß er im Sessel und …« Laut schluchzend brach sie ab.

»Sie müssen nicht ins Detail gehen, Miss Norton, wir waren gerade nebenan«, versicherte er ihr. »Sie sagten, Sie kamen nach Hause. Wann war das?«

»So gegen halb elf … und dann habe ich auch sofort den Notruf gewählt.«

Hennessy nickte wortlos seinem Kollegen zu. Das passte zu der Zeit, als der Anruf in der Wache eingegangen war. »Und wo waren Sie vor halb elf?«

»Ich habe mich um sieben mit ein paar Freundinnen getroffen, Jimmy hat mich abgesetzt und ist dann nach Hause gefahren. Wir waren erst im Café Dubois, und so gegen acht sind wir dann rübergegangen ins Nine Yards. Von da bin ich dann nach Hause gelaufen. Meine Freundinnen wollten mich unbedingt fahren, aber im Pub war es so laut und so warm gewesen, dass ich noch etwas an der frischen Luft sein wollte.«

»Ist Ihnen im Café oder im Pub oder vielleicht auch irgendwo auf der Straße jemand aufgefallen?«, wollte Franklin wissen.

»Jemand aufgefallen?«, wiederholte sie verständnislos. »Wie meinen Sie das?«

»Zum Beispiel in der Form, dass jemand Sie beobachtet hat, um Gewissheit zu bekommen, dass Ihr Freund allein zu Hause ist.«

Sie dachte einen Moment lang nach, schüttelte dann jedoch den Kopf. »Wir haben ein paar Bekannte getroffen, aber von denen hat sich keiner seltsam verhalten. Und ich wüsste nicht, dass mich jemand beobachtet haben sollte.«

»Ist Ihnen am oder im Haus etwas aufgefallen? Stand vielleicht die Tür offen?«

Sie schüttelte den Kopf. »Nein, ich habe aufgeschlossen, bin reingegangen, habe meine Jacke an die Garderobe gehängt und bin dann ins Wohnzimmer gegangen … Die Stehlampe war an, und die zwei kleinen Lampen links und rechts vom Bücherregal … der Fernseher lief … ich habe mich noch gewundert, dass eine von diesen Castingshows lief, weil er sich das normalerweise nicht ansieht … dann … habe ich die Deckenlampe angemacht und … und … da saß er …« Der Rest ging in lautem Schluchzen unter.

Hastig stand Franklin von seinem Platz auf und hockte sich vor Miss Norton hin, um eine Hand auf ihre Schulter zu legen. »Beruhigen Sie sich bitte, Miss Norton. Wir wissen, was Sie gesehen haben, das müssen Sie uns nicht schildern. Für uns wäre es viel wichtiger zu wissen, ob Sie außer Ihrem Freund irgendetwas bemerkt haben, das nicht so war wie sonst.«

»Ich bin ja sofort wieder rausgerannt und hergekommen, um von hier aus die Polizei anzurufen. Ich habe eigentlich gar nichts mehr wahrgenommen.« Sie schüttelte betrübt den Kopf. »Es tut mir leid.«

»Vielleicht erinnern Sie sich später ja noch an eine Beobachtung«, beschwichtigte Franklin sie.

»Wir lassen Sie auch gleich in Ruhe«, fügte Hennessy hinzu. »Allerdings gibt es da noch eine Sache, die wir Sie fragen müssten. Eine wirklich wichtige Sache, die für unsere Ermittlungen von Bedeutung ist.«

Miss Norton nickte schwach. »Fragen Sie ruhig, aber ich kann mir nicht vorstellen, dass ich irgendetwas weiß, was Ihnen weiterhelfen wird.«

»Gab es eine Verbindung zwischen Mr Dearing und Mrs Boyle?«, wollte er wissen.

»Nein, mein Jimmy war mir nicht untreu«, beteuerte sie unter Tränen. »Wir wollten uns nächsten Monat verloben.«

»Entschuldigung, ich habe mich wohl etwas missverständlich ausgedrückt, Miss Norton«, sagte Hennessy hastig. »Es geht darum, dass Mrs Boyle vor wenigen Tagen in ihrem Haus ums Leben gekommen ist, und zwei Todesfälle innerhalb so kurzer Zeit machen uns als Polizisten natürlich schnell misstrauisch.«

Die junge Frau schniefte und sah mit geröteten Augen zwischen den beiden Detectives hin und her. »Ja, das kann ich verstehen«, murmelte sie.

»Was ich eigentlich wissen möchte: Hatte Ihr Freund Kontakt zu Mrs Boyle, ganz egal welcher Art? Gab es Streit zwischen den beiden oder … irgendetwas?«

»Mrs Boyle?« Miss Norton schien zu überlegen, dann fragte sie: »Meinen Sie Adele Boyle?«

»Ja, genau.«

»Ja, richtig. Er war ein- oder zweimal bei ihr«, erklärte sie. »Jimmy gehörte zum Komitee ›Grafschaft der Zukunft‹, und Adele war auch mit dabei. Sie haben sich getroffen, um irgendwelche Ideen auszutauschen.«

Hennessy machte eine Notiz, dann nickte er Franklin zu.

»Okay, Miss Norton«, sagte der. »Wir lassen Sie jetzt erst einmal in Ruhe. Wir werden in den nächsten Tagen noch mal auf Sie zukommen müssen, weil sich bestimmt weitere Fragen ergeben werden, bei denen Sie uns hoffentlich weiterhelfen können.« Er wandte sich zum Gehen.

»Sie können heute Nacht natürlich nicht ins Haus zurück, weil die Spurensicherung dort noch die nächsten Stunden beschäftigt sein wird. Sollen wir für Sie ein Quartier besorgen, oder …?«, erkundigte sich Hennessy.

»Nein, nein, danke, ich … eine Freundin holt mich gleich ab«, versicherte sie ihm. »Außerdem könnte ich heute Nacht ganz sicher nicht nebenan schlafen … wenn ich das überhaupt je wieder kann.«

Franklin und Hennessy verabschiedeten sich und verließen das Wohnzimmer. Als sie zur Tür gingen, kam aus dem ersten Stock jemand nach unten. »Ah, die Detectives«, sagte der leicht untersetzte Mann, der einen viel zu engen Morgenmantel mit Blümchenmuster trug. »Und? Haben Sie den Täter schon?«

»Wir arbeiten daran, Mr … Hayes, vermute ich?«, gab Hennessy zurück.

»Ja, genau«, antwortete er, dann zeigte er auf seine Aufmachung. »Tut mir leid, aber mein Morgenmantel ist noch in der Wäsche.«

Franklin zuckte mit den Schultern. »Das macht doch nichts. Sagen Sie, haben Sie oder Ihre Frau heute Abend von nebenan verdächtige Geräusche gehört? Oder haben Sie jemanden gesehen, der das Haus betreten oder verlassen hat?«

Mr Hayes schüttelte den Kopf. »Nein, tut mir leid. Wir haben den ganzen Abend vor dem Fernseher verbracht und uns den *Rosaroten Panther* angesehen, Sie wissen schon, das Original mit Peter Sellers, nicht diese alberne Neuverfilmung. Da gibt es immer so viel zu lachen, da nehmen wir um uns herum so gut wie gar nichts wahr. Drei Teile haben wir fast geschafft, und dann hat Miss Norton Sturm geklingelt und stand in Tränen aufgelöst vor der Tür.«

»Und wie war Ihr Verhältnis zu Mr Dearing?«, erkundigte sich Hennessy.

»Soll ich das so verstehen, dass Sie glauben, ich hätte ihn erdolcht?«, gab er zurück.

»Wer sagt, dass er erdolcht wurde?«

»Na, Miss Norton«, erklärte er den Detectives. »Das heißt, sie hat nicht ausdrücklich von einem Dolch gesprochen, sie hat nur erwähnt, dass eine Klinge in seiner Brust steckte. Das kann ja alles Mögliche sein.« Er stutzte. »Sagen Sie nicht, dass es tatsächlich ein Dolch war!«

Franklin und Hennessy warfen sich einen verschwörerischen Blick zu, dann erst antwortete Hennessy: »Nein, es war kein Dolch. Sie haben noch mal Glück gehabt. Aber zurück zu meiner ursprünglichen Frage: Wie war Ihr Verhältnis zu Mr Dearing?«

»Das war gut.« Der Mann nickte nachdrücklich und strich

sich über das unrasierte Kinn. »Wissen Sie, Dearing war einer von den jüngeren Leuten, wie man sie heute viel zu selten findet. Er war keiner von diesen karrieresüchtigen Großstadtmenschen, er hat gern hier gelebt, und er hat sich engagiert. Vor ein paar Wochen hat er mir noch davon erzählt, dass er in das Komitee aufgenommen wurde … für diesen Wettbewerb … ›Grafschaft von morgen‹, glaube ich, heißt der. Er wollte sich dafür einsetzen, dass das Leben auf dem Land und im Dorf wieder als vollwertig anerkannt wird.« Er setzte eine betrübte Miene auf. »Erst Mrs Boyle, jetzt Dearing … man könnte fast meinen, dass sie jemandem ein Dorn im Auge waren.«

»Denken Sie da an einen bestimmten Jemand, Mr Hayes?«, hakte Franklin sofort nach.

»Wie? Oh, nein, nein, ganz im Gegenteil«, sagte der Mann. »Ich kenne in groben Zügen das Programm, mit dem sich das Komitee bewerben will, und da ist nichts drin, was irgendwen zu solchen Mitteln greifen lassen würde. Wir haben hier keine Chemiefabrik vor der Tür, die geschlossen werden soll, und auch nichts anderes von der Art, mit dem andere Gemeinden zu kämpfen haben.« Er machte eine kurze Pause. »Deswegen glaube ich auch, dass diese Bewerbung ziemlich aussichtslos ist. Northgate ist doch eigentlich eine friedliche Gemeinde, wenn man mal von den beiden Morden absieht und von dieser Mordserie vor einem halben Jahr. Hier können nur Kleinigkeiten verbessert werden, ein paar Straßenlaternen mehr, hier und da ein Fußgängerüberweg. Das ist alles nichts Wildes. Da stehen die Chancen für die Grafschaften viel besser, in denen es richtig übel zugeht. Sie wissen schon, mit einem Flughafen gleich nebenan, oder mit einem Truppenübungsplatz.« Er sah die beiden Detectives an. »Ich glaube, ich halte Sie von Ihrer Arbeit ab, tut mir leid.«

Franklin schüttelte den Kopf. »Keineswegs. Sie haben uns sogar ein Stück Arbeit abgenommen.

Mr Hayes schien ehrlich überrascht zu sein. »Tatsächlich?

Na, das freut mich. Und ich hatte bereits befürchtet, Sie würden mir wegen meiner Bemerkung mit dem Dolch sofort Handschellen anlegen und mich mitnehmen.«

»Keine Sorge, Mr Hayes«, gab Hennessy zurück und zwinkerte ihm zu. »Sie hätten sich auf jeden Fall vorher noch umziehen dürfen.«

8

Die Küche der Burg hatte nichts mehr mit der Küche zu tun, die es hier ursprünglich einmal gegeben hatte. Vielmehr erinnerte sie an die Einrichtung in einem Hotel der gehobenen Preisklasse, alles war in Edelstahl gehalten, was der Hygiene zugutekam, der lang gestreckte Raum war hell erleuchtet.

Anne kam von Kohli gefolgt herein; dabei schlug ihr die für Großküchen so typische, stets irgendwie gleiche Mischung aus warmer, viel zu feuchter Luft und dem Geruch nach heißem Fett, Spülmittel, Abwaschwasser und Gewürzen aller Art entgegen. Zwei Diener standen neben einem am Boden liegenden Mann, sie hatten ihm den Rücken zugewandt und sich so gedreht, dass sie das Küchenpersonal im Blick hatten.

Vier Frauen waren unverdrossen damit beschäftigt, Gemüse und andere Lebensmittel für die beiden Köche vorzubereiten, die an einem ausladenden Herd standen und in hohen Kochtöpfen Soßen oder Suppen anrührten.

Beim Anblick dieses Personals ging ihr beiläufig durch den Kopf, dass Kapoor ihr nur eine Namensliste seiner Dienerschaft gegeben hatte, von den Leuten in der Küche war bislang gar keine Rede gewesen. Sie würde ihn daran erinnern müssen, das unbedingt nachzuholen, immerhin machten beide Köche den Eindruck, als könnten sie mit einem großen Fleischermesser so einiges zerteilen.

Ein Lichtblitz ließ Anne nach links sehen, wo sie Jess entdeckte, die bereits damit beschäftigt war, den Toten aus allen Blickwinkeln zu fotografieren, ohne seine Position auf dem Boden zu verändern.

»Was ist passiert?«, fragte Anne an Kohli gerichtet, der als Einziger in ihre Richtung sah.

Die anderen Anwesenden reagierten gar nicht erst auf ihre Frage, was Anne vermuten ließ, dass sie zu dem Personal gehörten, das kein Englisch sprach.

Kohli gab die Frage auf Hindi weiter, eine der Frauen, die alle einheitlich weiße Kleidung mit Kopfbedeckung und Mundschutz trugen, drehte sich um und begann zu reden. Dabei fuchtelte sie hastig mit beiden Händen, wobei sie in der Rechten ein Messer und in der Linken irgendein knollenartiges Gemüse hielt.

»Sie sagt, der Diener hat etwas von dem Essen probiert, das sich auf dem Teller da vorn befindet. Dann hat er die Augen weit aufgerissen und angefangen zu röcheln, danach ist er zu Boden gesunken und hat sich nicht mehr gerührt«, übersetzte Kohli, nachdem der anhaltende Redefluss der Frau wieder versiegte. »Und sie sagt auch, dass es nichts ist, was sie hier zubereitet haben. Sie weiß nicht, woher er es hat und was es ist.«

»Geht es um den Teller, der da auf der Spüle steht?«, fragte Anne nach.

Kohli übersetzte wieder, dann sah sie, wie die Frau nickte. Anne fiel auf, dass sie die ganze Zeit über den Blick vor sich auf den Boden gerichtet hielt.

Jess fotografierte bereits den besagten Teller, als Anne zu ihr kam. Sie musterte das ragoutartige Fleischgericht, dann stutzte sie. »Das ist doch …«, begann sie. »Jess, woran erinnert dich das?«

»Ich weiß nicht, aber ich habe es schon mal irgendwo gesehen«, antwortete sie nachdenklich.

»Das ›Irgendwo‹ war vor nicht allzu langer Zeit der Tisch gleich neben mir, drüben im großen Saal.«

»Wer hat denn da gesessen?«, überlegte Jess.

»Na, Phaedra.«

»Phaedra? Dann ist das ja …«

»Richtig, das ist Katzenfutter.«

»Aber wieso …?«

»Wieso erfahre ich erst jetzt davon?«, fiel ihr eine energische Stimme ins Wort, die Kapoor gehörte.

Anne drehte sich um und sah, wie ihr Gastgeber in die Küche gestürmt kam und auf Kohli zueilte, der erschrocken vor ihm zurückwich.

»Aber ich …«, stammelte der Bankangestellte, als wäre er wirklich nur ein einfacher Diener, der seinem Herrn auf Gedeih und Verderb ausgeliefert war. »Sie ist Polizistin, Mr Kapoor.«

»Das weiß ich auch«, herrschte der ihn an. »Aber ich bin immer noch der Hausherr, und wenn etwas passiert, will ich als Erster informiert werden. Ist das klar?«

»Ja, selbstverständlich«, sagte Kohli hastig.

Voller Missachtung wandte Kapoor sich von ihm ab und sah zu Anne, der er dann ein finsteres Lächeln zuwarf. »Entschuldigen Sie, Miss Remington. Das war jetzt nicht gegen Sie gerichtet, aber es geht nun einmal nicht, dass das Personal mich einfach übergeht, anstatt mich zuerst darüber zu informieren, was geschehen ist, damit ich entscheide, was zu tun ist.«

Anne nickte freundlich, fragte dann jedoch: »Aber Sie hätten Mr Kohli doch auch nur anweisen können nach mir zu suchen. Oder was wollten Sie ihm stattdessen sagen?«

»Ich wollte …«, begann Kapoor und geriet ins Stocken. Nachdem er sekundenlang nur dagestanden hatte, verzog er den Mund und sagte: »Es geht hier ums Prinzip, Miss Remington. Meine Dienerschaft ist nicht umsonst *meine* Dienerschaft. Diese Leute stehen mir Rede und Antwort, und sie tun, was ich ihnen sage.« Er unterstrich seine Worte mit ausladenden Gesten. »Mr Bakherjee beispielsweise war kein Diener, sondern mein Verwalter, meine rechte Hand, mein Assistent. Er hatte gewisse Freiheiten und Vollmachten, er hätte sich sofort an Sie wenden können, Miss Remington. Aber ein *Diener* trägt in seiner Berufsbezeichnung bereits das

Dienen, und dazu gehört es nicht, eigenmächtig Entscheidungen zu treffen.«

»Würden Sie dann auch erwarten, dass Mr Kohli erst zu Ihnen kommt, wenn in der Küche ein Feuer wütet, anstatt die Feuerwehr zu rufen und Alarm zu schlagen?«, fragte Anne.

Kapoor sah sie an, überlegte einen Moment lang und begann dann zu lachen. »Miss Remington, Sie haben wirklich Humor.«

Anne sah ihn todernst an. »Mr Kapoor, hier liegt ein Toter. Etwas mehr Rücksicht wäre vielleicht angebracht.«

»Ja, richtig«, pflichtete er ihr bei, auch wenn es ihm sichtlich schwerfiel. »Also gut, was ist passiert? Wer ist überhaupt tot?«

Bevor er den Toten anfassen und umdrehen konnte, hielt Jess ihm ihre Kamera hin. Auf dem Display war das Gesicht des Opfers gut zu erkennen.

»Ah, das ist Rajneesh«, stellte er fest. »Hm, und wieso liegt er da?«

»Womöglich, weil er davon gegessen hat«, antwortete Anne und musste den Mann diesmal davon abhalten, den Teller in die Finger zu nehmen. »Nicht, Mr Kapoor. So könnten Sie wichtige Spuren unbrauchbar machen. Wenn Sie sich einfach nur vorbeugen, werden Sie den Teller genauer begutachten können, ohne ihn anzufassen zu müssen.«

Etwas mürrisch befolgte er ihre Anweisungen, dann sah er wieder zu Anne.

»Das ist Katzenfutter, das ist eine edle portugiesische Marke, die ich extra für Phaedra liefern lasse. Ohne Zusatzstoffe, ohne Geschmacksverstärker, mit erlesenen Zutaten – eine Köstlichkeit, kann ich Ihnen sagen.«

»Das fand Rajneesh offenbar auch«, warf Jess ein.

Kapoor nickte zustimmend.

»Mr Kapoor, dieser Mann hat das Katzenfutter gegessen«, sagte Anne. »Das muss doch ein Irrtum gewesen sein.«

»Oh, wissen Sie, das Personal vergreift sich gerne an den

Resten, die von den Gästen übrig gelassen werden«, brummte Kapoor. »Manche Leute tun so, als würde man sie verhungern lassen.«

»Vielleicht hatte er ja den Eindruck, dass man ihn verhungern lassen wollte«, gab sie in spitzem Tonfall zu bedenken, der aber bei ihrem Gegenüber nicht ankam.

»Wer mischt Gift in eine Portion Katzenfutter, um einen Diener zu töten?«, fragte Kapoor stattdessen ratlos.

Anne musterte ihren Gastgeber, aber er machte auf sie nicht den Eindruck, als würde er ihr etwas vorspielen. Vielmehr schien er tatsächlich zu grübeln, welchen Sinn es haben sollte, diesen Diener zu töten.

»Mr Kapoor, ich glaube nicht, dass der Täter es auf den Diener abgesehen hatte«, sagte sie schließlich. »Dieser Teller dort stand heute Abend noch im Saal auf dem Tisch, wo Phaedra gelegen und geschlafen hat. Sie hat das Essen nicht angerührt, das konnte ich selbst beobachten. Nach einer Weile wurde der Teller abgeholt und weggebracht, und ...«

»Von wem?«, unterbrach er sie. »Wenn wir das wissen, dann kennen wir den Täter.«

Von Kapoor unbemerkt wanderte ihr Blick zu Kohli, dem sie mit einem minimalen Kopfschütteln zu verstehen gab, er solle den Mund halten. Sie war sich sicher, dass es mit ihm nichts zu tun hatte, und sie wollte nicht, dass Kapoor ihn zum Sündenbock machen konnte, was ihm vermutlich sehr gelegen gekommen wäre.

»Darauf habe ich nicht geachtet, ich weiß nur, dass es nicht Rajneesh war. Aber das ist auch nicht weiter wichtig, weil Phaedra zu dem Zeitpunkt bereits ihr Lieblingsessen verschmäht hat, und das, wo sie normalerweise einen guten Appetit hat.«

Kapoor zuckte unschlüssig mit den Schultern. »Was hat das eine mit dem anderen zu tun?«

»Mr Kapoor, man merkt Ihnen an«, sagte sie ihm daraufhin auf den Kopf zu, »dass Sie *Ihre* Katze nur ein paar Wochen im Jahr sehen. Sie haben gar keine Ahnung, was ihr Verhalten und ihre Gewohnheiten betrifft ...«

»Machen Sie mir keine Vorhaltungen, Miss Remington, meine Katze geht mir über alles!«, fuhr er sie an.

»Sagt der Mann, der seine Katze mehr als zehn Monate im Jahr überhaupt nicht zu Gesicht bekommt«, merkte Jess wütend an, ehe Anne sie davon abhalten konnte.

Bevor er darauf reagieren konnte und bevor dieser Wortwechsel noch eskalierte, ging Anne dazwischen und erklärte: »Das Gift wurde nicht auf dem Weg in die Küche in das Essen geschmuggelt, sondern bereits, als es zu Phaedra gebracht wurde. Jemand wollte Ihre Katze töten, Mr Kapoor!«

Hastig schüttelte er den Kopf. »Nein, das glaube ich nicht. Phaedra ist lammfromm, wie man so sagt. Sie tut niemandem etwas. Warum sollte jemand einen Anschlag auf sie verüben?«

»Mr Kapoor, man hat es auf *Sie* abgesehen«, machte sie ihm geduldig klar. »Unser Unbekannter hat zwei Warnschüsse abgegeben. Der erste hat Mr Bakherjee getroffen, und zwar tödlich. Weil Sie auf diese Warnung nicht oder zumindest nicht wunschgemäß reagiert haben, hat er ein zweites Mal zugeschlagen, nur dass er diesmal das Ziel verfehlt hat. Er hat nicht damit gerechnet, dass Phaedra das Gift riecht und das Essen ignoriert. Dass Rajneesh ihm zum Opfer gefallen ist, das ist ein Versehen, weiter nichts.« Sie sah Kapoor eindringlich an, dem nicht anzumerken war, ob ihre Worte bei ihm Wirkung zeigten. Entweder konnte er sich hervorragend verstellen, oder er wusste wirklich nicht, was hier gespielt wurde. »Der Täter will ihnen zeigen, dass er die Kontrolle über die Situation hat. Er vernichtet, was Ihnen wichtig ist. Und aus irgendeinem Grund muss er Sie leben lassen, sonst wäre das längst Ihr Kopf, der jetzt in einer Plastiktüte in der Kühltruhe liegt.« Nach einer kurzen Pause fügte sie hinzu: »Was haben Sie, was ein anderer von Ihnen haben will? Warum verschont er Sie und tötet stattdessen in Ihrem Umfeld?«

Kapoor stutzte und machte auf einmal ein erschrockenes Gesicht. »Dann ist meine Phaedra ja immer noch in Gefahr!«, rief er und wollte aus der Küche stürmen.

»Tut mir leid, aber Sie laufen jetzt nicht weg«, erklärte sie entschieden und legte eine Hand auf seine Brust, um ihn aufzuhalten. »Jess kümmert sich um Ihre Katze. Wir unterhalten uns erst noch, Mr Kapoor.« Dann drehte sie sich zu der jungen Frau um. »Hier hast du meinen Zimmerschlüssel, Jess. Hol Phaedra aus dem Saal und bring sie in mein Zimmer. Dann schließt du ab und kommst wieder zu mir, klar?«

»Schon erledigt, Chief!«, meinte sie mit schiefem Grinsen.

»Schon erledigt?«

»Ja, nur mit dem Unterschied, dass die Katze bei mir im Zimmer in Sicherheit ist, nicht bei dir.«

»Aber wieso …?«

»Nachdem du rausgegangen bist, um den Fluchtweg zu versperren, wie du gesagt hast«, erwiderte Jess, »wurde Phaedra so unruhig, dass ich sie genommen und nach oben gebracht habe. Sie wollte eigentlich hinter dir herlaufen, aber ich dachte mir, wenn sie da draußen in der Dunkelheit unterwegs ist, finden wir sie nie wieder.«

Anne lächelte sie zufrieden an. »Wenn ich in meinem Leben noch Zeit für eine Tochter hätte, würde ich dich vermutlich adoptieren.«

»Danke, aber vielleicht denkst du ja an mich, wenn ihr in Northgate die Stelle des Rechtsmediziners neu besetzen müsst.« Dann legte sie den Kopf schräg und fragte: »Was hast du eigentlich damit gemeint, dass du einen Fluchtweg versperren musst?«

Statt zu antworten, warf Anne einen Blick auf ihre Armbanduhr. »Zehn vor zwölf«, murmelte sie. »Es wird nicht mehr lange dauern, dann bekommst du deine Antwort.«

Jess zuckte mit den Schultern. »Okay, wenn du's mir nicht sagen willst, lasse ich mich eben überraschen.«

Anne wandte sich wieder Kapoor zu, dem es gar nicht gefiel,

ihr Rede und Antwort stehen zu müssen. »Kommen wir noch mal auf den Unbekannten zu sprechen, der Ihren Verwalter ermordet und einen Anschlag auf Ihre Katze verübt hat.«

»Soll ich Ihnen sagen, was ich glaube?«, konterte Kapoor. »Rajneesh hier hat Bakherjee umgebracht, und dann hat er sich das Leben genommen, weil er mit dieser Sünde nicht leben konnte.«

»Und aus welchem Grund sollte er ihn umgebracht haben?«

»Das werden wir nicht erfahren, weil er dieses Geheimnis mit ins Grab genommen hat.« Der Geschäftsmann hob die Hände, als sei das die einfachste Erklärung, die es für die beiden Toten gab.

»Kein schlechter Versuch, Mr Kapoor«, meinte sie und grinste ihn dabei ironisch an. »Aber Sie werden im gesamten Vereinigten Königreich keinen Polizisten und keinen Richter finden, der sich damit abspeisen lassen würde.«

Kapoor kratzte sich an der Nasenspitze und entgegnete im gleichen ironischen Tonfall: »Das kommt davon, wenn man Polizisten und Richtern zu großzügige Gehälter zahlt. In meiner Heimat würden sicher viele Polizisten diese Erklärung akzeptieren, wenn man sie ihnen auf die Banderole von einem nicht zu dünnen Bündel Banknoten schreibt.«

»Ich dachte immer, das sei nur ein gängiges Vorurteil«, merkte Anne an.

Der Mann lächelte vielsagend, schwieg aber.

»Kommen wir noch mal auf die möglichen Verdächtigen zurück«, sagte sie und wurde wieder ernst. »Denken Sie bitte sehr gründlich nach, ob irgendeiner von Ihren Geschäftspartnern einen Grund haben könnte, Sie unter Druck zu setzen, indem er in Ihrem Umfeld mordet. Gab es irgendwelchen Ärger? Vielleicht wegen eines ›Angebotspakets‹?«

Kapoors flüchtiges Lächeln verriet ihr, dass er genau wusste, wovon sie sprach. »Es gibt bei Geschäftsbeziehungen immer mal Unstimmigkeiten. Posten, die auf der Rechnung falsch ausgezeichnet wurden. Unvollständige Rücksendungen.

Schlechte Zahlungsmoral. Fehlbuchungen von Zahlungseingängen. Deswegen mordet man nicht.«

»Sie wissen, dass Mr Bakherjee sehr unbeliebt war?«

»Ja, aber das hat weder ihn noch mich gestört.«

»Dann haben Sie sein Verhalten gegenüber Ihren Kunden also geduldet?«, hakte sie nach, da sie hoffte, einen Ansatzpunkt gefunden zu haben.

»Nein, so kann man das nicht bezeichnen«, antwortete er.

»Und warum haben Sie ihn dann gewähren lassen?« Noch während sie die Frage aussprach, merkte sie, dass Kapoor nur eine kurze Pause gemacht hatte.

»Wenn ich fortfahren darf«, sagte er amüsiert. »Ich habe sein Verhalten nicht geduldet, sondern es war von mir sogar so angeordnet worden.«

»Wie bitte?«

»Sie kennen doch dieses gängige Spielchen in fast allen Kriminalserien«, führte er aus. »In den englischen genauso wie in den amerikanischen und wahrscheinlich auch in den Serien in allen anderen Ländern der Welt. Wir haben unsere Version von ›guter Cop, böser Cop‹ gespielt. Bakherjee hat die Verhandlungen mit meinen Kunden geführt, und zwar hier vor Ort. Er hat immer versucht, noch ein bisschen mehr zu meinen Gunsten herauszuholen, indem er einfach mal für einen größeren Posten einen Rabatt von zehn auf fünf Prozent reduziert hat. Oder er hat ihnen die Angebotspakete verkauft, die einzig dem Zweck dienen, den Billigschrott aus meinem Lager zu schaffen und ihn einem anderen aufs Auge zu drücken.«

»Und was haben Sie als der ›gute Cop‹ gemacht?«

»Ich habe Bakherjee freie Hand gelassen, und wenn es meinen Geschäftspartnern zu viel wurde, weil er zum Beispiel einfach die Mindestabnahmemenge für einen Artikel erhöht hat, dann bekam ich einen Anruf oder eine E-Mail von dem einen oder anderen Kunden, der sich bei mir beschweren wollte. Dann habe ich auf denjenigen besänftigend eingewirkt und ihm ganz uneigennützig einen zusätzlichen Rabatt von fünf Prozent auf eine Rechnung gewährt, und schon herrschte wieder Frieden.«

»Und das gestehen Sie mir einfach so? Was ist, wenn ich das Ihren Geschäftspartnern sage?«

Kapoor grinste vergnügt. »Das sind alles Kaufleute so wie ich. Kaufleute können sich untereinander nichts vormachen. Dem Endverbraucher können Sie weismachen, dass er einem Händler mit seinem überragenden Verhandlungsgeschick einen unfassbaren Rabatt auf den neuen Flachbildfernseher abgeschwatzt hat. Der Mann geht zufrieden und glücklich nach Hause, weil er glaubt, er habe ja so viel Geld gespart, und in Wahrheit hätte der Händler ihm sogar noch zwanzig Prozent Rabatt mehr geben können, ohne seine Gewinnspanne zu schmälern. Oder denken Sie an das Märchen von der Ratenzahlung mit null Prozent Zinsen. Welcher Händler wäre denn so dumm, selbst für einen Kredit zu zahlen, wenn er sich das Geld nicht vom Kunden zurückholen würde?«

»Vielleicht ein verzweifelter Händler, der sonst gar keine Kunden mehr bekommt?«, warf Jess ein.

»So was würde nur ein Idiot machen. Oder jemand, der sein eigenes Vermögen bereits in Sicherheit gebracht hat.« Er schüttelte den Kopf. »Diese Leute«, er zeigte vage in die Richtung des Saals, um sich auf seine Gäste zu beziehen, »haben alle jahrelange Erfahrung als Kaufleute. Sie haben genauso wenig Geld zu verschenken wie ich. Wenn sie also irgendeine Erhöhung geschluckt haben, die Bakherjee ihnen untergeschoben hat, dann immer nur, weil sie an anderer Stelle nach wie vor genug Geld verdient haben, um den kalkulierten Gesamtgewinn zu erzielen. Die Kalkulation ist der Dreh- und Angelpunkt bei allen Verhandlungen. Und erst wenn die Zahlen in der Kalkulation gefährdet sind, meldet man Protest an.« Kapoor zuckte mit den Schultern. »Bakherjee hat in seiner Rolle als böser Cop keinem von ihnen so wehgetan, dass sich jemand auf diese Weise rächen würde, und bei mir sieht das nicht anders aus. Ich weiß, dass meine Gäste mich anlächeln und hinter vorgehaltener Hand über mich herziehen, aber das bewegt sich alles im Rahmen des Üblichen. Da ist kein abgrundtiefer Hass im Spiel.«

»Wenn keiner von Ihren Geschäftspartnern infrage kommt, wer hätte dann ein Motiv?«, fragte Anne.

Kapoor hob einen Zeigefinger, eine Geste, die fast etwas Belehrendes, Herablassendes an sich hatte. »Nein, nein, Miss Remington. Verstehen Sie mich nicht falsch. Ich habe nicht gesagt, dass keiner von meinen Geschäftspartnern als Täter infrage kommt, es geht lediglich um das Motiv. Es kann nichts Geschäftliches sein, aber es kann durchaus irgendetwas Privates gewesen sein. Ich habe Bakherjee immer nur ein paar Wochen im Jahr gesehen, entweder wenn ich hier war oder wenn er in Indien war, um seine Familie zu besuchen. Was er in der übrigen Zeit des Jahres privat gemacht hat, weiß ich nicht. Theoretisch kann er mit jeder Ehefrau meiner Kunden eine Affäre gehabt haben, und einer von ihnen hat es herausgefunden und die Gelegenheit genutzt, Bakherjee zu ermorden, wenn wir alle hier zusammentreffen, weil dann die Zahl der Verdächtigen unüberschaubar wird.« Wieder zuckte er mit den Schultern. »Wie gesagt, welche Möglichkeiten sich da ergeben können, darüber möchte ich lieber gar nicht nachdenken.«

Annes Augen waren auf einen weit entfernten Punkt gerichtet, während sie über seine Äußerungen nachdachte. Wenn es stimmte, was er sagte, dann wäre sie gar nicht in der Lage, den Mörder noch hier auf der Insel dingfest zu machen. Ein Dutzend oder mehr Dienststellen müssten eingeschaltet werden, um bei jedem der eingeladenen Gäste Nachforschungen anzustellen, welche Rolle der Ermordete möglicherweise in deren Privatleben gespielt hatte. So etwas würde sich über Wochen hinziehen, und es würde sich eine immer unübersichtlichere Datenmenge ansammeln.

Aber nur, *wenn* es stimmte. Und daran hatte sie ganz erhebliche Zweifel.

»Klingt auf den ersten Blick nicht schlecht«, sagte sie. »Allerdings gibt es einen Haken bei der Sache: Wenn es um eine private Angelegenheit von Bakherjee ging, warum dann der Anschlag auf Ihre Katze? Das passt doch nicht.«

Kapoor zog eine Augenbraue hoch. »Sehen Sie, Miss Remington, als Krimibegeisterter weiß ich, dass es selten ein gutes Zeichen ist, wenn der Polizeibeamte bei einem Mordfall einen der Betroffenen darum bittet, Theorien über den Tathergang oder das Motiv zu entwickeln. Inspector Columbo hat das jedes Mal mit dem Mörder gemacht, und deshalb muss ich sagen, dass ich mich im Augenblick ein wenig unbehaglich fühle, wenn Sie mich hier auszuquetschen versuchen.«

»Kommen Sie, Mr Kapoor«, forderte sie ihn spielerisch auf. »Ich versuche nicht, Sie in eine Falle zu locken. Sie haben selbst die Theorie von einem privaten Motiv ins Spiel gebracht, jetzt zeigen Sie wenigstens so viel Sportsgeist und sagen mir, wie der Anschlag auf Phaedra dazu passen soll.«

Ihr Gastgeber überlegte einen Moment lang, dann schien ihm die Erleuchtung zu kommen. »Vielleicht war das nur ein Ablenkungsmanöver«, gab er zu bedenken. »Als er Bakherjee ermordete, konnte er nicht wissen, dass sich eine Polizistin in der Gruppe befindet. Nachdem er das erfahren hatte, suchte er nach einem Weg, um Sie auf eine falsche Fährte zu locken, damit Sie ein anderes Motiv vermuten und den wahren Täter übersehen.«

»Ich …«, begann Anne, aber weiter kam sie nicht, da in diesem Moment Sir Lester die Küche betrat.

»Ah, da sind Sie ja, Miss Remington«, sagte er und nickte ihr zu. »Ich glaube … was ist denn hier los? Ist das der Rest von unserer Leiche?« Nach drei Schritten war er stehen geblieben und musterte den Toten auf dem Boden.

»Schön wär's. Aber leider ist das schon unser nächstes Opfer«, antwortete sie.

»Das darf ja nicht wahr sein«, rief Sir Lester. »Wenn ich nicht nachtblind wäre, würde ich mich glatt dem Mob anschließen und noch heute Nacht von hier verschwinden.«

Anne horchte auf. »Von welchem Mob reden Sie?«

»Ach, deswegen bin ich ja hergekommen«, erklärte Sir Lester und schüttelte den Kopf. »Fast hätte ich es vergessen. Dieses Grüppchen, von dem ich gesprochen hatte, will sich auf den Heimweg machen, weil ja etwa in einer halben Stunde der tiefste Wasserstand erreicht ist, und soeben hat man festgestellt, dass Ihr Wagen den Weg nach draußen blockiert. Sie sollten sich lieber da blicken lassen, bevor die das Auto mit vereinten Kräften zur Seite kippen, damit sie freie Bahn haben.«

»Bin schon unterwegs«, sagte sie. »Danke für die Warnung, Sir Lester.« Sie sah sich in der Küche um, dann wandte sie sich an Kapoor: »Diese Kühltruhe da drüben ist beschlagnahmt. Lassen Sie sie leer räumen, und dann legen Sie den Toten in ein Laken gewickelt in die Truhe. Jess, du ziehst dir Handschuhe an und packst den Teller mit dem Katzenfutter in eine Plastikbox und stellst sie ebenfalls in die Truhe.«

»Okay, Anne«, gab sie zurück.

»Danach bringst du Phaedra in mein Zimmer.« Wieder sah sie zu ihrem Gastgeber: »Und Sie, Mr Kapoor, bringen Jess eine Kiste mit Katzenfutter, aber sehen Sie sich die Dosen ganz genau an, ob die nicht in irgendeiner Weise manipuliert worden sind. Und bringen Sie auch Phaedras Katzentoilette und Streu in mein Zimmer.«

Kapoor machte einen leicht empörten Eindruck. »Augenblick mal, Sie können mir doch nicht einfach meine Katze abnehmen!«

»Ich nehme Ihnen Ihre Katze nicht ab, ich stelle nur sicher, dass es keinen zweiten Anschlag auf Phaedra geben kann.« Während sie redete, tippte sie beiläufig auf ihrem Handy eine SMS ein, wartete aber mit dem Versenden. »Sagen Sie Ihren Leuten, dass bis auf Weiteres niemand mein Zimmer zu betreten hat.«

»Und wo gehen Sie jetzt hin?«, rief Kapoor ihr nach, als sie aus der Küche eilte.

»Ich muss einen wütenden Mob aufhalten«, antwortete sie. Im Korridor vor der Küche drückte sie auf die ›Senden‹-Taste und lief weiter.

9

Das ist Freiheitsberaubung!«, protestierte Emerson Linroy, ein vornehm gekleideter Geschäftsmann in einem Kamelhaarmantel, der an der Spitze einer kleinen Kolonne aus fünf Fahrzeugen in seinem Bentley saß und das Seitenfenster geöffnet hatte.

Die Wagen standen im Torbogen der Burg, das Tor war geöffnet, aber der Weg nach draußen wurde durch Annes Mondeo blockiert.

»Es ist keine Freiheitsberaubung«, widersprach Anne ihm. »Hier in dieser Burg sind zwei Menschen ums Leben gekommen und …«

»Zwei? Wieso zwei?«, unterbrach Linroy und strich sich über seinen grauen Schnauzbart, dessen Spitzen bis zur Unterkante des Kinns reichte. »Das war doch nur ein Kopf, der da in unser Essen gefallen ist!«

»Ja, aber inzwischen hat es einen zweiten Toten gegeben«, erklärte sie, während der Wind durch das offene Tor pfiff.

»Sind Sie sich da ganz sicher?«, rief Linroys Begleiterin vom Beifahrersitz aus. Die übermäßig erblondete Frau namens Wendy Severin hatte sich als Linroys Sekretärin vorgestellt, aber mit Blick auf ihre langen künstlichen Fingernägel hegte Anne an dieser Behauptung gewisse Zweifel. Sie hatte gesehen, zu welchen akrobatischen Verrenkungen ihre Fingergelenke gezwungen wurden, wenn Wendy ihr Handy bediente, und irgendwie konnte sie sich nicht vorstellen, dass sie auf einer Computertastatur mehr als drei Worte in einem brauchbaren Tempo schreiben konnte, ohne mit einem der Fingernägel zwischen zwei Tasten stecken zu bleiben. »Vielleicht ist es ja eine kopflose Leiche, und es gibt doch nur den einen Toten.«

Anne beschloss, auf diese Bemerkung gar nicht erst einzugehen, zudem standen links und rechts von ihr weitere wütende Gäste, die auf sie einredeten, weil sie von ihr daran gehindert wurden, die Burg zu verlassen.

»Sie können uns nicht festhalten!«, meldete sich Meredith Riversleigh zu Wort. »Es ist unser gutes Recht, von hier wegzufahren, wann immer wir das wollen!«

Die Frau machte auf Anne den Eindruck, als wollte sie das gängige Klischee der strengen Bibliothekarin verkörpern, da sie ihr dunkles Haar stramm nach hinten gekämmt und zum Dutt zusammengesteckt hatte. Dazu trug sie eine Nickelbrille, die dicht vor den Augen auf ihrer Nase klemmte.

»Tut mir leid, aber das können Sie eben nicht«, hielt Anne dagegen. »Beide Morde haben sich zugetragen, als Sie alle sich auf der Burg aufgehalten haben, und solange ich nicht von Ihnen allen eine durch Zeugen bestätigte Aussage habe, wo Sie sich wann aufgehalten haben, kann ich keinen von Ihnen einfach abreisen lassen.«

»Soll das etwa heißen, Sie verdächtigen einen von uns?«, empörte sich Linroy. »Das ist ja wohl das Letzte!«

»Das soll heißen, dass der Täter unter denjenigen zu finden ist, die sich seit dem Mittag in der Burg aufhalten«, stellte sie klar. »Das gilt für die Gäste von Mr Kapoor ebenso wie für sein Personal. Ihnen allen dürfte doch klar sein, dass Sie sich umso verdächtiger machen, wenn Sie jetzt mitten in der Nacht abreisen.« Sie sah in die Gesichter der Umstehenden und bemerkte, wie den meisten von ihnen bei ihrer Bemerkung bewusst wurde, dass es sie tatsächlich nicht in einem guten Licht dastehen ließ, wenn sie jetzt die Flucht ergriffen. Doch das schien ihnen letztlich egal zu ein, da sie im nächsten Moment mit entschlossenen Mienen konfrontiert wurde. »Außerdem ist der Weg über den Damm mitten in der Nacht viel zu riskant«, ergänzte sie rasch, um ein Argument ins Spiel zu bringen, das nichts mit den Morden zu tun hatte, sondern nur an ihren gesunden Menschenverstand appellierte.

»Das müssen Sie schon uns überlassen, Miss Remington«, gab Mrs Riversleigh zurück. »Wir sind alt genug, um zu beurteilen, ob der Weg zu riskant ist oder nicht.«

»Entschuldigen Sie, wenn ich das so sage«, konterte Anne, »aber *das* muss ich doch sehr anzweifeln.« Sie deutete durch das offene Tor nach draußen. »Ein einziger Fahrfehler genügt, und der erste Wagen kommt vom Damm ab. Sie können froh sein, wenn Sie dann nicht ganz ins Wasser rutschen, aber wie wollen Sie den Wagen wieder flottkriegen? Und wie schnell soll Ihnen das gelingen? Selbst wenn es ein Abschleppwagen irgendwie bis dorthin schaffen sollte, hat die Flut längst nicht nur den einen Wagen, sondern wahrscheinlich die ganze Kolonne ins Meer mitgerissen. Oder wollen Sie versuchen, die Strecke im Rückwärtsgang zurückzulegen, um sich hier an Land zu retten, bevor die Wellen zu hoch werden? Wenden können Sie schließlich auch nicht.«

Linroy zuckte mit den Schultern. »Wenn alle Polizisten in diesem Land so zögerlich und so pessimistisch wären wie Sie, dann würde das Verbrechen noch mehr blühen, als es das ohnehin tut.«

»Mr Linroy, ich bin weder zögerlich noch pessimistisch«, machte sie ihm klar und wandte sich damit zugleich auch an die anderen, die seine Worte mit zustimmenden Lauten kommentiert hatten. »Ich appelliere vielmehr an Ihre Vernunft, weil sich kein vernünftiger Mensch unter diesen Umständen auf den Weg machen würde. Mit Ihren fünf Wagen stellen Sie nur knapp ein Viertel der gesamten Gruppe dar, der Rest ist ganz offensichtlich nicht so todesmutig wie Sie – oder sollte ich besser sagen: nicht so selbstmordgefährdet!«

»Die sind bloß genauso zögerlich und pessimistisch wie Sie, Detective Chief Inspector«, meldete sich ein anderer Mann zu Wort, der zu den Ersten gehört hatte, die von ihr befragt worden waren. Als sie eben zum Tor geeilt war, musste er noch in seinem Wagen am Ende der Kolonne gesessen haben, nun stand er neben der offenen Fahrertür.

»Mr Carmichael, was machen Sie denn hier?«, fragte sie verärgert. »Ich hatte Ihnen doch gesagt, Sie sollen bis auf Weiteres in Ihrem Zimmer bleiben.«

»Oh ja, das hat mich auch tief beeindruckt«, spottete er. »Mir ist bei Ihren Worten vor Angst so schlecht geworden, dass ich doch glatt raus an die frische Luft musste.«

»Stellen Sie Ihren Wagen wieder auf den Platz, den man Ihnen zugewiesen hat, und dann gehen Sie nach oben auf Ihr Zimmer«, forderte sie ihn auf. »Und da bleiben Sie, bis ich sage, Sie können raus.«

»Uuuh, jetzt krieg ich ja schon wieder Angst, Miss Sherlock Holmes«, rief Carmichael und tat so, als würde er vor Entsetzen auf den Fingernägeln kauen. »Ich weiß nicht, ob mein Herz das mitmacht.«

Sie ging auf ihn zu und zog die Handschellen aus der Jackentasche, die sie zusammen mit ihrer Dienstwaffe offenbar in weiser Voraussicht aus ihrem Wagen mitgenommen hatte. »Mr Carmichael, Sie haben jetzt noch die Möglichkeit, nach oben auf Ihr Zimmer zu gehen. Sie haben mir bei meiner Befragung nicht erklären können, wo Sie die Zeit zwischen der Ankunft auf der Burg und dem Essen verbracht haben, und deshalb werde ich Sie ganz sicher nicht von der Insel lassen. Also? Gehen Sie jetzt nach oben, wie ich es Ihnen gesagt habe?«

Er zuckte lässig mit den Schultern. »Aber nur, wenn Sie mitkommen, *Chief* Remington. Ich wüsste schon was, wofür wir die Handschellen gebrauchen können.«

Sein Lächeln verriet so eindeutig, was ihm durch den Kopf ging, dass Anne am liebsten für einen Moment ihre Dienstmarke und die Waffe zur Seite gelegt hätte, um ihm als Privatperson Anne Remington eine schallende Ohrfeige zu verpassen, an die er sich noch lange erinnern würde. Aber sie widerstand der Versuchung, stattdessen sagte sie: »Dachten Sie dabei an so was?«

Ehe Carmichael wusste, wie ihm geschah, stand sie hinter ihm, packte seinen linken Arm und zog den durch das geöffnete Seitenfenster seines Range Rovers, um ihm dann die Handschellen so anzulegen, dass der Fensterrahmen ihn daran hinderte, sich von der Stelle zu rühren.

»Hey, was soll denn das?«, brüllte er, als er begriff, was sie mit ihm gemacht hatte. »Nehmen Sie mir sofort die Handschellen ab! Ich werde …«

»Sie werden jetzt den Mund halten«, fiel sie ihm gereizt ins Wort und ging zu den anderen zurück, um ihnen zu erklären: »Wie ich eben schon sagte: Mit Ihren fünf Wagen stellen Sie nicht ganz ein Viertel aller Gäste dar, der Rest ist vernünftig genug, heute Nacht nicht aufs Festland zurückkehren zu wollen, was ich übrigens auch nicht erlauben würde, wenn Sie alle gemeinsam aufbrechen wollten.«

»Dass die anderen nicht abfahren wollen«, wandte Mrs Riversleigh ein, »heißt ja nur, dass sie sich das nicht zutrauen, und darüber bin ich auch froh, weil diese Leute uns nur aufhalten würden, wenn sie im Schneckentempo auf dem Damm unterwegs wären. Und jetzt machen Sie endlich den Weg frei. In ein paar Minuten hat die Ebbe ihren tiefsten Stand erreicht, und wir müssen jetzt losfahren.«

»Mrs Riversleigh«, sagte Anne betont geduldig. »Wie oft muss ich Ihnen denn noch sagen, dass Sie jetzt nicht die Insel verlassen können? Es wurden zwei Morde verübt, und ich muss Ihre Aussagen aufnehmen und überprüfen, bevor ich entscheiden kann, wer von Ihnen gehen darf und wer nicht. Ich kann nicht …«

»Von wegen zwei Morde«, warf ein junger Mann ein, der aus Richtung des Burghofs zu der Gruppe stieß und ein Klon oder zumindest der Sohn von Mrs Riversleigh hätte sein können. Zwar hatte er seinen Namen mit Russell Briscoe angegeben, aber die Ähnlichkeit zwischen den beiden war verblüffend – was natürlich auch daran lag, dass er fast die gleiche Frisur und lediglich anstelle eines Dutts einen Pferdeschwanz hatte und dass er so wie sie eine Nickelbrille mit extrem kleinen

Gläsern trug. »Der andere Typ hat bloß vergiftetes Hundefutter gegessen.«

»Hundefutter?«, gab irgendwer aus der Gruppe zurück. »Hier hat doch niemand einen Hund!«

»Was haben wir damit zu tun, dass jemand vergiftetes Hundefutter gegessen hat?«, kam die Erwiderung.

»War das überhaupt einer von uns?«, wollte ein anderer wissen.

»Nein, auch einer von Kapoors Leuten«, erwiderte Briscoe.

»Vielleicht war's ja gar kein Hundefutter!«, meldete sich links von Anne jemand zu Wort. »Vielleicht war das ja eine von den sonderbaren Spezialitäten, die keiner von uns essen wollte, weil sie aussah wie Hundefutter.«

Anne griff durch das offene Fenster des Bentleys und drückte so lange auf die Hupe, bis die Umstehenden verstummt waren und sich wegen des höllischen Lärms die Ohren zuhielten.

»Einer von Mr Kapoors Dienern hat vergiftetes Katzenfutter gegessen, verdammt noch mal!«, fuhr sie die Gruppe an, als die wieder zuhören konnte.

»Dann wollte halt jemand Kapoors Katzenvieh vergiften«, meinte Briscoe mit einem Schulterzucken. »Na und? Was haben wir damit zu tun? Dann hat's halt einen Inder erwischt. Wie viele gibt's von denen? Fünfhundert Millionen? Eine Milliarde? Was macht da schon ein einzelner Toter aus? Als Prozentzahl ist das ein Komma, dann zig Nullen und am Ende eine eins.«

»Wenn, dann wollte jemand vermutlich Mr Kapoors *Katze* vergiften, und weil dieser Plan fehlgeschlagen ist, hat ein *Mensch* sein Leben verloren!«, fauchte sie Briscoe an. »Auch wenn für Sie alles minderwertig zu sein scheint, was nicht in Ihren Kreisen verkehrt, können Sie diese Meinung gern für sich behalten. Sie müssen nicht durch Ihre herablassende Ausdrucksweise die Morde herunterspielen. Ein weiterer *Mensch* ist ums Leben gekommen, und wenn Sie wollen, dass ich Sie weiterhin mit Respekt behandele, dann achten Sie doch bitte darauf, was Sie von sich geben.«

»Wollen Sie mir etwa drohen?«

»Ich will Sie warnen«, betonte Anne. »Wenn Sie glauben, Sie müssten mich aus irgendeinem Grund nicht ernst nehmen, dann können Sie mal Mr Carmichael fragen, wie er das inzwischen sieht. Und abgesehen davon: Ihre Geringschätzung menschlichem Leben gegenüber könnte mich auf den Gedanken bringen, dass Sie kein Problem damit haben, einen Menschen zu töten, bei dem es Ihrer Ansicht nach nicht so viel ausmacht, dass ihm das Leben genommen wird.«

»Mir ist das hier zu gefährlich«, wandte Mrs Riversleigh ein. »Allein schon deshalb will ich von hier weg. Nachher werden wir auch noch geköpft oder vergiftet oder gevierteilt oder was auch immer dieser verrückte Killer sich als Nächstes ausdenkt.«

»Nein«, entgegnete Anne beschwichtigend. »Nach meinen bisherigen Ermittlungen hat es der Täter nicht auf Mr Kapoors Gäste abgesehen.«

»Sondern?«, fragte Briscoe.

»Dazu kann ich nichts sagen«, antwortete sie kurz angebunden.

»Dann kann es nur gegen Kapoor gerichtet sein«, folgerte Arthur O'Neill, ein Mann mit wildem blondem Lockenkopf und der Fahrer des fünften Wagens, der darauf wartete, freie Fahrt über den Damm zu bekommen.

Anne zuckte mit den Schultern. »Ich kann dazu nichts sagen.«

O'Neill nickte verstehend. »Natürlich, jemand hat mit Kapoor eine Rechnung offen, und weil Sie glauben, das kann nur einer von uns sein, wollen Sie uns nicht von hier weglassen.«

»Ich glaube nicht, dass es nur einer von Ihnen sein kann«, widersprach sie ihm energisch, »aber nach dem momentanen Stand der Dinge könnte es jeder gewesen sein, also *auch* einer von Ihnen.«

»Jeder?«

»Ja, jeder.«

»Also Sie auch?«

»Soweit ich weiß«, gab sie spitz zurück, »wird ein ermittelnder Polizeibeamter nicht nach seinem Alibi gefragt, wenn er an einen Tatort gerufen wird, Mr O'Neill.«

»Wäre vielleicht gar nicht so verkehrt«, meinte er grinsend und fügte dann ernster hinzu: »Aber es könnte doch auch unser werter Gastgeber selbst gewesen sein, um uns auf diese Weise was anzuhängen.«

»Warum sollte er Ihnen was anhängen wollen?«, fragte sie interessiert. Diese Möglichkeit hatte sie zwar flüchtig in Erwägung gezogen, aber das war ihr dann doch zu absurd erschienen. Wenn er einen seiner Geschäftspartner in ein schlechtes Licht rücken wollte, gab es sicher einfachere Methoden, als seinen Verwalter zu ermorden und seine Katze zu vergiften, auch wenn sie im Fall der Katze attestieren musste, dass Phaedra ihm nicht annähernd so sehr am Herzen liegen konnte, wie er behauptete. Ansonsten würde er sie nicht zehn oder elf Monate im Jahr dem Tierarzt überlassen. Jedenfalls konnte sie sich nicht vorstellen, so lange auf ihre drei Lieblinge zu verzichten, und vermutlich ging es den meisten Katzenbesitzern so wie ihr. Genau genommen war sie jetzt schon viel zu lange von Toby, Shirley und Laverne getrennt, aber sie wusste, dass die drei gut aufgehoben waren, da Detective Franklin sich mehrmals am Tag um sie kümmerte. Auch wenn es jetzt offenbar einen weiteren Toten gab, war sie davon überzeugt, dass ihre Leute keine Probleme damit hatten, die Ermittlungen in den laufenden Fällen voranzutreiben und sich daneben ausreichend um ihre Katzen zu kümmern.

Unwillkürlich sah sie auf die Uhr. Kurz nach halb eins. Zweifellos hätte sie jeden ihrer Detectives jetzt noch anrufen können, um nach dem Stand der Dinge zu fragen, aber zum einen würden die sich schon bei ihr melden, wenn es bei dem nächsten Toten irgendeine wichtige Erkenntnis gegeben hätte, von der sie umgehend hätte erfahren müssen. Zum anderen gab es für sie hier noch mehr als genug zu tun, schließlich hatte sie erst ein paar Gäste befragen können, was den Mord an Bakherjee anging. Durch den Giftanschlag auf Phaedra wurde das Ganze noch komplexer, denn die alphabetische Vorgehensweise bei der Befragung der Gäste bedeutete, dass abermals etliche Personen vernommen werden mussten, um festzustellen, wer sich wo aufgehalten hatte. Definitiv ausschließen konnte sie auch diesmal keinen, da nicht klar war, wann das Gift ins Futter gemischt worden war. Wer hatte nach dem Öffnen der Futterdose Zugang zur Dose und zum Teller gehabt? Was war mit dem Teller geschehen, nachdem er in die Küche zurückgebracht worden war? Zwar war es eher unwahrscheinlich, dass das Futter erst dann mit Gift versetzt worden war, aber da Phaedra es gar nicht erst angerührt hatte, konnte der Täter beim Anblick des vollen Tellers auch geglaubt haben, dass sie erst noch ihr Essen bekommen sollte.

»Vielleicht will Kapoor uns als seine bisherigen Abnehmer in der Öffentlichkeit schlechtmachen, indem er uns diese Verbrechen unterschiebt«, überlegte O'Neill. »Angenommen, er will eine eigene Kette in England eröffnen und seine Waren ohne uns verkaufen. Dann würde er schlecht dastehen, wenn die Kunden hören, dass er uns in einen Konkurs treibt, nur weil er selbst mehr Gewinn einstreichen will. Aber wenn er uns als die Bösen darstellt und sich selbst zum bedauernswerten Opfer macht, kann er vom Mitleidsbonus der Käufer profitieren, die dann natürlich bei so bösen Leuten wie uns nichts mehr kaufen wollen und stattdessen ihm den Laden einrennen.«

Anne dachte über dieses Argument nach, das prinzipiell gar nicht so schlecht war. Man konnte zwar dagegenhalten, dass diese Aktionen um einiges zu drastisch waren, nur um die Konkurrenz vom Markt zu verdrängen, aber Menschen hatten schon für weniger Geld gemordet, und hier ging es schließlich nicht nur um ein paar Tausend Pfund.

Um den Mann nicht auf falsche Gedanken zu bringen,

vermied sie es, seine Überlegung mit mehr als einem vagen »Denkbar ist alles« zu kommentieren.

»Okay«, sagte sie schließlich in die Runde. »Wenn Sie dann Ihre Wagen wieder abstellen und ins Gebäude zurückkehren würden.«

»Oh nein«, widersprach O'Neill energisch, obwohl er gerade eben noch als Einziger aus der Gruppe den Eindruck gemacht hatte, als würde er ihr Argument nachvollziehen und akzeptieren. »Wir wollen jetzt fahren. Sie haben gesagt, was Sie sagen wollten, jetzt machen Sie den Weg frei.«

»Ja, ich habe gesagt, was ich sagen wollte«, bestätigte Anne giftig. »Aber offenbar haben Sie nur zugehört, ohne ein Wort zu verstehen. Sie werden nicht …«

»Sie *können* jetzt gar nicht mehr fahren«, mischte sich in dem Moment eine andere Stimme ein, und als Anne sich umdrehte, sah sie, dass Kapoor zu ihnen kam. Er trug einen dicken Parka, der ihn vor dem kalten Wind schützte. »Sie würden es nicht bis aufs Festland schaffen.«

»Aber die Ebbe hat in ein paar Minuten ihren tiefsten Stand, und wenn wir sofort losfahren, kommen wir bequem rüber«, hielt Mrs Riversleigh dagegen. »Das ist so wie auf dem Hinweg.«

»Ich bedaure, Ihnen widersprechen zu müssen, Mrs Riversleigh«, sagte Kapoor und deutete eine Verbeugung an. »Aber es ist ganz und gar nicht so wie auf dem Hinweg. Hergekommen sind Sie am Mittag, also am helllichten Tag. Jetzt ist es Nacht, und in der Dunkelheit können Sie den Damm nicht so schnell überqueren wie am Tag, weil Sie vorsichtiger fahren müssen. Da Sie langsamer fahren, benötigen Sie mehr Zeit für die Strecke, und das heißt wiederum, dass Sie früher starten müssen, also zu einem Zeitpunkt, wenn das Wasser noch etwas höher steht. Das zwingt Sie, zunächst noch etwas langsamer zu fahren und erst nach einem Viertel der Strecke zu beschleunigen, um nicht zu lange unterwegs zu sein.« Er nahm ihre Hand. »Glauben Sie mir, Mrs Riversleigh, eine nächtliche Fahrt über den Damm ist lebensgefährlich. So etwas sollte man um jeden Preis vermeiden.«

»Aber diese Todesfälle«, wandte Wendy Severin ein, die sich über Linroy beugte, um durch das Seitenfenster Kapoor ansehen zu können. »Ich finde, wir sind hier in Gefahr.«

»Keine Angst, Miss Severin«, beteuerte Kapoor. »Keinem von ihnen droht Gefahr. Wer immer etwas damit zu tun hat, er will mich damit treffen. Aber ich bin voller Zuversicht, dass Detective Chief Inspector Remington alles tun wird, um den Täter zu fassen. Ich bitte Sie alle von Herzen, kooperieren Sie mit ihr. Keiner von uns ist daran interessiert, dass noch etwas geschieht, und je eher Miss Remington ihre Arbeit tun kann, umso eher wird diese unschöne Episode vergessen sein.«

Er schaute in die Runde und lächelte jedem der Anwesenden aufmunternd zu, die einer nach dem anderen zu nicken begannen, weil sie einsahen, dass sie jetzt erst recht nicht mehr die Insel verlassen konnten, selbst wenn Anne ihnen den Weg freigemacht hätte. »Stellen Sie Ihre Wagen wieder ab, und dann kommen Sie in den Saal«, schlug er vor. »Ich warte mit einem Glas guten schottischen Single Malt Scotch Whisky auf Sie.« Er drehte sich ein Stück weit nach links. »Das gilt auch für Sie, Mr Carmichael«, fügte er hinzu. »Sobald Miss Remington Sie aus Ihrer misslichen Lage befreit.«

»Das gilt nicht für Mr Carmichael«, widersprach Anne ihm. »Mr Carmichael steht unter Arrest, er wird sich gleich in sein Zimmer begeben und dort bleiben.«

»Kommen Sie, Miss Remington«, versuchte Kapoor, sie zu überreden. »Er kann Ihnen doch nicht weglaufen.«

»Mr Carmichael ist leider uneinsichtig«, betonte sie, um Kapoor deutlich zu machen, dass nicht sie die böse Hexe war, die den Mann um ein Vergnügen bringen wollte. »Solange er die Aussage verweigert, steht er unter dringendem Tatverdacht.«

»Ich dachte, in Ihrem Land gilt die Unschuldsvermutung, oder wie das heißt«, wandte Kapoor ein. »Ich meine diese

Sache, bei der ein Angeklagter so lange als unschuldig gilt, wie ihm keine Schuld nachgewiesen werden kann.«

»Das ja, aber Mr Carmichael ist kein Angeklagter, sondern nur ein möglicher Straftäter, der von seiner Seite aus nichts dazu beiträgt, den Verdacht gegen ihn zu entkräften.«

Kapoor hob beide Hände, wohl um anzudeuten, dass er sich nicht weiter einmischen wollte, wofür ihm Anne auch dankbar war. Sie hatte schon genug Schwierigkeiten, da mussten ihr nicht noch mehr Steine in den Weg gelegt werden.

Sie ging zu Carmichael, schloss die Handschellen auf und ließ ihn in seinen Wagen einsteigen, damit er den auf seinen Parkplatz zurückstellen konnte. Auch die anderen stiegen wieder ein und fuhren zurück. Während sie Carmichael folgte, sah sie aus dem Augenwinkel, wie Kapoor das Tor zumachte und den Balken davorschob, kaum dass Linroy seinen Bentley weit genug zurückgesetzt hatte.

Carmichael stieg aus und warf ihr einen finsteren Blick zu, woraufhin sie die Handschellen hochhielt. »Sie haben die Wahl, Mr Carmichael. Mit oder ohne Handschellen?«

Er grummelte etwas vor sich hin, dann trottete er vor ihr her über den Burghof, betrat den Bergfried und ließ die schwere Tür genau in dem Moment los, da sich Anne hinter ihm befand. Seine Absicht war ihr klar, und er war so durchschaubar gewesen, dass sie gar nicht erst in diese Falle tappte, sondern im gleichen Augenblick einen Schritt zur Seite machte, damit die Tür hinter ihr ins Schloss fiel, anstatt sie mit ihrem ganzen Gewicht zu treffen.

»Vielleicht klappt's ja beim nächsten Mal«, meinte sie ironisch und lächelte Carmichael honigsüß an.

Sie ließ sich von ihm zu seinem Zimmer führen; dort angekommen, schloss er auf und drehte sich zu ihr um. »Ich werde mich über Sie beschweren, darauf können Sie Gift nehmen«, sagte er in einem leisen, wohl bedrohlich gemeinten Tonfall. »Ich habe einflussreiche Bekannte. Sie sollten sich also schon mal darauf einstellen, demnächst am Piccadilly Circus zu stehen und den Verkehr zu regeln. Oder vielleicht findet sich ja ein noch passenderer Posten in Afghanistan.«

»Ja, ich zittere jetzt schon vor Ihrem Einfluss auf meine Karriere«, gab sie lakonisch zurück. »Reicht es nicht, dass Sie sich weigern, mir zu sagen, wo Sie sich am Nachmittag aufgehalten haben? Meinen Sie, Sie tun sich einen Gefallen, wenn Sie mir jetzt auch noch drohen?« Ohne seine Antwort abzuwarten, redete sie weiter: »Den Schlüssel bitte.«

»Das ist tatsächlich Ihr Ernst, nicht wahr?«, fauchte er und hielt ihr den Zimmerschlüssel hin.

Sie nahm ihn ihm ab und zuckte mit den Schultern. »Haben Sie etwas anderes erwartet?« Mit einem Kopfnicken deutete sie ihm an, ins Zimmer zu gehen.

»Und wenn ich jetzt noch Ihre Fragen beantworte?«, schlug er plötzlich vor.

Anne zeigte keine Regung. Sie ließ nicht mit sich spielen, aber das musste sie ihm nicht noch ausdrücklich sagen, dafür war ihr Schweigen Antwort genug.

Carmichael verzog den Mund. »Na ja, dann eben nicht.« Mit diesen Worten betrat er sein Zimmer, dann zog sie die Tür hinter ihm zu und schloss ab.

Sie wartete ein oder zwei Minuten vor der Tür, ob er vielleicht noch einen weiteren Versuch unternehmen würde, sie umzustimmen, aber da nichts weiter von ihm zu hören war, machte sie kehrt, um nach Jess zu sehen. Ein Blick auf die Uhr verriet ihr, dass es kurz nach eins war, aber Jess würde noch wach sein, immerhin hatte sie ihr erst vor zehn Minuten noch eine SMS geschickt, dass alles in Ordnung war.

Plötzlich hörte sie hinter sich ein Geräusch. Sofort blieb sie stehen und drehte sich um, da ihr im gleichen Moment der Gedanke gekommen war, Carmichael könnte möglicherweise einen Zweitschlüssel für sein Zimmer haben. Aber der Korridor war verlassen, soweit sie das erkennen konnte. Dummerweise waren auf der linken Seite des Gangs zwei Neonröhren ausgefallen, sodass ein düsterer Abschnitt entstanden war.

Allerdings war es nicht so dunkel, dass sich dort jemand hätte verstecken können.

Waren das Schritte gewesen? Aber wenn ja, woher waren sie gekommen? Im Flur war niemand zu sehen, und die Türen zu den einzelnen Zimmern waren auch nicht so weit zurückversetzt, dass sich dort jemand hätte verstecken können. Sie überlegte, ob sie den Korridor entlanggehen sollte, aber dann musste sie daran denken, dass die anderen Gäste inzwischen zweifellos in ihre Zimmer zurückgekehrt waren. Das Geräusch musste aus einer der anderen Unterkünfte gekommen sein.

Sie ging weiter, aber sie hatte erst ein paar Meter zurückgelegt, als sie erneut etwas hörte, diesmal jedoch keine Schritte, sondern etwas anderes: Motorengeräusche!

Versuchte etwa doch einer von den anderen, die Burg zu verlassen und an Land zu gelangen? Hatten die Abreisewilligen ihr Einverständnis nur vorgetäuscht, damit sie sich zurückzog, nur um gleich darauf den nächsten Anlauf zu unternehmen? Wenn ja … dann wollte sie lieber nicht darüber nachdenken, was sie mit ihrem Wagen angestellt haben mochten!

Sie rannte los, bis sie den nächsten Turm erreichte, hetzte ein paar Stufen nach unten bis zu einem Fenster und suchte den Burghof ab. Alle Wagen standen noch da, wo sie hingehörten, der Hof war menschenleer. Von ihrem Blickwinkel aus konnte sie im Schein der Neonlampen erkennen, dass das Tor verschlossen war. Aber sie hatte das Geräusch gehört … nein, sie hörte es immer noch. Es kam … von draußen?

Das war unmöglich. Wenn jemand vorhin vom Festland herübergekommen wäre, dann hätte sie die Scheinwerfer sehen müssen, als sie bei geöffnetem Tor in der Einfahrt zur Burg gestanden hatte.

Sie beugte sich etwas weiter aus dem Fenster, um zu sehen, ob sie aus diesem Turm auf die Burgmauer gelangen konnte. Offenbar ja. Sie nahm bei jedem Schritt zwei Stufen auf einmal und dankte insgeheim Kapoor für den »Frevel«, überall in der Burg für vernünftige Beleuchtung zu sorgen und sich nicht wie in der guten alten Zeit auf den spärlichen Schein von Fackeln zu verlassen.

Zwei Ebenen höher entdeckte sie den Ausgang auf die Burgmauer. Vorsichtig trat sie hinaus, um erst einmal festzustellen, wie heftig der Wind hier oben wehte. Dann aber sah sie, dass die zum Burghof weisende Seite des Wehrgangs mit einem stabilen Geländer versehen worden war, sodass sie sich keine Sorgen machen musste, eine starke Böe könnte sie von der Mauer drücken und sie in den Tod stürzen.

Sie lief zur Außenseite der Mauer und spähte zwischen zwei Zinnen hindurch nach unten auf den Bereich vor der Burg. Nichts. Aber das Motorengeräusch war noch zu hören, wenngleich auch leiser, weiter entfernt. Ihr Blick wanderte nach links, und dann … dann sah sie es.

Rote Lichtpunkte, die zur Burg hin strahlten, dazu weiße Lichtkegel, die in Richtung Festland zeigten. Das waren Fahrzeuge, die mitten in der Nacht über den Damm fuhren – fort von der Insel, hin zum Ufer. Fahrzeuge, die mit recht hoher Geschwindigkeit unterwegs zu sein schienen. Jedenfalls war das der Eindruck, den Anne hatte. Es mochte täuschen, weil sie in der völligen Finsternis ringsum keinen Bezugspunkt hatte, dennoch entfernten sich die Wagen eindeutig nicht mit Schrittgeschwindigkeit.

Sie kniff die Augen ein wenig zusammen, um zu zählen, um wie viele Wagen es sich handelte, aber die Fahrzeuge fuhren in so geringem Abstand, dass sie nur schätzen konnte. Fünf mindestens. Eher sechs. Vielleicht noch ein oder zwei mehr.

Wer da hinten unterwegs war, war entweder bestens mit diesem Damm vertraut oder … er war verzweifelt genug, sich auf dieses waghalsige Unternehmen einzulassen. Einen Moment lang überlegte sie, ob sie zu ihrem Wagen rennen und der Gruppe folgen sollte, aber davon nahm sie gleich wieder Abstand. Es würde viel zu lange dauern, bis sie überhaupt erst hinter den anderen herfahren konnte, und dann müsste sie wie der Teufel fahren, um ans rettende Ufer zu gelangen.

Dabei war es laut Kapoor schon vor einer halben Stunde zu knapp gewesen, um noch den Damm überqueren zu können. Wer war so verrückt, es jetzt noch zu versuchen? Und vor allem: Woher kamen diese Fahrzeuge?

DI Franklin blätterte um und studierte die Notizen, die Dearing an den rechten Blattrand geschrieben hatte. Das Meiste davon waren zustimmende Bemerkungen, hier und da fand sich ein Hinweis, wie man ein bestimmtes Argument noch stärker in den Vordergrund rücken konnte, manchmal auch eine Warnung, was Gegner des jeweiligen Projekts vorbringen könnten und wie man diesen Einwänden am besten begegnen sollte. Dann griff er zu dem Stapel Blätter, der aus Mrs Boyles Haus stammte, und verglich die Notizen auf ihrer Seite mit denen von Dearing. Im Wesentlichen hatten sie die gleichen Punkte angemerkt, und die stellenweise etwas andere Handschrift ließ vermuten, dass sie das Papier zunächst getrennt durchgearbeitet hatten, um sich dann zusammenzusetzen und das nachzutragen, was dem jeweils anderen dazu eingefallen war.

Bis nach vier Uhr am Morgen hatten er und Hennessy bei Dearing und Boyle die Wohnungen auf den Kopf gestellt und alle Unterlagen für des Projekt »Grafschaft der Zukunft« zusammengetragen, das die einzige und möglicherweise ausschlaggebende Verbindung zwischen den beiden Morden war. Bis sie zurück im Büro gewesen waren und die beiden Mappen kopiert hatten, war es bereits so spät, dass es sich nicht mehr lohnte, nach Hause zu fahren und sich schlafen zu legen, wenn sie um sechs an der Bushaltestelle Gosden Park dem Entführer auflauern wollten. Also hatten sie nach einem ersten Blick auf die Dokumente ihre Sachen gepackt und nahe der Haltestelle Stellung bezogen, wo Franklin im Schutz der Dunkelheit im Wagen sitzend mit einer kleinen Taschenlampe hantierte, um die Unterlagen nach Hinweisen zu durchsuchen, die ein Motiv für die beiden Morde liefern konnten.

So sehr er aber auch bemüht war, es sprang ihm einfach nichts ins Auge, was irgendwen dazu hätte veranlassen können, jemanden zu ermorden. Eine Mülldeponie, von der Schadstoffe ins Grundwasser gelangten, eine chemische Fabrik, die die Nachbarschaft vergiftete, ein Umweltschützer, der durch sein Engagement für eine seltene Vogelart ein teures Bauprojekt zu Fall gebracht hatte – das waren Motive, die Menschen zu Mördern machten. Aber keine Blumenbeete in der Mitte irgendeines Kreisverkehrs oder fünf neue Straßenlaternen für den Dorfplatz oder eine Ampel vor einer Grundschule. Genau das waren die Dinge, die man in Northgate durchsetzen wollte. Es war wirklich ganz so, wie Mr Hayes gesagt hatte: Diese Grafschaft hatte kaum Chancen darauf, einen Preis zu gewinnen. Aus Vorher-nachher-Fotos hätte man ein Suchspiel machen können, um die wenigen Unterschiede zu finden, die mit den aufgelisteten Punkten erreicht werden konnten.

Franklin sah auf die Uhr am Armaturenbrett und murmelte: »Sechs Uhr.«

»Jetzt wird sich ja zeigen, wer da was vom Chief will«, meldete sich Hennessy in dem Moment über Funk. Er saß in seinem Privatwagen, der in östlicher Richtung an der nächsten Kreuzung nach der Haltestelle unauffällig geparkt war, während Franklin sich einen Platz hinter einer Hecke ausgesucht hatte, von dem aus er die von Westen kommende Straße überblicken konnte.

Die Haltestelle selbst lag an einem freien Abschnitt der Landstraße, zu einer Seite erstreckte sich eine weitläufige Wiese, gegenüber befand sich ein ehemaliger Acker, der schon seit Jahren brachlag. Von der Bushaltestelle führte ein schmaler Feldweg Richtung Süden zum namengebenden Gosden Park, wo gut versteckt zwei Constables die Umgebung beobachteten.

»Egal, von wo er kommt, er kann uns nicht entwischen«, sagte Franklin. »Es sei denn, unser Unbekannter hat zu oft

›Der unsichtbare Dritte‹ gesehen und kommt mit dem Flugzeug her.«

Hennessy begann zu lachen. »Dann muss er aber erst noch kleine Fallschirme für die Katzen genäht haben, damit die sicher landen können.« Nach einer kurzen Pause funkte er einen der Constables an: »Mays, irgendwas bei Ihnen zu sehen?«

»Negativ, Sir«, meldete der Polizist. »Vielleicht taucht er ja gar nicht auf.«

»Nur Geduld«, gab Franklin zurück. »Wir beobachten seit zehn vor fünf die Haltestelle, aber es würde ja keinen Sinn ergeben, sechs Uhr als Ultimatum anzugeben und es dann einfach um zwei Stunden vorzuverlegen, ohne irgendwem etwas davon zu sagen.«

»Genau«, stimmte Hennessy ihm zu. »Außerdem sind wir ja auf dem Weg hierher noch beim Chief vorgefahren, und da gab es keine neuen Nachrichten von unserem rätselhaften Entführer. Es ist eher anzunehmen, dass er uns beziehungsweise den Chief noch ein bisschen zappeln lassen will, um seine Macht zu demonstrieren.«

»Aber was ist, wenn er frühzeitig sieht, dass Chief Remington gar nicht auf ihn wartet?«, meldete sich Constable Slate.

»Um das sehen zu können, muss er auf jeden Fall erst an einem von uns vorbei«, erwiderte Franklin. »Samstagsmorgens um sechs ist hier normalerweise niemand unterwegs, und egal, wer sich gleich hier blicken lässt, er macht sich verdächtig, auch wenn er so schlau sein sollte, einfach weiterzufahren.«

»Alles klar, Sir«, gab Slate zurück. »Wir halten weiter die Augen offen.«

Franklin legte die Mappe zur Seite, um nicht den entscheidenden Moment zu verpassen. Aber der wollte nicht eintreten. Ganz Letchham lag jetzt noch im Bett, niemand ging aus dem Haus, da man um diese Zeit nichts erledigen konnte. Selbst der Bäcker öffnete samstags schon seit einiger Zeit erst um acht, weil alle den Tag nutzten, um etwas länger zu schlafen.

Für Franklin und seine Kollegen bedeutete das zwar, dass sie nach der langen Nacht gegen die Müdigkeit ankämpfen mussten, da sich nichts und niemand rührte – und es zudem noch dunkel war. Der Vorteil für sie bestand allerdings darin, dass sich wahrscheinlich außer dem Entführer an diesem Morgen niemand der Haltestelle nähern würde, also würden sie den Täter schnell fassen und überführen können, um wenigstens diesen Fall zu den Akten legen zu können.

Wieder sah er auf die Uhr. Zwanzig nach sechs. »Er lässt sich Zeit«, meinte er an Hennessy gewandt.

»Vielleicht kommt er ja mit dem Bus«, scherzte der. »Aber falls er das macht, hat er nicht an den Samstagsfahrplan gedacht. Da fährt der erste Bus nicht vor acht.«

»Ich frage mich sowieso, was er sich dabei gedacht hat, diesen Treffpunkt zu vereinbaren«, wunderte sich Franklin. »Die Haltestelle ist viel zu übersichtlich gelegen. Von hier aus kann er in keine Richtung untertauchen, wenn der Austausch ...« Er geriet ins Stocken. »Na ja, es kann ja gar nichts ausgetauscht werden. Er fordert nichts, außer dass Chief Remington hier auf ihn wartet. Ich begreife das Ganze nicht.«

»Es sieht bloß nicht nach einem Streich von Kindern oder Jugendlichen aus«, wandte Hennessy ein. »Das war ein Profi, der das Schloss an der Hintertür aufgemacht hat.«

»Ich weiß, aber das macht alles nur umso rätselhafter. Welcher Profi bricht in ein Haus ein und entführt drei Katzen, nur um den Chief zu dieser Haltestelle zu locken?«

»Vielleicht um den Chief aus dem Hinterhalt zu erschießen«, warf Constable Slate ein.

»Das wäre das Einzige, was mir auch in den Sinn kommt«, stimmte Hennessy ihm zu. »Allerdings hat er durch das Grünzeug nicht so viele Standorte zur Auswahl, von denen aus er ungehinderte Sicht auf die Haltestelle hat. Im Prinzip sind das die Positionen, die wir derzeit belegen. Aber es hat sich niemand diesen Positionen genähert, seit wir hier sind.«

Dann kehrte wieder Ruhe ein, während jeder von ihnen

nicht nur die Haltestelle, sondern auch die Umgebung im Auge behielt. Im Osten war inzwischen ein schwacher Lichtschein auszumachen, aber bis es einigermaßen hell war, würde noch eine Weile vergehen.

Franklin atmete mit einem frustrierten Schnauben aus. Das hatte ihnen wirklich noch gefehlt: ein zweiter Mord, der möglicherweise mit dem ersten in Verbindung stand, dazu die rätselhafte Entführung von Remingtons Katzen. Und dann konnte sie nicht mal herkommen, weil sie selbst einen Mord aufzuklären hatte, der für sie hier in Letchham ebenfalls Arbeit bedeutete, da sie Remingtons Namensliste durcharbeiten mussten, was bislang auch nicht zu nennenswerten Erkenntnissen geführt hatte.

Eine Weile saß er da und beobachtete weiter die Umgebung, schließlich funkte er Hennessy an. »Wir haben kurz vor sieben, ich glaube, der kommt nicht mehr«, sagte er.

»Sieht so aus«, stimmte sein Kollege ihm zu. »Dann werden wir wohl warten müssen, bis wir wieder von ihm hören.«

»Okay, also Aktion abbrechen«, dann wandte er sich an die beiden Constables: »Kommen Sie rauf zur Haltestelle, ich nehme Sie dann mit.«

Slate und Mays bestätigten, und er ließ den Motor an. Als er auf die Landstraße einbog, sah er sich noch aufmerksamer als üblich um, falls er doch irgendwo einen Hinweis auf den Entführer finden konnte. Aber da war nichts. Der verdammte Mistkerl war einfach nicht hergekommen.

Langsam ließ er seinen Wagen auf die Haltestelle zurollen, da die Constables noch ein paar Minuten benötigten, bis sie ebenfalls dort eintreffen würden. Er lenkte den Wagen an den Fahrbahnrand auf den asphaltierten Streifen und wollte eben auf Standlicht umschalten, als ihm am Fahrplanschild etwas auffiel. Jemand hatte einen Zettel auf die Plastikumhüllung geklebt.

»Eigenartig«, murmelte er. Hätte es sich um eine Mitteilung des Busunternehmens gehandelt, dann wäre der Zettel hinter der Plexiglasscheibe angebracht worden, um ihn vor Wind und Wetter zu schützen.

Er stieg aus und ging zum Haltestellenschild, im gleichen Moment kam aus der anderen Richtung Hennessy angefahren und hielt auf Höhe von Franklins Wagen an.

»Was entdeckt?«, rief Hennessy ihm zu.

Franklin schüttelte ratlos den Kopf. »Wann hat es heute Nacht geregnet?«

Nach kurzem Überlegen antwortete sein Kollege: »So zwischen zwei und drei, als wir uns bei Mrs Boyle umgesehen haben.«

»Zwischen zwei und drei also«, wiederholte er, zog ein Paar Einweghandschuhe aus der Jackentasche und streifte sie über. Dann löste er den Zettel ab, der über den Fahrplan geklebt worden war. »Eine Nachricht von unserem Entführer«, erklärte er. »›Nur Remington selbst. Keiner sonst. Sonst keine Katzten.‹«

10

Laute Rufe ließen Anne aus dem Schlaf hochschrecken, und sie sah sich einen Moment lang desorientiert um, da eine Katze auf ihrem Bauch lag und fest schlief, die weder nach Toby noch nach einem ihrer zwei Kartäusermischlinge aussah. Es dauerte ein paar Sekunden, bis ihr klar war, dass Phaedra die Katze war, die ihr zumindest für einen Teil der Nacht Gesellschaft geleistet hatte. Sie ließ sich von der Unruhe im Gang nicht stören, aber Anne wollte im Gegensatz zu ihr sehr wohl wissen, was da draußen los war.

Vorsichtig nahm sie Phaedra hoch, drehte sich so, dass sie sich hinsetzen konnte, und legte die wie betäubt schlafende Katze neben sich auf das Sofa. Erst als sie merkte, dass der Untergrund mit einem Mal nicht mehr so wärmte, wie noch gerade eben, öffnete sie die Augen zu schmalen Schlitzen und gab ein leises Miauen von sich, das vor allem nach Protest klang, der aber so schläfrig ausfiel, dass sie die Augen gleich wieder zukniff und den Kopf auf die vor sich ausgestreckten Vorderpfoten legte.

Anne ging zur Tür und öffnete sie langsam einen Spaltbreit, um zu verhindern, dass jemand sie dabei beobachtete, wie sie das Zimmer verließ. Die Stimmen kamen von links, aber es war niemand zu sehen. Kaum stand sie im Flur, bemerkte sie Brandgeruch. Sofort lief sie in die Richtung los, aus der der Lärm zu ihr drang, eilte eine Treppe hinauf und folgte dem Verlauf des sich anschließenden Korridors.

Hier war sie letzte Nacht schon einmal unterwegs gewesen, als sie diesen Carmichael in sein Zimmer gebracht hatte, um ihn unter Hausarrest zu stellen. Der Brandgeruch wurde intensiver, Rauchschwaden trieben ihr entgegen, die aber durch die Schießscharten auf der linken Seite des Gangs nach draußen entweichen konnten. An der nächsten Ecke bog sie nach rechts ab, und dann sah sie den Menschenauflauf. Diener und Gäste drängten sich vor einem Zimmer auf der rechten Seite, auf dem Boden lagen achtlos weggeworfene und allem Anschein nach bereits leere Feuerlöscher.

Je näher sie kam, umso deutlicher wurde ihr, um welches Zimmer es sich handelte.

Als sie die gedrängt stehende Gruppe erreichte, musste sie laut werden, um die wie erstarrt in ihren Morgenmänteln dastehenden Leute dazu zu bewegen, zuerst einmal von ihr Notiz zu nehmen und ihr dann Platz zu machen. Sie sah Sir Lester, der weit vorne in der Gruppe stand und sich eher zufällig zu ihr umdrehte.

»Miss Remington! Kommen Sie her, Miss Remington! Machen Sie doch mal Platz!«, herrschte er die anderen Schaulustigen an, die wohl Angst hatten, nicht mehr alles so genau mitverfolgen zu können, wenn sie jemanden vorließen. Dank der Anstrengungen von Sir Lester kam sie deutlich besser durch, und dann stand sie vor der offenen Tür zu Carmichaels Zimmer, oder besser gesagt: vor den Überresten dieser Tür. Die war zum größten Teil einem Feuer zum Opfer gefallen, das offenbar noch bis gerade eben in diesem Zimmer gewütet hatte.

Der Anblick, den das Zimmer im Schein der Neonröhren im Flur und der von den Dienern gehaltenen Taschenlampen bot, war erschreckend. Die Fensterscheiben waren geborsten, Vorhänge und Bettzeug waren verbrannt, Bett und übriges Mobiliar waren verkohlt – so wie das, was auf dem Bett lag … die Leiche von Mr Carmichael. Und alles in diesem Zimmer war von einem weißen Film aus Löschschaum überzogen, der die Flammen erstickt hatte, auch wenn kaum noch etwas vorhanden war, was ein Raub dieser Flammen hätte werden können.

Einen Moment lang stockte Anne der Atem, da sie den

Mann hier eingeschlossen hatte. Als das Feuer aus welchen Gründen auch immer in seinem Zimmer ausgebrochen war, hatte er überhaupt keine Chance gehabt.

Ehe sie aber von ihren Schuldgefühlen überwältigt werden konnte, atmete sie einmal tief durch und nahm dem Diener neben ihr die Taschenlampe aus der Hand. Sie machte einen Schritt nach vorn, wurde aber von einem Arm zurückgehalten, der ihr plötzlich den Weg versperrte. Als sie nach rechts sah, stellte sie fest, dass Kapoor gleich hinter der Tür im Zimmer stand und auf den Toten starrte. Seine Bewegung war ein Reflex, denn als sie sich räusperte, drehte Kapoor den Kopf zur Seite.

»Ach, Sie sind das«, murmelte er und nahm den Arm weg.

Schweigend ging sie einen Schritt nach vorn, musste dann aber ein Taschentuch aus der Jacke holen, um es sich vor den Mund zu halten, da die Luft noch voller Rußpartikel war und ihr das Atmen schwer machte. Sie stieß Kapoor an. »Sie sollten besser rausgehen, das ist nicht gesund«, sagte sie mit gedämpfter Stimme, dann wandte sie sich zu den Dienern um. »Sorgen Sie bitte dafür, dass die Leute in ihre Zimmer zurückkehren. Hier gibt es nichts zu sehen.«

Kapoor übersetzte offenbar ihre Anweisungen, da er sich mit seinem Personal auf Hindi unterhielt, woraufhin die Bediensteten begannen, die Schaulustigen zurückzudrängen, was die nur unter Protest mit sich machen ließen. Kapoor selbst blieb in der Tür stehen und schüttelte verständnislos den Kopf. »Was finden die Leute bloß so faszinierend daran, sich Unfälle und Katastrophen anzusehen?«

»Das habe ich in all meinen Jahren bei der Polizei noch nie begriffen«, gestand sie ihm. »Es gibt zwar tausend Theorien dazu, aber wenn Sie einen von denen befragen, bekommen Sie nie eine vernünftige Antwort. ›Ich wollte nur mal gucken‹, heißt es dann, aber wenn Sie das Warum erfahren wollen, gibt es meistens bloß ratlose Blicke.«

Sie drehte sich wieder zu Carmichaels verkohlter Leiche

um und betrachtete deren Haltung. Nein, entschied sie mit einer gewissen Erleichterung, sie hatte diesen Mann nicht mit ihrer Vorgehensweise zum Tode verurteilt. Carmichael hatte überhaupt nichts von dem Feuer mitbekommen, so als wäre er betäubt gewesen, während die Flammen sich ihm allmählich näherten.

Anne nahm kurz das Taschentuch weg und atmete durch die Nase ein, dann nickte sie bedächtig.

»Was haben Sie?«, fragte Kapoor.

»Merken Sie auch diesen Hauch von Benzin in der Luft?«, entgegnete sie.

Er schnupperte ein paar Mal. »Ja, jetzt, wo Sie's sagen.« Mit einem Schulterzucken fügte er dann hinzu: »Und? Was bedeutet das?«

»Dass jemand Benzin in diesem Zimmer verteilt hat, damit das Feuer schneller um sich greift«, sagte sie. »Ein sogenannter Brandbeschleuniger.«

Kapoor stutzte. »Warum sollte Mr Carmichael Benzin vergießen und anzünden und sich dann ins Bett legen?« Nach kurzem Grübeln fügte er hinzu: »So begeht doch niemand Selbstmord.«

»Das war auch kein Selbstmord.« Sie zeigte auf den Toten. »Sehen Sie mal, wie Carmichael im Bett liegt. Er liegt auf der Seite, ein wenig zusammengerollt, so als würde er fest schlafen. Er muss betäubt worden sein, bevor das Feuer gelegt wurde.« Sie sah zu Kapoor. »Jemand muss in das Zimmer gekommen sein, als er bereits schlief, um ihn zu betäuben, danach hat er das Benzin hier ausgekippt, ist rausgegangen und hat es angezündet. Carmichael konnte nicht mehr entkommen, weil er bereits bewusstlos war.«

»Wer soll so was machen? Und warum will jemand Carmichael töten?«, wollte Kapoor wissen.

»Wer hat einen Schlüssel zu diesem Zimmer?«, fragte Anne.

»Mr Carmichael. Und ich besitze einen Generalschlüssel.«

»Mr Carmichaels Schlüssel habe ich vergangene Nacht an

mich genommen«, erklärte sie und zog den Schlüssel mit der passenden Zimmernummer aus der Jackentasche, »weil er unter Hausarrest stand.«

»Und ich habe den Generalschlüssel bei mir«, betonte der Inder. »Und zwar immer. Ich gebe den Schlüssel nie aus der Hand. Wenn jemand in ein Zimmer möchte, in dem er normalerweise nichts zu suchen hat, dann muss er sich an mich wenden.«

Anne dachte kurz nach. »Und was ist mit Mr Bakherjee? Er hat doch sicher auch einen Generalschlüssel gehabt, schließlich musste er …«

Kapoor unterbrach sie, indem er den Schlüsselbund hochhielt. »Das ist er. Mr Bakherjee hatte ihn in Verwahrung, solange ich nicht hier war, und bei meiner Ankunft hat er ihn mir jedes Mal ausgehändigt, um ihn erst bei meiner Abreise wieder an sich zu nehmen.«

Sie dirigierte Kapoor nach draußen in den Korridor, damit sie nicht länger mit dem Taschentuch vor dem Mund reden musste. Außerdem brannten ihr die Augen von der rußigen Luft.

»Wie ist das hier heute Morgen überhaupt abgelaufen?«, fragte sie. Wenn Kapoor außer ihr selbst als Einziger die Möglichkeit gehabt hatte, die Tür aufzuschließen, wie sollte der Täter dann vorgegangen sein?

»Ich wurde um halb sieben von einem Diener geweckt«, berichtete er. »Er alarmierte mich, weil er vom Hof aus Flammen aus diesem Zimmer schlagen sah, aber als ich dann quer durch die Burg lief, kamen mir zwei andere Diener entgegen und berichteten mir davon, dass sie den Rauch im Flur bemerkt hatten und sofort losgelaufen sind, um ihre Kollegen zu holen und mit Feuerlöschern gegen die Flammen vorzugehen. Weil die Tür abgeschlossen war und Mr Carmichael nicht auf Rufen und Klopfen reagiert hat, haben sie die Tür eingetreten.«

»Sie haben die Tür eingetreten?«, wiederholte Anne und

dachte erst jetzt daran, einen Blick auf das Schloss zu werfen. Der Riegel ragte noch aus der auf der Innenseite stark in Mitleidenschaft gezogenen Tür hervor, während der Rahmen an der entsprechenden Stelle geborsten und zersplittert war. Ihr Blick fiel auf den Boden, dann fasste sie mit dem Taschentuch in der Hand nach der noch heißen Klinke und zog die Tür zu. »Das könnte es sein«, murmelte sie.

»Was ist denn hier los?«, meldete sich eine vertraute Stimme zu Wort.

Anne drehte sich um und sah Jess hinter Kapoor stehen. Die anderen Gäste waren inzwischen von den Dienern so weit zurückgedrängt worden, dass die meisten von ihnen es aufgegeben hatten, da sie nichts mehr von dem ausgebrannten Zimmer sehen konnten, und sich auf den Weg zurück in ihre Quartiere gemacht hatten.

»Mr Carmichaels Zimmer ist ein Raub der Flammen geworden«, erklärte sie der jungen Frau. »Und Mr Carmichael ist im Feuer umgekommen.«

»Oh«, machte Jess und verzog das Gesicht. »Das klingt nicht schön.«

»Es ist auch kein schöner Anblick«, bestätigte Anne. »Ich sehe, du hast die Kamera mitgebracht. Gib her, dann werde ich …«

Aber Jess schüttelte entschlossen den Kopf. »Nein, wenn ich schon die Gelegenheit habe …«

Anne wandte sich an ihren Gastgeber. »Mr Kapoor, wir werden jetzt erst mal den Tatort fotografieren. Wenn Sie uns solange allein lassen könnten«, bat sie ihn. »Wenn wir hier fertig sind, muss ich noch mit Ihnen reden.«

Widerwillig drehte Kapoor sich um und schlenderte davon. Als er außer Hörweite war, ließ Anne ihre junge Assistentin wissen, was sie erfahren hatte. Dann zeigte sie auf den Boden vor der Tür. »Der Täter muss Benzin als Brandbeschleuniger eingesetzt haben, das verrät der Geruch da drinnen … und auch hier draußen, glaube ich. Der Wind weht das wohl durch die geborstenen Scheiben ins Burginnere. Angeblich gibt es nur den Schlüssel, den ich habe, und einen Generalschlüssel, über den nur Kapoor verfügt. Da einer der Diener die Tür eingetreten hat, war die Tür verschlossen. Das siehst du auch, wenn du dir den zersplitterten Rahmen anschaust. Was folgerst du daraus, wie der Täter es geschafft hat, das Feuer zu legen?«

»Ich würde sagen, es gibt noch einen Schlüssel, und den hat er benutzt, um ins Zimmer zu gelangen.«

»Das hatte ich zuerst in Erwägung gezogen«, erwiderte Anne. »Aber guck mal hier.« Sie zeigte auf den Boden vor der Tür. »An der Unterkante klafft eine Lücke von bestimmt zwei bis drei Zentimetern …«

»Die könnte aber auch dadurch entstanden sein, dass die Tür aufgetreten worden ist«, wandte Jess ein.

Anne schüttelte den Kopf. »Ist sie aber nicht. Ich kann mich daran erinnern, dass ich das heute Nacht bereits gesehen habe, nachdem ich hinter Carmichael abgeschlossen hatte. Die Lampe im Zimmer ist … war deutlich heller als die Beleuchtung im Korridor, und das Licht fiel als breiter Streifen durch diesen Spalt nach draußen.« Sie kniete sich hin und beugte sich weit vor, um ein Stück weit unter der Tür hindurchzusehen. »Ich könnte mir vorstellen, dass der Täter nie das Zimmer betreten hat.«

»Aber wie soll er denn dann …«, begann Jess, hielt aber inne, als sie dahinterkam, was Anne meinte. »Du denkst, jemand hat einen Schlauch unter der Tür hindurchgeschoben …«

»… und dann einen Kanister Benzin mit dem Schlauch verbunden«, führte sie den Satz zu Ende. »Genau das habe ich überlegt. Der Täter hat gewartet, bis alles dunkel war, dann hat er den Schlauch ins Zimmer geleitet und das Benzin laufen lassen. Danach hat er eine Weile gewartet, bis Carmichael durch die Benzindämpfe das Bewusstsein verloren hat, damit der nicht durch das Feuer aus dem Schlaf geholt wurde und noch um Hilfe rufen konnte. Dann hat er vermutlich ein

Stück Stoff unter die Tür gelegt und angezündet, damit es wie eine Lunte wirkt und von außen kommend das Benzin im Zimmer entzündet.«

Jess nickte. »Könnte funktionieren. Ich habe mich zwar noch nie damit beschäftigt, wie viel Benzin sich verflüchtigen muss, damit jemand davon ohnmächtig wird …«

»Aber es ist ein kleines Zimmer, und wenn Carmichael das Fenster nicht geöffnet hat, weil es heute Nacht doch ziemlich kalt war, dann kann das ausgereicht haben. Und deshalb ist er auf seinem Bett in der Position verbrannt, in der er eingeschlafen war.« Anne deutete auf die Kamera. »Ich werde die Fotos da drinnen machen, das will ich dir nicht zumuten.«

Doch Jess schüttelte nachdrücklich den Kopf. »Anne, was ich heute sehe, das kann mich nicht mehr entsetzen, wenn ich meine Ausbildung mache oder wenn ich erst mal Rechtsmedizinerin bin. Ich will mich frühzeitig daran gewöhnen, damit ich mich auf meine Arbeit konzentrieren kann.«

»Man kann sich nie daran gewöhnen, Tote zu sehen, Jess«, hielt sie dagegen. »Das kann kein Polizist und kein Rechtsmediziner. Ich glaube, nicht mal ein Bestatter kann sich jemals so richtig daran gewöhnen.«

»Das ist ja möglich, aber je mehr Erfahrungen ich sammele, umso besser weiß ich, was mich später erwartet, wenn ein großer schwarzer Sack in die Gerichtsmedizin gebracht wird und auf dem ›Lieferschein‹ steht, dass mein nächster toter Patient in einem ausgebrannten Haus gefunden wurde.«

Anne schüttelte lächelnd den Kopf. »Du willst das *wirklich* machen, nicht wahr?«

»Oh ja, das will ich. Und ich will es gut machen. Ich möchte so jemand sein wie Quincy, der Verbrechen aufklärt.

»*Du* kennst Quincy?«, fragte Anne erstaunt.

»Hab ich immer mit meinem Großvater zusammen angesehen«, erklärte Jess. »Dann habe ich mir zu Weihnachten und zum Geburtstag die DVDs schenken lassen, und bei jeder Folge habe ich mir notiert, was Quincy festgestellt hat und wie er es festgestellt hat, und dann habe ich in der Bibliothek und im Internet nachgeforscht, ob das eigentlich alles so stimmt.«

»Und? Stimmt es?«

»Nein, es ist oft völliger Blödsinn. Sogar bei CSI und den anderen neuen Serien stimmt immer nur ein Teil von dem, was gesagt wird.«

Anne nickte. »Ganz genau, damit nämlich niemandem eine Gebrauchsanweisung geliefert wird, wie man jemanden tötet, ohne dass man überführt werden kann.« Sie sah Jess an, dann zeigte sie auf die Kamera. »Und du willst da allen Ernstes reingehen?«

»Ja.«

»Okay, aber wenn es dir zu viel wird, dann sag es mir, ja?«

»Wird gemacht, Chief!«, antwortete sie und salutierte so zackig wie zuvor schon einmal.

»Welchen Grund könnte jemand haben, Carmichael zu ermorden?«, fragte Anne an Kapoor gerichtet, nachdem sie ihn in dessen Büro begleitet hatte, das sehr westlich eingerichtet war und damit einen krassen Gegensatz zum Bollywood-Dekor darstellte, mit dem die Burg ansonsten überzogen worden war.

Womöglich lag es daran, dass Kapoor sich hier als seriöser Geschäftsmann präsentieren wollte, immerhin war davon auszugehen, dass er solche Wochenenden auch nutzte, um zwischendurch mit zumindest einigen von seinen Gästen auch über Geschäftliches zu reden. Vielleicht war das aber auch der Stil, den sein Verwalter Bakherjee bevorzugt hatte, und da er die meiste Zeit des Jahres sozusagen der Burgherr gewesen war, hatte er eine Einrichtung gewählt, die ihm persönlich besser gefiel.

»Miss Remington, Sie können mir glauben«, beteuerte Kapoor. »Ich habe einfach keine Ahnung.«

»Mr Kapoor, links und rechts von Ihnen sinken Menschen tot zu Boden. Entweder ist der Täter ein ganz miserabler

Schütze, der sein Ziel – nämlich Sie – jedes Mal verfehlt, oder es gibt einen Grund, erst Bakherjee zu köpfen, dann einen Giftanschlag auf Ihre Katze zu verüben, dem versehentlich einer Ihrer Diener zum Opfer fällt, und nun auch noch ein Feuer in Carmichaels Zimmer zu legen, das seinen Tod zur Folge hat.« Sie schüttelte den Kopf. »Sie kennen jeden hier besser als ich, Mr Kapoor, helfen Sie mir, den Täter ausfindig zu machen oder zumindest den Kreis der Verdächtigen einzugrenzen. Sie haben mit allen hier seit Jahren zu tun, Sie *müssen* irgendetwas wissen … nein, das nehme ich zurück, so wollte ich das nicht sagen«, korrigierte sie sich. »Sie müssen irgendeine Ahnung oder Vermutung haben, was hier gespielt wird. Bakherjee war Ihre rechte Hand, Carmichael einer Ihrer Geschäftspartner. Ich würde ja noch vermuten, dass jemand die Konkurrenz aus dem Weg räumen will, wenn da nicht die Sache mit dem vergifteten Katzenfutter gewesen wäre.«

Sie stand auf und ging im Büro hin und her, während sie gestikulierte. »Das war ein Anschlag, der Sie auf einer persönlichen Ebene treffen sollte. Jemand wollte Ihre Katze töten, die Ihnen – wie Sie selbst sagen – sehr viel bedeutet und sehr am Herzen liegt. Entweder war das ein Racheakt, oder es sollte eine Drohung sein, beispielsweise dass Sie der Nächste sein könnten. Oder dass Sie irgendetwas tun sollen, was Sie nicht tun wollen … oder um Sie davon abzubringen, etwas Bestimmtes zu tun. Vielleicht erklärt das ja auch den Mord an Carmichael. Unser Unbekannter droht Ihnen möglicherweise damit, einen Geschäftspartner nach dem anderen zu ermorden, wenn Sie nicht endlich seiner Forderung nachkommen.«

»Miss Remington«, erwiderte er und klang ein wenig frustriert. »Wenn diese Morde tatsächlich diesen Zweck verfolgen, warum erhalte ich keinen Drohbrief? Warum kommt niemand zu mir und nennt mir seine Forderungen?«

»Vielleicht ist er ja der Meinung, dass Sie seine Forderungen längst kennen.«

Er atmete schnaubend aus. »Sie meinen, weil die Post seinen Drohbrief an mich irgendwo verschludert hat?«, spottete er.

»Mr Kapoor, ich meine das ernst. Möglicherweise haben Sie jemandem etwas zugesagt, aber nicht eingehalten, und er will Sie auf diese Weise an Ihre Zusage erinnern.«

»Wenn das der Fall ist«, sagte er, »dann ist der Täter nicht ganz klar im Kopf. Wenn er Mr Bakherjee ermordet und anschließend sieht, dass ich nicht so reagiere, wie er das möchte, sollte ihm doch spätestens dann klar sein, dass ich den Zusammenhang zu meiner ›Zusage‹ nicht verstanden habe. Jeder vernünftige Mensch ... sofern man jemanden überhaupt als vernünftig bezeichnen kann, der einen anderen einfach enthauptet ... der würde das doch begreifen und mich dann mit klaren Worten an das erinnern, was ich seiner Meinung nach vergessen habe. Der würde doch nicht einfach weiter und weiter morden und darauf hoffen, dass ich irgendwann begreife, was er von mir will.« Er hob hilflos die Schultern. »Ich meine, wie viele Morde will er denn noch begehen? Je nachdem, was er von mir will, hat sich seine Forderung unter Umständen in Wohlgefallen aufgelöst, weil er meinen ganzen Kundenstamm ausgelöscht hat.«

»So weit werde ich es nicht kommen lassen, Mr Kapoor«, versicherte sie ihm. »Aber ich bin hier auf mich allein gestellt. Jess ist mir zwar eine große Hilfe, weil sie fast immer sofort weiß, was ich will, und weil sie mitdenkt, aber diese Sache wird immer komplexer, weil wir es mittlerweile mit drei Morden zu tun haben. Dazu kommt, dass ich bislang nur einen Teil Ihrer Gäste befragen konnte – von Ihrem Personal ganz zu schweigen –, und die Befragungen betrafen nur den ersten Mord. Ich habe keine Übersicht, wer sich zum Zeitpunkt des ersten Mordes wo in der Burg aufgehalten hat, weil ich von diesen Ermittlungen durch den nächsten Toten abgehalten wurde, und noch während ich herauszufinden versuche, wer eine Gelegenheit gehabt haben könnte, Ihre Katze zu vergiften, versucht eine Gruppe Ihrer Gäste die Insel zu verlassen, darunter möglicherweise der Mörder. Einer von ihnen fällt kurz darauf einem Brandanschlag zum Opfer …«

»Vielleicht war Carmichael der Mörder«, warf Kapoor abrupt ein.

»Wie kommen Sie darauf?«, fragte Anne verwundert.

»Na ja, nehmen wir an, Carmichael war der Mörder, und einer meiner Diener hat das herausgefunden, jemand, der mit Bakherjee und Rajneesh eng befreundet war. Er kommt auf irgendeine Weise dahinter, dass Carmichael der Täter ist, daraufhin beschließt er, Carmichael in einem flammenden Inferno umkommen zu lassen. Damit wäre die Gefahr für mich gebannt, weil Carmichael nicht mehr unter uns weilt.«

Anne wollte etwas dazu sagen, da klingelte ihr Handy. Sie sah auf das Display, dann wandte sie sich an Kapoor. »Entschuldigen Sie, das ist einer meiner Detectives. Da muss ich rangehen.«

»Aber selbstverständlich«, erwiderte Kapoor. »Vielleicht gibt es ja neue Erkenntnisse.«

»Neuigkeiten, Detective Franklin?«, fragte sie ohne Vorrede, nachdem sie den Anruf angenommen hatte. »Ja … was ist mit dem zweiten Toten? … aha … was, die ganze Nacht? … okay, ja, schlafen Sie erst mal ein paar Stunden … wenn Sie zurück im Büro sind, dann nehmen Sie sich bitte einen Namen von der Liste, Henry Carmichael, ganz besonders vor … ja, das ist der nächste Tote hier … ich muss möglichst bald wissen, ob mit ihm irgendetwas los war, dass jemand ihn umbringen wollte … okay, und sonst alles in Ordnung? … Und Toby und Co? … Ja, ich weiß, dass Sie die ganze Zeit an meine Süßen denken … Alles klar, danke. Bis später.«

»Zu Hause alles in Ordnung?«, fragte Kapoor besorgt, als er ihre ernste Miene bemerkte.

»Zum Glück nichts, wofür ich sofort abreisen müsste.

Meine Detectives und Constables haben die Situation im Griff, allerdings haben sie damit selbst alle Hände voll zu tun und können mich nicht so unterstützen, wie ich das eigentlich brauche.«

»Ah«, meinte er erleichtert. »Ich hatte schon befürchtet, dass irgendetwas Schlimmes geschehen ist.«

»Nun, was die Zahl der Toten angeht, führe ich derzeit, also kann es daheim gar nicht schlimmer sein«, erwiderte sie zynisch und schüttelte den Kopf. »So geht das nicht weiter. Ich muss diesen … wie heißt der Polizeichef von den Lloyd Isles noch gleich?«

»Police Chief Superintendent Hardison«, antwortete Kapoor.

»Genau, Hardison. Ich muss ihn anrufen, damit er ein paar Leute herschickt. Das kann ein Polizist allein gar nicht mehr bewältigen.«

»Dann werden Sie uns verlassen, wenn er seine Leute herkommen lässt?«, fragte er etwas irritiert.

»Nein, das nicht«, gab Anne zurück. »Falls Hardison nicht gerade selbst mitkommt, werde ich veranlassen, dass er mir seine Leute unterstellt, damit die nicht ganz von vorn anfangen müssen.«

»Ah, verstehe«, sagte Kapoor. »Warten Sie, ich rufe jetzt sofort für Sie dort an, dann wissen Sie, wann Sie mit Verstärkung rechnen können.« Er wählte eine Nummer, dann schaltete er den Lautsprecher ein.

»*Lloyd Isles Police, was kann ich für Sie tun?*«, meldete sich die gleiche Frauenstimme wie beim letzten Mal.

»Hier ist Siddarth Kapoor«, sagte er.

»*Ah, Mr Kapoor*«, entgegnete die Frau. »*Falls Sie den Superintendent sprechen möchten …*«

»Nein, nicht ich möchte ihn sprechen, Constable Reeger, sondern eine Kollegin von ihm«, unterbrach er sie. »Ich gebe Sie weiter, Augenblick bitte.«

Anne beugte sich vor. »Guten Morgen, hier ist Detective Chief Inspector Remington von der Northgate Police, ich …«

»*Northgate? Rufen Sie von da an? Ist Mr Kapoor in Schwierigkeiten?*«, fiel die Frau ihr ins Wort.

»Nein, ich befinde mich derzeit auf Gren… auf Bhatpara Castle und …«

»*Entschuldigen Sie, wenn ich Sie unterbreche, DCI Remington, aber Bhatpara Castle fällt in unsere Zuständigkeit, und …*«

»Ich weiß, aber vielleicht könnten Sie mich ja erst ausreden lassen, *Constable,* bevor Sie die Dienstvorschriften zitieren«, ging Anne ungehalten dazwischen. »Sie müssen mich mit Superintendent Hardison verbinden, er muss unbedingt ein paar von seinen Leuten herschicken, damit sie mich bei meinen Ermittlungen unterstützen. Hier sind mittlerweile …«

»*Bei Ihren Ermittlungen, DCI Remington?*«, ging Constable Reeger ungläubig dazwischen. »*Ich sagte doch schon, dass ich …*«

»Ja, ich weiß, was Sie gesagt haben, weil Sie mich ständig damit unterbrechen«, fauchte Anne sie an. »Würden Sie mich ausreden lassen, dann wüssten Sie inzwischen, dass hier bereits drei Personen Mordanschlägen zum Opfer gefallen sind, und dann wäre Ihnen auch klar, dass Abschnitt C zum Tragen kommt und ich damit sehr wohl dazu ermächtigt, die Ermittlungen zu führen.«

Die Frau am anderen Ende der Leitung schwieg.

»Wenn ich nicht umgehend Verstärkung erhalte, wird es womöglich noch mehr Tote geben, und es besteht die Gefahr, dass der Täter von hier entkommt und auf Nimmerwiedersehen verschwindet.«

»*Das ist nicht der reguläre Dienstweg, da müssen Sie über Ihre vorgesetzte Dienststelle gehen.*«

»Constable Reeger, ich habe keine Zeit, mich erst an meine vorgesetzte Dienststelle zu wenden. Bis da eine Reaktion kommt, ist wahrscheinlich bereits Montag, und welche Dimensionen das Morden hier auf der Insel bis dahin womöglich angenommen hat, wage ich mir gar nicht vorzustellen. Verbinden Sie mich jetzt endlich mit dem Superintendent, sonst werde ich mich nächste Woche an meine vorgesetzte Dienststelle wenden, damit die dafür sorgt, dass Sie versetzt werden – nach Afghanistan, wo Sie dann den Verkehr regeln dürfen!«

»*DCI Remington, es tut mir leid, aber ich kann Sie nicht mit dem Superintendent verbinden, weil sich an unserer Situation nichts geändert hat*«, erklärte die Frau am anderen Ende der Leitung hastig. »*Genauer gesagt, sie hat sich sogar noch verschlimmert, und wir warten derzeit auf eine Antiterroreinheit, um der Geiselnahme ein Ende zu setzen.*« Nach einer kurzen Pause ergänzte sie: »*Ich werde den Superintendent natürlich von Ihrer Lage in Kenntnis setzen, aber ich glaube nicht, dass er auch nur einen unserer Leute erübrigen kann.*«

Anne verzog missmutig den Mund. »Okay, das ist wenigstens eine Auskunft, Constable«, sagte sie in versöhnlicherem Tonfall. »Danke.«

Kapoor zuckte hilflos mit den Schultern. »Ich hatte gehofft, Sie würden jetzt von dort Hilfe bekommen, aber so … Ich weiß, *ich* bin Ihnen keine große Hilfe.«

»Dafür können Sie nichts«, erwiderte sie und fuhr sich frustriert durch die Haare. »Wenn dieser Verrückte meint, Sie müssten wissen, was er von Ihnen will, und Sie haben keine Ahnung, dann drehen wir uns nur im Kreis. Um ehrlich zu sein, am liebsten wäre es mir, wenn Ihre Theorie stimmen würde, dass Carmichael der Täter war und dass ihn einer von Ihren Leuten umgebracht hat. Dann könnten wir wenigstens davon ausgehen, dass die Gefahr für jeden in der Burg gebannt ist.« Sie schüttelte nachdenklich den Kopf. »Vermutlich wird es so zwar nicht sein, aber für den Augenblick werde ich mich an diese Hoffnung klammern.«

»Und was werden Sie nun unternehmen?«

»Ich werde zusammen mit Jess weiter Ihre Gäste befragen und darauf hoffen, dass sich irgendjemand in Widersprüche verstrickt, damit ich wenigstens den Hauch einer Spur habe. Ach, übrigens«, wechselte sie nach einer kurzen Pause das Thema. »Das hat jetzt mit den Morden nichts zu tun, aber da ist noch eine andere Sache, Mr Kapoor. Ich wollte Sie das eigentlich noch heute Nacht fragen, aber ich habe Sie dann nicht im Saal angetroffen, obwohl Sie unsere Fluchtwilligen noch auf einen Whisky dorthin eingeladen hatten.«

»Oh ja, wir hatten uns in meinen kleinen Salon zurückgezogen«, antwortete er. »Im Saal war es uns zu ungemütlich. Jeder dachte automatisch an das, was beim Essen vorgefallen war, deshalb habe ich den kleinen Umtrunk kurzerhand verlegt.« Er sah sie abwartend an. »Was gab es denn so Wichtiges?«

»Als ich Mr Carmichael auf sein Zimmer gebracht hatte, hörte ich auf dem Rückweg zum Saal auf einmal Motorenlärm«, begann sie und beobachtete Kapoor genau, konnte ihm aber keine in irgendeiner Weise verräterische Reaktion ansehen. »Zuerst dachte ich, Linroy und die anderen würden versuchen, doch noch irgendwie von hier wegzukommen, aber das war nicht der Fall. Ich bin dann zum nächsten Wehrgang gelaufen, und da konnte ich sehen, wie mehrere Fahrzeuge über den Damm in Richtung Festland fuhren. Vielleicht fünf oder sechs Wagen.«

»Konnten Sie sie genauer erkennen?«, fragte Kapoor interessiert.

»Nein, bis ich oben war, waren sie schon zu weit weg. Ich konnte die Rücklichter sehen und den Lichtkegel der Scheinwerfer, aber ich weiß nicht, ob das Sportwagen oder Lieferwagen waren oder sonst irgendwas.«

Er nickte nachdenklich. »Ja, das müssen diese Spinner gewesen sein«, sagte er schließlich.

»Was für Spinner?«

»So ein paar Verrückte ... ich weiß nicht, wo die herkommen. Diese Leute fahren Jeeps oder Hummer, ich weiß nicht so genau. Bakherjee hatte mir vor einer Weile davon berichtet. Vermutlich ist das eine Art Mutprobe, auf jeden Fall sieht es so aus, dass die von Zeit zu Zeit nachts hier auftauchen und dann wie die Verrückten über den Damm davonrasen.«

»Und … was machen die hier?«, wollte Anne wissen.

»Gar nichts, weil das mit der Burg nichts zu tun hat. Bakherjee muss mal gelungen sein, einen von ihnen zu fassen zu bekommen. Von ihm weiß ich, dass die sich einen Spaß daraus machen, mit Nachtsichtgeräten über den Damm herzukommen, damit sie kein Licht einschalten müssen und auf dem Weg hierher nicht gesehen werden. Und wenn sie sich dann sozusagen hergeschlichen haben, rasen sie mit Vollgas und eingeschalteter Beleuchtung wieder Richtung Land, und das immer so spät wie möglich.«

Anne schüttelte ratlos den Kopf.

»Nervenkitzel, Adrenalin, ein ›Kick‹, wie man bei Ihnen so sagt«, versuchte Kapoor zu erklären. »Das ist genauso verrückt wie ein Bungeesprung oder ein Absprung mit einem Fallschirm. Beides kann tödlich enden, und trotzdem oder gerade deshalb machen es die Leute.« Wieder zuckte er mit den Schultern. »Ich persönlich sehe keinen Sinn darin, das Schicksal herauszufordern, aber diese Leute haben dazu eine andere Meinung. Sie liefern sich ein Wettrennen mit der Flut, und sofern bis heute wirklich noch keiner von ihnen von den Wellen ins Meer gerissen worden ist, kann ich nur sagen, dass sie mehr Glück als Verstand haben.«

»Ich habe aber nichts davon mitbekommen, wie sie hergekommen sind«, wandte sie ein.

»Das ist Bakherjee, bis auf das eine Mal, als er nachts zufällig außerhalb der Burg zu tun hatte, auch nie gelungen. Vielleicht wollen sie auf der Hinfahrt nicht gesehen werden, weil die Insel schließlich Privatbesitz ist und sie hier nichts verloren haben.«

»Okay, dann ist das hoffentlich eine Sorge weniger«, sagte Anne. »Vielleicht hält ja der Adrenalinstoß für eine Weile vor.«

Sie stützte sich auf die Rückenlehne ihres Stuhls. »Dann will ich mich mal wieder Ihren Gästen widmen. Dass die eine solche Mördersuche erleben würden, hätte wohl auch niemand erwartet.«

»Nein, wirklich nicht«, stimmte Kapoor ihr betrübt zu. »Das ist eine Katastrophe.« Mit einem leisen Seufzer fügte er dann hinzu: »Na ja, ich will Sie nicht mit meinen Sorgen von Ihrer Arbeit abhalten, Miss Remington. Ich werde mich gleich wieder um meine Gäste kümmern, so gut das unter diesen Umständen noch möglich ist.«

Anne verabschiedete sich und verließ sein Büro. Etwas stimmte hier nicht, davon war sie überzeugt, und genauso überzeugt war sie auch davon, dass Kapoor wesentlich mehr wusste, als er ihr gegenüber zugab. Allerdings war er sehr gut darin, sich nicht anmerken zu lassen, wann er ihr etwas vormachte und wann er die Wahrheit sagte.

Auf jeden Fall wusste Anne bereits, was sie bei der nächsten Ebbe machen würde.

Jess wartete bereits im Flur vor Kapoors Büro, als Anne herauskam.

»Und?«, fragte sie leise, nachdem Anne die Tür hinter sich geschlossen hatte und sie beide einige Meter weit gegangen waren. »Was sagt er?«

»Nichts Brauchbares«, grummelte Anne. »Er weiß nicht, wer für den Mord an Carmichael infrage kommt, und die Wagen, die ich heute Nacht gesehen habe, gehören angeblich einer Gruppe von Geländewagenfahrern, die es als Mutprobe ansehen, in der Dunkelheit erst mit Nachtsichtgeräten herzukommen und dann möglichst lange zu warten, ehe sie sich auf den Rückweg machen. Nach dem Motto: ›Wer zu spät losfährt, den schnappt sich die Flut.‹«

»Na ja«, meinte Jess achselzuckend. »Das *könnte* stimmen.«

»Danke, dass du ›könnte‹ schon so betont hast, sonst hätte ich das für dich erledigt«, meinte sie grinsend. »Ich glaube dem Mann kein Wort. Irgendwas stimmt hier nicht, da hatte Lord Bromshire mit seiner Vermutung ganz sicher recht, aber ich habe keine Ahnung, was es ist. Heute Mittag habe ich was Bestimmtes vor, und wenn das zu nichts führt, werde ich mich am Nachmittag außerhalb der Burg umsehen, ob es da irgendetwas gibt, was uns weiterhilft.«

»Da würde ich gern mitkommen.«

»Nein, du bleibst hier und passt auf Phaedra auf, außerdem ist das unter Umständen zu gefährlich, und ich kann nicht die Verantwortung übernehmen …«

»Phaedra ist sicher untergebracht«, beteuerte Jess. »Und wenn ich einfach mitgehe, kannst du nichts dagegen unternehmen.«

»Ich habe hier das Sagen, nicht du, junge Dame«, raunte Anne und zuckte unwillkürlich zusammen, als ihr bewusst wurde, dass sie mit »junge Dame« genau die gleiche Formulierung benutzt hatte wie ihre Mutter, wenn die Anne irgendeine starrsinnige Einstellung ausreden wollte.

Jess zuckte mit den Schultern. »Ich bin ja nur inoffiziell deine Assistentin, also kannst du mir gar nichts sagen. Außerdem … wie heißt das … vier Augen sehen mehr als zwei? Stimmt doch auch. Vielleicht fällt mir was auf, was du nicht bemerkst.«

»Wenn ich nicht genau wüsste, dass ich nie ein Kind zur Welt gebracht habe«, stöhnte Anne resignierend, »dann würde ich allmählich vermuten, dass du meine verschollene Tochter bist. Ist deine Mutter eigentlich auch so stur wie du?«

»Nein, aber meine Großmutter«, meinte Jess amüsiert. »Der Starrsinn überspringt immer eine Generation …«

»Und ist dafür dann gleich doppelt so stark ausgeprägt, wie?«

Sie bogen lachend um die nächste Ecke, dann waren sie in dem Korridor angekommen, in dem sich ihre Quartiere befanden. »Werden wir nach dem Frühstück die Liste der Verdächtigen weiter durcharbeiten?«

»Du meinst, Leute ausquetschen, damit sie uns verraten, was sie gestern um sechs oder um sieben Uhr gemacht haben?«

Jess nickte grinsend.
»Das macht dir wohl Spaß, wie?«, gab Anne zurück. »Das Ganze ist jetzt sehr schwierig geworden, weil wir eigentlich genau wissen müssten, wo sich jeder aufgehalten hat, als das erste Opfer enthauptet wurde, als das Katzenfutter vergiftet wurde und als das Feuer in Carmichaels Zimmer gelegt wurde. Was das Feuer angeht, werden alle sagen, sie hätten im Bett gelegen und geschlafen, egal ob es stimmt oder nicht. Wer nicht zugeben will, dass er die Nacht bei jemand anderem im Bett verbracht hat, wird das verschweigen, und da eigentlich niemand einen Grund haben sollte, nachts durch die Burg zu laufen, schließlich hat jedes Zimmer sein eigenes Bad mit Toilette, wird auch keiner zugeben, dass er unterwegs war und einen der anderen Gäste gesehen hat. Die eigentliche Aufgabe wäre es, das Motiv für den Mord an Carmichael zu ergründen, aber das können wir zwei nicht leisten, dafür braucht man eine eigene Abteilung. Das nächste Problem ist der Anschlag auf Phaedra. Gut, die Gäste wissen, dass Kapoor seine Katze hier in der Burg hat, wenn sie herkommen. Aber wer von ihnen hat das Gift mitgebracht? Wir können nicht zu zweit alle Zimmer auf den Kopf stellen, um nach einem Behältnis zu suchen, in dem sich das Gift befand, und abgesehen davon wird derjenige dieses Behältnis längst weggeworfen haben. Diese Burg ist zu groß, als dass wir eine reale Chance hätten, dieses Teil zu finden, ganz zu schweigen davon, es seinem ursprünglichen Eigentümer zuzuordnen.«
»Und der Enthauptete?«
Anne verzog missmutig den Mund. »Um ehrlich zu sein … mittlerweile glaube ich nicht mehr so richtig daran, dass der Täter wirklich unter den Gästen zu suchen ist. Das hat alles mit Kapoor zu tun, aber es kommt aus seinen eigenen Reihen.«
»Du meinst, seine Diener sind da am Werk?«
»Entweder die oder jemand, der sich in dieser Burg bestens auskennt und der sich irgendwo versteckt hält. Von Zeit zu

Zeit kommt er aus seinem Versteck und führt einen Anschlag aus.«

»Hm«, machte Jess. »Aber wer soll das sein? Und warum macht er das?«

»Das Warum ist zumindest im Ansatz leichter beantwortet: Entweder will er Kapoor schaden, indem er ihn vor seinen Gästen in Misskredit bringt, oder er versucht, Kapoor unter Druck zu setzen, damit der irgendetwas macht oder unterlässt. Im ersten Fall könnte er ein Konkurrent oder Wettbewerber sein, im zweiten Fall … das kann alles Mögliche sein. Und die Frage, um wen es sich dabei handelt, lässt sich überhaupt nicht beantworten, weil keiner weiß, mit wem Kapoor zu tun hat.«

»Also hören wir damit auf, die Leute zu befragen?«, hakte Jess nach. »Warum sehen wir uns dann nicht heute Morgen zusammen draußen um?«

»Weil ich befürchte, wenn man uns heute Morgen irgendwo da draußen herumlaufen sieht, dann wird das nicht stattfinden, worauf ich heute Mittag warten will. Außerdem hören wir nicht auf, die Gäste zu befragen«, erklärte Anne. »Erstens wollen die sofort nach Hause fahren, wenn sie hören, dass wir nicht weiter ermitteln, und das geht nicht, weil sie mir dann bei dem im Weg sind, was ich heute Mittag vorhabe. Wir werden aber den Fragenkatalog überarbeiten, damit wir schneller durchkommen. Zweitens würde Kapoor dann wissen, in welche Richtung meine Ahnung geht, aber genau das soll er nicht. Wenn er gewarnt ist, wird er entweder vorsichtig, und wir finden überhaupt nichts mehr heraus, oder er greift zu irgendwelchen radikalen Methoden und räumt uns beide aus dem Weg, damit wir eben nicht dahinterkommen, was hier gespielt wird – oder damit wir niemandem mehr verraten können, was wir herausgefunden haben.«

»Anne, du hast jetzt schon ein paar Mal davon gesprochen, dass du heute Mittag irgendwas vorhast, aber ich erfahre nicht, um was es eigentlich geht«, entgegnete die junge Frau. »Du musst mir doch sowieso sagen, wo du bist, damit ich weiß, wo ich dich finden kann, wenn irgendwas passiert.«

Zwei von Kapoors Gästen gingen an ihnen vorbei, ohne sie eines Blickes zu würdigen, von einem Gruß ganz zu schweigen. Aus der anderen Richtung kam ein Diener geeilt, der ein großes Tablett trug. Unter der aufgesetzten silbernen Haube befand sich vermutlich das Frühstück für einen Gast, der es vorzog, auf seinem Zimmer zu speisen.

Es war unmöglich, ungestört zu reden, aber selbst dann hätte Anne es nicht laut ausgesprochen, da sie damit rechnen musste, dass Kapoor seine Burg mit Kameras und Mikrofonen gespickt hatte, schließlich boten sich die dunklen Ecken der gewölbeartigen Decken in den Korridoren dazu förmlich an. Hinzu kam, dass sie von Kapoor mittlerweile den Eindruck bekommen hatte, dass er ein Geschäftsmann war, der dazu neigte, seine Geschäftspartner auszuspionieren, damit er sein Wissen indirekt gegen sie verwenden konnte.

Um weder ihm noch sonst jemandem, der sie im Moment möglicherweise belauschte, zu verraten, was sie vorhatte, zog Anne ihr Handy aus der Tasche, tippte etwas ein und hielt es Jess so hin, dass die den Text auf dem Display lesen konnte.

»Allein?«, fragte sie verblüfft, als sie wusste, was Anne vorhatte.

Die nickte nur knapp und sah zur Seite, um nicht auf den flehenden Blick reagieren zu müssen, den Jess ihr in diesem Moment zweifellos zuwarf. »Ich rufe dich dann an, sobald ich irgendein Ergebnis berichten kann. Versprochen.«

»Okay«, sagte die junge Frau unüberhörbar betrübt, aber sie wusste, dass Anne in diesem Punkt auf jeden Fall hart bleiben würde.

An ihrem Zimmer angekommen, blieb Anne stehen. »Ich will mich noch rasch frisch machen, du kannst ja schon mal dein iPad aus deinem Zimmer holen, damit wir gleich nach dem Frühstück loslegen können. Dann ...«

»Guten Morgen, Miss Remington, guten Morgen, Miss Randall«, wurde sie auf einmal unterbrochen.

Sie drehte sich um und erkannte den jungen Mann auf Anhieb wieder, der so wie einer der anderen Diener mit einem großen Tablett mit silberner Abdeckhaube aus Richtung des großen Saals kam. »Oh, guten Morgen, Mr Kohli, obwohl ich meine Zweifel habe, ob das ›gut‹ überhaupt zutrifft.«

Kohli seufzte. »Da sagen Sie was Wahres, Miss Remington. Es ist wirklich wie verhext, als hätte jemand dieses Wochenende mit einem Fluch belegt, damit schiefgeht, was nur schiefgehen kann.« Er zuckte mit den Schultern, so gut das ging, während er das Tablett hielt. »Mr Kapoor ist untröstlich, und am liebsten würde er wohl alle Gäste so bald wie möglich nach Hause schicken, damit nicht noch mehr passieren kann, und falls doch, damit es nur ihn treffen kann.«

»Ja, ich weiß«, stimmte Anne ihm zu. »Aber ich muss erst alle Zeugenaussagen sammeln, schließlich weiß man nie, ob nicht jemand etwas Entscheidendes beobachtet hat, was ihm zu dem Zeitpunkt selbst bedeutungslos vorgekommen war. Die Leute werden schon noch bis mindestens morgen Mittag bleiben müssen.«

Der Diener nickte verständnisvoll. »Sie tun nur Ihre Arbeit, und die Gäste nehmen das alles persönlich. Ich beneide Sie nicht um Ihren Job, Miss Remington.« Dann legte er den Kopf ein wenig schräg und fragte: »Soll ich Ihnen auch ein Tablett aufs Zimmer bringen? Dann können Sie wenigstens in Ruhe frühstücken, ohne sich irgendwelche spitzen Bemerkungen anhören zu müssen.«

Anne lächelte den jungen Mann an. »Danke, Mr Kohli, aber wenn ich in meinem Zimmer versuchen würde zu frühstücken, dann müsste ich mir einen Kampf mit der lieben Phaedra liefern. Ich weiß nicht, welche Spezialitäten es schon zum Frühstück gibt …«

»Das Frühstück ist ganz auf westliche Essgewohnheiten ausgerichtet«, erklärte Kohli. »Mr Kapoor möchte seine Gäste in kulinarischer Hinsicht nicht überfordern. Verschiedene Brotsorten, dazu eine Auswahl an Käse und Wurst, außerdem diverse Marmeladen, Rührei und Frühstücksspeck.«

»Ja, dann sehe ich schon, wie Phaedra entweder über das Tablett spaziert und sich überall bedient, wo es ihr gefällt, oder aber meine Oberschenkel werden mir blutig gekratzt, weil sie sich auf diese Weise bemerkbar machen will«, gab Anne lachend zurück.

»Du könntest doch bei mir im Zimmer frühstücken«, schlug Jess vor. »Dann muss sich Phaedra mit ihrem Futter begnügen.«

»Das wird zu eng. Sieh dir nur das Tablett an, und dann denk an den kleinen Tisch bei dir im Zimmer.«

Jess verzog den Mund. »Ja, du hast recht.«

»Danke für das Angebot, Mr Kohli, aber ich werde die mordlüsternen Blicke Ihrer Gäste schon aushalten. Außerdem ist da ja immer noch Sir Lester, der in mir nicht den Teufel in Person sieht.«

Kohli nickte kurz. »Wie Sie wünschen. Miss Remington, Miss Randall, wir sehen uns sicher später wieder.« Mit diesen Worten ging er weiter.

Er war erst ein paar Meter entfernt, als Anne Jess zuzwinkerte und sagte: »Okay, ich füttere schnell noch Phaedra. Hol du schon mal deinen Computer, damit wir unten sofort loslegen können.«

11

Das ergibt doch keinen Sinn«, brummte Hennessy zum x-ten Mal, nachdem er so wie Franklin und die beiden Constables nach ein paar Stunden Schlaf erst vor einer halben Stunde zur Wache zurückgekehrt war. Er betrachtete den Zettel, den Franklin früher an diesem Samstag von der Haltestelle mitgenommen hatte. Es war die gleiche, etwas ungelenk wirkende Druckschrift, mit der der Verfasser vortäuschen wollte, mit dem Schreiben der Buchstaben gewisse Schwierigkeiten zu haben, um keinen Rückschluss auf seine wahre Handschrift zuzulassen. »Vor zwei Uhr heute Nacht klebt er diesen Zettel an die Haltestelle, obwohl er den Chief für sechs Uhr hinbestellt hat. Ich meine, so wie die Farbe verlaufen ist, kann er den Zettel nicht nach dem Regen auf dem nassen Schild festgemacht haben.«

»Vielleicht ist es doch nur ein Streich«, überlegte Franklin und unterbrach seine Lektüre der Notizen von Dearing und Boyle. »Möglicherweise will ja jemand *uns* eins auswischen.« Als er Hennessys skeptische Miene sah, erklärte er: »Überleg doch mal: Die Katzen verschwinden, kaum dass Remington abgereist ist. Derjenige hat vielleicht nur darauf gewartet, dass sie für ein paar Tage weg ist, weil er weiß, dass einer von uns sich um Toby und Kompanie kümmert.«

»Das wissen ziemlich viele Leute, auf jeden Fall so gut wie alle ihre Nachbarn«, ergänzte Hennessy. »Immerhin haben wir sie auch abwechselnd gefüttert, als der Chief an diesen beiden Kongressen teilnehmen musste.«

»Eben, und es war ja nur eine Frage der Zeit, bis Remington wieder mal ein oder zwei Tage dienstlich oder privat unterwegs sein würde. Und das ist jetzt der Fall.«

»Schön und gut«, meinte Hennessy, »aber wer sollte daran interessiert sein, uns eins auszuwischen?«

»Zum Beispiel jemand, der von uns erwischt wurde, als er zu schnell gefahren ist«, gab Franklin zu bedenken. »Jemand, der unseretwegen ein Bußgeld bezahlen musste … irgendwas in der Richtung.«

»Das sind aber überwiegend Leute, die nicht hier aus der Gegend kommen, sondern nur auf der Durchreise sind«, wandte sein Kollege ein. »Und woher soll jemand, der aus Leeds kommt und dem wir mal wegen Raserei oder Trunkenheit am Steuer den Führerschein abgenommen haben, wissen, dass Chief Remington unsere Vorgesetzte ist, wo sie wohnt und wann sie für ein paar Tage wegfährt?« Er schüttelte den Kopf. »Das ist mir zu abwegig. Dann schon eher ein paar Jugendliche hier aus der Grafschaft oder sogar hier aus Letchham, denen wir mal einen Platzverweis erteilt haben … was so lange zurückliegt, dass ich mich nicht mehr daran erinnern kann, wann das gewesen sein soll, von irgendwelchen Namen ganz zu schweigen.« Sein Kopfschütteln wurde energischer. »Nein, nein, das glaube ich auch nicht. Das haben die Typen längst vergessen, das ist zu lange her.«

Franklin nickte nachdenklich. »Ja, das stimmt schon. Vielleicht ist es ja auch nur ein Streich. Vielleicht will sich derjenige ja bloß auf unsere Kosten amüsieren, indem er uns mit seinen Briefen in die Irre führt.«

»Dann will ich hoffen, dass der Scherzbold bereits strafmündig ist und einen Richter findet, der seinen Humor nicht teilen kann.«

»Ja, so jemanden wie Judge John Deed«, überlegte Franklin. »Schade, dass es solche Richter immer nur im Fernsehen gibt, aber nie in der Realität.«

Hennessy zuckte mit den Schultern. »Stell dir mal vor, das hier wäre Fernsehen. Da hätten wir längst den Katzenhaardetektor aus der Schublade geholt und jedes Haus gescannt, um die drei Entführungsopfer zu finden.«

»Oh ja«, ergänzte Franklin versonnen. »Und wir wären jung und gut aussehend, und wir würden so viel verdienen, dass wir uns eine Neun-Zimmer-Wohnung an der Themse mit Blick auf das Parlament leisten könnten.« Er lachte ironisch. »Na ja, man kann eben nicht alles haben.«

»Nicht alles?« Hennessy sah ihn verschmitzt grinsend an. »Du wolltest wohl sagen, man kann eben *nichts von all dem* haben, oder? Wir sind weder jung noch gut aussehend, und wir verdienen auch nicht so viel, um eine solche Wohnung bezahlen zu können, selbst wenn wir mit allen Kollegen eine WG gründen würden.«

»Hm, wenn wir wenigstens den Katzenhaardetektor hätten«, meinte Franklin. »Dann könnten wir zumindest ein Rätsel von unserer Liste streichen und müssten Remington nicht vormachen, dass mit ihren Katzen alles in bester Ordnung ist.«

»Ich weiß. Trotzdem halte ich es für besser, wenn wir ihr nichts sagen. Bei ihr stapeln sich allmählich die Leichen, da muss sie sich wirklich nicht auch noch Gedanken um ihre Katzen machen. Von der Insel aus kann sie ohnehin nichts unternehmen, und solange bei ihr die Hölle los ist, kann sie nicht einfach von da verschwinden und einen Mörder entkommen lassen, oder gleich mehrere, je nachdem, was eigentlich hinter den Verbrechen steckt. Sie kann wohl schlecht damit argumentieren, dass sie ihre Katzen suchen musste, während mehr oder weniger vor ihren Augen munter gemordet wird.«

In dem Moment ging die Tür auf, und Mr Roowapindiban kam mit einem großen Styroporkarton herein. »Guten Tag zusammen«, grüßte er fröhlich in die Runde und ging zielstrebig um die Theke herum, um den Karton auf einer freien Ecke von Hennessys Schreibtisch abzustellen.

»Sie sind aber früh dran«, stellte der Detective erstaunt fest, als er auf die Uhr sah. »Wir haben doch erst kurz nach zwölf.«

Der Inder Raja Roowapindiban betrieb das Curry-Mobil, eine fahrbare Küche für indisches Essen, das man telefonisch oder – zumindest für die ein wenig verschlafene Grafschaft Northgate – ganz modern über eine App vorbestellen konnte und das dann nahe der angegebenen Adresse frisch zubereitet und ausgeliefert wurde. Mit strahlendem Lächeln nahm er den Styropordeckel ab und holte die erste Aluschale heraus. »Einmal die Siebzehn mit extra Ei für Sie, Detective Hennessy.«

»Wieso haben Sie heute so exzellente Laune, Mr Roowapindiban? Nicht, dass ich Sie jemals mit schlechter Laune erlebt hätte, aber heute Mittag strahlen Sie förmlich.«

»Ich weiß, Detective, und ich sage Ihnen auch den Grund: Ich explodiere.«

Hennessy ließ sich nichts anmerken, sondern fragte trocken: »Jetzt sofort oder erst, wenn Sie wieder auf der Straße sind?«

Roowapindiban schien die leise Ironie nicht bemerkt zu haben. »Nein, nein, ich explodiere auf der Straße.«

»Lassen Sie mich raten, Mr Roowapindiban«, warf Franklin ein. »Sie wollen damit sagen, dass Sie ex*pan*dieren, nicht ex*plo*dieren, richtig?«

Der Kleinunternehmer überlegte kurz, dann nickte er. »Ja, das kann sein. Ein kleiner Versprecher.«

»Aber ein folgenschwerer, wenn Sie ihn in die Tat umsetzen würden«, meinte Hennessy grinsend. »Und in welcher Form expandieren Sie? Mehr Personal? Oder doch ein festes Lokal?«

»Ich tausche meinen alten Küchenwagen gegen zwei neue, größere ein.«

»Gleich zwei?«, fragte Franklin erstaunt. »Ist das nicht sehr teuer?«

»Nein, nein, keine neuen Wagen, sondern gebrauchte, aber noch gut erhalten«, antwortete der Inder. »Mit komplett neuen Küchen und mit mehr Personal. Meine Schwestern machen dann mit und auch mein anderer Bruder. Ein richtiger Familienbetrieb.«

»Dann gehen die Geschäfte tatsächlich so gut?«

»Sie werden erst richtig gut laufen, wenn beide Wagen in Betrieb sind«, berichtete Roowapindiban stolz. »Ich muss jede Woche mehr Bestellungen absagen, als ich annehmen kann. Die neuen Küchen haben mehr Kochplatten, mehr Fritteusen … einfach von allem mehr. Es wird ganz großartig werden.«

»Ich gratuliere, Mr Roowapindiban«, sagte Hennessy. »Das sind doch mal erfreuliche Neuigkeiten in unserer Welt, die von Mord und Totschlag bestimmt wird.«

»Oh ja, ich habe gehört, dass es wieder Tote in unserer Grafschaft gab«, gab er zurück und nickte nachdenklich. »Schrecklich, so was. Und schlecht für mein Geschäft.«

»Schlecht für Ihr Geschäft?«

»Na ja, das ist jedes Mal ein möglicher Stammkunde, der mir dadurch verloren geht«, erklärte Roowapindiban. »Verstehen Sie mich nicht falsch, ich will nicht pietätlos sein, aber meine Kunden liegen mir sehr am Herzen.« Mit einem Achselzucken wandte er sich wieder seiner Styroporkiste zu und verteilte weiter das Essen. »Und als Letztes wie immer die Nummer vierunddreißig mit …« Er schüttelte sich übertrieben. »… mit Käse überbacken für Chief Remington.«

»Die Vierunddreißig hatten wir aber nicht bestellt«, sagte Hennessy. »Chief Remington ist übers Wochenende nicht hier.«

Roowapindiban stutzte. »Nicht?« Er schüttelte den Kopf. »Ich bin das so gewöhnt, dass sie die Vierunddreißig mit Käse überbacken bekommt, wenn Sie Mittagessen bestellen, da habe ich doch wirklich gedacht, dass ich die Vierunddreißig mit Käse überbacken gehört habe.« Mit einem Schulterzucken merkte er an: »Dann muss ich das wohl selbst essen … mit Käse überbacken.«

Dabei begann Roowapindiban, sich die Augen zu reiben, und erst jetzt bemerkte Hennessy, wie rot und verquollen diese waren. Schnell winkte er ab: »Lassen Sie mal, das kriegen wir schon irgendwie gegessen. Wir haben noch einen langen Tag vor uns, und nachher haben wir sowieso wieder Hunger. Wenn Sie mir deswegen gleich in Tränen ausbrechen …«

Roowapindiban begann zu lachen. »Oh, nein, Detective

Hennessy, das hat damit gar nichts zu tun. Ich habe schon seit Tagen eine schlimme Entzündung an den Augen, das geht einfach nicht weg, ganz egal, was ich dagegen nehme – Tropfen, Salben, Tabletten. Es hilft alles nichts.«

Er legte Hennessy die Rechnung hin. »Wie immer mit Stammkundenrabatt«, fügte er hinzu und verbeugte sich tief, als der Detective ihm den Betrag plus Trinkgeld gab. »Vielen Dank, und bis zum nächsten Mal.«

»Bis dahin wird Chief Remington auch wieder hier sein.«

»Ich werde mich trotzdem vergewissern, bevor ich noch mal ein nicht bestelltes Essen liefere«, versprach er und steckte das Geld ein, als die Tür aufging und ein Mann eintrat, den weder Hennessy noch Franklin je zuvor gesehen hatten.

»Kann ich Ihnen helfen, Sir?«, fragte Constable Flaherty.

»Ja, mein Name ist Corey Thelonius vom Komitee ›Grafschaft der Zukunft‹, ich bin gebeten worden, wegen der beiden Morde herzukommen. An Mr Dearing und Mrs Boyle«, fügte er dann noch hinzu, als würden in Northgate jede Woche so viele Morde geschehen, dass er die Namen der Opfer erst nennen musste, damit sie zugeordnet werden konnten.

»Kommen Sie gleich durch zu mir, Mr Thelonius«, rief Hennessy und nickte Roowapindiban zu, der sich noch einmal verbeugte und sich verabschiedete, ehe er an dem Neuankömmling vorbei die Wache verließ.

Thelonius kam mit bedächtigen Schritten auf seinen Schreibtisch zu, als wäre er mindestens achtzig oder noch älter, dabei konnte er im Höchstfall halb so alt sein. Hennessy schätzte ihn auf Mitte bis Ende dreißig. Er war von schmächtiger Statur, die seinen Anzug fast ein wenig zu groß wirken ließ. Die von ein wenig Grau durchzogenen schwarzen Haare trug er kurz geschnitten, sein Kinnbart war so exakt rasiert, dass man ihn eigentlich nicht für echt halten wollte.

»Mr Thelonius, ich bin DI Hennessy, das ist mein Kollege DI Franklin«, sagte er und erhob sich kurz von seinem Stuhl. »Nehmen Sie doch Platz.«

Der Besucher betrachtete den Stuhl vor Hennessys Schreibtisch, als hätte jemand dort einen Teller mit verschimmelten Essensresten hingestellt, in die er sich nun hineinsetzen sollte. Dann schien er sich einen Ruck zu geben und nahm Platz.

»Ich hoffe, Sie haben nichts dagegen, wenn ich nebenbei etwas esse, Mr Thelonius«, redete Hennessy weiter und ignorierte den verwunderten Blick, den Franklin ihm zuwarf. Er wusste natürlich, dass es im Nebenraum eine Mikrowelle gab, in der er sein Essen nach Thelonius' Besuch hätte aufwärmen können, aber dieser pikierte Blick, mit dem der Mann alles musterte, was er hier auf der Wache zu sehen bekam – und die Tatsache, dass er geflissentlich Hennessys Hand übersehen hatte, die der ihm gereicht hatte –, machten ihn so unsympathisch, dass Hennessy nicht einsah, seinetwegen etwas Aufgewärmtes zu essen.

»Wenn es sich nicht vermeiden lässt, dann habe ich natürlich nichts dagegen«, erklärte Thelonius mit einem aufgesetzten Lächeln.

»Es wäre vielleicht besser gewesen, wenn Sie uns erst zurückgerufen hätten, bevor Sie extra von Whitehead herkommen. Wir hätten theoretisch auch gerade unterwegs sein können«, argumentierte Hennessy, während er den Pappdeckel von der Aluschale nahm und ein gelblich gefärbtes Reisgericht zum Vorschein brachte.

»Nun, die Nachricht auf dem Anrufbeantworter klang so, als sei es sehr dringend«, hielt Thelonius dagegen.

»Tja, bedauerlicherweise ist es das auch«, sagte Hennessy, dann fiel ihm das überzählige Essen auf, das Roowapindiban für den Chief mitgebracht hatte. »Sagen Sie, ich kann Ihnen nicht zufällig etwas anbieten?«

»Mir etwas anbieten?«, wiederholte der andere Mann und strich über seinen Rollkragenpullover, als müsse er verhindern, dass der beim Sitzen Falten bekam. »Wie soll ich das verstehen?«

Hennessy erklärte ihm, woher das Essen kam, woraufhin Thelonius fragte: »Und was für ein Gericht soll das sein?«

»Die Vierunddreißig mit Käse überbacken«, antwortete der Detective. »Ich habe keine Ahnung, was die Vierunddreißig ist, aber Chief Remington schwört darauf.«

»Ich passe lieber. Möglicherweise schmeckt es so, wie es sich anhört«, meinte der Besucher. »Und das kann ich meinen Geschmacksnerven nicht antun.« Nach einer kurzen Pause fügte er hinzu: »Ihr Chief ist also nicht im Haus?«

»Nein.«

»Hmm«, machte Thelonius und starrte auf einen Punkt irgendwo hinter dem Detective.

»Sie können gern aussprechen, was Ihnen auf dem Herzen liegt«, forderte Franklin ihn auf.

»Na ja, ich habe normalerweise mit den höheren Dienstebenen zu tun, müssen Sie wissen. In meiner Funktion als Leiter des Komitees für das Projekt ›Grafschaft der Zukunft‹ …«

»… sind Sie bestimmt auf den Rückhalt der unteren Ebenen angewiesen, die Sie letztlich in Ihrer Funktion vertreten, nicht wahr?«, fiel Hennessy ihm mit einem falschen Lächeln ins Wort und nahm eine Gabel voll Reis in den Mund.

Thelonius verstummte und sah den kauenden Detective an, als überlege er bereits, ihn wegen der Unverfrorenheit anzuzeigen, dass der ihn nicht hatte ausreden lassen.

»Ich dachte, ich bin hier, um Ihnen bei Ihren Ermittlungen zu helfen«, sagte er schließlich in frostigem Tonfall.

»Das ist richtig«, bestätigte Hennessy, »aber Detective Chief Inspector Remington legt großen Wert auf gute Umgangsformen, und dazu gehört auch gegenseitiger Respekt, Sir. Wir wissen es zu schätzen, dass Sie hier sind, um unsere Fragen zu beantworten, aber ich hatte Sie ausdrücklich gebeten, zuerst zurückzurufen, damit wir eine Zeit vereinbaren können, die Ihnen und uns am besten in den Tagesablauf passt. Sie rufen aber erstens nicht zurück, platzen zweitens einfach hier rein, obwohl Sie gar nicht wissen konnten, ob wir überhaupt im

Haus sind, und drittens beschweren Sie sich darüber, dass Sie nicht mit der ›höheren Dienstebene‹ zu tun haben. Das hätten Sie sich alles ersparen können, wenn Sie vorher angerufen hätten.«

Der schmächtige Mann starrte ihn wortlos an und atmete mehrmals tief durch, dann schluckte er angestrengt und brachte schließlich heraus: »Womit kann ich Ihnen behilflich sein?«

Hennessy nickte. »Es ist so, dass es zwischen den Toten Dearing und Boyle nur eine offensichtliche Verbindung gibt, nämlich die, dass beide gemeinsam an diesem Projekt ›Grafschaft der Zukunft‹ gearbeitet haben. Wenn wir davon ausgehen, dass für beide Morde der gleiche Täter infrage kommt, dann liegt der Verdacht nahe, dass die Verbrechen in einem Zusammenhang mit dem Projekt stehen.«

»In welchem Zusammenhang sollten die Morde mit der ›Grafschaft der Zukunft‹ stehen?«

»Das, Mr Thelonius, wollten wir Sie eigentlich fragen«, warf Franklin ein, der sich zu ihnen an den Schreibtisch gestellt hatte. »Hatten die beiden im Komitee eine bestimmte Funktion? Und hatten sie mit irgendwelchen Vorschlägen zu tun, die für unseren unbekannten Täter Anlass gewesen sein könnte, sie zu ermorden?«

Thelonius schüttelte prompt den Kopf. »Nein, wir haben alle gemeinsam daran gearbeitet, es gab keine Zuordnung von irgendwelchen Funktionen.«

»Aber Sie als der Leiter des Komitees haben doch eine Funktion, die Sie von den anderen unterscheidet, nicht wahr?«, warf Hennessy ein.

»Nur nach außen hin, damit das Komitee einen Ansprechpartner hat, der nur weitergibt, was gemeinschaftlich erarbeitet worden ist. Intern war das eine Gemeinschaftsarbeit. Sechs Leute, jeder von ihnen mit einer Stimme, um über Projekte zu entscheiden.«

»Und bei Pattsituationen? Zählt Ihre Stimme dann doppelt?«

»Nein, bei Pattsituationen trägt jede Seite ihre Argumente noch einmal vor, bis eine Mehrheit zustande kommt«, erklärte Thelonius. »Allerdings gab es bislang nur ein oder zwei Gelegenheiten, bei denen wir nicht einer Meinung waren, und das waren beides banale Dinge. Die Farbe eines Zauns und … ich weiß gar nicht mehr, was das andere war.«

»Also keine internen Streitigkeiten, die von einem aus der Gruppe auf radikale Weise gelöst worden sein könnten?«

Zum ersten Mal seit seiner Ankunft verzog Thelonius das Gesicht zu einem breiten Grinsen. »Sie sehen zu viele dubiose Krimis, meine Herren. Wir sind hier nicht in Midsomer, wo sich die Damen des örtlichen Strickclubs gegenseitig mit dicken Stricknadeln umbringen, weil eine von ihnen gegen den Eid des heiligen Wollknäuels verstoßen hat oder irgendein anderer Unfug, der dann von Inspector Barnaby gelöst wird. So läuft das in der Wirklichkeit nicht ab.«

»Täuschen Sie sich mal nicht, Mr Thelonius. Der Geist von Midsomer schwebt auch über Northgate«, widersprach ihm Hennessy.

»Sehen Sie, in manchen Vereinen oder Komitees finden sich durchaus Leute, die zwar nach außen hin die jeweilige Linie vertreten«, ergänzte Franklin, »die aber im Verborgenen daran arbeiten, das durchzusetzen, was sie selbst wollen, und wenn sie damit jemandem in die Quere kommen, dem das nicht gefällt, dann ist Mord zwar keine angemessene Reaktion, aber dennoch in dem einen oder anderen Fall für denjenigen offenbar das einzige Mittel.«

»Gibt es Protokolle von Ihren Sitzungen?«

»Protokolle? Was wollen Sie mit Protokollen?«, fragte Thelonius.

»Na ja, vielleicht lässt sich daraus ersehen, ob es einen in der Gruppe gibt, dessen Vorschläge oder Ideen regelmäßig übergangen oder überstimmt werden. So jemand wäre beispielsweise ein Kandidat, was unsere Suche nach dem Mörder angeht.«

Der Vorsitzende des Komitees schüttelte den Kopf. »Tut mir leid, damit kann ich nicht dienen. Jedes Komiteemitglied hat seine eigenen Aufzeichnungen geführt und das festgehalten, was es für wichtig hielt.«

»Also gut«, sagte Hennessy. »Intern können Sie sich nicht vorstellen, dass es einen Anlass zum Morden gibt. Wie sieht es denn außerhalb Ihrer Gruppe aus?

»Können Sie das etwas konkreter formulieren, Detective?«

»Haben Sie Projekte in Ihrem Konzept, mit denen Sie sich Feinde gemacht haben? Verschärfte Umweltschutzbedingungen, die ein Unternehmen zu immensen Investitionen zwingen würden, wenn es nicht diese Auflagen erfüllt? Irgendwelche Verbote, zum Beispiel beim Alkohol, mit denen Sie sich den Zorn der Pubbesitzer zugezogen haben?«

Wieder konnte Thelonius nur den Kopf schütteln. »Nein, weil es in Northgate keinen Anlass für einschneidende Forderungen gibt. Das ist zwar ein Segen, aber zugleich auch ein Fluch, was unsere Bewerbung angeht. Ich sage Ihnen das jetzt ganz im Vertrauen, es darf niemand davon erfahren, dass wir im Komitee so denken, auch wenn vielen Leuten das längst bewusst ist. Aber wenn wir es offiziell machen, kann es zur Folge haben, dass die Menschen hier anfangen, ihre Grafschaft zu vernachlässigen …«

»Sie reden von den Siegchancen, richtig?«

»Ja, genau.«

»Davon haben wir auch schon gehört«, sagte Franklin. »Die Grafschaft braucht keinen großen Wandel mehr, um für die Zukunft gewappnet zu sein, während andere noch viel zu tun haben.«

»Eben«, bestätigte Thelonius. »Und aus diesem Grund kommt nicht mal jemand aus dem Komitee einer benachbarten Grafschaft als Täter infrage, weil wir ganz sicher niemandem einen Preis streitig machen werden.«

Hennessy sah Franklin an, ob dem noch eine Frage zum Thema einfiel, aber der schüttelte nur den Kopf. In letzter

Sekunde kam ihm dann doch noch etwas in den Sinn. »Was mich interessieren würde … gab es jemanden, der unbedingt zum Komitee gehören wollte, aber nicht aufgenommen worden ist?«

Thelonius lachte leise. »Sie wollen wissen, ob ein Nachrücker für sich Platz schaffen wollte? Fehlanzeige. Es war schon mühselig, überhaupt sechs Leute zusammenzubekommen, um ein vollständiges Komitee zu bilden. Die Leute in Northgate sehen so gut wie keinen Handlungsbedarf, die sind vollauf mit dem zufrieden, was sie haben. Warum sich also engagieren, um Verbesserungsvorschläge zu machen, wenn man gar nichts verbessern muss?«

»Okay, Mr Thelonius«, sagte Franklin schließlich. »Vielen Dank, dass Sie sich die Zeit genommen haben, für uns zur Verfügung zu stehen. Sollte Ihnen …«

»Ja, ich weiß, sollte mir noch irgendetwas einfallen«, leierte der Mann herunter, »dann soll ich Sie bitte anrufen, auch wenn es mir noch so unbedeutend erscheint, und wenn Sie …«

»Ganz richtig, Mr Thelonius«, ging Hennessy energisch dazwischen. »Wenn wir noch Fragen haben, werden wir uns bei Ihnen melden, und dann werden wir Sie selbstverständlich ausreden lassen, wenn Sie antworten.«

Der Mann warf ihm wieder einen wütenden Blick zu, verzog aber ansonsten keine Miene. Dann nickte er den beiden knapp zu, stand auf und ging ohne ein weiteres Wort zur Tür.

»Ach, Mr Thelonius«, rief Hennessy ihm nach. »Wo waren Sie eigentlich gestern Abend zwischen sieben und elf?«

»Lassen Sie mich raten«, erwiderte er. »Das war der Zeitraum, in dem Mr Dearing ermordet wurde?«

Hennessy nickte.

»Da muss ich Sie enttäuschen, Detective. Gestern Abend hatte ich Besuch, einen PR-Berater, mit dem ich unser Projekt besprochen habe, um mir Anregungen geben zu lassen, wie wir die Ideen für Northgate wirkungsvoller präsentieren können, um vielleicht doch noch eine Chance im Wettbewerb zu haben.« Nach einer kurzen Pause fügte er hinzu: »Wollen Sie mich nicht auch fragen, wo ich war, als Mrs Boyle zu Tode kam?«

»Nein, das ist nicht nötig. Aber Ihr PR-Berater, der hat doch sicher einen Namen, oder?«

»Glenn Langstead aus Sheffield«, sagte er knapp.

»Danke, das wäre dann alles.«

Nachdem Thelonius die Wache verlassen hatte, räusperte sich Franklin. Als Hennessy daraufhin zu ihm sah, kommentierte er grinsend: »So, wie du den Ärmsten zusammengestaucht hast, glaube ich allmählich, du verbringst zu viel Zeit mit Remington.« Sein Handy klingelte, und er ging zum Schreibtisch, um den Anruf anzunehmen.

»Da bin ich nicht der Einzige«, gab Hennessy zurück und zog wieder die Aluschale mit dem Reisgericht an sich. »Mist«, knurrte er nach dem ersten Bissen. »Jetzt muss ich das ja doch aufwärmen.«

Anne warf einen Blick auf die Uhr neben dem Tacho. Bald würde der tiefste Stand der Ebbe erreicht sein, auch wenn es im Moment noch gar nicht danach aussah, da ein starker Wind von Norden kommend die Wellen über den Damm trieb. Hätten nicht die Pfähle in einer schnurgeraden Linie – nur unterbrochen von den Ausweichbuchten, an denen sie ein Stück weit seitlich versetzt standen – aus dem Wasser geragt, wäre es bislang nicht möglich gewesen, den Damm auch nur zu erahnen.

Sie musste schon lobend anerkennen, wie gut der allererste Burgherr das Potenzial dieses Standorts für eine Burg erkannt hatte. Feindliche Krieger, die zu Pferd unterwegs waren, konnten zwar ihre Tiere auch bei Einsetzen der Flut weiter vorantreiben, aber da der Damm – auch ohne die jetzige Aufschüttung – recht schmal war, verhinderte das einen breit gefächerten Angriff, der zudem das Problem mit sich brachte, dass ein Ritter weder sich noch sein Pferd gegen Attacken aus der Burg schützen konnte und sich praktisch auf dem Präsentierteller befand, sobald er in die Reichweite der Bogenschützen gelangte. Für das Fußvolk gestaltete es sich noch schwieriger, da die Soldaten vorrücken mussten, wenn der tiefste Stand der Ebbe noch gar nicht erreicht war, und sich ihre Kleidung nach wenigen Schritten mit Wasser vollsog, was sie schwerer machte und das Vorankommen verlangsamte. So schnell, wie ein Soldat hätte laufen müssen, wäre er wegen seiner schweren Rüstung und der ebenso schweren Waffen zwar vielleicht nicht völlig erschöpft, aber doch so abgekämpft auf der Insel angekommen, dass er gegen einen ausgeruhten und fast schon gelangweilten Verteidiger der Burg kaum eine Chance gehabt hätte. Ganz abgesehen davon, dass ein gezielter Pfeilhagel von den Burgmauern ohnehin eine Reihe nach der anderen niedergemäht hätte.

Auch von See her war die Burg relativ uneinnehmbar gewesen, da unter der Wasseroberfläche zahlreiche Felsen lauerten, die bestens dafür geeignet waren, ein Loch in den hölzernen Rumpf zu reißen und ein Schiff mit Kurs auf die Insel zum Kentern zu bringen. Heutzutage konnte man zwar auf eine ganze Bandbreite an technischen Hilfsmitteln zurückgreifen, um die Hindernisse zu erkennen und umfahren zu können, aber bei einem Sturm wie dem, der momentan von der offenen See her an Land kam, wäre das wohl immer noch zu gewagt, da die hohen Wellen ein Schiff gegen einen der Felsen drücken konnten.

So genial dieser Ort mit all seinen natürlichen Verteidigungsanlagen gegen Angreifer von beiden Seiten auch war, musste die Errichtung dieser Burg ein logistischer Albtraum gewesen sein, hatte man doch nur alle zwölf Stunden den Damm überqueren können, um Mauersteine, Holz und andere Baumaterialien auf die Insel zu schaffen. Obwohl … vielleicht waren bereits die einstigen Baumeister auf die Idee gekommen, den Damm mit Pfählen zu markieren, die man als Orientierungshilfe hätte nutzen können, um gleich neben dem Damm eine Art Fähre zwischen Festland und Insel pendeln zu lassen, mit der sich unabhängig von den Gezeiten alles Notwendige auf die Insel schaffen ließ, bis die Burg fertiggestellt war.

Anne zwang sich dazu, ihre Gedanken in die Gegenwart zurückkehren zu lassen, und sah wieder auf die Uhr. Kurz vor halb eins. Düstere Wolken zogen über den Himmel, getrieben vom Wind, der womöglich schon Sturmstärke erreicht hatte. Ihr Blick kehrte zurück zum Damm, der immer noch überspült war; dennoch wurde allmählich erkennbar, wie sich die von Norden kommenden Wellen auf einer schnurgeraden Linie dort brachen, wo sie unter Wasser bereits gegen die Barriere aus Sand und Geröll stießen.

Nur noch ein paar Minuten.

Sie legte einen Finger auf die Taste, mit der sich die Rückenlehne aufrichten ließ. Seit sie sich aus der Burg geschlichen und in ihren Wagen gesetzt hatte, befand sich der Sitz in dieser Position, in der sie fast lag, damit niemand sie bemerkte. Wenn ihre Vermutung zutraf, würde sie schon bald zumindest einem der Rätsel auf dieser Insel ein Stück näher rücken – aber nur, wenn niemand wusste, dass sie in ihrem Wagen saß und nur auf den entscheidenden Augenblick wartete. Glücklicherweise fiel die Auffahrt vor dem Tor recht steil ab, was ihr spätestens seit dem Warnsignal für den abgeblich leeren Tank bewusst war. Das kam ihr jetzt zugute, da sie nahezu in der Horizontalen bleiben konnte und trotzdem in der Lage war, durch die Windschutzscheibe zu sehen und alles mitzubekommen, was sich ringsum abspielte.

Halb eins.

Plötzlich glaubte sie, im Rückspiegel eine Bewegung auszumachen, und fluchte leise, aber als sie sich umdrehte, war nichts und niemand zu sehen. Sie richtete sich ein wenig auf und verstellte mithilfe der Tasten an der Türarmlehne beide Rückspiegel so, dass sie ihr zeigten, was sich unterhalb der

Fensterkante hinter ihr befand, doch da war niemand zu entdecken. Für einen Moment hatte sie befürchtet, jemand könnte sich anschleichen, aber das war zum Glück nicht der Fall, und sie ließ die Außenspiegel mit einem weiteren Tastendruck in die Ausgangsposition zurückkehren.

In diesem Augenblick flog etwas von irgendwo über ihr auf die Motorhaube, aber statt des erwarteten lauten Knalls, der sie unwillkürlich zusammenzucken ließ, hörte sie nur ein leises Plumpsen und beugte sich schnell vor, um zu sehen, was da irgendjemand auf ihren Wagen geschleudert hatte.

Was sie dann sah, wollte sie erst gar nicht glauben, da sie durch die Windschutzscheibe hindurch von einem vertrauten bernsteinfarbenen Augenpaar angestarrt wurde.

»Phaedra?«, murmelte sie verdutzt.

Die Katze miaute daraufhin laut genug, dass Anne sie im Wagen trotz des Sturms und des Meeresrauschens hören konnte.

»Wo kommst du denn her?«, grummelte sie. »Muss das ausgerechnet jetzt sein?« Sie fuchtelte mit den Händen, aber Phaedra schien davon nichts mitzubekommen, oder aber es kümmerte sie nicht, da sie keine Anstalten machte, die Haube zu verlassen. Der kräftige Wind zerzauste ihr das Fell, doch sie rührte sich nicht von der Stelle.

»Verdammt«, schimpfte Anne. »Ich kann doch nicht mit dir auf der Motorhaube losfahren!« Sie hatte keine Erklärung dafür, wie Phaedra überhaupt ihren Wagen gefunden hatte, und sie wusste auch nicht, warum sie sich ausgerechnet so stocksteif auf die Haube setzen musste. Schnaubend ließ sie den Fahrersitz in die ursprüngliche aufrechte Position zurückkehren, dann öffnete sie die Tür und stieg aus. Es fehlte noch, dass sie jetzt in letzter Minute doch noch von irgendjemandem gesehen wurde. Wenn man darauf aufmerksam wurde, dass sie hier auf der Lauer lag, würde das ihren Plan zunichtemachen, von dem sie doch hoffte, er würde sie einen deutlichen Schritt voranbringen.

»Komm her, Phaedra«, sagte sie, stellte sich neben den Wagen, und beugte sich vor, um die Katze von der Haube zu nehmen, die aber gerade weit genug vor ihr zurückwich, dass Anne sie nicht zu fassen bekommen konnte. Unwillkürlich fragte sie sich, wieso Katzen in der Lage waren, die Reichweite der Arme und Hände ihres Gegenübers so gut einzuschätzen, dass buchstäblich nur Millimeter fehlten. Sie hatte das schon einige Male bei ihrem heimischen Katzenzirkus beobachtet und sich immer wieder aufs Neue gewundert. Aber was zu Hause noch ganz witzig war, erwies sich hier als riskantes Spiel, denn wenn jeden Moment das geschah, womit sie rechnete, dann blieb ihr keine Zeit, so lange auf Phaedra einzureden, bis die bereit war, sich von der Haube nehmen zu lassen oder den Platz freiwillig räumte. Dann nämlich musste Anne sofort reagieren, ohne mit einer lebenden und ziemlich überdimensionierten Kühlerfigur unterwegs zu sein.

»Phaedra, ich habe keine Zeit, mit dir zu spielen!«, herrschte Anne sie so energisch an, wie sie es auch bei Toby und den Kleinen machte, wenn die sie nachts einfach nicht in Ruhe lassen wollten, nur weil sie offenbar der Ansicht waren, drei Uhr morgens sei genau die richtige Uhrzeit, um vom Sideboard aus Zielspringen auf Frauchens Bauch zu üben.

Während ihre Katzen aber recht schnell begriffen hatten, welcher Tonfall was bedeutete, machte sich Phaedra nichts aus Annes Versuch, sie von der Motorhaube zu verscheuchen.

Anne ging um den Wagen herum, um es von der anderen Seite zu versuchen, aber wieder ging die Katze auf den genau richtigen Abstand zu ihr, was sich in den nächsten Sekunden etliche Male wiederholte. Mit jedem neuen Anlauf wurde Anne frustrierter und gereizter, was sie ihrer Stimme deutlich anhören konnte, weil ihr die Zeit davonlief. Sie überlegte, ob sie Phaedra mit irgendetwas bewerfen sollte, aber ringsum lagen nur große Steine, die für eine solche Aktion schlicht zu schwer waren. Abgesehen davon, dass deren Gewicht die Katze nicht vertreiben, sondern wohl eher erdrücken würde, hätte sie einen solchen Stein gar nicht weit genug werfen können. Anstatt eine Katze von der Motorhaube zu verscheuchen, hätte Anne wohl eher ihren Dienstwagen demoliert.

Dann kam ihr eine Idee. Sie zog ihre Jacke aus, fasste sie am Aufhänger und ließ sie an ihrem Finger hängend immer schneller kreisen, dann näherte sie sich damit Phaedra. Die beobachtete interessiert das Spiel, das sich Anne offenbar für sie ausgedacht hatte, doch als die wirbelnde Jacke ihr allmählich zu nah kam, wich sie erst nur ein Stückchen zurück, verließ dann aber die Motorhaube – und brachte sich mit einem Sprung aufs Wagendach in Sicherheit!

»Oh nein!«, stöhnte Anne und schlug mit der flachen Hand auf die Motorhaube. »Kommst du jetzt verdammt noch mal her?« Sie ging zur Beifahrertür, da sie nur von dort aus eine Chance hatte, an Phaedra heranzukommen. Die Katze sah sie interessiert an, als überlegte sie, was diese Menschenfrau nun schon wieder anstellen würde, um sie zu erwischen.

Dann jedoch riss sie abrupt den Kopf herum, noch bevor Anne den Grund für diese Reaktion nachvollziehen konnte, denn erst zwei oder drei Sekunden später tauchte auf der Südseite der Insel das auf, was Phaedra abgelenkt hatte – ein Auto!

Phaedra musste trotz der anderen Geräusche ringsum den Motor dieses Wagens gehört haben … oder sie hatte es einfach instinktiv gespürt. Anne war das in diesem Moment jedoch egal, für sie zählte nur, dass die Katze lange genug nicht auf sie achtete und sie sie packen konnte.

Auch wenn Phaedra lautstark protestierte und in Annes Händen zu strampeln begann, gelang es ihr, sich noch rechtzeitig mit der Katze in den Armen hinter den Wagen zu ducken. Aus einer sicheren Position hinter dem Seitenspiegel konnte Anne über die Kante der Motorhaube den anderen Pkw beobachten. Den Fahrer konnte sie wegen der rundum getönten Scheiben nicht erkennen, sie sah nur, dass der Wagen ein silberner Rolls-Royce aus den späten Neunzigerjahren war … dem Augenblicke später ein ähnliches, dunkelblaues Modell folgte … und dann ein Mercedes der S-Klasse, ebenfalls zwischen fünfzehn und zwanzig Jahren alt … und ein tiefgrüner Jaguar XJ-Type … alles in allem eine kleine Karawane aus Luxusfahrzeugen – von denen keines einem von Kapoors Gästen gehörte. Erstens hatten deren Wagen noch alle auf dem inneren Burghof gestanden, als sie vor einer halben Stunde hergekommen war, um sich in ihren Mondeo zu setzen. Zweitens gab es keinen anderen Weg aus der Burg … vielleicht irgendwo eine Tür oder einen Geheimgang aus der Zeit der Erbauer, aber definitiv kein Tor, das groß genug war, um mit einem Personenwagen nach draußen zu gelangen.

Aber woher kamen dann diese Wagen, und wem gehörten sie?

Ihr Plan war aufgegangen, und sie wusste zumindest die Antwort auf zwei Unklarheiten: zum einen die angeblichen Boote, die kurz nach ihrer Ankunft am Vortag in der Nähe der Insel unterwegs gewesen sein sollten und bei denen es sich aller Wahrscheinlichkeit nach ebenfalls um Autos gehandelt hatte. Zum anderen die waghalsigen »Geländewagenfahrer« aus der vergangenen Nacht, die laut Kapoor öfter der Insel einen Besuch abstatteten – was für ihren Geschmack nicht sehr glaubwürdig klang. Um zu verhindern, dass jemand den Damm mitsamt Insel für Mutproben benutzte, hätte es gereicht, am Übergang vom Damm auf die Insel Poller oder eine Schranke zu installieren und am Festland auf einer Warntafel darauf hinzuweisen.

Aber auch wenn es für sie nun ziemlich sicher war, dass bei jeder Ebbe seit ihrer Ankunft mehrere Wagen die Insel verlassen hatten, stellte sich immer noch die Frage, was es mit diesen auf sich hatte und ob es sich bei jeder dieser »Fuhren« um Luxuskarossen handelte.

Sie ging ein wenig aus der Hocke, um mit Phaedra zum Tor zu laufen, damit sie die Katze in die Burg zurückschicken konnte, doch da hatte sie sich abermals verrechnet. Kaum befand Phaedra sich auf Höhe des Beifahrerfensters, begann sie so energisch zu strampeln, dass Anne sie nicht länger festhalten konnte und hilflos mit ansehen musste, wie das Tier aufs Wagendach sprang und von dort durch die einen Spaltbreit geöffnete Fahrertür ins Wageninnere schlüpfte.

»Das kann doch nicht wahr sein!«, fauchte Anne und lief um den Wagen herum. Ein Blick zum Damm verriet ihr, dass der Rolls-Royce bereits die Insel verlassen hatte; die drei nachfolgenden Fahrzeuge bremsten ab, um vom steilen Ufer auf den Pfad durchs Meer zu wechseln.

Als sie einsteigen wollte, musste sie jedoch feststellen, dass Phaedra sich genau vor die Pedale gelegt hatte. Wenn sie versuchte, die Katze dort unten hervorzuholen, würde sie das zu viel Zeit kosten. Sie durfte diese Gruppe nicht aus den Augen verlieren. Kurz entschlossen stieg sie ein, schob den Fuß zwischen Mittelkonsole und Katze und drückte dann das Tier mit sanfter Gewalt nach rechts, damit es hoffentlich begriff, dass es aus dem Wagen springen sollte.

Phaedra begann zu knurren und zu fauchen, und schließlich wurde es ihr tatsächlich zu viel, nur dass die dann folgende Reaktion Anne auch nicht weiterhalf, denn die Katze wirbelte herum, krallte sich in Annes Oberschenkel und zog sich hoch, um dann mit einem Satz über die Mittelkonsole zu springen und sich unter dem Beifahrersitz zu verstecken.

»Autsch«, stieß Anne aus, sah zum Damm, auf dem bereits drei der vier Fahrzeuge unterwegs waren und hohe Wasserfontänen aufwirbelten, und schaute dann noch einmal kurz zu Phaedra. »Also gut, Kleine, wenn du mich unbedingt begleiten willst, dann tue ich dir den Gefallen. Ich hoffe nur, dir wird nicht unterwegs schlecht.«

Sie zog die Fahrertür zu, startete den Wagen, kommentierte das Warnsignal für den angeblich fast leeren Tank mit »Ja, ja, erzähl mir mal was Neues«, legte den ersten Gang ein und fuhr los.

Als sie ihren Mondeo vom Ufer auf den Damm rollen ließ, sah sie, dass der letzte Wagen in der Kolonne, der grüne Jaguar, bereits einen deutlichen Vorsprung hatte. Das Fahrzeug selbst wurde vom aufgewirbelten Wasser verdeckt, das überall auf dem Damm einige Zentimeter hoch stand und immer noch wegen der recht hohen Wellen auf das Hindernis schwappte.

Es gefiel ihr zwar nicht, auf dem nassen Kies so schnell zu fahren, aber ihr blieb keine andere Wahl, da sie die Gruppe nicht aus den Augen verlieren durfte. Wenn diese Fahrzeuge mit deutlichem Vorsprung das Festland erreichten, würden sie ihr, bis sie dort ankam, längst entwischt sein. Also gab sie Gas und orientierte sich an den Pfählen parallel zur Fahrbahn, da sie wegen der hochgewirbelten Wasserschwaden ihres Vordermanns nicht erkennen konnte, wo der sich genau befand. Von Nutzen war dabei für sie nur, dass dieser sie ebenfalls nicht sah und somit nicht wusste, dass er verfolgt wurde. So konnte er die anderen nicht warnen oder einfach langsamer werden, damit die drei Vorausfahrenden entwischen konnten.

Anne hielt das Lenkrad fest umschlossen und fuhr unverändert schnell weiter, auch wenn sie merkte, dass die Reifen auf dem nassen Kies immer wieder ein wenig rutschten. Aus dem Augenwinkel konnte sie sehen, dass Phaedra sich umgedreht hatte und unter dem Beifahrersitz hervorschaute. Wie es schien, machte ihr Autofahren nichts aus.

Mehr oder weniger blindlings fuhr sie weiter drauflos, immer darauf gefasst, dass der Wagen vor ihr abrupt abbremsen könnte. Plötzlich bekam sie einen Schreck, da ihr auffiel, dass die Warnleuchte für den leeren Tank immer noch brannte und die Nadel der Tankanzeige im äußersten Winkel des roten Bereichs hing. Gerade wollte sie ein Stoßgebet zum Himmel schicken, dass die Nadel nur hängen geblieben war, weil der Wagen die ganze Nacht über bergab vor dem Burgtor gestanden hatte, da hörte sie, wie der Motor zu stottern begann, gleich darauf verstummte er ganz. Die Nadel des Drehzahlmessers sackte nach unten, und der Wagen rollte noch ein Stück weit, dann blieb er stehen.

Ungläubig versuchte Anne, den Motor wieder anzulassen,

aber nichts tat sich. Der letzte Wagen der Kolonne vor ihr entfernte sich schnell, und sie … sie stand allein da, mitten auf dem Damm!

Hastig holte sie das Handy aus der Tasche. Sie musste Jess anrufen, damit die irgendetwas unternahm, um sie hier abzuholen. Noch bevor sie aber Jess' Nummer wählen konnte, gab es einen Knall, der Wagen wurde ein Stück weit nach vorn gestoßen, und Anne fiel vor Schreck das Telefon aus der Hand. Sie sah noch, wie es zwischen Sitz und Mittelkonsole rutschte, aber ihre Aufmerksamkeit galt vielmehr dem Grund für den Aufprall auf ihren Wagen. Als sie über die Schulter blickte, entdeckte sie hinter sich einen weiteren Jaguar, der auf ihren Dienstwagen aufgefahren war. Offenbar hatte er zu spät erkannt, dass der Mondeo auf dem Damm stand.

Sofort stieg sie aus, um den Fahrer um Hilfe zu bitten, aber als sie auf den Jaguar zulief, riss der Mann – dem Aussehen nach ebenfalls ein Inder, allerdings niemand, der zu Kapoors Dienstpersonal gehörte – erschrocken die Augen auf und sprang wieder in den Wagen.

»Hey«, rief Anne und lief los. »Bleiben Sie hier, ich habe kein Benzin mehr! Sie müssen mich mitnehmen!«

Aber der andere Fahrer konnte sie weder hören, noch kümmerte es ihn, welches Problem sie hatte, da es für ihn nur eines gab: so schnell wie möglich die Flucht antreten. Er gab Gas und raste rückwärts über den Damm, während Anne schneller lief, obwohl ihr Verstand ihr längst sagte, dass sie den flüchtenden Jaguar unmöglich einholen konnte. Nach ein paar Metern gab sie es schließlich auf und blieb stehen. Hilflos sah sie mit an, wie der Wagen mit aufheulendem Motor rückwärts davonraste und immer kleiner und kleiner wurde.

Zu spät kam ihr in den Sinn, dass sie auf den Wagen hätte schießen können, aber selbst wenn sie bei dem Sturm, der mittlerweile an ihr zerrte und riss, irgendetwas getroffen hätte, wäre der Wagen letztlich vermutlich ebenfalls liegen geblieben, und das hätte ihr auch nicht weitergeholfen.

Sie drehte sich um und wollte zu ihrem Dienstwagen zurückkehren, da bemerkte sie erst, dass das Wasser auf dem Damm bereits bis zu ihren Knöcheln reichte und der kräftige Wind immer neue Wellen in ihre Richtung trieb, die bis zur halben Höhe ihrer Unterschenkel schwappten. Offenbar hatten die vier Fahrer den tiefsten Punkt der Ebbe verstreichen lassen, vielleicht, weil sie einfach nur zu spät losgefahren waren, vielleicht aber auch als eine Art interne Mutprobe, wer von ihnen sich am längsten zu warten traute. Die Mutprobe hätte dann vermutlich der Nachzügler hinter ihr gewonnen, aber der hatte jetzt genug damit zu tun, im Rückwärtsgang die Burg zu erreichen.

Anne lief weiter zu ihrem Wagen. Sie musste sofort Jess anrufen, damit die Kapoor alarmieren konnte. Irgendwo in der Burg musste es ein Motorboot geben, das zu Wasser gelassen werden konnte, um sie zu retten. Am Wagen angekommen, warf sie einen flüchtigen Blick auf die eingedrückte Heckpartie, die im Augenblick ihre geringste Sorge war. Viel interessanter waren Kratzer an einer Seite des Tankdeckels, die darauf hindeuteten, dass sich jemand dort zu schaffen gemacht hatte. Da der Verschluss verriegelt war, wenn der Wagen abgeschlossen war, konnte man ihn nur mit Gewalt öffnen. Weil dabei aber zweifellos die Zapfen abbrachen, die den Deckel verschlossen hielten, würde es nicht möglich sein, ihn danach wieder zuzudrücken. Es sei denn …

Sie schob den Wagenschlüssel in die Ritze rund um den Deckel, um ihn aufzuhebeln, und gleich darauf kam er ihr schon entgegengeflogen. Als sie die Innenseite betrachtete, wurde sofort offensichtlich, dass jemand den Deckel mit Sekundenkleber festgeleimt hatte – nachdem er ihren Tank leergepumpt hatte.

Auf den ersten Blick kam dafür nur Kapoor infrage, weil sie ihm am Morgen von ihrer nächtlichen Beobachtung erzählt hatte, aber niemandem sonst. Wenn das wirklich sein Werk war, dann wusste er, was es mit den Wagen auf sich hatte, denen sie gefolgt war, und dann hatte er sie tatsächlich angelogen. Aber wie passten dann die Morde ins Bild? Oder waren das Ablenkungsmanöver gewesen? Nur … zu welchem Zweck? Kapoor hatte nicht gewusst, dass sich eine Polizistin unter seinen Gästen befinden würde, und seinen Geschäftspartnern hätte er irgendein Märchen auftischen können, was es mit den Limousinen auf sich hatte, die von der Insel zum Festland fuhren. Kehrten sie später zur Burg zurück? Oder schmuggelte er etwas ins Land? Drogen vielleicht? Die Wagen selbst kamen dafür nicht infrage, weil sie zu alt waren, um noch von jemandem gekauft zu werden, der mit einem teuren Auto auffallen wollte. Und sie waren noch nicht alt genug, um als Oldtimer an Sammler verkauft zu werden.

Mindestens genauso rätselhaft war, woher die Wagen kamen. Beim Blick von der Burgmauer hätte sie diese Fahrzeuge eigentlich irgendwo auf der Insel entdecken müssen, zumal die andere Hälfte der Insel hinter der Burg von einem großen Felsen beansprucht wurde, der keinen Platz ließ, um fünf oder sechs große Personenwagen zu verstecken, von der zwei- oder dreifachen Menge ganz zu schweigen.

Ihre vom Wasser kalten Füße erinnerten sie daran, dass dies jetzt nicht der richtige Zeitpunkt für Spekulationen war. Sie musste Jess anrufen … aber dafür musste sie erst mal ihr Handy aus dem Spalt zwischen Sitz und Mittelkonsole befreien.

Als sie sich über den Fahrersitz beugen wollte, erschrak sie ein wenig, da Phaedra aus ihrem Versteck gekommen war und nun auf dem Beifahrersitz saß. Mit einem lauten Protest-Miau wurde sie von der Katze empfangen, die ihr zugleich einen vorwurfsvollen Blick zuwarf.

»Guck mich nicht so an, Phaedra«, sagte Anne. »Du hast dich selbst in diese Situation gebracht. Wenn du dich nicht auf die Haube gesetzt hättest, dann wärst du jetzt nicht …« Plötzlich geriet sie ins Stocken. »Deshalb hast du auf der Motorhaube gesessen. Du wolltest mich am Wegfahren hindern … du wolltest mir das Leben retten.« Anne machte eine betrübte Miene. »Und zum Dank bringe ich nicht nur mich, sondern auch dich in Lebensgefahr.«

Sie streichelte Phaedra über den Kopf, die darauf die Augen zukniff und sich gegen die Hand drückte, während sie laut schnurrte.

»Hm«, machte Anne. »Wenn ich das jetzt deuten soll, dann würde ich sagen, dass du schon weißt, dass das hier gut ausgehen wird, wie?«

»Mrr«, bekam sie zur Antwort, aber das konnte alles Mögliche heißen.

Anne warf einen Blick in den Spalt zwischen Sitz und Mittelkonsole, dann seufzte sie entmutigt. »Wie soll ich da noch rankommen?«, murmelte sie, als sie sah, wie tief das Handy nach unten gerutscht war. »Warum musste ich mir auch ein so flaches Telefon zulegen? Mein altes hätte gar nicht erst in die Ritze rutschen können.«

Sie beugte sich nach rechts und versuchte von dort, das Gerät zu ertasten, aber die innere Schiene, auf der der Sitz verschoben werden konnte, versperrte ihr den Weg. Sie schob den Sitz versuchsweise ganz nach vorn und nach hinten, aber es half nichts. Ihr Handy blieb in den Tiefen dieses Spalts verloren. »Wahrscheinlich muss dafür der verdammte Sitz ausgebaut werden!«, fluchte sie und kletterte aus dem Wagen.

Inzwischen war ihre Lage noch aussichtsloser geworden. Der Wind trieb die einsetzende Flut unerbittlich gegen den Damm, das Wasser stieg höher und höher. Zu Fuß an eines der beiden Ufer zu gelangen, kam einem Himmelfahrtskommando gleich. Wie es schien, war sie genau auf halber Strecke mit ihrem Wagen liegen geblieben, sie konnte sich also aussuchen, in welche Richtung sie gehen wollte, um so oder so zu ertrinken, überlegte sie zynisch. Auf dem Kies konnte sie nicht so schnell von der Stelle kommen, das hatte sie eben gemerkt, als sie versucht hatte, dem in Richtung Burg entkommenden Jaguar hinterherzulaufen. Ein paar Mal war sie beim Auftreten ins Rutschen geraten, und je länger sie lief, umso größer war die Gefahr, dass sie hinfiel – auch wenn das nur eine theoretische Gefahr war, denn je höher das Wasser stieg, desto beschwerlicher käme sie voran. Jeder Schritt würde sie mehr Kraft kosten, was sich immer weiter gegenseitig hochschaukeln würde, bis sie vor Erschöpfung keinen Fuß mehr vor den anderen setzen könnte. Natürlich galt das nur für ein stehendes oder zumindest sehr ruhiges Gewässer. Der Wellengang hier würde ihr noch schneller die Kräfte rauben, und wenn der Wasserstand erst einmal die Pfähle geschluckt hatte, würde sie sich nicht mal mehr an ihnen orientieren können, was den Verlauf des Damms betraf.

Und bei alledem hatte sie einen Punkt noch gar nicht in Erwägung gezogen: Sie würde die ganze Zeit eine fünf oder sechs Kilo schwere Katze in den Armen halten müssen, wobei sie nicht wusste, wie lange Phaedra das überhaupt mitmachen würde. Wenn sie nach den ersten Metern anfing zu strampeln, würde Anne sie nicht lange festhalten können. Und wenn das Tier in Panik geriet, weil ringsum nur noch Wasser zu sehen war …

Nein, ging es Anne durch den Kopf. Wenn sie versuchte, das rettende Ufer zu erreichen, waren sie beide verloren. Ihre einzige Chance bestand darin, bei ihrem Wagen zu bleiben und darauf zu hoffen, dass jemand herkam und sie rettete. Wer das allerdings sein sollte, das wusste sie beim besten Willen nicht.

Sie konnten nicht im Wagen bleiben, denn mit verschlossenen Türen und Fenstern stellte der für die Wellen ein Hindernis dar, das sie womöglich einfach wegschieben würden, also blieb nur eine Zuflucht: das Dach.

Obwohl sie in diesem Augenblick davon überzeugt war, dass Kapoor gewonnen hatte, weil er sie endlich aus dem Weg geräumt hatte – sie, die neugierige Polizistin, die tausend Fragen stellte und sich von niemandem etwas sagen ließ –, würde sie so schnell nicht aufgeben. Sie verstand es zu improvisieren, und das würde sie tun. Sie bückte sich ein Stück weit und sagte zu Phaedra: »Ich bin zwar nicht MacGyver, der mit seinem Schweizer Offiziersmesser aus diesem Wagen ein Floß schnitzen könnte, aber ich habe schon einen Plan, okay?«

Die Katze saß nach wie vor auf dem Beifahrersitz und hielt den Kopf hoch erhoben, während sie Anne zublinzelte. »Ich nehme an, du vertraust ganz und gar auf meinen Plan, wie?«, fügte sie hinzu und ging zum Kofferraum. Sie holte eine Plastikplane heraus, die sie unter anderem für den Fall im Wagen hatte, dass sie – vorzugsweise durch die aktive Hilfe irgendeiner Katze aus der Grafschaft Northgate – mal auf eine Leiche stoßen sollte, die sie dann wenigstens mit der Plane vor den Blicken der Schaulustigen schützen konnte. Dann zog sie die Abdeckung hoch und bekam das Reserverad zu fassen. Als hätte sie es bei der Bestellung des Wagens bereits geahnt, dass sie einmal in diese Lage geraten würde, hatte sie seinerzeit auf einem vollwertigen Rad bestanden, obwohl serienmäßig nur ein kleines Reparaturset mitgeliefert wurde.

Sie zog das Reserverad heraus und wuchtete es aufs Wagendach, dann nahm sie die Plane, die ihr durch den Wind immer wieder entgegengeweht wurde, und faltete sie so auseinander, dass sie den Reifen daraufschieben konnte, um die dicke Folie zu beschweren. Nach und nach wanderten zwei Taschenlampen, zwei Decken und andere Dinge aus dem Kofferraum aufs Dach, dann kippte sie den schweren Lederkoffer aus, in der sich unter anderem das Warndreieck und ein Abschleppseil befanden, schnitt mit dem Taschenmesser mehrere Luftlöcher hinein, brachte sie nach vorne und stellte sie vor dem Fahrersitz auf den Boden.

»Phaedra, ich weiß, das wird dir nicht gefallen«, redete sie leise auf die Katze ein, »aber ich muss dich jetzt in diese Tasche packen, damit du mir nicht irgendwann weglaufen kannst, wenn dir die Wellen plötzlich Angst machen.«

Phaedra antwortete mit einem leisen Miauen, dann stand sie auf und kam zu Anne auf den Fahrersitz, aber noch bevor sie die Katze nehmen konnte, sprang die wie selbstverständlich in die kastenförmige Ledertasche, legte sich hin, schüttelte einmal kurz den Kopf und klappte dann die Pfoten ein.

Anne hing halb über den Sitz gebeugt und konnte nicht fassen, was sie soeben mit angesehen hatte. Hastig löste sie sich aus ihrer momentanen Starre und schloss den schwarzen Lederkoffer, ehe Phaedra es sich noch anders überlegte. Dann hob sie ihn aus dem Wagen und stellte ihn aufs Dach. Als Nächstes öffnete sie alle Türen, damit das Wasser das Innere fluten konnte und der Mondeo nicht von den Wellen vom Damm gedrückt wurde. Auf der Beifahrerseite schwappte das Wasser bereits in den Fußraum, kaum dass sie die Türen geöffnet hatte. Nach einem letzten Blick ins Wageninnere und in den Kofferraum, ob sie nicht irgendetwas Wichtiges vergessen hatte, nickte sie beruhigt und kletterte auf die Motorhaube.

Das Meer stieg an, und das würde auch noch einige Stunden so weitergehen, bis der Scheitelpunkt erreicht war. Anne hatte keine Ahnung, wie groß der Unterschied zwischen Ebbe und Flut hier war … oder genauer gesagt, wie groß der Unterschied generell war, weil es noch nie eine Gelegenheit gegeben hatte, bei der sie das hätte wissen müssen. Sie konnte nur hoffen, dass das Wasser nicht höher als bis zur Dachkante steigen würde. Zwar hatte sie die Plane mit allem beschwert, was sie an brauchbaren Gewichten im Kofferraum hatte finden können, aber ob das genügen würde, um sich gegen den Wind und die Wellen zu behaupten, wenn erst mal ein so hoher Wasserstand erreicht war, darüber wollte sie lieber nicht nachdenken.

Nach einer Weile fing es auch noch an zu regnen, woraufhin sie ihren Platz auf der Motorhaube aufgab und aufs Dach kletterte. Sie legte eine Decke um sich, die andere um den Lederkoffer, durch dessen Löcher sie einen Blick auf Phaedra werfen konnte, die das Ganze mit unglaublicher Gelassenheit hinnahm. Dann setzte sie sich im Schneidersitz auf den Reifen, den Koffer stellte sie auf ihren Schoß. Nachdem sie eine halbwegs bequeme Sitzposition gefunden hatte, schlug sie die unter sich ausgebreitete Plastikplane zu allen Seiten hoch und wickelte sich darin ein, sodass nur noch ihr Gesicht frei war.

Theoretisch konnte ihr das Wasser bis zum Halsansatz steigen, und sie und Phaedra würden immer noch im Trockenen sitzen, aber das war eine Theorie, die sie lieber nicht auf ihre Praxistauglichkeit testen wollte.

Aus dem Lederkoffer erklang ein leises Miauen, das vieles bedeuten konnte. Anne sagte sich in diesem Moment, dass es nur eines hieß: »Wir schaffen das schon.«

12

Franklin verließ vor Hennessy die Wache, zog den Reißverschluss seiner Jacke zu und klappte den Strickkragen hoch, da ein kühler Wind über Letchham hinwegzog, der leichten Regen mitbrachte.

»Ich will verdammt noch mal hoffen, dass dieser Entführer sich endlich wieder meldet«, fluchte Franklin. »Wir haben keine Ahnung, wo wir suchen sollen, und solange niemand irgendwo etwas Verdächtiges bemerkt und es dann auch noch meldet, sind wir aufgeschmissen. Remington wird uns den Kopf abreißen, wenn wir die drei nicht wiederfinden und wir ihr beichten müssen, dass die Katzen kurz nach ihrer Abreise verschwunden sind und wir ihr nichts gesagt haben.«

»Sie könnte im Moment nichts anderes machen als wir auch«, hielt Hennessy dagegen.

»Doch, sie könnte hier sein, und sie hätte auch heute Morgen hier sein können, um ihre Katzen in Empfang zu nehmen.«

Hennessy schüttelte den Kopf. »Ben, das ist Unsinn. Erstens könnte sie nicht hier sein, weil sie auf dieser Burg alle Hände voll zu tun hat, und sie hätte die Katzen schon gar nicht in Empfang nehmen können, weil der Entführer bereits vor zwei Uhr der festen Überzeugung war, dass sie nicht kommen würde. Wie soll das bitte gehen?«

»Vielleicht ist er ja ein Sadist, der sich einen Spaß daraus macht, Haustiere zu entführen und ihre Besitzer mit solchen Aktionen in die Verzweiflung zu treiben, indem er Forderungen aufstellt und ein Ultimatum nennt«, überlegte Franklin, »und noch bevor das Ultimatum abgelaufen ist, tut er so, als seien die Forderungen nicht erfüllt worden. Die Leute wissen dann gar nicht mehr, was sie machen sollen, und er amüsiert sich köstlich.«

»Vielleicht haben wir es ja auch mit einer Verwechslung zu tun«, gab Hennessy zu bedenken. »Was ist, wenn er irgendwelche anderen Katzen entführen wollte, vielleicht die Katzen von Mrs Reddington.«

»Wer ist Mrs Reddington?«

»Keine Ahnung, wer das ist«, antwortete er. »Mir fiel nur gerade nichts anderes ein, was so ähnlich klingt wie Remington.«

Franklin kniff die Augen zusammen und legte die Stirn in Falten. »Vielleicht liegt's ja daran, dass ich zu wenig Schlaf abbekommen habe, aber im Moment kann ich dir nicht so ganz folgen.«

Hennessy atmete schnaubend aus. »Was weiß ich, wie ich dir das noch einfacher erklären soll! Also meinetwegen: Stell dir vor, es gibt irgendwo in der Gegend eine Frau, die Reddington heißt und die auch Katzen hat. Vielleicht gleich in der Grafschaft nebenan. Und stell dir vor, unser Entführer ist nicht der Hellste, und er soll ihre Katzen entführen. Jetzt hat er den Namen so schnell aufgeschrieben, dass er ihn nicht mehr richtig entziffern kann, und auf einmal wird aus Reddington Remington. Er sucht nach jemandem, der Remington heißt, und findet den Chief, und siehe da, da gibt es auch Katzen. Also glaubt er, dass er im richtigen Haus ist. Er nimmt die Katzen mit und hinterlässt den Erpresserbrief, und dann …« Hennessy verstummte.

»Dann?«, fragte Franklin nach einigen Sekunden, als von seinem Kollegen kein Ton mehr kam.

»Dann habe ich den Faden verloren«, gestand er verärgert. »So ein Mist. Eben hat das noch einen Sinn ergeben, und jetzt … ich weiß nicht mehr, was ich sagen soll.«

»Wahrscheinlich hat dir Mrs Reddington in Unterwäsche die Tür aufgemacht, und da hat dann dein Verstand ausgesetzt. Das klingt für mich ziemlich plausibel.«

Hennessy kratzte sich am Kopf. »Weißt du, an der Sache ist was dran, dass wir zu wenig Schlaf hatten. Das schränkt das Denkvermögen ein.«

Franklin grinste ihn breit an. »Na, dann hat sich ja wenigstens ein Rätsel gelöst: Du hast als Kind zu wenig Schlaf bekommen.«

»Was?«, murmelte Hennessy, dann stutzte er und verdrehte die Augen. »Sehr witzig, wirklich. Ich werde allerdings erst lachen, wenn du der neue DCI bist. Dann muss ich nämlich über deine Witze lachen, und wenn ich mir den hier aufbewahre, dann habe ich schon mal einen Lacher gut – bis zum jüngsten Tag.«

Kopfschüttelnd ging Franklin um die Ecke, wo sein Wagen stand.

»Hast du falsch geparkt?«, fragte Hennessy und zeigte auf den Zettel, der unter dem Scheibenwischer klemmte.

Der andere Detective stöhnte auf. »Oh, sag nicht, dass dieser Erbsenzähler von der regionalen Verkehrsüberwachung wieder zugeschlagen hat! Habe ich dir erzählt, dass er vor Kurzem zwei Wagen von der Feuerwehr aufgeschrieben hat, weil sie während eines Einsatzes in einer Feuerwehrzufahrt standen, die laut Aufschrift für die Feuerwehr freigehalten werden muss?«

»Ich dachte, seitdem er mal den Rettungswagen aufgeschrieben hat, der auf einem Fußgängerüberweg stand, um diesen verunglückten Radfahrer einzuladen, hätten seine Vorgesetzten ihm so auf die Finger geklopft, dass er Ruhe gibt.«

»Dachte ich auch, aber der kennt kein Erbarmen.« Franklin hob den Scheibenwischer an und nahm den Zettel an sich. Als er ihn auseinanderfaltete, stöhnte er auf: »Hör dir das an: ›Nur Remington bekommt die Katzten. Sonst keiner. Letzte Chance morgen früh sechs Uhr vor dem Haus.‹«

»Himmel, warum eigentlich immer um sechs Uhr? Ist der Frühaufsteher? Oder kommt er von der Nachtschicht zurück?«, knurrte Hennessy. »Mir brummt jetzt noch der Schädel von gerade mal drei Stunden Schlaf.«

»So laut, dass du nur halb zuhörst.«

»Was?«

»Ich lese es dir noch mal vor: ›Nur Remington bekommt die Katzten. Sonst keiner. Letzte Chance morgen früh sechs Uhr vor dem Haus.‹«

Hennessy legte den Kopf schräg. »Vor welchem Haus?«

»Eben. Vor welchem Haus?«, wiederholte Franklin. »Wo sollen wir um sechs Uhr auf diesen Idioten warten?«

»Na ja, das Naheliegendste wäre vor Remingtons Haus.«

»Es ist naheliegend, aber nicht zwangsläufig. Er schreibt nicht ›vor ihrem Haus‹. Das wäre eindeutig, so dagegen kann er jedes x-beliebige Haus meinen. Bei seiner Vorgehensweise sogar sein eigenes, nur ist er schlau genug, nicht die Adresse zu nennen, denn sonst könnten wir ihn uns ja schnappen«, meinte Franklin zynisch. »Weißt du, so langsam glaube ich, er will uns bloß zum Narren halten.«

Hennessy zuckte ratlos mit den Schultern. »Warum denn das? Er müsste doch davon ausgehen, dass wir den Chief anrufen und die Nachricht weitergeben.«

»Und wenn er genau davon nicht ausgeht? Wenn er völlig zutreffend meint, dass wir den Fall alleine lösen wollen, um Remington zu beweisen, was wir können?«

»Ach, und deshalb gibt er uns schwachsinnige Hinweise, damit wir vor dem Chief schlecht dastehen?« Hennessy schüttelte nachdrücklich den Kopf. »Wenn Remington die Zettel sieht und die Zeitabläufe studiert, wird sie sofort sehen, dass wir gar nicht anders handeln konnten und können, als wir es im Moment tun. Natürlich werden wir morgen früh um sechs bei ihr vor dem Haus stehen …«

»Nein«, unterbrach Franklin. »Wir werden immer einen unserer Leute ein paar Stunden Wache halten lassen, dann kommt der Nächste, und wir wechseln uns auch mit ihnen ab, damit das Haus nicht für eine Minute unbeobachtet ist. Und zwar ab jetzt gleich. Wir fahren hin, sehen uns um, ob schon irgendwo eine Nachricht von unserem Entführer liegt, weil er sein eigenes Ultimatum wieder mal nicht abwarten konnte, und danach legen wir uns auf die Lauer. Wenn er vor sechs Uhr da auftaucht, schnappen wir ihn uns.«

»Und wenn er nicht vor sechs auftaucht?«

»Tja, dann haben wir uns die Nacht vergeblich um die Ohren geschlagen, und wir können nur hoffen, dass er wenigstens *um* sechs auftaucht.«

»Sofern wir uns dann die Nacht überhaupt vor dem richtigen Haus um die Ohren geschlagen haben«, wandte Hennessy ein. »Ich finde, das ist keine gute Idee.« Dann fiel ihm etwas ein. »Augenblick mal, Slate ist doch so ein Computerfreak, richtig?«

Franklin nickte. »Ja, wieso?«

»Der kann doch bestimmt in unserem alten Transporter drei oder vier Kameras aufbauen, die das Haus und die Straße in beide Richtungen überwachen können. Wenn er das mit einem Laptop verbindet und den mit dem Internet, dann müssten wir von anderen Computern aus beobachten können, was sich vor dem Haus abspielt.«

»Ich schätze, das ist für Slate nicht mal eine Herausforderung.« Franklin sah auf die Uhr. »Er hat erst um vier Uhr Dienstbeginn, also in gut eineinhalb Stunden. Wir sollten ihn anrufen, damit er sich sofort auf den Weg macht. Je eher wir das Haus beobachten können, umso besser.«

In dem Moment kam Constable Clarkson um die Ecke gelaufen. »Ah, Detectives, da sind Sie ja noch. Ich habe da zwei dringende Anrufe.«

»Wir sind schon auf dem Weg«, sagte Hennessy, dann kehrten sie zu dritt in die Polizeistation zurück.

Jeder der Detectives ging an seinen Schreibtisch, Clarkson stellte die Anrufe durch, die beiden machten sich Notizen, und nachdem sie fast gleichzeitig aufgelegt hatten, fragte Franklin als Erster: »Und? Gut oder schlecht?«

»Keine Ahnung, das war Jessica Randall, die junge Frau, mit der Remington unterwegs ist«, antwortete er. »Sie hat mich nach der GPS-Kennung des Dienstwagens gefragt. Remington hat sie gebeten, das für sie zu erledigen, weil sie sich gerade nicht selbst darum kümmern kann.«

»Hm, klingt eigentlich harmlos. Hast du sie ihr gegeben?«

Hennessy nickte. »Klar. Wir wissen ja, dass Remington sie zu ihrem ›Deputy Sheriff‹ ernannt hat, dann darf sie auch solche Informationen bekommen. Und bei dir?«

»Du wirst es nicht glauben.«

»Der nächste Tote?«

»Dann wirst du's doch glauben«, gab Franklin sich geschlagen. »Ein gewisser Jeremy Rickle, Exeter Street.« Er hielt einen Zettel mit der Adresse hoch.

»Na, dann wollen wir mal«, brummte Hennessy und ging wieder zur Tür, als er stutzte. »Augenblick mal, den Namen hab ich doch irgendwo gelesen. Warte, ich muss da schnell was nachsehen.«

Franklin wandte sich unterdessen an Constable Clarkson, damit der in der Zwischenzeit seinen Kollegen Slate anrief, und erklärte ihm, wie er und Hennessy sich das mit den Überwachungskameras vor Remingtons Haus vorstellten. Clarkson fertigte schnell eine Skizze an, um sicherzustellen, dass er den Detective auch richtig verstanden hatte.

»Ja, genau so soll das sein«, bestätigte Franklin gerade, als sein Kollege zu ihm kam.

»Ich wusste doch, dass da was war«, sagte Hennessy. »Rickle gehört zum Komitee.«

»Verdammt, damit hat der Killer drei von sechs Komiteemitgliedern aus dem Weg geräumt, also dürfte es nur noch eine Frage der Zeit sein, bis er sich die drei noch Lebenden ebenfalls vornimmt.«

»Wir müssen die drei warnen … nein, wir sollten sie erst mal herholen, damit sie nicht länger zu Hause rumsitzen und Gefahr laufen, von unserem Unbekannten auch noch einen letzten Besuch abgestattet zu bekommen«, meinte Hennessy und kehrte zum Schreibtisch zurück, während er weiterredete:

»Clarkson, rufen Sie Flaherty und Mays zurück, die sollen ihre Radarfalle abbauen.«

»Wird gemacht«, erwiderte der Constable und setzte sich ans Funkgerät.

»Die beiden anderen neben Corey Thelonius müssen Claire Boone und Jenny Stalford sein«, redete der Detective weiter. »Sie werden in jedem Verteiler genannt. Clarkson, finden Sie raus, wo die Leute wohnen.« Er notierte ihre Namen auf einen Zettel, den er dem Constable hinlegte. »Schicken Sie unsere Leute hin, damit sie sie abholen und herbringen. Setzen Sie sie in den Verhörraum, geben Sie ihnen einen Kaffee, und falls der Kuchen noch gut ist, den Ihre Freundin gebacken hat, bieten Sie den Leuten ein Stück davon an. Achten Sie vor allem darauf, dass keiner von denen sich wieder aus dem Staub macht, jeder von ihnen schwebt in akuter Lebensgefahr. Und suchen Sie nach einer abgelegenen Pension, möglichst außerhalb von Northgate, wo die drei einquartiert werden können.«

Clarkson schrieb hastig mit. »Und was ist mit Mr Thelonius?«

»Was soll mit ihm sein, Constable?«, fragte Franklin.

»Na ja, als er heute Mittag hier war, hatte ich nicht den Eindruck, dass er einer von den besonders kooperativen Leuten ist. Ich könnte mir vorstellen, dass er sich weigern wird, Flaherty und Mays zu begleiten.«

»Die beiden sollen ihm sagen, er kommt zu seiner eigenen Sicherheit mit, weil wir nicht das Personal haben, sie alle rund um die Uhr zu bewachen.«

»Und wenn er sich dann immer noch weigert?«

»Dann nehmen Sie ihn fest.«

»Sir?«

»Wenn er sich weigert, besteht der dringende Verdacht, dass er der Täter ist, weil er natürlich weiß, dass ihm nichts passieren kann«, führte Franklin aus.

»Okay … Detective«, erwiderte Clarkson zögerlich. »Ist das offiziell?«

»Ja, Clarkson, Sie können es so notieren. Falls Thelonius später Ärger macht, werde ich auf jeden Fall zu dem stehen, was ich gesagt habe.«

Der Constable nickte beruhigt und machte sich an die Arbeit, während die beiden Detectives abermals die Wache verließen.

»Das bezeichnet man in Fachkreisen auch als Remington-Logik«, merkte Hennessy an.

»Ja, ich weiß, das ist irgendwie ansteckend«, räumte Franklin ein, als er den Wagen aufschloss. »Das Gute daran ist nur, dass der Chief uns den Rücken stärken wird, falls der Schuss nach hinten losgehen sollte.«

Nachdem sie eingestiegen und losgefahren waren, sagte Hennessy: »Ich frage mich, ob Thelonius der Mörder sein könnte.«

»Thelonius kann höchstens der Auftraggeber sein, der einen Killer losschickt, um jemanden aus dem Weg zu räumen. Hast du dir den Kerl angesehen? Bei dem sitzt ja nicht mal ein Barthaar falsch. So jemand würde keinen Mord begehen, da könnte er sich ja die Finger schmutzig machen oder einen Blutspritzer auf seinen edlen Anzug bekommen. Außer natürlich, der Stoff ist blutabweisend«, fügte Franklin grinsend hinzu. »Aber warum sollte er das Komitee aus dem Weg räumen? Ich meine, du kennst die Protokolle aus den Sitzungen so gut wie ich, und da findet sich nirgendwo ein Hinweis darauf, dass es unter den Mitgliedern ernsthafte Meinungsverschiedenheiten gegeben hätte. Sogar auf meinen Familientreffen gibt es mehr Streit und Intrigen als in diesem Komitee.«

»Aber es könnte ja auch sein, dass er etwas durchsetzen will, was keiner von den anderen mitträgt. Etwas, das nirgendwo festgehalten ist, weil er genau deshalb außerhalb offizieller Treffen mit ihnen darüber geredet hat, damit es ihm später nicht nachgewiesen werden kann. Vielleicht war er ja sogar so schlau und hat behauptet, jemand aus der Bevölkerung habe ihn auf irgendetwas angesprochen, und er sei sich nicht sicher, ob er das im Rahmen einer Sitzung erwähnen solle oder nicht, weil es dann im Protokoll aufgenommen wird und aktenkundig ist. Du weißt schon, wie in dem Roman von diesem unaussprechlichen deutschen Autor … *Die Chemiker* oder so …«

»*Die Physiker?*«

»Ja, ich glaube, so heißt er.«

»Und? Was ist damit?«

»Da gibt es einen Satz, der mir im Gedächtnis geblieben ist«, sagte Hennessy. »Übrigens das Einzige, was ich von dem Buch noch weiß. ›Was einmal gedacht worden ist, kann nicht mehr zurückgenommen werden‹, glaube ich.«

Franklin nickte. »Und was hatte das jetzt noch mal mit Thelonius zu tun?«

»Na ja, nehmen wir an …« Hennessy überlegte kurz. »Nehmen wir an, er ist auf die Idee gekommen, ein paar Bauern das Land abzukaufen, um da ein riesiges Einkaufszentrum hinzusetzen, dann muss er diese Idee erst mal für sich behalten. Wenn sich so was herumspricht, findet sich schnell ein anderer Interessent, der den Landwirten mehr Geld bietet, und dann steht Thelonius mit seiner Idee da und muss zusehen, wie andere die dicken Profite einstreichen. Allerdings befindet er sich in einer Zwickmühle, denn er müsste so eine Idee ja eigentlich in das Konzept einbeziehen, wenn er bereits daran arbeitet. Aber wenn er das macht, spricht es sich herum, bevor er alle Vorbereitungen getroffen hat.«

»Und deshalb ermordet er die anderen?«

Hennessy zuckte mit den Schultern. »Er will diejenigen aus dem Weg räumen, die sich ernsthaft für Northgate interessieren und die sich gegen seine Idee aussprechen könnten. Und die zum Beispiel mit der Presse darüber reden könnten, was wiederum andere auf Ideen bringen würde, womit er das Nachsehen hätte. Stell dir vor, er ersetzt die Ermordeten durch Strohmänner, die nur dazu da sind, zu dem Ja und Amen zu sagen, was er will, dann kann er erst das Land kaufen, ohne dass jemand etwas erfährt, und wenn der Moment gekommen ist, das Konzept für die ›Grafschaft der Zukunft‹ einzureichen, dann holt er sein längst fertiges Papier aus dem Tresor und reicht das ein. Gleichzeitig spielt er das Papier ›versehentlich‹ der Presse zu, zusammen mit einer Kalkulation, wie viel Geld so ein Projekt der Grafschaft einbringen wird. Selbst wenn das Konzept den Wettbewerb nicht gewinnt, wovon auszugehen ist, da es ökologisch für die Grafschaft nur von Nachteil sein wird, wird das Interesse potenzieller Investoren geweckt, die bereit sind, jede Menge Geld in das schöne Northgate zu pumpen. Wobei er natürlich verschweigt, dass er selber durch den Verkauf der Grundstücke an die Investoren zum mehrfachen Millionär wird.«

»Was ist Thelonius eigentlich von Beruf?«, fragte Franklin.

»Steuerberater. Es würde also passen.«

»Allerdings. Dann kann er den Investoren auch gleich passende Zahlen vorlegen, was die steuerlichen Folgen angeht.« Franklin nickte nachdenklich. »Ja, Thelonius könnte tatsächlich etwas damit zu tun haben.«

Anne hatte das Gefühl dafür verloren, wie lange sie schon in Decke und Plastikplane gewickelt auf dem Wagendach saß und darauf hoffte, dass irgendjemand kam und sie rettete. Die Flut hatte mittlerweile die Dachkante erreicht, aber ein wenig Spielraum blieb ihr noch, da sie auf dem Ersatzreifen saß.

Phaedra miaute von Zeit zu Zeit, und auch wenn es sich nie ängstlich oder wenigstens verärgert anhörte, weil sie immer noch – wenngleich aus freien Stücken – im geschlossenen Lederkoffer saß, versuchte Anne sich einzureden, dass die Katze Zuversicht ausstrahlte. Vielleicht hatte sie ja wirklich einen siebten Sinn, was schließlich erklären würde, warum Phaedra sich auf die Motorhaube gesetzt hatte. Wieso sie dann allerdings in den Wagen gesprungen war und Anne dazu gezwungen hatte, sie bei der Verfolgungsjagd mitzunehmen, das blieb ihr ein Rätsel.

Sie wollte sich gar nicht ausmalen, was passieren würde, wenn der Wasserpegel noch weiter anstieg und die Wellen sie unablässig von hinten attackierten. Sie hatte keine Ahnung, wie lange sie der Kraft des Wassers standhalten konnte, sie konnte nur froh sein, dass die Strömung schräg auf ihren liegen gebliebenen Wagen traf und das Wasser dadurch weitgehend unproblematisch geteilt wurde. Zum Glück hatte der Wind ein Stück weit in nordwestliche Richtung gedreht, denn so, wie ihr Dienstwagen unter ihr durchgeschüttelt wurde, wäre er mittlerweile vermutlich umgekippt, wenn die Wellen ihn nach wie vor genau seitlich getroffen hätten. Immerhin hatte es geholfen, die Türen zu öffnen und das Innere mit Wasser volllaufen zu lassen. So war das Fahrzeug deutlich schwerer, und der Widerstand war zumindest ein wenig geringer.

»Tja, da habe ich dir was Schönes eingebrockt«, sagte sie leise zu Phaedra, die mit einem knappen energischen Miauen zu widersprechen schien. »Jemand wollte mich loswerden, und so wie es aussieht, wird ihm das wohl auch gelingen.«

Dieser Jemand musste Kapoor sein, davon war sie überzeugt, nur tappte sie nach wie vor im Dunkeln, was das Motiv betraf, und ohne ein Motiv würde jeder Staatsanwalt den Fall auch gleich hinschmeißen können. Wenn Kapoor das Benzin aus ihrem Tank gepumpt hatte … oder besser gesagt: wenn einer seiner Diener das für ihn erledigt hatte, dann würde jeder Richter und jeder Geschworene wissen wollen, warum er das getan haben sollte. Darauf würde der Anwalt keine Antwort wissen, außer der vagen Erklärung, dass Kapoor ihren Tod wollte, weil sie der Wahrheit zu dicht auf der Spur war. Nur … *welcher* Wahrheit?

Hatte die etwas mit den älteren Luxusfahrzeugen zu tun, die bei Ebbe von der Insel gebracht wurden? Sie hatte die Wagen aus den Augen verloren, als ihr Ford mit leerem Tank auf dem Damm liegen geblieben war. Sie hatte kein Kennzeichen erkennen und notieren können, sie konnte nur die Modelle beschreiben, aber davon waren in den gleichen Farben so viele identische Fahrzeuge auf den Straßen des Vereinigten Königreichs unterwegs, dass eine Suche sinnlos sein würde.

Ohne diese Fahrzeuge und vor allem ohne das, was sich vermutlich in ihnen befand, fehlte der Beweis, den der Anwalt vor Gericht hätte präsentieren können, um Kapoors Handeln zu erklären. Und ein solcher Beweis war deshalb umso erforderlicher, weil der Mord an Bakherjee, der Giftanschlag auf Kapoors Katze, der einen der Diener das Leben gekostet hatte, und der Mord an Carmichael Kapoor selbst eher als Opfer denn als Täter erscheinen ließen.

War das alles nur ein Ablenkungsmanöver? Hatte Kapoor Bakherjee umgebracht, weil der zu viel wusste? Musste Carmichael sterben, weil er etwas über Kapoor herausgefunden hatte? Bei dem Gedanken an Carmichael fiel ihr der Benzingeruch in dessen Zimmer ein. Hatte Kapoor für den Anschlag womöglich das Benzin benutzt, das er aus dem Tank ihres Wagens gepumpt hatte? Was für eine grausame Ironie des Schicksals, wenn das wirklich so war.

Und was war mit dem Giftanschlag auf Phaedra? Vielleicht hatte Kapoor den auch selbst inszeniert, weil er wusste, dass die Katze das Gift riechen und das Futter gar nicht anrühren würde? Und weil bekannt war, dass die offenbar bewusst an der kurzen Leine geführte Dienerschaft sich regelmäßig bei den Essensresten bediente? Hatte Kapoor den Tod eines Bediensteten in Kauf genommen, nur um den Eindruck zu erwecken, dass er das Opfer war?

Was Anne vor allem bedauerte, war die Erkenntnis, dass sie vermutlich nicht lange genug leben würde, um der Wahrheit doch noch auf den Grund zu gehen. Na ja, wenigstens hatte Jess … Jess! O nein! Es war schon schlimm genug, dass sie selbst hier festsaß und vermutlich ertrinken würde … und dass sie auch noch daran schuld sein würde, dass Phaedra mit ihr ertrank. Aber Jess' Leben war als Nächstes in Gefahr!

Zwar hatte sie alle gesammelten Daten von ihrem iPad auf eine Internetseite kopiert, deren Adresse auch Annes Detectives bekannt war, sodass sie vielleicht daraus doch noch einen Fall konstruieren konnten, aber davon hatte Jess nichts mehr. Wenn sich herausstellte, dass Kapoors Plan funktioniert hatte und sie – Anne – beim Überqueren des Damms ertrunken war, dann konnte er auch noch Jess aus dem Weg räumen. Schließlich war ihm ja nichts darüber bekannt, wie viel sie wusste, und Kapoor musste immer vom schlimmsten aller Fälle ausgehen, also davon, dass Anne handfeste Beweise gegen ihn in der Hand hatte und dass Jess eingeweiht war.

Hätte ich mich doch bloß nie von Lord Bromshire breitschlagen lassen!, dachte sie frustriert und zog die beiden Decken enger um sich und um den Lederkoffer.

»Oh«, machte Hennessy, als er vor Franklin durch das geöffnete Tor die Garage neben dem Haus von Jeremy Rickle betrat. »So was habe ich aber auch noch nicht gesehen.«

Franklin folgte dem Blick seines Kollegen und riss verdutzt die Augen auf. »Und da heißt es immer, Sport sei gesund.«

Eine Seite der Garage war mit Fitnessgeräten aller Art vollgestellt, manche bestanden aus einem solchen Gewirr von Stangen und Griffen, dass Hennessy bei ihrem Anblick überhaupt keine Ahnung hatte, wie sie zu bedienen waren, von ihrer Wirkungsweise auf den menschlichen Körper und dessen Muskelpartien ganz zu schweigen. Genauso gut hätte es sich um irgendwelche Folterinstrumente handeln können, der Unterschied wäre für ihn nicht erkennbar gewesen.

Auf einer gepolsterten Bank lag bäuchlings ein Mann in Straßenkleidung, die Arme hingen zu beiden Seiten herab, der Kopf ragte über das vordere Ende der Bank hinaus und war in einem extrem unnatürlichen Winkel nach vorn gebeugt, sodass gleich auf den ersten Blick deutlich wurde, dass dem Mann das Genick gebrochen worden war. Auf dem Boden lag eine große Hantel, die aufgesteckten Scheiben ergaben für jede Seite ein Gewicht von über achtzig Kilo.

Franklin schaute in Richtung der offen stehenden Tür, die

die Garage mit dem Haus verband. Ein Läufer lag wie zur Seite getreten da, ein Karton war umgekippt, mehrere Konservendosen waren herausgerutscht und über den gefliesten Boden gerollt. »Sieht nach einem Kampf aus«, meinte er. »Ich würde sagen, der Killer hat Rickle im Haus gepackt und ihn dann mit brutaler Gewalt in die Garage gezerrt.«

»Und Rickle hat irgendwie versucht, sich zu wehren«, fügte Hennessy an. »Also hat er ihn nicht bewusstlos geschlagen, sondern ihn hierher verschleppt und auf die Bank gelegt.«

Franklin nickte. »Und vermutlich hat er sich auf Rickles Rücken gesetzt oder gekniet, damit der nicht aufstehen oder sich umdrehen konnte, und dann hat er die Hantel aus den Halterungen genommen, um sie auf ihn herabsausen zu lassen, damit ihm das Gewicht das Genick brach.«

»Das waren mehr als hundertsechzig Kilo, die sein Genick getroffen haben. Kein Wunder, dass er sofort tot war.« Hennessy ging um das auf der Bank liegende Opfer herum. »Tja, wie es gelaufen ist, können wir uns auch so vorstellen, aber jetzt muss der Doc ran und uns verraten, wann das passiert ist.«

»Das kann ich Ihnen auch sagen«, meldete sich eine leicht untersetzte Frau mit glattem dunkelbraunem Haar zu Wort, die in der Tür zum Haus aufgetaucht war. Hennessy fiel auf, dass sie zutiefst verärgert klang. Nicht unter Schock oder in Tränen aufgelöst, nein, sondern richtig wütend.

»So?«, gab Franklin zurück. »Und wer sind Sie?«

»Emma Piper, die Haushälterin«, sagte sie und kam näher, um die Detectives mit Handschlag zu begrüßen, die sich ihr vorstellten.

»Sie haben ihn gefunden?«

»Ja«, antwortete sie. »Um Viertel nach zwei. Nach dem ersten Schreck habe ich sofort angerufen.«

»Und woher wissen Sie, wann er ums Leben kam?«

»Weil wir um drei Minuten vor zwei noch telefoniert haben«, erklärte sie. »Ich habe ihm gesagt, dass ich nicht pünktlich um zwei Uhr hier sein kann, weil Mrs Gosleigh zu spät vom Einkaufen zurückgekommen war und ich auf sie warten musste. Sie passt auf meine Tochter Laura auf, wenn ich für Mr Rickle arbeite.«

»Und um kurz vor zwei war noch alles in Ordnung?«, erkundigte sich Hennessy.

»Ja, alles bestens. Er hat mir gesagt, dass das nicht so schlimm sei, wenn ich ein paar Minuten später herkomme, weil er sowieso für den Rest des Tages zu Hause sei. Na ja, und dann kam ich an und sah, dass das Garagentor angelehnt war. Ich ging durch die Haustür nach drinnen, hab nach ihm gerufen, und als keine Antwort kam, dachte ich, er sei vielleicht in der Garage, na ja, eben, weil das Tor offen war. Ich bin hier rein, aber der Lichtschalter ist seit letzter Woche kaputt, also hab ich das Tor ganz aufgemacht … tja, und als es hell genug war, hab ich ihn da auf der Bank liegen sehen.« Sie deutete auf den Toten.

»Sie meinen Mr Rickle«, vergewisserte sich Franklin, um jegliches Missverständnis auszuschließen. Die Frau schien zwar nicht unter Schock zu stehen, aber möglicherweise äußerte sich ein solcher Zustand bei ihr anders.

»Ja, Mr Rickle, der da auf der Bank liegt«, erwiderte sie mit Nachdruck. »Wen sollte ich denn sonst meinen?«

Franklin zuckte mit den Schultern. »Ich kannte Mr Rickle nicht, daher weiß ich ohne Ihre Aussage nicht, ob er Rickle ist oder nicht.«

»Aber ich hab doch auf ihn gezeigt«, beharrte sie und klang noch etwas ärgerlicher als zuvor.

»Ja, Sie haben auf ihn gezeigt«, antwortete er geduldig. »Und Sie haben gesagt, dass Sie ›ihn‹ auf der Bank liegen sahen, aber namentlich haben Sie Rickle nicht genannt.«

Emma verdrehte die Augen. »Lieber Himmel, sind Sie immer so penibel?«, raunzte sie ihn an. »Wen soll ich denn sonst gemeint haben?«

»Mrs Piper, das weiß ich nicht«, gab er zurück. »Es könnte ja sein, dass Sie diesen Mann hier vorgefunden haben und dass sich Mr Rickle an anderer Stelle im Haus befindet. Ohne eine Identifizierung kann ich nicht einfach davon ausgehen, dass Sie und ich das Gleiche meinen.«

Abermals verdrehte sie die Augen, dazu schnaubte sie gereizt. »Das ist ja … entschuldigen Sie, aber wenn Sie kein Polizist wären, würde ich sagen, Sie spinnen ein bisschen. Ich meine … geht es Ihnen noch gut? Wer soll denn das sonst sein, wenn nicht Mr Rickle?« Mit jedem Wort wurde Mrs Piper aufgebrachter, fast so, als hätte er ihr unterstellt, den Mord begangen zu haben.

Hennessy schob sich plötzlich zwischen ihn und die wütende Frau, wohl um zu verhindern, dass Franklin erneut wie Chief Remington reagierte und diese Mrs Piper in Handschellen abführte.

»Sagen Sie, Mrs Piper«, setzte Hennessy dann zu einer Frage an, die ebenso aus dem Mund des Chiefs hätte stammen können. »Sie wirken auf mich sehr verärgert. Gibt es irgendeinen Grund dafür?«

»Ja, natürlich«, fuhr sie nun den anderen Detective an. »Mr Rickle ist tot. Ich glaube, das ist Grund genug, um sauer zu sein, oder finden Sie nicht?«

»Ich weiß nicht, ich … also ich wäre wohl eher bestürzt oder fassungslos, aber nicht wütend«, sagte er. »Was macht Sie denn so wütend?«

»Mein Ex-Mann.«

Hennessy warf Franklin einen Blick über die Schulter zu. »Mr Rickle war Ihr Ex-Mann?«

»Was?« Sie schüttelte verständnislos den Kopf. »Natürlich nicht. Meinen Sie etwa, ich würde bei meinem Ex-Mann als Haushälterin arbeiten?«

»Wie soll ich Ihre Antwort denn dann verstehen?«

»Mein Ex-Mann ist ein fauler Sack«, führte sie endlich aus. »Es dauert jeden Monat ewig, bis ich den Unterhalt kriege, und weil ich nun mal Geld zum Leben brauche, gehe ich arbeiten.«

»Und es macht Sie wütend, dass Mr Rickle tot ist?«

»Ja.«

Franklin stellte sich neben seinen Kollegen. »Könnten Sie uns erklären, was genau Sie daran wütend macht?«

»Na, mein Gehalt«, zischte sie ihn an. »Oder kriegen Sie für Ihre Arbeit kein Gehalt?«

»Doch, aber Sie dürfen nicht vergessen, dass wir heute zum ersten Mal mit Ihnen und Mr Rickle zu tun haben«, sagte Franklin betont freundlich. »Da wäre es sehr nett von Ihnen, wenn Sie uns das so erzählen würden wie … na, wie einer guten Freundin, die Sie schon lange nicht mehr gesehen haben und der Sie diese Sache hier erklären wollen, ohne dass Ihre Freundin immer wieder nachfragen muss.«

»Welche Freundin denn?« Mrs Piper schüttelte völlig ratlos den Kopf. »Also, ihr Polizisten habt eine komische Art an euch, Fragen zu stellen. Geht das nicht etwas klarer?«

»Warum sind Sie auf Rickle wütend? Was ist mit Ihrem Gehalt? Kriegen Sie zu viel oder zu wenig oder was?«, platzte Hennessy heraus, der endgültig die Nase voll hatte.

Mrs Piper zuckte zusammen. »Ich habe diesen Monat dreißig Überstunden gemacht, und heute wollte Mr Rickle mir den Scheck für mein Gehalt für den Monat schreiben! Jetzt ist er tot, und kein Mensch ist da, der mir den Scheck ausstellt. Ich habe den ganzen Monat umsonst gearbeitet. Ich glaube, das ist Grund genug, um wütend zu sein.«

Hennessy nickte. »Na, bitte. Es geht doch.«

»Ich habe schon überall nachgesehen, ob er den Scheck vielleicht schon vorher ausgestellt hat, aber …«

»Sie sind nach dem Fund des Toten durchs Haus gegangen?« Franklin sah frustriert zur Decke. »Haben Sie noch nie was davon gehört, dass man einen Tatort in Ruhe lassen muss, um keine Spuren zu verwischen?«

»Davon finde ich meinen Scheck auch nicht«, überging sie seine Bemerkung. »Sie haben ja sicher noch hier zu tun, nicht wahr? Dann werde ich noch mal suchen gehen, ob ich …«

»Nein, das werden Sie nicht«, unterbrach Hennessy sie energisch, fasste sie am Arm und führte sie zum Wagen, mit dem sie gekommen waren. »Sie werden stattdessen im Wagen auf uns warten, weil Sie uns gleich zur Wache begleiten werden. Sie müssen schließlich eine Zeugenaussage machen und so weiter.«

»Und so weiter?«, gab sie prompt zurück. »Was soll denn das heißen?«

»Ach, das Übliche, was nach solchen Vorkommnissen immer gemacht wird«, sagte er nur, ohne ins Detail zu gehen.

Unwillig nahm sie auf dem Rücksitz Platz und murmelte Unverständliches vor sich hin, während er die Tür zumachte – nachdem er zuvor noch den Hebel für die Kindersicherung umgelegt hatte, damit Mrs Piper nicht die Flucht antreten konnte, wenn sie beide gerade woanders hinsahen.

»Was hältst du von ihr?«, fragte Hennessy, als er zurück in der Garage war.

»Was erwartest du, was ich jetzt sagen soll? ›Nette Frau‹?« Er schüttelte den Kopf.

»Ich meinte eher, ob das hier vielleicht ihr Werk war.«

Franklin atmete tief durch und überlegte angestrengt. »Tja, wenn er ihr nicht die Überstunden bezahlen wollte …«

»Ich finde, der Zeitablauf ist extrem knapp. Um kurz vor zwei telefoniert sie noch mit ihm …«

»Um kurz vor zwei kann Rickle theoretisch bereits tot gewesen sein«, warf Franklin ein.

»Eben. Sie kommt her, hört, er will ihr keine Überstunden zahlen … oder er will sie vielleicht sogar entlassen … sie rastet aus, bringt ihn um und ruft dann erst mal mit ihrem Handy hier an, nimmt den Hörer von Rickles Telefon ab, damit das Gespräch zustande kommt, danach wartet sie eine Viertelstunde, dann ruft sie uns an und tischt uns diese Story auf, dass sie ihn so vorgefunden hat. Ob Rickles Genick fünf Minuten früher oder später gebrochen worden ist, kann der Doc sicher nicht feststellen. Und um uns restlos in die Irre zu führen, sucht sie im Haus nach ihrem Scheck. Damit sind ihre Fingerabdrücke überall zu finden, wo wir nach anderen Spuren suchen würden.«

»Zu ihrer aufbrausenden Art würde es passen«, musste Franklin zugeben. »Dagegen spricht nur, dass Rickle zum Komitee gehört hat und das dritte tote Komiteemitglied innerhalb weniger Tage ist. Die Vorgehensweise des Täters passt zu den beiden vorangegangenen Taten. Bei Mrs Boyle hat er sich zwar mehr Mühe gegeben, indem er die Fernbedienung manipuliert hat, aber es sind in jedem Fall gleichermaßen brutale Vorgehensweisen, zumal wir nicht wissen, ob der Täter Rickle sofort das Genick gebrochen hat oder ob er ihn erst noch hat zappeln lassen.«

»Und wenn sie die Frau ist, die alle drei auf dem Gewissen hat?«, fragte Hennessy spontan. »Ich meine, wenn das Komitee über eine Umgehungsstraße nachgedacht hat, bei der ihr Haus weichen müsste, wäre das sicher ein Motiv.«

Franklin verzog den Mund. »Ausschließen können wir es noch nicht, dazu müssten wir erst mal herausfinden, wo sie sich zu den jeweiligen Tatzeiten aufgehalten hat. Was Rickle angeht ... wenn wir jemanden finden, der bestätigen kann, dass sie schon vor zwei Uhr hier war ...«

»Warte, warte«, bremste Hennessy ihn. »Sie muss nicht vor zwei Uhr hier gewesen sein. Angenommen, sie ruft von unterwegs an, dass sie etwas später kommt, und Rickle erwidert, sie müsse gar nicht herkommen, weil er ihr soeben wegen Unpünktlichkeit gekündigt hat, die vielleicht eher der Normalfall war. Dann kommt sie her, geht ins Haus, stellt ihn zur Rede. Er will sie wegschicken, aber sie überwältigt ihn, weil sie vor Wut kocht, schleift ihn in die Garage und lässt die Gewichte auf ihn fallen. Vielleicht war er sogar hier beim Training, sie hat ihn überrascht und auf der Bank auf den Bauch gedreht, um ihm mit einem Gewicht von hundertsechzig Kilo das Genick zu brechen.«

»Weißt du«, erwiderte Franklin unschlüssig, »wenn Rickle

nicht auch zum Komitee gehören würde, hätte ich längst gesagt, wir führen sie dem Haftrichter vor. Aber so … ich weiß nicht, was ich davon halten soll. Wir nehmen sie auf jeden Fall mit zur Wache, vielleicht verplappert sie sich ja bei ihrer Zeugenaussage.«

Ein älterer Morris fuhr vor, die Beifahrertür ging auf, Doctor Kelley stieg aus und kam zu ihnen. »Was haben wir denn Schönes, dass mir jetzt auch noch mein freier Samstag verdorben wird?«

»Genickbruch«, gab Franklin mit Kennermiene zurück. »Todeszeitpunkt irgendwann zwischen … vierzehn Uhr und vierzehn Uhr zehn.«

»Haben Sie danebengestanden, als es passiert ist?«

»Nein, so was erkenne ich durch Handauflegen«, konterte Franklin trocken. »Wenn Sie uns brauchen, wir sind auf der Wache. Vorläufig jedenfalls.«

Kelley schaute ihnen kurz nach, dann wandte er sich dem Toten zu. »Sei froh, dass du dir deren Gerede nicht mehr anhören musstest, mein Freund«, meinte er leise.

13

Anne war mehr genervt als verängstigt. Obwohl ihre Aussichten auf das rechtzeitige Eintreffen von Hilfe immer schlechter wurden, ärgerte sie sich vor allem darüber, dass sie so blindlings in diese tödliche Falle gelaufen war. Wer immer auch diese Leute sein mochten, die ihr letztlich entkommen waren, sie hätte ahnen müssen, dass sie versuchen würden, jeden Verfolger abzuschütteln. Es gab irgendeinen guten Grund dafür, weshalb sie nur in Erscheinung traten, wenn sie sich unbeobachtet fühlten, denn das hatte der Fahrer bewiesen, der ihrem Dienstwagen ins Heck gefahren war. Hätte der nicht etwas sehr Schwerwiegendes vor ihr zu verbergen gehabt, dann hätte er nicht diese waghalsige Flucht nach hinten unternommen, sondern ihr geholfen, den Damm zu verlassen, bevor sie zu allen Seiten vom Wasser eingeschlossen wurde.

Wäre sie in dem Moment doch nur in der Lage gewesen, Jess anzurufen, dann hätte die von der Burgmauer aus beobachten können, wohin der Wagen bei seiner Rückkehr auf die Insel gefahren war. Jetzt würde sich das nicht mehr feststellen lassen, denn nach dem Regenschauer, der zum Glück schnell weitergezogen war, würden auf dem felsigen Untergrund rings um die Burg die von den nassen Reifen hinterlassenen Spuren längst nicht mehr zu sehen sein.

Was wohl Jess gerade machte? Ahnte sie, dass ihr etwas zugestoßen war? Oder würde sie weiter geduldig warten, bis Anne sich bei ihr meldete und ihr berichtete, was sie herausgefunden hatte? Als Phaedra in diesem Moment leise miaute, wurde Anne mit einem Mal etwas bewusst, was ihr bislang überhaupt nicht aufgefallen war: Wieso hatte Phaedra überhaupt zu ihr nach draußen kommen und sich auf die Motorhaube ihres Wagens setzen können? Wie war sie Jess entwischt? Hatte jemand einen Anschlag auf Jess verübt, während Anne vor der Burg in ihrem Wagen auf der Lauer lag?

Sie ließ den Vormittag Revue passieren, den sie damit verbracht hatten, ihre Namensliste der Gäste weiter abzuarbeiten und Kapoors Geschäftspartner zu befragen, wo die sich zum jeweiligen mutmaßlichen Tatzeitpunkt aufgehalten hatten. Allzu weit waren sie bis zum Mittag nicht gekommen, allerdings war das auch Annes Absicht gewesen, weil sie die Gäste hatte hinhalten müssen, damit sie nicht abermals versuchten, eine Art Massenflucht zu unternehmen. Unter einem Vorwand hatte sich Anne dann »für ein paar Minuten« zurückgezogen und Jess allein weitermachen lassen, damit niemand Verdacht schöpfte, während sie sich nach draußen begab.

Als sie den Saal verlassen hatte, um auf einem Umweg durch die Burg zum Tor zu gelangen, war noch alles in Ordnung gewesen, und Jess hatte einen zuversichtlichen Eindruck gemacht, die Situation im Griff zu haben. Aber was war dann passiert? Wieso war ihr Phaedra entschlüpft? Hatte man einen weiteren Anschlag auf die Katze verübt, dem sie gerade noch entkommen war? Falls ja, was war dann mit Jess? Lebte sie noch?

Anne wollte nicht darüber nachdenken, dass der unbekannte Attentäter auch Jess erwischt hatte, die so viel Potenzial besaß und die es im Leben zweifellos noch weit bringen würde. Doch dieser schreckliche Gedanke wollte sie nicht loslassen. Das Schlimmste an allem war, dass sie hier zur Untätigkeit verdammt war. Das Wagendach war längst überspült, dafür hatte wenigstens der Sturm deutlich nachgelassen, sodass die Wellen spürbar schwächer geworden waren. Ansonsten hätte Anne sich sicher längst nicht mehr auf ihrem Platz hoch oben auf ihrem Wagen halten können.

Sie fühlte sich versucht, einen Blick auf ihre Armbanduhr zu werfen, aber sie konnte sich davon abhalten. Nein, sie wollte lieber nicht wissen, wie spät es war und wie lange es noch dauerte, bis die Flut ihren höchsten Stand erreichte, ehe der Wasserpegel wieder zu sinken begann. Vielleicht würde sie ja lange genug durchhalten, um mit Einsetzen der Ebbe den Wagen verlassen zu können. Wenn sie sich auf den Weg zur Burg machte, sobald das Wasser nur noch bis an ihre Oberschenkel reichte, könnte sie es schaffen, die Strecke zurückzulegen, bevor die nächste Flut kam. Das Problem, das sich ihr dann jedoch stellte – ganz abgesehen von der Frage, ob ihre Kräfte überhaupt noch dafür ausreichten –, war die Dunkelheit.

Jetzt konnte sie die Burg zwar am Horizont sehen, aber wenn die mit Anbruch der Nacht in der Finsternis verschwand, wäre sie völlig orientierungslos, und das umso mehr, wenn es weiter so bewölkt blieb. Ansonsten hätte sie vielleicht eine Chance gehabt, sich an den Sternen zu orientieren, oder sie hätte den Verlauf des Damms im Mondlicht erkennen können.

»Ach, warum wartest du nicht einfach bis zur übernächsten Ebbe?«, fragte sie sich daraufhin zynisch. »Dann ist es wenigstens hell, und du siehst, wohin du trotz Unterkühlung, Hunger, Durst und Erschöpfung läufst!«

Anscheinend konnte sie schon nicht mehr klar denken, wenn sie allen Ernstes in Erwägung zog, mitten in der Nacht über den Damm in Richtung der Burg zu marschieren. Und selbst wenn ihr das gelingen sollte, was würde sie dann erwarten? Wenn Kapoor etwas mit diesen Autos zu tun hatte – und davon war sie überzeugt –, dann wusste er inzwischen vom Fahrer des fünften Wagens, dass sie mit ihrem Mondeo liegen geblieben war. Seine Leute würden also Ausschau halten, ob sie es schaffte, zurück an Land zu gelangen, und sie würden sie bereits in Empfang nehmen, um sie dann endgültig aus dem Verkehr zu ziehen.

Bei genauer Betrachtung war sie eigentlich längst erledigt, aber trotzdem wollte, konnte und würde sie nicht aufgeben, allein schon Phaedra zuliebe, die sie davon hatte abhalten wollen, sich auf dieses Abenteuer einzulassen. Fast wäre es der Katze auch gelungen, denn hätte sie sich nicht weggedreht, als der erste Wagen der rätselhaften Kolonne zum Vorschein gekommen war, dann hätte Anne sie nicht so schnell zu fassen bekommen, und vielleicht … vielleicht hätte sie dann den Nachzügler bemerkt, bevor sie auf den Damm gefahren war.

Ja, das waren eine Menge »Vielleichts« und »Hättes« und »Wäres«, aber es änderte nichts daran, dass sie nun hier saß wie der sprichwörtliche Fels in der Brandung, der zum Untergang verdammt war, und …

Was war das?

Anne horchte auf. War das ein Motorengeräusch gewesen? Nein, unmöglich. Das Wasser stand längst viel zu hoch, als dass sich ihr noch ein Wagen hätte nähern können, um sie zu retten. Das war nur eine Täuschung gewesen … eine Täuschung, die allmählich lauter wurde!

Sie zog die Plastikplane ein Stück weit nach unten, damit sie den Kopf drehen konnte, obwohl sie den Blick gar nicht auf die offene See hinter sich richten wollte. Ihr genügte, was sie vor sich sah, nämlich nur Wasser, und sie musste nicht sehen, dass sich das gleiche Bild in alle Richtungen bot. Aber jetzt wollte sie wissen, woher das Geräusch kam.

Hatte Jess die Seenotrettung angefordert, damit die das Gebiet rund um den Damm nach ihr absuchte? Nein, dazu passte das Geräusch nicht. Was sie hörte, klang eher schnarrend, so wie der Motor eines Mopeds. Sie schüttelte den Kopf. Wie sollte ein Moped auf dem Wasser unterwegs sein? Offenbar bildete sie sich doch nur etwas ein, auch wenn sich eine leise Stimme in ihrem Kopf meldete und die Frage aufwarf, warum sie sich etwas so Widersinniges vorstellen sollte. Wenn, dann würde ihre Fantasie ihr doch das satte Dröhnen eines Hubschraubers vorgaukeln, aber kein Moped, das auf dem Wasser fahren konnte.

Und doch wurde das Geräusch lauter. Die Quelle befand

sich irgendwo hinter ihr, aber so weit konnte sich Anne nicht umdrehen, da sie sonst das Gleichgewicht verloren hätte. Die Hände konnte sie nicht einsetzen, um sich abzustützen, denn dafür müsste sie Phaedras Koffer loslassen, und das würde sie für nichts in der Welt tun.

Selbst wenn ein Hubschrauber kommen sollte, würde sie dem Rettungstaucher erst den Koffer geben und ihn damit nach oben schicken. Sie selbst würde sich erst bei der nächsten Runde vom Wagendach retten lassen. Das war sie Phaedra schuldig.

Auf einmal tauchte dicht neben ihr ein Schemen auf. Sie drehte sich nach links und sah in das glücklich strahlende Gesicht von Jess Randall.

»Taxi gefällig?«, fragte sie und lenkte ihren nachtschwarzen Jetski näher an Anne heran.

»Nur, wenn Sie auch Tiere transportieren, junge Frau«, war das Erste, was Anne in den Sinn kam, dann atmete sie erleichtert auf und legte den Kopf in den Nacken, während sie gegen Freudentränen ankämpfte.

Nachdem sie Mrs Piper zur Wache gebracht hatten, wo sich Hennessy weiter um die Frau kümmerte, fuhr Detective Franklin zurück zu Rickles Haus, um sich dort gründlicher umzusehen. Als er dort eintraf, stand Kelley in der Einfahrt zur Garage.

»Sie sind ja noch da, Doc«, sagte er, nachdem er ausgestiegen war.

»Ja, ich warte auf den Leichenwagen«, erwiderte Kelley und fragte: »Wo bleiben denn die Jungs von der Spurensicherung?«

»Keine Ahnung, eigentlich sollten sie schon längst da sein. Aber ich muss mich sowieso noch drinnen umsehen. Zu dumm nur, dass unsere übereifrige Haushälterin auf der Suche nach ihrem Gehaltsscheck so ziemlich alles im Haus angefasst hat.« Nach einer kurzen Pause fügte er hinzu: »Kann natürlich auch Methode gewesen sein, damit es eine Erklärung dafür gibt, wieso die Spurensicherung überall auf Fingerabdrücke, Haare und so weiter stoßen wird, wenn sie das Haus auf den Kopf stellt.«

»Methode?« Dr. Kelley griff in die Jackentasche und zog eine flache Metallschachtel hervor. Er holte ein Zigarillo heraus, zündete es an und nahm einen tiefen Zug. »Meinen Sie, die Frau hat ihn umgebracht? Diese Mrs Piper?«

»Kennen Sie sie?«, fragte Franklin erstaunt darüber, dass der andere Mann ihren Namen kannte.

»Nur vom Sehen. Meine Nachbarin passt ab und zu mal auf ihre Tochter auf«, sagte Kelley und blies den Rauch aus.

»Sie wissen ja, dass Rauchen nicht gut für die Gesundheit ist«, meinte Franklin grinsend.

»Gewichtheben auch nicht, wie man da drinnen gut sehen kann«, konterte der ältere Rechtsmediziner und zuckte mit den Schultern. »Wenn Sie meinen Job schon so lange machen würden wie ich, dann hätten Sie eine noch viel bessere Vorstellung davon, zu welchen Mitteln manche Menschen greifen, um der Gesundheit anderer ein Ende zu setzen.«

»Davon habe ich auch so schon eine ganz gute Vorstellung, Doc. Aber Rauchen ist nicht nur ungesund, sondern so gar nicht mehr angesagt.«

»Ach, wissen Sie, nur weil Rauchen auf einmal verpönt ist, wird unsere Welt dadurch nicht besser. Wenn man konsequent alles ächten und abschaffen würde, was für Menschen tödlich sein kann, dann würden Sie diese Welt nicht wiedererkennen.«

»Sie meinen, kein Alkohol?«

»Ich meine: kein zu fettes Essen, kein zu süßes Essen, kein Salz, kein Kaffee, und um die nächsten dreihundert harmloseren Punkte auf dieser Liste für den Augenblick außer Acht zu lassen – keine Schusswaffen, keine Messer, keine Bomben, keine Autos, keine Motorräder … soll ich das noch weiter ausführen?«

Franklin schüttelte den Kopf. »Schon verstanden, Doc.

Aber zurück zu Mrs Piper. Ihr Alibi ist etwas dürftig, um es mal so zu formulieren.«

»Wie meinen Sie das?«

»Na ja, sie hat um kurz vor zwei noch mit dem Opfer telefoniert, und eine Viertelstunde später hat sie uns angerufen, um den Fund zu melden. Sie war sehr aufgebracht, weil sie heute von Rickle ihren Gehaltsscheck bekommen sollte.«

»Und Sie halten es für möglich, dass es aus irgendeinem Grund zum Streit gekommen ist?« Als Franklin nickte, fuhr Kelley fort: »Vom zeitlichen Ablauf wäre das denkbar.«

»Aber?«

»Nun, die Frage ist dabei, ob es ihr hätte gelingen können, Rickle zu überwältigen und auf diese Bank zu drücken, um dann die rund hundertsechzig Kilogramm schwere Hantel aus den Halterungen zu heben und auf Rickles Genick fallen zu lassen.«

Franklin hob abwehrend die Hände. »Unterschätzen Sie mal nicht diese Frau. So wie die sich vorhin aufgeführt hat, könnte ich mir vorstellen, dass sie ungeahnte Kräfte entwickelt, wenn ihr jemand sagt, dass sie ihr Gehalt vergessen kann und dass sie gefeuert ist.«

»Er hat sie gefeuert?«

»Das wissen wir nicht, aber es wäre denkbar«, erklärte Franklin. »Und dann könnte sie womöglich in der Lage sein, so was zu leisten.«

»Tja, das gehört dann zu den Dingen, die Sie klären müssen, Detective. Ich kann Ihnen nur erzählen, dass der Täter Rickle auf die Bank gedrückt und ihm beide Arme ausgekugelt hat, dann hat er die Hantel aus der Halterung gehoben und sie aus dieser Höhe auf das Genick des Opfers fallen lassen. Das Gewicht hat natürlich genügt, um die Wirbel zu zerschmettern und den Mann auf der Stelle zu töten. Er dürfte aber bis zu dem Moment bei Bewusstsein gewesen sein, da sein Kopf keine anderen Prellungen aufweist, die nicht von der Hantel verursacht worden sind. Zumindest sieht es auf den ersten

Blick so aus. Wenn er bei mir auf dem Tisch liegt, kann ich dazu mehr sagen.«

»Aber es würde zur bisherigen Mordserie passen«, sagte Franklin.

»Die Vorgehensweise ist aber jedes Mal eine andere«, gab der Rechtsmediziner zurück. »Ich weiß nicht, ob man da von einer Mord*serie* sprechen kann.«

»Es existiert eine Verbindung zwischen allen drei Opfern«, ließ der Detective ihn wissen. »Das Markenzeichen des Mörders dürfte wohl darin bestehen, dass er seine Methode nicht wiederholt.«

Kelley kratzte sich am Kopf und zog wieder an seinem Zigarillo. »Dann wünsche ich Ihnen viel Glück bei der Suche nach Spuren.«

»Das kann ich gebrauchen, danke, Doc«, erwiderte Franklin und sah auf die Uhr. »Oh, schon zehn vor vier. Ich dachte, es wäre noch deutlich früher.«

»Das habe ich schon vor Jahren gedacht«, meinte Kelley mit einem vielsagenden Grinsen. »Dabei ist es in Wahrheit immer später, als man denkt, und oft sogar schon zu spät.«

»Nanu, Doc, philosophische Anwandlungen bin ich von Ihnen aber nicht gewöhnt.«

Der Rechtsmediziner zuckte mit den Schultern. »Zigarillos sind Sie von mir auch nicht gewöhnt, Detective. Heute ist offenbar ein Tag, an dem Sie viel Neues über mich erfahren.«

»Sieht ganz so aus«, stimmte Franklin ihm zu und sah den alten Morris vorfahren, mit dem Kelley kurz zuvor vor Rickles Haus abgesetzt worden war. »Da ist Ihr Chauffeur.«

»Schönen Tag noch, Detective«, meinte der Doctor und wandte sich zum Gehen, während sich Franklin zum Haus begab, um sich dort umzusehen.

Als er das Wohnzimmer betrat, sah er, dass die Tür zur rückwärtigen Terrasse offen stand. Möglicherweise war der Täter auf diesem Weg ins Haus gelangt. Er sah sich die Tür und den Rahmen von außen an und entdeckte ein paar Schrammen in Höhe des Schlosses, die seine Vermutung bestätigten. Eine Baumreihe und dichte Büsche trennten das Grundstück von einer Wiese dahinter, eine hohe, dichte Hecke machte es den Nachbarn links und rechts von Rickle unmöglich, einen Blick in seinen Garten zu werfen. Also war der Mörder von da hinten gekommen und durch die Terrassentür ins Haus eingedrungen – sofern nicht doch Mrs Piper die Täterin war und die festgestellten Spuren von einem früheren Einbruchsversuch stammten. Oder sogar von Mrs Piper selbst, denn immerhin hatte sie auch behauptet, überall im Haus nach dem Gehaltsscheck gesucht zu haben. Wenn das nur ein Vorwand war, um zu erklären, wieso ihre Spuren an Schränken und Schubladen zu finden waren, die sie eigentlich nichts angingen, konnte sie auch so geistesgegenwärtig gewesen sein, scheinbare Einbruchsspuren zu hinterlassen, damit es weitere Indizien gab, die von ihr ablenkten.

Plötzlich kam ihm ein Gedanke. Er griff zum Handy und wählte Hennessys Nummer. »Ja, ich hier«, meldete er sich, als Hennessy den Anruf annahm. »Ich suche noch … ja … hör mal, Carl, du musst Mrs Pipers Tasche durchsuchen, und schick einen Constable her … nein, nicht sofort … sobald du jemanden erübrigen kannst … er soll ihren Wagenschlüssel mitbringen und den Wagen durchsuchen. Da Mrs Piper keinen Scheck gefunden hat, ist sie vielleicht auf die Idee gekommen, Bargeld oder irgendwelche Wertgegenstände beiseitezuschaffen, bevor wir eingetroffen sind … ja, okay. Ich melde mich wieder.« Er steckte das Telefon ein und ging weiter durch das Haus. Zwar war nicht offensichtlich, dass in einem Regal oder auf einem Sideboard irgendetwas fehlte, aber Mrs Piper war Rickles Haushälterin gewesen. Da lag der Gedanke nahe, dass sie wusste, was im Haus wertvoll war. Sollte sie tatsächlich Rickle sofort nach ihrer Ankunft umgebracht haben, dann hätte sie nur ein paar Minuten gebraucht, um die kostbarsten Wertgegenstände in eine Tasche zu packen und in ihrem Wagen zu verstauen. Die Zeit bis zum Eintreffen der Polizei hätte auf jeden Fall gereicht – umso mehr, wenn sie mit ihrer Überlegung richtig lagen, dass Rickle ihr kündigen wollte und er ihr das vielleicht sogar schon vor ein paar Tagen gesagt hatte. Dann hätte sie diesen Angriff auf ihn im Detail planen können und wäre in der Lage gewesen, noch zielgerichteter vorzugehen.

Zurück im Flur fiel sein Blick auf einen Teddybär in einem der Regale, der ihm irgendwie bekannt vorkam. Franklin betrachtete das Plüschtier und überlegte, wo er es bloß schon einmal gesehen hatte. Nein, nicht bei Mrs Boyle und Mr Dearing im Haus, das war es nicht. Sondern … ja, genau! Es war schon einige Monate her, aber das Tier war ihm so gut im Gedächtnis geblieben, weil es inmitten von Smartphones, Laptops und Flachbildfernsehern so völlig fehl am Platz gewirkt hatte. Der Teddybär war in einer doppelseitigen Zeitungsanzeige für einen dieser riesigen Elektromärkte zu sehen gewesen, weil es sich bei ihm um eine von diesen Nannycams handelte, eine kleine Kamera in einem Plüschtier, das an unauffälliger Stelle platziert darüber wachen sollte, ob die Babysitterin ihre Arbeit ordentlich machte oder ob sie nur vor dem Fernseher hing, anstatt auf den Nachwuchs der Familie aufzupassen.

Vermutlich hatte jede Babysitterin längst eine App fürs Smartphone, die einen Teddy in einem fremden Haushalt sofort aufspüren konnte, um sich nicht vor laufender Kamera zu blamieren. Aber zumindest war Rickles Mörder nicht auf das Plüschtier aufmerksam geworden, das so ausgerichtet war, dass es den Flur und die Haustür erfasste – und damit auch die Tür, die nach nebenan zur Garage führte!

Franklin musste nicht lange suchen. Der Laptop stand auf dem Schreibtisch des kleinen Arbeitszimmers im ersten Stock und war zum Glück noch angeschaltet. Der Detective nahm Platz und klappte den Rechner auf, dann suchte er nach dem Programm für die Kamera, wurde fündig und klickte sich durch einige Fenster, ehe er auf die Übersicht der Mitschnitte stieß. Er gab den Zeitraum ein, den er sich ansehen wollte, und gleich darauf startete die Wiedergabe. Die Bilder wurden im Zwei-Sekunden-Takt aufgenommen und bei der Wiedergabe zwei Sekunden lang angezeigt, sodass das Geschehen statt im Zeitraffer in Echtzeit zu sehen war, wenn auch mit ruckelnden Bewegungsabläufen.

Er sah Rickle, wie er um kurz vor zwei telefonierend aus dem Wohnzimmer kam und in die Küche ging, dann wieder zurückkehrte. Dann ging er in die Garage und blieb eine Weile verschwunden. Plötzlich stand er wieder in der Tür und schien auf irgendetwas zu lauschen.

»Das könnte der Killer sein, der sich an der Terrassentür zu schaffen macht«, murmelte Franklin.

Tatsächlich kam Augenblicke später eine schwarz verhüllte Gestalt aus dem Wohnzimmer und stürmte auf Rickle zu, der noch immer in der Tür stand. Der zuckte zusammen und machte einen Schritt auf den Eindringling zu, dabei rutschte aber der Läufer weg, und Rickle musste sekundenlang kämpfen, um die Balance zu halten – zu lange für den Angreifer, der den Mann brutal am Hals packte und ihn nach hinten drückte. Das Ganze geschah so plötzlich, dass Rickle gar keine Chance hatte, sich zur Wehr zu setzen. Dafür war er viel zu sehr damit beschäftigt, mit Armen und Beinen zu rudern, um irgendwo Halt zu finden.

Der Schwarzgekleidete zerrte Rickle mit sich in die Garage, dabei trat der einen Karton um, und ein paar Konservendosen rollten über den gefliesten Boden. Die nächsten gut zwei Minuten geschah nichts, und die Lichtverhältnisse ließen auch nicht zu, dass man etwas davon erkennen konnte, was sich in der Garage abspielte. Wahrscheinlich würde ein Computerspezialist aus dem Bild noch etwas herausholen können, aber für den Moment musste Franklin sich mit dem begnügen, was er zu sehen bekam.

Der Täter kam aus der Garage zurück in den Flur, ging mit zügigen Schritten ins Wohnzimmer und tauchte nicht wieder auf. Rickle blieb verschwunden.

Franklin spulte wieder vor, und etwa zehn Minuten später wurde die Haustür geöffnet, dann betrat Mrs Piper den Flur. Den Mundbewegungen nach zu urteilen, rief sie nach Rickle, stutzte und sah sich suchend um. Nach einem Blick ins Wohnzimmer und in die Küche ging sie in die Garage und kam gleich darauf wieder zum Vorschein. Sie huschte ins Wohnzimmer und kehrte telefonierend in den Flur zurück. Nachdem sie das Gespräch beendet hatte, stand sie da, die Hände in die Hüften gestemmt, und schien nachzudenken. Schließlich verschwand sie aus dem Bild.

Er stoppte die Wiedergabe und griff nach einer CD, legte sie ins Laufwerk des Laptops ein, stellte sicher, dass es eine leere CD war, und kopierte dann den ausgewählten Ausschnitt des Überwachungsvideos. Nachdem er sich vergewissert hatte, dass die richtige Datei auf der CD stand, entnahm er sie und fuhr den Computer runter.

Dann griff er nach seinem Handy und wählte Hennessys Nummer. »Ich hier … genau … Kommando zurück … Mrs Piper ist nicht die Mörderin, es sei denn, sie ist in der Lage, sich in einen Ninja-Krieger zu verwandeln, der einen Kopf größer ist als sie … ja, komplett in Schwarz gekleidet, Gesicht verhüllt … nichts zu machen … aber ihr müsst auf jeden Fall überprüfen, ob sie Geld oder Wertgegenstände mitgenommen hat … ja, okay. Sobald die Jungs von der Spurensicherung hier sind, mache ich mich auf den Weg.«

Mit Rickles Laptop unter dem Arm ging er nach unten und hatte eben die Haustür erreicht, als der dunkelblaue Kombi der Spurensicherung vorfuhr.

Anne klammerte sich an Jess fest und konnte noch immer nicht fassen, dass Phaedra und sie gerettet waren. Jess lenkte den Jetski in mäßigem Tempo über die Wellen, um zu verhindern, dass Anne den Halt verlor oder dass der zur Katzentransportbox umfunktionierte Lederkoffer ins Rutschen geriet, den Anne zwischen sich und Jess geklemmt hatte.

Zum Glück hatte Jess den Jetski dicht an Annes Position heranmanövrieren können, sodass sie sich vom Wagendach retten konnte, ohne ein Stück schwimmen zu müssen. Dann hatten sie sich auf den Rückweg zur Insel gemacht, obwohl es Anne fast lieber gewesen wäre, die junge Frau hätte Kurs aufs Festland genommen, damit sie diesen Ort hinter sich lassen konnten.

Aber sie war Polizistin, und sie lief nicht vor dem Verbrechen davon, sondern stellte sich ihm in den Weg, um zu verhindern, dass es sich weiter ausbreiten konnte. Und genau das würde sie jetzt bei Kapoor machen. Sie würde der Sache auf den Grund gehen und Kapoor überführen.

Jess steuerte den Jetski in einem weiten Bogen zur Nordseite der Insel, wurde langsamer und bog in eine kleine Bucht inmitten der Felsen ein, in der Anne einen Landungssteg und einen kleinen Holzschuppen erkennen konnte. Am Steg angekommen, stellte Jess den Motor ab und griff nach dem Tau, das sie um den Lenker legte, damit der Jetski nicht davontreiben konnte. Sie kletterte auf den Steg, nahm Anne den Lederkoffer ab und hielt ihr dann eine Hand hin, um ihr vom Jetski zu helfen.

Anne war noch ein wenig wacklig auf den Beinen und hatte das Gefühl, dass der Boden unter ihren Füßen nach wie vor leicht schwankte. Jess bemerkte das und fasste sie am Arm, um sie in Richtung des Schuppens zu führen, der ganz dicht an der Felswand stand. Sie öffnete die Tür, legte einen Lichtschalter um und setzte sich auf eine Holzbank, dann öffnete sie den Neoprenanzug, den sie trug.

»Was ist das hier?«, wollte Anne wissen.

»Das ist ein geheimer Weg, um aus der Burg und genauso in die Burg zu gelangen. Der wurde schon damals angelegt, als die Burg gebaut wurde, wohl für den Fall, dass irgendwelche feindlichen Ritter den Damm blockieren.«

»Und woher weißt du von diesem geheimen Weg?«, wunderte Anne sich.

»Von Sir Lester. Er hat ihn mir gezeigt.«

»Bevor ich dich mit Fragen löchere«, sagte Anne schließlich, »wäre es vielleicht praktischer, wenn du mir der Reihe nach erzählst, was du gemacht hast.«

»Okay, aber lass uns erst nach oben gehen. Du musst dich umziehen, du bist völlig durchnässt. Außerdem würde ich im Gegenzug gern wissen, was du auf halber Strecke auf dem Damm mitten im Wasser gesucht hast.«

»Vorausgesetzt, ich kriege das überhaupt noch alles zusammen«, antwortete sie.

Nachdem Jess den Neoprenanzug zur Seite gelegt und Jeans und Sweatshirt angezogen hatte, schnürte sie ihre Sportschuhe zu und stand auf, als Anne ihr plötzlich um den Hals fiel. »Danke, dass du uns gerettet hast«, brachte sie nur heiser heraus.

»Dafür hat man doch Assistenten, oder nicht?«, gab Jess zurück und grinste breit, obwohl Anne ihr ansehen konnte, dass sie genauso Mühe hatte wie sie selbst, ihre Tränen zurückzuhalten. »Jetzt komm, gehen wir erst mal rauf.«

Sie verließen den Schuppen über eine Treppe, die am rückwärtigen Ende in den Fels gehauen war. Die Stufen waren im Lauf der Jahrhunderte so ausgetreten worden, dass Anne höllisch aufpassen musste, um nicht auszurutschen und hinzufallen. Für einen Geheimgang war diese Treppe allem Anschein nach sehr häufig benutzt worden, fand sie.

Am Ende der Treppe befand sich eine Stahltür erheblich jüngeren Datums, durch die sie in ein Kellergewölbe gelangten, das etwas besser beleuchtet war als der Aufgang von der kleinen Bucht. Zügig gingen sie weiter, bis sie die nächste Treppe erreichten, die sie in einer Ecke auf dem inneren Burghof herauskommen ließ, die nur von der Burgmauer aus eingesehen werden konnte. Jess wollte den Hof überqueren, aber Anne hielt sie zurück.

»Nein, lass uns nach links gehen«, sagte sie.

»Das ist ein Umweg«, hielt Jess dagegen.

»Ja, ich weiß, aber wenn wir den Weg nehmen, kommen wir in die Etage, die nicht belegt ist. Von da können wir das Treppenhaus in dem Turm benutzen, der sich gleich neben unseren Quartieren befindet«, erklärte Anne. »Wenn wir von da kommen, wird niemand vermuten, dass wir die Burg verlassen haben.«

Jess sah sie fragend an. »Ich will wissen, wie viel Kapoor weiß und wie viel er davon verrät. Der Fahrer wird ihm gesagt haben, dass ich da auf dem Damm gestanden habe, und Kapoor wird glauben, dass ich längst ertrunken bin.«

»Welcher Fahrer?«, warf Jess ein.

»Gleich«, sagte sie und hob abwehrend die Hand. »Erzähl mir gleich erst mal, wie du dazu gekommen bist, dich mit einem Jetski auf die Suche nach mir zu begeben.«

Sie folgten dem von Anne vorgeschlagenen Weg und gelangten tatsächlich unbemerkt in ihre Unterkunft zurück. Anne holte frische Kleidung aus ihrer Tasche und zog sich für eine Viertelstunde ins Badezimmer zurück, um zu duschen und trockene Sachen anzuziehen. Als sie wieder herauskam, hatte Jess längst die Katze aus dem Lederkoffer geholt und ihr etwas zu fressen gegeben. Phaedra verschlang soeben die dritte Portion, wie Jess mit den Fingern anzeigte.

Anne ließ sich auf das Bett sinken und hätte sich am liebsten der Länge nach hingelegt, aber sie wusste, wenn sie das machte, würde sie auf der Stelle einschlafen und erst am nächsten Tag wieder aufwachen. Natürlich hätte sie sich eine Weile ausruhen sollen, aber da das Verbrechen bekanntlich nie eine Erholungspause einlegte, konnte sie nicht zulassen, dass die Gegenseite einen Vorteil erlangte.

Nachdem Phaedra aufgegessen hatte und nun wohl vorerst gesättigt war, legte sie sich zur Abwechslung auf Jess' Schoß, die auf dem Sofa saß. »Also«, begann Jess zu berichten. »Nachdem du dich mit dem Vorwand, du müsstest die bisherigen Aussagen auswerten, aus dem Saal zurückgezogen hattest, habe ich noch ein paar Gäste befragen können, aber als du nach ungefähr einer halben Stunde immer noch nicht wieder aufgetaucht warst, wurden die Leute etwas ungehalten. Sie wollten sich nicht länger von mir ausfragen lassen, und Mr Linroy fing wieder davon an, dass er die Insel verlassen wollte. Da war es … ich glaube, zehn nach zwölf. Kapoor konnte auf Linroy und die anderen einreden, die sich von seiner Forderung hatten anstecken lassen. Kapoor machte ihnen klar, dass das so schnell nicht in die Tat umgesetzt werden könne. Sie müssten ja erst noch ihre Sachen packen, dabei müssten sie schon längst mit ihren Wagen vor dem Damm stehen, um sicher an Land zu gelangen. Er redete es Linroy aus, und als der einlenkte, gaben die anderen auch auf.«

Anne nickte. »Das hätte Kapoor auch gar nicht in den Kram gepasst, wenn die Leute schon losgefahren wären«, murmelte sie und gab Jess ein Zeichen, damit sie weiterredete.

»Weil ich mit den Befragungen allein nicht weitermachen konnte, habe ich mir vom Büfett etwas fürs Mittagessen mit aufs Zimmer genommen. Da hat mich dann Phaedra überlistet. Ich habe die Tür einen Spaltbreit aufgemacht und darauf geachtet, dass sie mir nicht entwischt, aber sie stand gar nicht an der Tür. Ich dachte, sie liegt vielleicht auf dem Bett und schläft, und hab die Tür weiter aufgemacht, damit ich um die Ecke sehen kann, als ich auf einmal einen Stoß in den Rücken kriege. Ich drehe mich um und sehe noch, wie Phaedra durch den Gang davonläuft. Nachher habe ich gesehen, dass sie es wohl von der Sessellehne aus auf den Schrank geschafft hatte, und weil sie offenbar wusste, dass ich zuerst auf den Boden sehen würde, konnte sie mit einer Zwischenlandung auf meinem Rücken entwischen.« Sie schüttelte den Kopf und streichelte weiter die Katze, die sich auf ihrem Schoß zusammengerollt hatte.

»Auf jeden Fall bin ich hinterhergelaufen, weil ich sie zurückholen wollte. Da hab ich erst mal gemerkt, wie schnell eine Katze laufen kann, wenn sie will. Ich bin ihr durch die halbe Burg nachgerannt, bis sie im Erdgeschoss angekommen und durch eins von diesen schmalen Fenstern nach draußen gesprungen ist. Bis ich den nächsten Ausgang auf den Burghof gefunden hatte, war sie spurlos verschwunden.« Sie sah Anne fragend an. »Wo hast du sie gefunden?«

»Sie hat mich gefunden«, antwortete sie. »Aber das erzähle ich dir anschließend.«

»Okay«, sagte Jess und fuhr fort. »Ich habe noch eine ganze Zeit nach ihr gesucht, aber dann hab ich's aufgegeben. Irgendwann hab ich dann von der Burgmauer aus gesehen, dass dein Wagen weg war, und da wusste ich, dass das passiert sein musste, was du erwartet hattest.«

»Du hast nicht zufällig gesehen, wie ein Wagen über den Damm zur Burg gekommen ist?«, warf Anne ein.

»Nein, ich bin dann auch gleich nach drinnen gegangen, weil es mir da oben zu kalt wurde. Ich hatte ja keine Jacke an, weil ich Phaedra verfolgt hatte.

»Hast du irgendjemandem davon erzählt, dass dir die Katze entwischt ist?«

Jess schüttelte den Kopf. »Nein, nein, ich wollte nicht den Attentäter warnen. Jedenfalls bin ich dann hierher zurückgekehrt und habe gewartet, dass ich von dir einen Anruf bekomme, sobald du den Damm überquert hast. Aber es kam nichts. Irgendwann wurde ich dann unruhig und habe dich angerufen, aber da kam nur die Durchsage, dass dein Anschluss nicht erreichbar ist. Das hab ich in Abständen wiederholt, bis es mir zu dumm wurde. Ich hab dann bei dir auf der Wache angerufen und mir von DI Hennessy den GPS-Code für deinen Dienstwagen geben lassen.«

»Woher wusstest du, dass der Wagen mit GPS ausgerüstet ist?«

»Hast du dir noch nie die vielen Aufkleber in deinem Wagen angesehen?«

»Was für Aufkleber?«

»Die an der Windschutzscheibe, im Handschuhfach, unter der Sonnenblende?«

»Gesehen ja, aber noch nie durchgelesen.«

Jess lächelte sie breit an. »Aber ich, und daher weiß ich das auch mit dem GPS.«

Anne nickte anerkennend. »Du bist wirklich gut, danke.«

»Über das Internet habe ich dann danach gesucht, wo sich dein Wagen befindet, und als die Karte angezeigt wurde, konnte ich sehen, dass das Signal ziemlich genau von der Mitte des Damms ausging. Na ja, und damit war mir natürlich sofort klar, dass irgendwas nicht stimmen konnte. Hinfahren konnte ich nicht, weil ja längst die Flut wieder eingesetzt hatte.«

»Wieso hast du nicht irgendwen alarmiert?«, wunderte sich Anne. »Wieso hast du meinen Leuten nicht gesagt, was los ist?«

»Weil das alles zu lange gedauert hätte«, erklärte sie. »Ich habe die Polizei in Whitehaven angerufen, bevor ich von dem Jetski wusste. Die haben zwar gesagt, dass sie einen Hubschrauber der Seenotrettung losschicken, aber irgendwo weiter nördlich sind zwei Fischerboote kollidiert, und es hat mehrere Verletzte gegeben. Vor achtzehn Uhr würde sich der Hubschrauber gar nicht erst auf den Weg hierher machen. Ich habe ihn zwar angefordert, weil ich nicht wusste, ob ich irgendeine Möglichkeit haben würde.« Sie sah auf die Uhr. »Oh, ich muss da anrufen und den Hubschrauber abbestellen, sonst machen die sich gleich auf den Weg.« Sie griff nach ihrem Handy und erledigte das Telefonat mit einer Routine, als würde sie schon seit Jahren tagtäglich mit allen möglichen Behörden und Einrichtungen telefonieren. Als sie fertig war, machte sie dort weiter, wo sie vor der Unterbrechung durch Anne aufgehört hatte: »Also hab ich überlegt, was ich machen kann. Mir war klar, dass ich mindestens ein Motorboot brauche, aber ich hatte natürlich keine Ahnung, wo ich eines finden sollte. Ich wollte nicht Kapoor fragen, sonst hätte der mich ausgequetscht, was ich mit einem Motorboot will, und einen von seinen Dienern konnte ich auch nicht ansprechen, weil ich mir dachte, dass die ihm das sofort weitersagen.«

»Und wie bist du dann an den Jetski gekommen?«

»Durch Sir Lester.«

»Sir Lester fährt Jetski?«, fragte Anne verdutzt.

»Nein, er fährt nicht Jetski«, betonte Jess. »Aber ich dachte mir, wenn ich einen fragen kann, dann ihn. Er ist als Einziger von allen Gästen immer noch genauso nett wie ganz am Anfang. Ich habe ihn gefragt, was eigentlich ist, wenn man mal unbedingt an Land muss oder wenn irgendwas dringend vom Festland auf die Insel gebracht werden soll.«

»Hubschrauber«, warf Anne ein.

»Das hatte ich auch befürchtet, aber dann erzählte er mir davon, dass es zwei Jetskis gibt, und er wusste auch genau, wie man da hinkommt. Ich bin sofort hin und sehe nach, und da liegen tatsächlich zwei Jetskis …«

»Ich habe nur einen Jetski gesehen. Wo ist der andere hin?«

»Der ist auch da, Anne«, versicherte Jess ihr. »Er ist auf der anderen Seite des Bootsstegs festgemacht. Du hast davon vorhin bloß nichts mitgekriegt, weil du noch so wacklig auf den Beinen warst.«

Anne zuckte mit den Schultern. »Ja, daran kann ich mich noch lebhaft erinnern«, sagte sie leise.

»Wie gesagt, da liegen zwei Jetskis. Du kannst von Glück sagen, dass ich weiß, wie man diese Dinger fährt. Mein Onkel hat sich letztes Jahr so einen für sein Ferienhaus in Cornwall angeschafft und mir den Umgang damit gezeigt. In dem Schuppen hingen ein paar Neoprenanzüge, und der erste, den ich mir gegriffen hatte, war auch genau die richtige Größe. Okay, ich wäre auch ohne so einen Anzug losgefahren, mit der Jacke drüber geht das auch. Aber das Wasser ist doch ziemlich kühl …«

»Das kannst du laut sagen«, murmelte Anne, die sich nach der heißen Dusche deutlich besser fühlte.

»… also habe ich einen von den Anzügen angezogen, hab mir den Zündschlüssel geschnappt, der praktischerweise gleich am nächsten Haken hing, bin losgefahren, und dann habe ich was aus dem Wasser ragen sehen, was sich dann als Detective Chief Inspector Anne Remington und ihre unerschrockene Begleiterin Phaedra entpuppt hat.«

Anne musterte sie und schüttelte den Kopf. »Weißt du, als du gestern Morgen bei mir zu Hause vor der Tür gestanden hast, da dachte ich noch: ›O Gott, was soll denn das für ein Wochenende geben?‹ Ich hätte in dem Moment jeden für verrückt erklärt, der mir hätte weismachen wollen, dass du mir nur einen Tag später das Leben retten würdest. Du warst so … ich weiß nicht … irgendwie so desinteressiert.«

»Kann sein«, erwiderte Jess und zuckte mit den Schultern. »Ich hatte mich darauf gefreut, mit Lord Bromshire hinzufahren, und als ich dann zu hören bekam, dass ich nicht mit ihm, sondern mit einer völlig fremden Frau unterwegs sein würde, dachte ich nur: ›Was soll denn der Mist?‹ Da wusste ich ja auch noch nicht, dass du Polizistin bist.« Sie legte den Kopf schräg. »Jetzt muss ich sagen, dass es ein völlig irres Wochenende geworden ist.«

»Ja, als völlig irre kann man das auch bezeichnen«, stimmte Anne ihr zu. »Und es ist noch nicht vorbei.«

»Aber ich will jetzt endlich wissen, wieso ich dich aus dem Meer fischen musste«, beharrte Jess.

»Also, das lief so ab …«, begann Anne, woraufhin Phaedra abrupt den Kopf hob und sie ansah, als wollte sie auf keinen Fall verpassen, wie von ihren Heldentaten berichtet wurde.

14

Ich protestiere gegen diese Behandlung!«, empörte sich Thelonius, als er von Constable Flaherty aus dem Verhörraum in die Arrestzelle gebracht wurde. »Ich bin kein Krimineller!«

»Dann sagen Sie mir, wo Sie gestern Abend zwischen neun und elf waren, als Mr Dearing ermordet wurde«, erwiderte Franklin. »Ich weiß nicht, was daran so schwer zu verstehen ist. Sie können für den Zeitraum kein Alibi vorweisen. Mr Langstead hat ausgesagt, dass er nur bis kurz vor neun bei Ihnen war, also fehlen uns zwei Stunden. Solange Sie also nicht den Mund aufmachen und mir sagen, was Sie in diesem Zeitraum getan haben, muss ich Sie verdächtigen, dass Sie etwas mit Mr Dearings Tod zu tun haben.«

»Das ist an den Haaren herbeigezogen, damit kommen Sie bei keinem Richter durch!«, ereiferte sich der Mann, der trotz aller Empörung immer noch wie aus dem Ei gepellt aussah. »Und mein Anwalt wird Sie in Stücke reißen und Ihrer Karriere ein vorzeitiges Ende bereiten!«

»Ja, aber dazu muss er erst mal aus dem Urlaub zurückkommen und seinen Anrufbeantworter abhören«, konterte Franklin gelassen.

»Sie müssen mich noch mal telefonieren lassen«, beharrte Thelonius.

»Ich habe Sie insgesamt fünfmal telefonieren lassen«, betonte der Detective. »Sie haben darauf bestanden, zweimal bei Ihrem Anwalt auf Band zu sprechen, und dann haben Sie einen Bekannten angerufen, damit der Ihnen die Nummer seines Anwalts gibt. Sie durften beide Nummern wählen, bei beiden hat sich niemand gemeldet. Ich habe Ihnen von Anfang an gesagt, fragen Sie zuerst bei der Anwaltskammer nach, wer heute Notdienst hat, dann hätte die Anwaltskammer Sie durchgestellt, und Sie hätten inzwischen längst einen Anwalt.«

»Wer will denn einen Anwalt, der Notdienst machen muss. Von so einem armen Würstchen kann man doch keine vernünftige Beratung und Vertretung erwarten!«

Franklin lächelte ihn an, während der Constable hinter dem Mann die Zellentür abschloss. »Und wie vernünftig werden Sie von Ihrem Anwalt beraten und vertreten, der noch die ganze nächste Woche in Urlaub ist?«

»Ich lasse mich nicht von Ihnen verspotten!«

»Wenn Sie das so auffassen, ist das Ihre Sache«, gab Franklin ruhig zurück. »Ich mache mich nicht über Sie lustig, damit das klar ist. Aber das wollen Sie ja nicht einsehen, genauso wie Sie glauben, ich wollte Ihnen was anhängen.«

»Das tun Sie ja auch! Sie behaupten, ich hätte was mit Dearings Tod zu tun.«

Der Detective schüttelte den Kopf. »Sie halten sich für so toll, Mr Thelonius, dass Sie nicht mal hinhören, wenn andere Leute reden. Ich behaupte nicht, dass Sie etwas mit Dearings Tod zu tun haben, aber ich kann es nicht ausschließen, solange Sie sich nicht dazu äußern, wo Sie gestern Abend zwischen neun und elf waren, und solange Sie mir keinen Zeugen nennen können, der Ihre Aussage bestätigt. Sie hatten mit Mr Dearing im Komitee zu tun, also gehören Sie zum Kreis der Verdächtigen, und das umso mehr, da es ein Motiv geben könnte, auf das wir nur noch nicht gestoßen sind.«

»Das ist lächerlich! Das ist pure Schikane! Was muss ein unbescholtener Bürger tun, um diesem Teufelskreis aus Anschuldigungen und Unterstellungen zu entkommen?«

Franklin seufzte. »Sie hören nicht mal zu, wenn man Ihnen vorhält, dass Sie nicht zuhören, wie?« Er rieb sich die Stirn, weil diese immer wieder gleiche Diskussion ihm allmählich Kopfschmerzen bereitete. »Wenn Sie sich durchringen können, mir auf meine Frage zu antworten, und wenn wir dann auch noch einen passenden Zeugen finden, dann sind Sie im Handumdrehen wieder draußen. Solange Sie das nicht machen, dürfen Sie in unserer Deluxe-Zelle schmoren.« Mit diesen Worten wandte er sich zum Gehen, wurde aber gleich wieder aufgehalten.

»So lange dürfen Sie mich hier nicht festhalten! Ich habe Bürgerrechte!«

»Die werden ja auch gewahrt«, sagte Franklin über die Schulter. »Aber die Polizei hat auch Rechte, und Sie werden ja wohl nicht der Polizei etwas absprechen, was Sie für sich selbst beanspruchen wollen.«

Dann ließ er die Zellen hinter sich und kehrte nach vorn an seinen Schreibtisch zurück, auf dem eine neue Mappe lag, die er sich erst noch ansehen musste: Rickles Akte mit seinen Unterlagen der Komitee-Arbeit.

»Dieser Thelonius ist bestimmt nicht der Mörder, Detective«, sagte Constable Flaherty, der ihm nach vorn gefolgt war.

»So?«, gab Franklin zurück.

Flaherty nickte. »Haben Sie seine Finger gesehen?«

»Was ist mit seinen Fingern?«

»Die sind viel zu schwach, um ein solches Schwert zu halten, von den dürren Armen ganz zu schweigen, Sir. Ich habe mal an einem von diesen Mittelalter-Festivals teilgenommen, wo sich die Leute alle kleiden wie im dreizehnten oder vierzehnten Jahrhundert, und da konnte man sich auch im Schwertkampf üben.«

»Lassen Sie mich raten: Da haben Sie mitgemacht.«

»Ja, Sir, und anschließend war ich froh, dass ich nicht im Mittelalter gelebt habe«, sagte der Constable. »Ein Schwert ist genau genommen eine völlig unlogische Waffe, weil sie von ihrem Träger einen unverhältnismäßig hohen Kraftaufwand erfordert. Von Vorteil ist ein Schwert nur wegen seiner Reichweite und mit Blick darauf, dass die Klinge durch ihr hohes Gewicht in der Lage ist, einem Gegner tödliche Verletzungen zuzufügen. Die Handhabung dagegen ist in jeder Hinsicht unpraktisch, und man muss ständig üben, damit die Muskelpartien sich nicht zurückbilden.« Mit einer Kopfbewegung deutete er in Richtung der Arrestzelle. »Unter dem Anzug verstecken sich dürre Oberarme, Sir. Dieser Mann kann mit einem Schwert nicht umgehen, und er wäre schon gar nicht in der Lage, die Klinge durch eine Sessellehne zu bohren und dann noch einen Menschen aufzuspießen.«

»Sie haben eine gute Beobachtungsgabe, Constable. Ich werde dem Chief sagen, dass das in Ihrer Akte vermerkt wird.«

»Oh … danke, Detective, aber deswegen habe ich das nicht ges…«

»Ich weiß, dass Sie das nicht deswegen gesagt haben. Sie wundern sich, warum es mir nicht aufgefallen ist.«

»Nein, nein, Sir, ich …«

»Kommen Sie, Flaherty, so würde jeder intelligente Polizist denken«, beharrte Franklin. »Ich fühle mich deswegen nicht beleidigt. Ich freue mich, dass Sie mitdenken. Sehen Sie, ich weiß, dass er es nicht war. Ich habe eine Aufnahme von dem Mann gesehen, der unser drittes Opfer ermordet hat. In den passt Thelonius sozusagen zweimal rein, und der dürfte auch in der Lage sein, mit einem Schwert umzugehen.«

»Wenn Sie das wissen, warum haben Sie dann Thelonius trotzdem festnehmen lassen?«

»Offiziell, weil er zumindest theoretisch zum Kreis der Verdächtigen gehört. Er könnte ja auch den Mord in Auftrag gegeben haben, ohne dass er selbst mit einem Schwert umgehen können muss.«

»Und inoffiziell?«, hakte Flaherty nach.

»Sie wissen, dass Inoffizielles auch inoffiziell bleibt, nicht wahr, Constable?«

»Ich werde es schon wieder vergessen haben, noch bevor Sie zu Ende geredet haben.«

Franklin nickte lächelnd. »Weil er sich für was Besseres hält.«

»Sir?«

»Für Mr Thelonius sind wir Bürger zweiter Klasse. Als er heute Mittag hier war, um uns ein paar Auskünfte über dieses Zukunftskomitee für die Grafschaft und über die beiden ersten Opfer zu geben, da wollte er erst überhaupt nicht mit uns reden, weil er es unter einem DCI normalerweise gar nicht tut.« Der Detective zuckte mit den Schultern. »Wissen Sie, von uns Polizisten wird immer erwartet, dass wir jeden gleich behandeln, dass wir nicht jemandem unsere Hilfe verweigern, nur weil er … was weiß ich … weil er meinetwegen Arbeitslosenunterstützung erhält. Aber umgekehrt gilt das nicht? Wir sollen uns gefallen lassen, dass ein Zeuge oder ein Verdächtiger nur mit einem Chief Inspector reden will, nur weil ihm alles darunter unter seiner Würde ist? Ohne mich, sage ich Ihnen. Thelonius darf erst mal eine Weile da drinnen schmoren. Auch wenn ich nicht viel Hoffnung habe, dass es bei ihm tatsächlich etwas bewirkt, soll er wenigstens merken, dass kein Chief Inspector erforderlich ist, um ihn hinter Gitter zu bringen. Ich gehe davon aus, dass er spätestens dann anfängt zu reden, sobald er merkt, dass er seinen wertvollen Anzug zerknittern wird, wenn er die Nacht auf der Pritsche da drinnen verbringen muss.«

Lachend kehrte Flaherty zurück an den Tresen; im gleichen Moment betrat Constable Slate in Zivilkleidung die Wache. »Alles erledigt, Detective«, sagte er zu Hennessy und kam zu ihm an den Schreibtisch, um sich an dessen Computer zu schaffen zu machen. Nach einigen Tastendrucken erschienen auf dem Monitor vier Bilder, die alle einen anderen Ausschnitt zeigten. »Wenn Sie jetzt mit der Maus das Bild anklicken, dann füllt es den ganzen Bildschirm aus, und mit der Escape-Taste kehren Sie zu der Vierer-Ansicht zurück.«

»Das ging ja schnell«, stellte Hennessy erstaunt fest.

»Reine Routine, Sir«, sagte Slate. »Wenn man das ein- oder zweimal gemacht hat, weiß man, wie's geht, egal, ob das eine Kamera ist oder ein ganzes Dutzend. Aufgezeichnet werden die Bilder von allen vier Kameras auf unserem Server, da können Sie zwischendurch alles abrufen, wenn Sie irgendeine Szene noch mal genauer sehen wollen. Außerdem habe ich noch ein kleines Programm aufgespielt, das ein akustisches Signal erklingen lässt, wenn sich was tut.«

»Wenn sich was tut?«

»Ja. Sehen Sie mal, die Kameras zeigen statische Bilder, und Chief Remington wohnt in einer ziemlich ruhigen Straße. Da ist vielleicht einmal in der Stunde jemand unterwegs. Das Programm erkennt zwar nicht die eigentliche Bewegung, sondern es reagiert auf Veränderungen der Bildpunkte. Das heißt, es würde auch reagieren, wenn eine Zeitung durch die Luft gewirbelt würde, aber Sie müssen nicht die ganze Zeit auf die Bilder starren, damit Sie ja nichts verpassen. Und falls Sie noch Fragen haben, Sie wissen ja, wo Sie mich finden«, fügte er grinsend hinzu.

»Okay, danke, Constable«, entgegnete Hennessy. »Jetzt können wir nur noch abwarten, ob unser eigenartiger Entführer Remingtons Haus gemeint hat oder nicht.«

Als Jess gegen achtzehn Uhr den großen Saal betrat, hatte Kapoor seine Gäste um sich geschart und unterhielt sie bei Tee und Gebäck mit Anekdoten aus seiner indischen Heimat. Er machte einen gut gelaunten Eindruck, und er spielte den perfekten Entertainer, der es verstand, die Anwesenden zum Lachen zu bringen und sie vergessen zu lassen, dass sie sich seit dem gestrigen Tag eigentlich gegen ihren Willen hier aufhielten, da Anne mit ihrem Wagen den einzigen Weg aus der Burg blockiert hatte. Das Mörder-Spiel war aus nachvollziehbaren Gründen komplett entfallen, da selbst eine verkürzte Version angesichts der echten Toten auf der Burg zu geschmacklos gewesen wäre. Aber entweder hatte sich Kapoor für alle Fälle eine Ausweichmöglichkeit zurechtgelegt, wenn das Spiel aus irgendeinem Grund abgesagt werden musste, oder er verstand sich aufs Improvisieren, und wenn Letzteres der Fall war, dann beherrschte er das wirklich gut.

Jess setzte sich hinter seinem im Halbkreis platzierten Publikum auf einen der Tische und stellte die Füße auf den Stuhl, sodass sie über die Gäste hinweg zu Kapoor sehen konnte – oder besser gesagt: damit er Jess sehen konnte.

Ihm entging nicht die Bewegung im Hintergrund, und als er Jess entdeckte, lächelte er ihr zu. Das bemerkten auch die vor ihm versammelten Zuhörer, und einige von ihnen folgten seinem Blick. Als sie sahen, dass er zu Jess gesehen hatte – die in den Augen seiner Gäste doch nur Annes Komplizin war und damit ersatzweise den Grund dafür darstellte, dass sie alle hier festsaßen –, reagierten sie bestenfalls mit gleichgültigen Mienen, die meisten machten aber aus ihrem Zorn auf sie keinen Hehl.

Viel bemerkenswerter als die Reaktion der Gäste war jedoch das, was sich in Kapoors Gesicht abspielte. Beim Anblick der zutiefst betrübt dreinschauenden Jess schien er nur noch mehr vor Freude zu strahlen … aber da war noch etwas … ja, es erinnerte an die Miene eines Siegers, eines Mannes, der erkannt hatte, dass er gewonnen hatte, dass er die Konkurrenz erfolgreich ausgeschaltet hatte. Es war das strahlende Lächeln eines Mannes, der wusste, dass er es geschafft hatte. Nichts würde ihn noch aufhalten können.

Er wandte sich wieder seinen Gästen zu und setzte seine Anekdote fort, die von ihm mit einem Mal mit mehr und ehrlicherer Begeisterung als zuvor vorgetragen wurde. Während er drauflos schwadronierte und immer wieder der einen oder anderen Dame in der Gruppe zuzwinkerte, machte sich mit einem Mal eine Veränderung bei ihm bemerkbar. Ein paar Mal verlor er den Faden, auch wenn er das so geschickt überspielte, dass es nur den wenigsten auffiel. Seine Gesten wurden etwas fahriger, und er schien sich zwingen zu müssen, nicht den Kopf nach rechts zu drehen – so als wüsste er, dass es nur seine Fantasie war, die ihm einen Streich spielen wollte, auf den er nicht reagieren durfte. Denn wenn er darauf reagierte, würde er von da an glauben, dass dort wirklich etwas gewesen war.

Aber zugleich waren ihm Zweifel daran anzusehen, ob er sich wirklich nur etwas einbildete oder ob da tatsächlich etwas war.

Schließlich hielt er es nicht mehr aus und schaute nach rechts – in Annes Gesicht, die gegen eine der Säulen gelehnt dastand, zu der sie sich von allen unbemerkt geschlichen hatte, als die anderen einen Moment lang auf Jess konzentriert gewesen waren.

Trotz seiner natürlichen Bräune war Kapoor anzusehen, dass er bleich wurde. Sein Mund zuckte für den Bruchteil einer Sekunde, als wollte er einen Entsetzensschrei ausstoßen, seine Augen waren weit aufgerissen, als hätte er einen Geist gesehen.

Was auch kein Wunder war, schließlich hatte ihm der Fahrer des Jaguars sicher berichtet, dass Anne mit ihrem Wagen in der Mitte des Damms liegen geblieben war – und inzwischen längst ertrunken sein sollte.

Erstaunlich war nur, wie schnell er sich von seinem Schock erholte. Während Anne ihm genau ansah, was ihm durch den Kopf ging, wirkte es auf die anderen Gäste nur so, als sei er durch ihr Auftauchen für einen Moment abgelenkt worden war, da er gleich wieder ein freundliches Lächeln aufsetzte.

»Miss Remington, da sind sie ja wieder. Sie schauen so ernst drein«, sagte er. »Stimmt etwas nicht?«

»Man sollte es eigentlich kaum glauben«, erwiderte sie, »aber wissen Sie, was mir passiert ist?«

»Ich … könnte nicht mal raten«, antwortete er, dabei wurde sein Lächeln unsicherer.

Ganz sicher rechnete er damit, dass sie ihm jetzt von dem leergepumpten Tank erzählte, davon, dass sie mitten auf dem Damm ohne Benzin dagestanden hatte, von dem mysteriösen Jaguar, der auf ihren Wagen aufgefahren war und dessen Fahrer dann in aller Eile rückwärts zur Burg davongerast war, um sie dem Tod durch die einsetzende Flut zu überlassen. Kapoor hatte Angst, vor seinen Gästen in Erklärungsnot zu geraten, aber sie wollte ihn nicht bloßstellen, nicht jetzt und hier. Bis auf Sir Lester waren die anderen Anwesenden gegen Anne eingestellt, und anstatt Kapoor mit Fragen zu löchern, was es mit diesem Wagen auf sich hatte und wieso der Tank des Mondeos leer gewesen war, würden sie sich entweder freuen, dass jemand versucht hatte, sie aus dem Weg zu räumen, oder sie wären verärgert, weil der Täter mit seinen Bemühungen erfolglos geblieben war.

»Jemand … hat meinen Wagen gestohlen, Mr Kapoor. Können Sie sich so was vorstellen?«

»Also … ich … ähm«, stammelte der Inder, der mit dieser Antwort nicht gerechnet hatte. »Nun, vielleicht hat sich ja die Handbremse gelöst, und der Wagen ist ins Wasser gerollt.«

»Nein, ich hatte die Räder nach rechts eingeschlagen und den Rückwärtsgang eingelegt«, widersprach sie. »Selbst wenn die Handbremse sich gelöst hätte, und der Gang wäre rausgesprungen, hätte das Lenkradschloss dafür gesorgt, dass der Wagen nur nach rechts gerollt wäre, also gegen die flache Mauer neben der Zufahrt. Nein, jemand hat den Wagen aufgebrochen und kurzgeschlossen, eine andere Erklärung gibt es nicht.«

»Hm«, machte Kapoor, dessen die Finger zunehmend verkrampfter wurden und dessen Mundwinkel beharrlich zuckten. Ihm war überdeutlich anzusehen, dass er ihr am liebsten auf den Kopf zugesagt hätte, dass jedes ihrer Worte gelogen war. Aber das hätte er natürlich vor seinen Gästen nicht erklären können, also rang er sich dazu durch zu sagen: »Dann fürchte ich, dass der Dieb längst über alle Berge ist, denn er muss ja die Ebbe genutzt haben, um mit Ihrem Wagen wegzufahren.«

»Unmöglich, denn wenn er auf den Damm gefahren wäre, dann hätte er nicht weit kommen können«, widersprach Anne ihm.

»Wie … Woher wollen Sie das wissen?« Wieder war ihm die Angst anzusehen, dass sie doch noch die Wahrheit aussprach.

»Ganz einfach. Als ich das letzte Mal nach meinem Wagen gesehen habe, da hatte die Flut längst wieder eingesetzt. Das war so gegen drei Uhr. Da wäre der Motor auf dem Damm schon nach ein paar Metern abgesoffen.«

»Das ist doch …«, begann er, konnte sich aber im letzten Augenblick davon abhalten, das auszusprechen, was ihm auf der Zunge lag. »Das ist doch unglaublich! Wer vergreift sich an Ihrem Wagen? Und wo soll er ihn hingeschafft haben?«

»Vermutlich hat er ihn irgendwo hier auf der Insel versteckt, ich werde deshalb jetzt mit Jess das Gelände rings um die Burg absuchen«, erklärte sie, woraufhin Jess ihn breit angrinste.

Kapoor kniff ein wenig die Augen zusammen, als ihm klar wurde, dass er kurz davor stand, sein Spiel doch noch zu verlieren, und das, wo er es bereits für gewonnen gehalten hatte!

»Miss Remington, da muss ich Sie enttäuschen«, sagte er, als er sich wieder gefasst hatte. »Aber hier gibt es keine Verstecke, um ein Auto unterzubringen.«

Sie zuckte mit den Schultern. »Sie wissen ja, wie wir Polizisten sind. Wir müssen uns von allem selbst ein Bild machen, ganz gleich, was wir zu hören bekommen. Außerdem muss ich ja meinem Vorgesetzten eine Erklärung liefern, was mit dem Wagen passiert ist. Und ich kann ihm wohl kaum erklären, dass ich nicht mal danach gesucht habe, nur weil man mir gesagt hat, dass es hier nirgendwo ein geeignetes Versteck gibt.« Sofort hob sie abwehrend die Hand und fügte hinzu: »Nehmen Sie das bitte nicht persönlich, Mr Kapoor, ich würde Ihnen nicht unterstellen, dass Sie mir eine Lüge auftischen, denn was hätten Sie auch davon, wenn Sie meinen Wagen behalten würden?«

»Ja, eben«, stimmte Kapoor ihr zu und schien wieder kurz davor, zu explodieren, weil er genau wusste, dass jedes ihrer Worte gelogen war – allem voran ihre Bemerkung, sie würde ihm nicht unterstellen, ihr eine Lüge aufzutischen. »Aber wenn Sie sich umsehen möchten, ich werde Sie nicht davon abhalten. Vielleicht führt Ihre Spürnase Sie ja tatsächlich zu einem Versteck, von dem ich noch gar nichts weiß.«

Anne lächelte ihn freundlich an und fügte hinzu: »Meinen Sie, einer Ihrer Diener könnte uns eine gute Taschenlampe zur Verfügung stellen? Meine ist mir zusammen mit dem Wagen gestohlen worden.«

»Selbstverständlich.« Kapoor klatschte in die Hände, und sofort kamen zwei Bedienstete herbeigeeilt.

»Ach, und wenn einer von ihnen auch bitte einen Beutel mit Katzenstreu vor mein Zimmer stellen würde«, ergänzte sie. »Ich muss nämlich das Streu in der Katzentoilette wechseln. Aber er soll den Beutel auf jeden Fall nur vor die Tür stellen, nicht ins Zimmer gehen. Phaedra ist nämlich im Moment sehr darauf aus, sofort zu entwischen, sobald die Tür aufgeht.«

Kapoor sagte etwas auf Hindi zu den beiden, dann liefen die zwei Diener in verschiedene Richtungen davon.

»Danke, Mr Kapoor. Ich warte dann hinten an der Tür zum Burghof auf den jungen Mann«, sagte sie und stieß sich von der Säule ab, gegen die gelehnt sie dagestanden hatte. »Jess, kommst du?«

»Wollen Sie von uns eigentlich gar nichts mehr wissen, *DCI* Remington?«, fragte Meredith Riversleigh, woraufhin zustimmendes Gemurmel laut wurde.

»Nein, ich glaube, ich habe mit allen gesprochen, mit denen ich reden musste«, gab sie zurück.

»Sie haben nur mit ein paar von uns gesprochen«, betonte die Frau mürrisch. »Heißt das, Sie vermuten den Täter unter denjenigen, mit denen Sie gesprochen haben? Der Rest kann mit den Vorfällen nichts zu tun haben?«

Anne schüttelte bedächtig den Kopf. »Das muss es nicht heißen. Es kann auch sein, dass ich von denjenigen, mit denen ich gesprochen habe, genug über den Täter erfahren habe, um mit ihm gar nicht mehr reden zu müssen.« Sie nickte Jess zu. »Komm, wir müssen mein Auto suchen.«

»Willst du die Leute ärgern, oder was?«, fragte die junge

Frau, als sie beide an der Tür zum Burghof standen und sich damit außer Hörweite der bei Kapoor sitzenden Gäste befanden.

Von Anne kam nicht sofort eine Antwort, da sich der eine Diener näherte, der ihnen eine Taschenlampe brachte. Sie bedankte sich bei ihm, dann gingen sie nach draußen in Richtung Tor, das nun offen stand. »Zum einen ja, ich will sie ein bisschen ärgern. Was hier läuft, hat mit den Gästen nichts zu tun, Jess. Die sind nur so was wie Dekoration, sie werden von Kapoor für irgendetwas benutzt, was keiner wissen soll – und was auch keiner für möglich halten soll, denn schließlich sind ja so viele Augenzeugen vor Ort, von denen würde doch ganz sicher einer etwas bemerken, wenn hier was nicht mit rechten Dingen zuginge«, sagte sie mit ironischem Unterton. »Zum anderen will ich Kapoor weiter verunsichern. Er weiß, dass ich weiß, dass er lügt. Und er weiß, dass ich lüge. Aber mache ich das, um ihn aus der Reserve zu locken? Oder tue ich möglicherweise nur so, weil ich einen der Gäste in falscher Sicherheit wiegen will? Ein Täter sollte nie mit Sicherheit wissen, dass man ihm auf der Spur ist, jedenfalls so lange nicht, wie man keine stichhaltigen Beweise in der Hand hat. Er sollte immer zweifeln, was sein Gegenüber weiß und was es bloß vermutet.«

Sie gingen die Auffahrt zum Burgtor hinab und spazierten bis an die Felskante, hinter der die Schräge begann, die auf den Damm hinunterführte. Nachdem sie sich umgedreht hatten, zeigte Anne nach links. »Die Wagenkolonne ist von dort gekommen, etwas anderes ist auch nicht möglich, denn rechts fällt das Gelände viel zu steil ab.« Sie stieß Jess an. »Also sehen wir uns mal an, wohin wir da kommen. Der beschädigte Jaguar, der rückwärts davongerast ist und mich im Stich gelassen hat, kann nur da drüben verschwunden sein.«

Seite an Seite gingen sie links an dem imposanten Bauwerk entlang, dessen Außenmauer dort auf ganzer Länge nur von nacktem Fels gesäumt wurde. »Das hier ist auf jeden Fall breit und eben genug, um mit einem Personenwagen um die Burg herumzufahren«, urteilte Jess, nachdem sie ein Stück weit gegangen waren.

»Das reicht sogar für einen Lastwagen«, erwiderte Anne, während sie zustimmend nickte. »Die Frage ist nur, wo sollen die Wagen die ganze Zeit über gestanden haben? Fünf heute Mittag, fünf oder sechs heute Nacht, vielleicht auch fünf, gleich, nachdem wir angekommen waren. Fünfzehn oder sechzehn Autos stellt man nicht mal eben im Gebüsch ab.«

»Hmm«, machte Jess. »Vielleicht gibt es ja noch ein anderes Gewölbe unter der Burg, das ich nicht gesehen habe, als ich da unten unterwegs war, um zu den Jetskis zu kommen. So eine Art mittelalterliche Tiefgarage.«

»Ja, das wäre eine Möglichkeit«, meinte Anne. »Aber wo ist dann die Ein- und Ausfahrt?«

Sie hatten die Rückseite der Burg erreicht und sahen sich dort genauer um. Der Weg, der als Fahrbahn dienen konnte, endete nach ungefähr zehn Metern, da dort dichtes Gestrüpp wuchs, das auf einem Flecken Erde auf der ansonsten so kargen Felseninsel Halt gefunden und sich ausgebreitet hatte. Links von ihnen befand sich ein kleiner Berg, dessen zur Burg gewandte Seite gut zwölf bis fünfzehn Meter so steil in die Höhe ragte, dass sie keine Chance hatten, dieses Hindernis zu überwinden und einen Blick auf das zu werfen, was sich auf der anderen Seite befand.

»Das sieht fast so aus, als hätte man hier früher ein Stück vom Fels abgetragen, um Platz für die Burg zu schaffen«, überlegte Jess beim Anblick der Steilwand.

»Nicht nur um Platz zu schaffen«, meinte Anne daraufhin. »Ich könnte mir sogar vorstellen, dass man das, was abgetragen wurde, für den Bau der Burg mitverwendet hat. Aber das bringt uns nicht weiter. Auf dem kurzen Stück hier zwischen Fels und Burg haben höchstens zwei Wagen Platz, und außerdem könnte jemand sie sehen, der einen Blick über die Mauer wirft. Ich sehe hier nichts, was man für ein getarntes Tor halten könnte.« Sie deutete auf die dicht an dicht stehenden Büsche. »Da ist der Fels mit einer Lage Erde bedeckt, in der die Wurzeln Halt finden, da kann auch keine Rampe drunter versteckt sein. Da ist die Felswand, dort die Mauer der Burg. Ich sehe hier nichts, was man für eine Geheimtür halten könnte.«

»Ist der Sinn einer Geheimtür nicht der, dass man sie eben nicht sieht?«, wandte Jess ein.

»Prinzipiell schon«, gab Anne zu. »Aber in erster Linie ist eine Geheimtür nur für denjenigen unsichtbar, der nichts von ihrer Existenz weiß. Wenn man dagegen genau weiß, es gibt eine Geheimtür, dann achtet man auf jedes Detail.« Anne drehte sich langsam um sich selbst. »Das Problem hier besteht ja darin, dass die ›Tür‹ groß genug sein muss, damit mindestens ein Personenwagen Platz hat, vielleicht sogar ein Transporter. Die Steine in der Burgmauer sitzen so dicht aneinander, da ist gar kein Spielraum für ein Tor. Außerdem befinden sich auf dieser Höhe auf der anderen Seite der Mauer die alten Stallungen, also ist da auch kein Platz für eine Rampe, die in ein Gewölbe unter der Burg führt.«

Sie zeigte auf die Felswand. »Und da sehe ich auch keine Ritze im Gestein, die auf ein geheimes Tor hindeuten würde. Diese grau gestrichene Stahltür da vorn, wo die Büsche beginnen, ist das Einzige, was man an dieser Mauer nachträglich eingebaut hat.

»Tja, aber irgendwo müssen die Autos doch hergekommen sein«, hielt Jess dagegen. »Ich meine, die wurden ja nicht einfach hier hingebeamt.«

»Das mit Sicherheit nicht«, gab Anne lachend zurück. »Dann hätte man sie ja auch direkt an Land beamen können.« Dann wurde sie wieder ernst und beharrte: »Das ist einfach nicht möglich. Hier *muss* etwas sein.«

»Was hältst du davon, wenn wir uns das Ganze von oben ansehen?«, fragte Jess. »Ich hab mal gelesen, dass man aus einem neuen Blickwinkel das Gleiche plötzlich ganz anders sieht. Das ist so wie bei den Kornkreisen, weißt du? Wenn du in dem Feld stehst, dann siehst du nur die platt gedrückten Ähren um dich herum, aber wenn du das aus der Luft siehst, kannst du auf einmal die Kreise erkennen.«

Seufzend lenkte Anne ein: »Also gut, dann wollen wir mal herausfinden, ob es hier auch Kornkreise zu sehen gibt.«

Franklin hatte eben die Reste seines Abendessens in die kleine Küche gebracht und in den Kühlschrank gestellt, da betrat eine Frau die Wache, die ihm auf Anhieb bekannt vorkam. Ihre hochtoupierten roten Haare ließen sie aus jeder Menschenmenge hervorstechen, und trotzdem kam er nicht sofort darauf, wo er sie zuordnen sollte. Sie redete mit dem Constable am Tresen, der sie daraufhin zu Franklins Schreibtisch schickte.

»Guten Abend, Sie sind Detective Franklin?«, sagte sie mit leiser Stimme, als sie vor ihm stand.

Er nickte und reichte ihr die Hand. »Und Sie sind?«

»Stephanie Rhona«, antwortete sie. »Ich nehme an, mein Name sagt Ihnen etwas.«

»Ja, jetzt weiß ich, wer Sie sind. Ihr Mann ist der Parlamentsabgeordnete Michael Rhona. Als ich Sie sah, kamen Sie mir gleich bekannt vor.« Er deutete auf den Stuhl. »Nehmen Sie doch Platz.«

»Ich muss unter vier Augen mit Ihnen reden.«

»Das können Sie hier …«

»Nein, hier könnte mich jemand sehen«, unterbrach sie ihn. »Ich habe extra gewartet, bis es dunkel ist, ehe ich herkam, da kann ich nicht bei Ihnen am Schreibtisch sitzen und von irgendeinem Klatschreporter fotografiert werden. Es darf niemand wissen, dass ich hier bin.«

Franklin betrachtete sie schweigend. Die Frau machte einen ängstlichen Eindruck, so als fühlte sie sich auf Schritt und Tritt verfolgt … und als trage sie dabei ein Geheimnis mit sich herum, das ihr das Genick brechen konnte.

Oder vielleicht ihrem Mann.

»Gut, dann gehen wir nach hinten ins Verhörzimmer, da sieht Sie niemand«, sagte er. »Folgen Sie mir einfach.«

Als sie dort Platz genommen hatte, fragte er: »Kann ich Ihnen etwas zu trinken anbieten?«

»Nein, so lange möchte ich mich gar nicht aufhalten«, lehnte sie ab.

Er setzte sich ihr gegenüber an den Tisch und sah sie an. »Ich höre.«

»Ich … mir ist zu Ohren gekommen, dass Sie Mr Thelonius zu Hause abgeholt haben«, begann sie zögerlich.

»Die Welt ist klein, und die Grafschaft ist noch kleiner«, entgegnete er. »Ich glaube, ich würde eher misstrauisch werden, wenn sich mal irgendetwas *nicht* herumspricht.«

»Stimmt es, dass Sie ihn festgenommen haben, weil Sie glauben, dass er was mit dem Mord an Mr Dearing zu tun hat?«

»Dazu kann ich nichts sagen. Erzählen Sie mir, weshalb Sie hier sind, dann werde ich ja sehen, ob das etwas mit Mr Thelonius zu tun hat.«

»Das hat es, Detective.« Sie machte eine kurze Pause, dann brach es aus ihr heraus: »Sehen Sie, es ist so, dass ich eine Affäre mit Mr Thelonius habe. Schon seit einigen Monaten. Da mein Mann Abgeordneter ist, wäre es ein Skandal, wenn das an die Öffentlichkeit käme. Mein Mann … nun, er würde es nicht verstehen, und ich weiß auch nicht, ob Sie es verstehen oder ob Sie mich deshalb verurteilen, aber …«

»Mrs Rhona, ich bin nicht hier, um über Sie zu urteilen«, versicherte er ihr. »Ich sammele nur Fakten und suche nach Beweisen, um Straftäter zu überführen. Eine Affäre zwischen Ihnen und Mr Thelonius ist für mich nicht von Bedeutung, außer natürlich, Ihr Ehemann würde einem Verbrechen zum Opfer fallen. Dann käme die Frage auf, ob einer von Ihnen etwas damit zu tun hätte. Aber mit Blick auf den Fall, an dem ich arbeite, spielt das keine Rolle.«

»Es ist so, dass er am Freitag von etwa neun bis nach Mitternacht bei mir war«, fuhr sie ein wenig erleichterter fort. »Ich nehme an, er hat Ihnen das bislang nicht gesagt …«

»Nein, er sitzt sogar lieber in unserer Arrestzelle, weil er nicht Ihren Namen preisgeben will.«

Ein trauriges Lächeln huschte über ihre Lippen. »Das ist ja fast schon romantisch.« Dann wurde sie wieder ernst. »Er wollte nur verhindern, dass Sie mich zu Hause aufsuchen, um zu hören, ob ich sein Alibi bestätige oder nicht.«

»Ja, das hätten wir dann gemacht«, sagte Franklin.

»Nicht auszudenken, wenn Sie meinen Mann angetroffen hätten«, brachte sie leise heraus.

»Rein interessehalber – hätten Sie es dann bestätigt oder geleugnet?«, fragte er.

Sie schüttelte den Kopf. »Ich weiß nicht, aber ich glaube … ich hätte es wohl eher geleugnet.«

»Und den armen Mr Thelonius gezwungen, eine ganze Nacht in unserer Arrestzelle zu verbringen?« Er schüttelte amüsiert den Kopf. »Okay, aber ich brauche diese Aussage schriftlich.«

Mrs Rhona erschrak und wurde bleich. »Aber … aber ich dachte …«

»Tut mir leid, Mrs Rhona. Ich verstehe ja, dass von Ihrer Affäre nichts an die Öffentlichkeit dringen soll, aber wenn ich Mr Thelonius freilasse und er entpuppt sich doch als Straftäter, dann kann ich mich nicht darauf berufen, dass Sie sein Alibi mündlich bestätigt haben. Das werden Sie dann nämlich ganz schnell widerrufen.«

»Aber wenn Sie etwas Schriftliches in der Hand haben …«

»Mrs Rhona, Ihre Aussage wird zu den Akten gelegt und nie wieder eine Rolle spielen, vorausgesetzt, Sie sagen die Wahrheit. Falls Sie Mr Thelonius ein falsches Alibi geben, wird Sie das ohnehin früher oder später einholen.«

Sie atmete ein paar Mal tief durch, dann sagte sie seufzend: »Also gut, dann setzen Sie einen Text auf, und ich werde ihn unterschreiben.«

Knapp zehn Minuten später verließ Mrs Rhona das Verhörzimmer, Franklin folgte ihr mit der unterschriebenen Aussage in der Hand. »Dann werden Sie ihn gehen lassen?«

»Ja, sobald er den Mund aufgemacht und mir gesagt hat, wo er gestern Abend war«, antwortete er.

»Danke«, sagte sie, verabschiedete sich von ihm und ging zur Tür, zögerte kurz und eilte dann nach draußen.

Einen Moment lang erwartete Franklin ein Blitzlichtgewitter, aber es war Mrs Rhona offenbar tatsächlich gelungen, unbemerkt zu bleiben und den Skandal zu vermeiden, der bei einer Entdeckung ihrer Affäre unweigerlich entstanden wäre. Schließlich machte er kehrt und begab sich zu den Arrestzellen.

Thelonius saß auf der Pritsche und warf ihm einen finsteren Blick zu.

»Letzte Chance für heute Abend, den Mund aufzumachen, Mr Thelonius«, ließ er ihn wissen. »Hier geht nämlich jetzt das Licht aus.«

»Was? Sie wollen mich über Nacht hier behalten?«, rief er erschrocken. »Ich kann doch in diesem Loch nicht schlafen.«

»Wieso nicht? Sie sind nicht der Erste, der in einer Arrestzelle schlafen muss. Außerdem können Sie froh sein, dass Sie allein sind, sonst müssten Sie sich die Pritsche mit jemandem teilen.«

Thelonius sah sich um, dann schüttelte er den Kopf. »Wenn es nicht anders geht.«

Franklin stand da und ließ den Mann noch ein paar Minuten lang zappeln, dann erklärte er: »Falls Sie Angst haben, Sie könnten die Person in Schwierigkeiten bringen, die Sie zu schützen versuchen, dann kann ich Ihnen sagen, dass die gerade eben hier war und zu Ihren Gunsten ausgesagt hat.«

»Stephanie war hier?«, platzte er heraus und schlug gleich darauf erschrocken die Hand vor den Mund.

»Jetzt noch einen Nachnamen, und Sie können die Zelle verlassen. Allerdings nur unter der Voraussetzung, dass Sie sich in der gleichen Pension einquartieren lassen, in der wir schon Ihre Kollegen untergebracht haben. Wenn Sie nach Hause gehen, erleben Sie möglicherweise den morgigen Tag nicht mehr«, warnte er ihn. »Und noch etwas, damit Sie nicht auf verkehrte Gedanken kommen: Ich gebe Ihnen diese Chance nicht, weil Sie so ein wahnsinnig netter Kerl sind, und auch nicht, weil Sie mich mit Ihrer herablassenden Art beeindruckt hätten, sondern ich will Sie ehrlich gesagt einfach nur loswerden. Ihr ständiges Gejammer und Gemecker nervt unglaublich, und weder ich noch einer meiner Kollegen hat Lust darauf, das die ganze Nacht hindurch zu ertragen.« Er machte eine kurze Pause. »Haben Sie das verstanden?«

Thelonius verzog den Mund. »Ja, ich habe es verstanden. Der Nachname ist Rhona.«

»Bingo«, meinte Franklin, ohne eine Miene zu verziehen. »Das halten wir gleich noch schriftlich fest, und dann dürfen Sie gehen.« Er ging nach nebenan, um den Zellenschlüssel zu holen.

15

»Und?«, fragte Jess, nachdem Anne das Telefon zur Seite gelegt hatte.

»Daheim ist die Hölle los«, stöhnte sie und ließ den Kopf in den Nacken sinken. »Eigentlich wäre ich da besser aufgehoben als hier, aber erstens können wir jetzt sowieso nicht von hier weg, und zweitens kann ich Kapoor jetzt auch nicht mehr ungeschoren davonkommen lassen. Außerdem kämpfen sich meine Leute auch mal ohne mich durch.«

Anne ließ die letzten Stunden Revue passieren, während sie Phaedra streichelte, die es sich auf ihrem Schoß bequem gemacht hatte und leise schnurrte. Von Zeit zu Zeit öffnete sie die Augen einen Spaltbreit, als wolle sie sich vergewissern, dass Anne immer noch bei ihr war, dann seufzte sie leise und döste weiter.

Der Blick hoch oben von der Burgmauer hatte auch keine Rückschlüsse darauf zugelassen, woher die Wagen gekommen sein konnten. Der um die Burg herumführende Weg endete hinter dem mittelalterlichen Bauwerk, dahinter erstreckte sich ein Felsmassiv, das bestimmt zwei Drittel der Oberfläche der Insel einnahm, vielleicht sogar noch mehr. Aber möglicherweise täuschte dieser Eindruck auch, denn nach dem Satellitenfoto zu urteilen, das sie sich im Internet angesehen hatten, war die Burg eigentlich die beherrschende Anlage auf dieser Insel. Allerdings konnte es auch sein, dass diese Bilder manipuliert worden waren, weil es sich um eine ehemalige militärische Einrichtung handelte, und die wurden aus naheliegenden Gründen auf für die Öffentlichkeit bestimmten Fotos gerne schon einmal retuschiert und geschwärzt.

»Also, wir haben den toten Mr Bakherjee, einen toten

Diener, der dem Anschlag auf Phaedra zum Opfer gefallen ist, dann Mr Carmichael, auf den ein Brandanschlag verübt wurde, einen Unbekannten, der das Benzin aus meinem Dienstwagen gestohlen hat, mindestens ein Dutzend Fahrzeuge, die die Insel verlassen haben, dazu einen Jaguar, der die Insel verlassen wollte, dann aber hierher zurückgekehrt ist und von dem jede Spur fehlt. Wie passt das alles zusammen?«

»Vielleicht wollte Bakherjee jemandem verraten, was es mit diesen Autos auf sich hat«, überlegte Jess. »Und Carmichael ebenfalls.«

»Dann hätten sich beide aber gegen Kapoor gestellt, und der wäre doch nicht so dumm, zwei Leute so öffentlich aus dem Verkehr zu ziehen. Bakherjee hätte er jederzeit verschwinden lassen und bei eventuellen Nachfragen behaupten können, der sei nach Indien zurückgekehrt. Und Carmichael … den hätte er bewusstlos schlagen und von der Burgmauer werfen können, dann hätte es nach einem Unfall ausgesehen.«

»Ja, aber … vielleicht dachte er, er lenkt von sich ab, weil es eben viel zu offensichtlich ist«, gab die junge Frau zurück und betrachtete die Auflistung der Ereignisse, die sie als Text auf ihrem PC gespeichert hatte.

»Oder aber es hängt *nicht* alles zusammen.«

»Wie meinst du das?«

»Na ja, nur weil sich diese Dinge innerhalb kürzester Zeit ereignet haben, können sie trotzdem verschiedene Ursachen haben.« Sie zuckte flüchtig mit den Schultern, was Phaedra dazu veranlasste, ihr einen leicht vorwurfsvollen Blick zuzuwerfen, da sich die Bewegung auf Annes ganzen Körper und auch auf die Katze übertragen hatte. »Wenn in Letchham am Abend der Pub überfallen wird, und am nächsten Morgen wird ein Auto gestohlen, dann muss es da auch nicht zwangsläufig eine Verbindung geben.«

»Und das heißt für uns?«

»Dass wir immer noch genauso schlau sind wie am Anfang. Wir wissen nichts über Bakherjee und seine Motive, wir wissen nicht, ob er vielleicht Kapoors Geld veruntreut hat. Wir haben keine Ahnung, was sich zwischen Kapoor und Carmichael abgespielt hat. Möglicherweise wollte Kapoor ihn aus irgendwelchen Gründen aufs Abstellgleis schieben, damit war Carmichael nicht einverstanden, und er hat Kapoor bedroht, was der sich nicht gefallen lassen wollte. Oder den beiden war tatsächlich etwas darüber bekannt, was es mit den Wagen auf sich hat, die wie aus dem Nichts auftauchen und bei Ebbe über den Damm in Richtung Festland fahren.« Nach einer kurzen Pause fügte Anne bestimmt hinzu: »Bakherjee wird darüber sogar ganz sicher Bescheid gewusst haben, er war schließlich das ganze Jahr über hier.«

»Vielleicht war es etwas, was er ohne Kapoors Wissen gemacht hat«, überlegte Jess. »Kapoor ist dahintergekommen und wollte so die anderen warnen, die mit Bakherjee gemeinsame Sache gemacht haben, damit sie nicht auf die Idee kommen, einfach so weiterzumachen, wenn er wieder weg ist.«

Anne schaute eine Weile zum Fenster. Draußen war es bereits dunkel, und in ein paar Stunden würde die Ebbe wieder ihren Tiefstand erreicht haben. Ihr fiel ein, dass sie die anderen Gäste irgendwie warnen musste, auch in dieser Nacht keinen Versuch zu unternehmen, aufs Festland zu kommen, immerhin blockierte ihr Wagen nach wie vor den Damm, und wenn ein paar Waghalsige sich auf den Weg machen würden, dann war in der Mitte des Damms das Ende der Strecke erreicht. Ob einer der Gäste so wie der Fahrer des Jaguars in der Lage sein würde, den Weg zurück zur Burg so schnell zurückzulegen, wagte sie zu bezweifeln, und wenn bei diesem Unternehmen jemand ertrinken würde, dann wäre das ihre Schuld.

»Ich verstehe auch nicht, warum jemand zwanzig oder fünfundzwanzig Jahre alte Limousinen *nach* England schmuggelt«, redete sie weiter, während sie Jess ein Zeichen gab, ihr den Tablet-PC zu reichen. Sie begann, eine Gebrauchtwagen-Website zu suchen, dann tippte sie »Jaguar XJ-Type, Baujahr

1990« ein. Als das Ergebnis angezeigt wurde, nickte sie bestätigend. »Zum Beispiel der Wagen, der auf dem Damm auf meinen Dienstwagen aufgefahren ist ... den kann man je nach Laufleistung schon für dreitausend Pfund kaufen. Es würde nicht mal mehr einen Sinn ergeben, wenn man sie von hier aus heimlich auf Schiffe nach Osteuropa verladen würde. Wer da einen protzigen Rolls-Royce oder einen dicken Mercedes fahren will, der lässt sich einen neuen kommen, aber nicht so alte Modelle. Warum werden diese Wagen an Land geschafft?«

»Vielleicht hat man sie ja vorher vom Festland auf die Insel gebracht, um irgendetwas mit ihnen zu machen. Vielleicht werden sie ja mit Drogen vollgepackt, die dann auf dem Festland verteilt werden.«

»Ich weiß nicht, Jess. Wenn es wirklich darum geht, warum läuft das dann weiter, während Kapoors Gäste hier sind?«, fragte Anne. »Wenn mit den Fahrzeugen Drogen an Land gebracht werden, dann würde ich das doch für dieses eine Wochenende einstellen, damit eben niemand darauf aufmerksam wird. Zugegeben, unter normalen Umständen wären die Gäste mit dieser Mördersuche beschäftigt, und Kapoor würde bestimmt dafür sorgen, dass sich alle irgendwo in einem Kellergewölbe aufhalten, wenn Ebbe ist und wieder eine Fuhre Wagen losgeschickt wird. Trotzdem besteht doch das Risiko, dass jemand etwas davon mitbekommt und Fragen stellt.«

»Ja, aber vielleicht würde Kapoor dann ja auch sagen, dass es sich um ein paar Verrückte handelt, die sich mit ihren Geländewagen gegenseitig zu Mutproben herausfordern.«

»Hm«, machte Anne. »Damit würden sich vermutlich die meisten zufriedengeben. Aber ... nein, da läuft irgendwas anderes.« Sie sah auf die Uhr. »Oh, schon halb zehn.«

Jess stutzte. »Hast du noch irgendwas vor?«

»Ja, ich brauche die Seite, auf der du das GPS-Signal meines Wagens gefunden hast.«

Die junge Frau nahm das iPad an sich, tippte rasch etwas

ein und zeigte Anne die Internetseite. »Das da ist die Position deines Wagens.«

Anne betrachtete das Bild, dann schaltete sie die Darstellung von Satellit auf Landkarte um und schüttelte den Kopf. »Dass der Wagen aber auch genau auf halber Strecke stehen bleiben musste. Hätte das nicht ein Stück früher oder später passieren können? Dann hätte ich mich ganz sicher noch retten können.«

»Meinst du, das war Absicht?«

»Das mit der Hälfte der Strecke?«

Jess nickte.

»Nein, das war Zufall, ein unerfreulicher für mich und ein erfreulicher für Kapoor, wenn ich tatsächlich ertrunken wäre. Ihm wird es nur darum gegangen sein, dass ich die geheimnisvollen Wagen nicht verfolgen kann. Ich hätte es unter Umständen auch bis aufs Festland schaffen können, und dann wäre ich da nach zwei Meilen ohne Benzin liegen geblieben. Das wäre zwar auch ärgerlich gewesen, weil in der Wildnis wohl kaum ein Mensch unterwegs sein dürfte, aber da hätte mich die Flut nicht interessiert ... Komm, ich muss die Leute warnen, dass ich meinen Wagen ›zufällig‹ per GPS wiedergefunden habe und dass der Damm momentan blockiert ist.«

Sie nahm Phaedra, um sie neben sich auf das Sofa zu legen, doch das wollte die nicht mitmachen, stattdessen krallte sie sich in Annes Schulter und zog sich hoch, dann legte sie sich um ihren Hals und streckte die Beine nach vorn aus.

»Ha ha, das sieht aus, als würdest du ein erlegtes Reh oder so was aus dem Wald nach Hause tragen«, meinte Jess lachend.

»Solange es nur so aussieht, und solange ich nicht tatsächlich irgendwas Erlegtes mit mir herumschleppe, kann ich damit noch leben«, gab Anne zurück und fügte sich mit ergebener Miene in ihr Schicksal. An der Tür angekommen, überlegte Phaedra es sich aber anders und sprang von Annes Schultern auf den Schrank neben der Tür. »Oh nein, meine kleine Freundin, mit dem Trick kommst du kein zweites Mal durch«, sagte sie und nahm die Katze vom Schrank, um sie auf das Bett zu setzen. Phaedra ließ das widerstandslos mit sich machen und warf sich prompt auf die Seite, um sich ausgiebig zu putzen.

»Jess, stell meine Tasche da oben auf die Ecke, damit Phaedra nicht noch mal entwischen kann«, sagte sie und streichelte die Katze weiter, die sich genüsslich rekelte und streckte. Als Anne aufhörte, sah Phaedra ihr mürrisch hinterher. Offenbar hatte sie noch nicht genug Streicheleinheiten bekommen. »Nachher gibt's mehr«, versprach sie ihr und folgte Jess nach draußen.

Als sie den großen Saal betraten, mussten sie feststellen, dass bis auf ein paar Diener niemand anwesend war. Die jungen Männer waren damit beschäftigt, benutzte Gläser und Tabletts mit den Überresten von kleinen Snacks wegzutragen und die Tische für das Frühstück am nächsten Morgen vorzubereiten.

»Mr Kohli«, rief Anne, als sie inmitten der mittlerweile vertrauten Gesichter das eine entdeckte, dem sie ohne Mühe den richtigen Namen zuordnen konnte. »Wo finden wir denn Mr Kapoor? Hat er sich bereits für die Nacht zurückgezogen?«

Der angesprochene Bedienstete hob den Kopf und reagierte mit einem erfreuten Lächeln. »Hallo, Miss Remington, Miss Randall. Nein, Mr Kapoor unternimmt mit seinen Gästen nur eine vorgezogene Führung zur Geisterstunde. Möchten Sie sich ihm anschließen?«

»Ich muss dringend mit ihm reden, Mr Kohli. Ob wir uns ihm danach anschließen werden, wird sich dann zeigen. Außerdem möchte ich den anderen Gästen nicht durch meine Anwesenheit den Spaß verderben. Die mussten schon genug unter mir leiden«, fügte sie ironisch hinzu.

Kohli hob hilflos die Hände. »Das Problem ist eigentlich, dass die Leute dazu neigen, sich persönlich angegriffen zu fühlen«, sagte er. »Ich erlebe das bei meiner Arbeit zwar auf eine andere Weise als Sie, aber letztlich ist es doch das Gleiche. Wir müssen uns im Umgang mit unseren Kunden an bestimmte Vorschriften halten, aber es gibt immer wieder Kunden, die empört auf irgendwelche Kontrollen reagieren. ›Aber ich würde so was doch nie machen‹, bekomme ich dann zu hören. ›Sie können mich doch nicht mit Verbrechern und Betrügern in einen Topf werfen!‹ Und genauso läuft das hier ab.«

Anne lächelte ihn an. »Wissen Sie, es ist schon beruhigend, wenn man ab und zu jemandem begegnet, der versteht, wofür Regeln und Vorschriften gut sind«, gab sie seufzend zurück. »Sonst würde man wohl irgendwann daran zweifeln, ob man eigentlich wirklich das Richtige macht.«

»Renas wird Sie zu Mr Kapoor führen«, wechselte Kohli das Thema, dann sagte er etwas auf Hindi zu den anderen Dienern. Ein schmaler Junge, der wie ein Dreizehn- oder Vierzehnjähriger aussah, stellte daraufhin einen Korb mit Bestecken zur Seite, die er auf den Tischen verteilt hatte, und kam zu Anne und Jess. Er nickte kurz, dann ging er vor und führte sie zu einer schmalen Wendeltreppe, über die sie in einen Teil des Kellergeschosses gelangten, den Jess noch nicht kannte, wie sie ihr mit einem Kopfschütteln andeutete.

Sie wurden durch einen langen gewölbeartigen Gang geführt, zu beiden Seiten befanden sich in Abständen vergitterte Türen, die Räume dahinter waren dunkel. An einer Holztür angelangt, blieb Renas stehen und drückte sie auf, was von einem durchdringenden Knarren begleitet wurde. Dahinter befand sich ein großzügig bemessener Kellerraum mit Mauern aus nur grob bearbeiteten Steinen, im hellen Schein zahlreicher Neonröhren präsentierte sich Anne und Jess eine Auswahl von Gerätschaften, deren Zweck leicht zu erraten war.

»Das ist ja eine …«

»Richtig, das ist eine Folterkammer«, bestätigte Anne, was Jess hatte sagen wollen. Sie erkannte einen Pranger, eine Streckbank, ein Rad, eine Eiserne Jungfrau und …

»Sieh mal, da ist die Guillotine, nach der wir Kapoor hatten fragen wollen«, sagte Jess.

»Ein Punkt auf unserer langen, langen Liste, die wir bestenfalls mit einem sechsköpfigen Team hätten erledigen können«, meinte Anne und ging auf die Guillotine zu. Aus dem Augenwinkel sah sie, dass Kapoor mit seinen Gästen aus einem Nebenraum kam und mit ausholenden Gesten etwas erklärte.

Anne beugte sich über die Guillotine und strich mit einem Finger über das Holz, dann betrachtete sie die Fingerkuppe.

»Und?«, fragte Jess. »Irgendwas zu sehen?«

»Da müsste die Spurensicherung ran«, antwortete sie. »Wenn der Mörder tatsächlich diese Guillotine benutzt hat, dann hat er anschließend das Blut abgewischt. Ob Bakherjee hier ermordet wurde, kann ich so nicht sagen, auch wenn es wahrscheinlich ist. Vorausgesetzt natürlich, die Klinge ist echt.«

»Selbstverständlich ist die Klinge echt«, ließ Kapoor sie gut gelaunt wissen, der mit seinen Gästen inzwischen nahe genug herangekommen war. »Welchen Sinn hätte eine Folterkammer, wenn die Gerätschaften nicht in einem einsatzbereiten Zustand wären? Das wäre doch so, als würden Sie der Mona Lisa ein Lifting verpassen, weil das Schönheitsideal heute etwas anderes verlangt als noch vor einigen Jahrhunderten. Allein die schmalen Lippen dieser Frau, ts ts ts«, machte er grinsend.

»Nur mit dem winzigen Unterschied, dass es sträflicher Leichtsinn ist, sich eine voll funktionstüchtige Guillotine in den Keller zu stellen, zu der man offenbar ziemlich leicht Zugang hat«, konterte sie ernst. »Wenn Mr Bakherjee hier zu Tode gekommen ist, werde ich dafür sorgen, dass Sie wegen Fahrlässigkeit belangt werden.«

»Nun, ich nehme nicht an, dass Sie hergekommen sind, um mir einen Vortrag über den fachgerechten Umgang mit mittelalterlichen Foltergeräten zu halten, Miss Remington«, sagte er freundlich, aber bestimmt, da ihm ebenfalls nicht entgangen war, dass in der ihn begleitenden Gruppe Unmutsbekundungen laut wurden, die eindeutig Anne galten. Offenbar wurde sie einmal mehr als Spielverderberin angesehen.

»Sie haben völlig recht, Mr Kapoor«, entgegnete sie. »Ich bin eigentlich mit meiner Assistentin hergekommen, um Ihnen mitzuteilen, dass wir meinen Dienstwagen wiedergefunden haben.«

»Sehen Sie, ich hatte Ihnen doch gleich gesagt, dass er nicht verschwunden sein kann«, freute sich Kapoor mit einer Erleichterung, der außer Anne und Jess niemand angemerkt hätte, dass sie nur aufgesetzt war. »Und wo haben Sie ihn geparkt und vergessen?«

»Ich habe ihn nirgendwo geparkt. Aber mir ist eingefallen, dass ich ja das GPS-Signal suchen lassen kann, und die Suche hat ergeben, dass der Wagen irgendwie auf den Damm gelangt ist und jetzt ziemlich genau auf halber Strecke den Weg versperrt. Mir ist zwar schleierhaft, wie das passiert sein kann …« Sie ließ eine Kunstpause folgen, um abzuwarten, ob Kapoor vielleicht eine »Erklärung« zur Hand hatte, doch er schwieg. »… aber auf jeden Fall weiß ich jetzt, wo mein Wagen ist.«

»Dann kann Ihnen sicher einer meiner Gäste seinen Wagen zur Verfügung stellen, damit Sie bei der nächsten Ebbe zusammen mit Miss Randall hinfahren und den Wagen abholen können«, schlug er vor.

Anne schüttelte den Kopf. »Das wird nicht funktionieren. Das GPS-Signal wird als seit Stunden stationär angezeigt, das heißt, der Wagen ist seitdem nicht mehr bewegt worden. Er hat offenbar die komplette Flut mitgemacht, und Sie können sich bestimmt vorstellen, dass er vollständig unter Wasser gesetzt worden ist. Möglicherweise wurde er von der Strömung und der Wucht der Wellen auch noch ein Stück weit vom Damm gegen die Pfähle gedrückt. So was muss mindestens von einem Abschleppdienst erledigt werden, möglicherweise sogar mit einem Kran von einem Schiff aus.«

Kapoors säuerliche Miene machte auf sie den Eindruck, dass er soeben versucht hatte, Anne ein zweites Mal auf den Damm zu schicken, um sie und bei dieser Gelegenheit gleich auch noch Jess loszuwerden. »Nun, wenn Sie meinen«, brachte er schließlich heraus und ergänzte mit vor Falschheit nahezu triefender Stimme: »Es will ja schließlich niemand, dass Sie sich in Gefahr bringen.«

Automatisch ließ Anne ihren Blick zu seinen Gästen wandern, von denen die meisten rasch zur Seite schauten, da sie sich nicht anmerken lassen wollte, wie recht ihnen das doch eigentlich gewesen wäre.

»Wir sollten morgen überlegen, wie sich der Wagen vom Damm schaffen lässt«, fuhr sie fort. »Für den Augenblick sollten Sie aber alle wissen, dass Sie auch heute Nacht nicht die Insel werden verlassen können. Aber das ist diesmal nicht meine Schuld, sondern die des unbekannten Diebes.« Nach einer kurzen Pause merkte sie an: »Mich würde nur interessieren, ob der Dieb den Damm lebend verlassen hat. Ich meine, wenn er aus irgendeinem Grund mit dem Wagen liegen geblieben ist, dann dürfte es bei der einsetzenden Flut kein Vergnügen gewesen sein, wieder an Land zu gelangen.«

Kapoor sah sie ausdruckslos an und schien nicht zu wissen, was er darauf noch erwidern sollte.

Bevor er sich in irgendeiner Weise äußern konnte, wandte Anne sich wieder an ihn: »Ich benötige übrigens den Generalschlüssel, Mr Kapoor. Morgen früh will ich mir jeden Raum in dieser Burg ansehen.«

»Das sind aber viele Räume«, hielt er ein wenig ungehalten dagegen.

»Ich habe viel Zeit«, machte sie ihm klar. »Ich glaube, wir werden von Glück reden können, wenn Sie morgen früh jemanden erreichen, der sich am Mittag ein Bild von der Lage auf dem Damm machen kann. Abholen wird der den Wagen bestimmt nicht vor Montagmittag, wenn überhaupt. Das heißt, ich kann in aller Ruhe den ganzen Sonntag damit zubringen, mich in der Burg umzusehen, ob ich irgendwo einen Hinweis finden kann, wer für die Morde verantwortlich ist.«

»Ich werde Sie wohl nicht davon abhalten können, nicht wahr?«, sagte Kapoor lächelnd.

»Ganz richtig, aber Sie werden mich ja auch gar nicht abhalten wollen, schließlich sind wir alle daran interessiert, den oder die Täter zur Rechenschaft zu ziehen.«

Der indische Geschäftsmann nickte zustimmend. »Selbstverständlich sind wir das.« Er sah in die Runde, dann schaute er wieder Anne an. »Möchten Sie und Miss Randall uns auf unserem weiteren Weg durch die Burg begleiten?«

Anne schüttelte freundlich lächelnd den Kopf. »Nein, wir möchten uns lieber morgen überraschen lassen, was wir alles zu sehen bekommen. Kann ich den Generalschlüssel so gegen acht Uhr bei Ihnen abholen?«

»Wollen Sie nicht mit uns im Saal frühstücken?«, fragte Kapoor. »Ab neun Uhr ist das Büfett eröffnet.«

»Ich möchte gern früh anfangen«, erklärte sie. »Aber wir werden bestimmt zwischendurch mal im Saal vorbeischauen und einen Happen essen. Vielleicht kann ich Ihnen dann ja schon von einem Fund berichten.«

Kapoor nickte und setzte dabei eine nachdenkliche Miene auf. »Ja, das wäre wirklich wünschenswert.«

Dann zog die Gruppe weiter, verließ die Folterkammer und war schließlich außer Sicht- und Hörweite.

Jess atmete tief durch. »Jede Tür?«, fragte sie schließlich. »Wirklich jede Tür?«

»Ich hoffe, wir werden schneller fündig«, gab Anne zurück, die froh war, wenn sie sich gleich würde schlafen legen können. »Abgesehen davon beschränken wir uns sowieso auf die Kellerräume. Wenn es da draußen irgendwo eine Geheimtür gibt, dann muss dahinter eine Rampe in die Tiefe führen. Ebenerdig ist hier kein Platz für so viele Wagen.«

Sie kehrten zurück zu ihren Zimmern, als Jess auf einmal

stutzte und auf die Tür zu Annes Zimmer zeigte. »Was ist denn das?«, fragte sie.

Beide gingen sie in die Hocke, um sich genauer anzusehen, was da auf dem Boden verschmiert worden war. Schließlich zog Anne die Taschenlampe aus der Jacke, die sie vorhin von Kapoors Diener bekommen hatte, und schaltete sie ein.

»Das ist Blut«, sagte sie schließlich. »Wie kommt da Blut hin?«

Sie richtete sich wieder auf, nahm den Türschlüssel aus der Tasche und schloss auf. Dann gab sie der Tür einen leichten Stoß, woraufhin sie weit aufging. Im Schein der Taschenlampe waren ein paar blutige Fleischbrocken zu erkennen, die auf dem Boden lagen.

Wieder hockte Anne sich hin und leuchtete die Stücke an. »Das ist klein geschnittene frische Leber, daher das Blut auf dem Boden«, stellte sie fest. »Jemand hat die Stücke durch den Spalt unter der Tür geschoben …«

»… um sie an Phaedra zu verfüttern«, führte Jess den Satz zu Ende.

Anne nickte zustimmend. »Aber nicht, weil jemand besorgt darum war, dass Phaedra Hunger haben könnte.« Sie zog einen Einweghandschuh und einen kleinen Plastikbeutel aus der Innentasche ihrer Jacke – Utensilien, die sie nach Möglichkeit immer bei sich trug, weil sich überall die Gelegenheit ergeben konnte, irgendein Beweismittel sicherstellen zu müssen – und steckte die Leberstücke hinein. »Das Einzige, was ich dir nicht sagen kann, ist, um welches Gift es sich handelt. Ansonsten ist klar, dass unser Unbekannter ein zweites Mal versucht hat, Kapoors Katze zu vergiften. Ihm ist offenbar sehr daran gelegen, unseren lieben Freund damit zu treffen, obwohl ich gar nicht glauben kann, dass ihm das Tier so viel bedeutet. Seit ich sie an mich genommen habe, ist er nicht einmal hergekommen, um ein paar Minuten mit Phaedra zu verbringen.«

»Nur gut, dass wir allen weisgemacht haben, Phaedra sei bei

dir im Zimmer«, meinte Jess erleichtert. »Sonst hätte der Täter jetzt vielleicht Glück gehabt.«

»Vielleicht ja, aber bei Phaedra bin ich mir nicht sicher. Sie scheint einen sechsten oder siebten Sinn zu haben, was Gefahren angeht. Seit sie mich daran hindern wollte, der Wagenkolonne auf den Damm zu folgen, bin ich davon ziemlich überzeugt. Ich will nur hoffen, dass es niemandem gelingt, sie doch noch zu überlisten.«

Das völlig unerwartete elektronische Pfeifen ließ Hennessy zusammenzucken, und fast hätte er vor Schreck seinen Kaffee verschüttet. »Schnell, da tut sich was!«, rief er und schaltete auf die Ansicht der vier Kameras um.

Franklin kam aus der Arrestzelle nach vorn, in der er sich eine Weile hingelegt hatte, um ein wenig zu dösen. »Hoffentlich nicht wieder Mrs Bridge, die ihren Terrier ausführt«, murmelte er und setzte sich an seinen Schreibtisch. »Die hatten wir vor einer Stunde das letzte Mal.«

Die Kamera, die den Fußweg links von Remingtons Haus überwachte, zeigte in einiger Entfernung eine Bewegung. Ein Fußgänger war dort unterwegs, der sich langsam näherte.

»Na, das sieht aber eher nach einem ziemlich beschwipsten Nachtschwärmer aus als nach einem Katzenentführer«, meinte Hennessy und klickte auf das Bild, um es zu vergrößern. Es dauerte ein paar Minuten, bis die Person nahe genug war, damit man erkennen konnte, um wen es sich handelte. »Ach, das ist nur der alte Parker, der wie jeden Samstag ein paar Gläser über den Durst getrunken hat.«

»Ein paar Dutzend Gläser trifft es wohl eher«, gab Franklin zurück, während er zusah, wie der Mann noch eben ein Gartentor zu fassen bekam, an dem er sich festhalten konnte. Ansonsten wäre er zweifellos gegen den Wagen gekippt, der vor dem Haus geparkt war. »Es werden noch Wetten angenommen, ob er es heute ohne neue Platzwunden nach Hause schafft.«

»Was hält er da in der Hand?«, fragte Hennessy und beugte sich vor, was aber nicht weiterhalf, da das Bild so nur unschärfer wurde.

»Sieht aus wie ein Buch … oder eher ein Umschlag«, mutmaßte sein Kollege. »Vielleicht hat er ja einen Aufenthalt in einer Entzugsklinik gewonnen. Könnte ihm nur guttun.«

»Denk doch mal an den armen Wirt, der dann nur noch halb so viel umsetzt.«

»Parker lässt sowieso nur anschreiben«, meinte Franklin und seufzte leise. »Und ich hatte schon insgeheim gehofft, wir würden endlich den Katzenentführer schnappen. Dann wäre wenigstens ein Fall gelöst.«

Hennessy nickte zustimmend und verkleinerte das Bild, um die nächste Kamera anzuklicken. »Parker steht jetzt neben unserem Wagen«, kommentierte er, was der andere Detective auf seinem Monitor ebenfalls sehen konnte. »Lass ihn bitte nicht auf die Idee kommen, sind genau jetzt zu übergeben!«

Der angetrunkene Mann schwankte wieder hin und her, dann hob er den Umschlag hoch, den er in der Hand hielt, als würde er eine Adresse lesen wollen.

»Was macht er denn jetzt?«, wunderte sich Franklin, als sich Parker abrupt nach links drehte und zielstrebig in den Vorgarten von Remingtons Haus einbog. »Das kann doch nicht …«

Beide Detectives sahen ungläubig mit an, wie der Mann den Umschlag in den Briefkasten links von der Haustür steckte, dann mit wackligen Schritten kehrtmachte und auf den Fußweg zurückging, um weiter in die Richtung zu torkeln, in der sein eigenes Haus lag.

»Das glaube ich jetzt einfach nicht«, murmelte Hennessy.

Franklin sah zu Clarkson, der am Tresen saß und Statistikbögen ausfüllte. »Constable, schicken Sie sofort Mays rüber zu Remingtons Haus, er soll nachsehen, was da eben in ihrem Briefkasten deponiert worden ist.«

»Ja, Sir.« Der Constable griff nach dem Funkgerät und informierte Mays, und keine zwei Minuten später tauchte dessen Streifenwagen im Bild auf, als er hinter dem Kamerafahrzeug in eine Lücke einbog und den Wagen schräg auf dem Fußweg abstellte.

Dann lief Mays zum Haus, holte den Umschlag aus dem Briefkasten und kehrte auf den Fußweg zurück. »Mays, machen Sie den Umschlag auf und halten Sie den Inhalt vor eine der Kameras«, forderte Franklin ihn auf, der sich mittlerweile zu Clarkson ans Funkgerät gestellt hatte.

Der Constable befolgte die Aufforderung und holte ein beschriebenes Blatt heraus, das er mit einer Hand vor die Kamera hielt, während er mit der anderen seine Taschenlampe darauf richtete.

»›Die Zeit ist abgelaufen. Keine Remington, keine Katzten. Zu spät!‹«, las Hennessy den Text vor.

»Okay, Mays«, sagte Franklin. »Fahren Sie zum alten Parker nach Hause und warten Sie da auf uns, wir kommen sofort zu Ihnen.«

»Alles klar, Detective«, erwiderte der Constable und verschwand aus dem Bereich, der von den Kameras erfasst wurde. Dann war zu sehen, wie der Wagen rückwärts vom Fußweg fuhr.

Als Franklin sich zu seinem Kollegen umdrehte, war der schon fast bei ihm und warf ihm seine Jacke zu, die er auf dem Weg zum Tresen von dessen Stuhl mitgebracht hatte, um wertvolle Sekunden zu sparen.

»*Parker* ist unser Entführer? Ausgerechnet *Parker?*«, wunderte sich Franklin, als sie aus der Wache zu seinem Wagen rannten.

»Na ja, wenn man sich das mal vor Augen hält«, erwiderte Hennessy, nachdem sie eingestiegen und losgefahren waren, »dann passt es sogar. Das würde die widersinnigen Erpresserbriefe erklären. Wenn er betrunken war, als er das geschrieben hat, dann ist es doch kein Wunder, dass er vergisst, ein Lösegeld zu fordern. Und dass bei seinem letzten Brief nicht klar war, welches Haus er meint. Und dazu passt es auch, dass er

Stunden vor Ablauf des Ultimatums meint, es hätte niemand auf seine Forderung reagiert. Parker weiß dann schon längst nicht mehr, was er ursprünglich wollte, weil er die meiste Zeit im Rausch verbringt.«

»Aber warum hat er die Katzen entführt? Mit Remington ist er noch nie aneinandergeraten, er hat überhaupt keinen Grund, ihre Katzen zu rauben und sie zu erpressen.«

Hennessy zuckte mit den Schultern. »Vielleicht hat ihm der Alkohol den Verstand bereits so vernebelt, dass er gar nicht so genau weiß, was und warum er es getan hat.«

Mit quietschenden Reifen brachte Franklin seinen Wagen nur Minuten später vor Parkers Haus zum Stehen. Der Streifenwagen parkte bereits vor der Zufahrt zur Garage neben dem Gebäude, um zu verhindern, dass der Mann versuchen würde, mit seinem Auto die Flucht anzutreten. Nicht, dass er in seinem Zustand weit gekommen wäre, aber es galt auch zu verhindern, dass jemand anders durch ihn zu Schaden kam.

»Ich gehe zur Hintertür«, sagte Hennessy, als sie mit Constable Mays zusammenstanden. »Für den Fall, dass er uns entwischen will.«

»Okay«, erwiderte Franklin, dann gab er Mays ein Zeichen, ihm zur Haustür zu folgen. Sie drückten sich zu beiden Seiten der Tür an die Hauswand, dann klopfte der Detective energisch an.

Aus dem Haus war Gemurmel zu hören, das allmählich etwas lauter wurde. Die Tür ging auf, und ehe sich Parker versah, schaute er auch schon in den Lauf von Franklins Waffe. »Keine falsche Bewegung, Parker! Nehmen Sie langsam die Hände hoch!«

»Wassnlos?«, gab der Mann zurück, der in Unterwäsche vor ihm stand und ihn mit zusammengekniffenen Augen ansah.

»Hände hoch, habe ich gesagt!«, wiederholte Franklin energischer, aber bevor Parker reagieren konnte – sofern er dazu überhaupt in der Lage gewesen wäre –, tauchte hinter ihm

Hennessy auf, der die Gelegenheit genutzt hatte und durch die Hintertür ins Haus eingedrungen war. Er bekam seine Arme zu fassen und legte ihm Handschellen an.

»Wiehammsendasgemacht?«, fragte Parker mit schleppender Stimme, während er weiter Franklin anstarrte. Offenbar war er der Meinung, dass der vor ihm stehende Detective ihm die Handschellen angelegt hatte. Als Hennessy ihn am Oberarm packte und ihn zurück ins Wohnzimmer dirigierte, drehte Parker sich zu ihm um und stutzte. »Detektiv Hennsy? Wokommsiennher?«

»Kommen Sie, setzen Sie sich«, sagte Hennessy und führte ihn zur Couch. Als er ihm die Hand auf die Schulter drückte, damit er Platz nahm, ließ der sich einfach auf das Polster plumpsen, das ein paar Mal nachfederte. Parker wippte leicht hin und her.

»Okay, Mr Parker, wo sind die Katzen?«

»Kassen?«, gab der Mann zurück.

»Die Katzen«, wiederholte Franklin. »Miss Remingtons Katzen, die Sie aus ihrem Haus entführt haben.«

»Kennkeinekassen«, murmelte er und zog ein paar Mal die Augenbrauen zusammen, als versuche er zu verstehen, um was es hier eigentlich ging. »Nee, weißnich.«

Franklin wandte sich an den Constable: »Mays, gehen Sie in die Küche und kochen Sie einen starken Kaffee, so stark wie möglich. Wir durchsuchen in der Zwischenzeit das Haus.«

Eine Viertelstunde später stand fest, dass Remingtons Katzen weder im Haus noch im Schuppen in dem dahinter gelegenen Garten versteckt worden waren, und die Polizisten standen um den Wohnzimmertisch herum, an dem der inzwischen von seinen Handschellen befreite Parker saß und einen weiteren Schluck von dem Kaffee trank, den Mays für ihn gekocht hatte.

»Schmeckjaeklig«, beschwerte er sich und verzog angewidert das Gesicht.

»Das sagt meine Frau auch immer«, erklärte Mays an die beiden Detectives gewandt und zuckte entschuldigend mit den Schultern.

»Trinken Sie weiter, Mr Parker«, forderte Hennessy ihn auf. »Wir brauchen von Ihnen Antworten, aber nicht erst, wenn Sie Ihren Rausch ausgeschlafen haben.«

»Jaja … isschongut«, murmelte Parker. »Waswollnsedenn?«

»Wir wollen wissen, wo Miss Remingtons Katzen sind.«

»Weißnich«, gab er gereizt zurück. »Ichkennkeinekassen.«

»Kennen Sie das hier?« Franklin hielt ihm den Erpresserbrief hin.

»Wassen?«

»Das ist ein Erpresserbrief, den Sie in diesem Umschlag in den Briefkasten an Miss Remingtons Haus geworfen haben.«

»Aaaah, der Briff …« Parkers Augen leuchteten auf. »Habbich den richtien Kassen gefundn?«

»Ja, das haben Sie. Warum haben Sie den Brief da eingeworfen, wenn Sie nichts von Miss Remingtons Katzen wissen?«, fragte Hennessy.

»Den … hatmirn … Typ gegeben … sollticheinwerfen … fürnzehner …«

»Jemand hat Ihnen den gegeben?«

»Mhm.«

»Wer?«

»'n Typ.«

»Wie sah der ›Typ‹ aus?«

»Weißnich … wardungel …«

»Der ›Typ‹?«

»Nee, draußn«, antwortete Parker. »Draußenwarsdungel.«

»Können Sie den ›Typ‹ beschreiben?«

»Warn Mann. Glaubich.«

»Wie hat er gesprochen? Hatte er einen Akzent?«, warf Franklin ein, obwohl er wusste, dass es eigentlich sinnlos war, nach solchen Details zu fragen. Parker hatte den Zehner gesehen und sich dann alle Mühe gegeben, den Umschlag am richtigen Haus in den Briefkasten zu werfen. Nicht nur Parker selbst war überrascht, dass ihm das gelungen war.

»Weißnich.«

Parker stellte die Tasse weg, legte sich auf die Couch, und Augenblicke später schnarchte er bereits laut und ließ sich weder durch lautstarke Aufforderungen noch durch Rütteln aufwecken.

»Tja, das war's dann wohl«, seufzte Hennessy und wandte sich zum Gehen. Als sie gleich darauf vor dem Haus auf dem Fußweg standen, redete er weiter: »Dann hat unser Entführer geahnt oder gewusst, dass wir das Haus beobachten, und er ist uns wieder einmal zuvorgekommen.«

»Ja, und wartet wieder einmal nicht ab, bis sein eigenes Ultimatum verstrichen ist«, ergänzte Franklin. »Das ergibt doch keinen Sinn. Ich glaube wirklich bald, dass er uns in den Wahnsinn treiben will.«

»Sir … wenn ich etwas sagen dürfte?«, begann Mays zögerlich.

»Nur zu«, forderte Hennessy ihn auf.

»Es ist nur so eine Idee«, redete der Constable weiter.

»Kommen Sie, Mays, wir wollen nicht die ganze Nacht hier rumstehen.«

»Na ja, ich habe überlegt, ob das vielleicht mit dieser Sache zu tun hat, in die DCI Remington verwickelt ist … auf dieser Burg.«

Franklin sah Hennessy an. »Kannst du ihm folgen?«

»Lass ihn doch erst mal ausreden«, gab der andere Detective zurück. »Reden Sie weiter, Constable.«

Mays räusperte sich. »Also, die Katzen wurden an dem Tag entführt, als DCI Remington abgereist ist. Und zwar irgendwann am Nachmittag oder frühen Abend. Lord Bromshire sprach doch davon, dass dieser indische Geschäftsmann …«

»Kapoor?«

»Ja, der. Der wusste doch nicht, dass Bromshire ihm eine Polizistin ›untergejubelt‹ hat. Aber nachdem in der Burg dann etwas vorgefallen ist, hat DCI Remington sich zu erkennen gegeben. Ich frage mich, ob dieser Kapoor dafür gesorgt hat, dass die Katzen entführt werden, weil er dachte, Sie sagen ihr sofort Bescheid, und sie macht sich auf den Rückweg, um auf den Erpresserbrief zu reagieren. Da sie aber nur zweimal am Tag bei Ebbe diese Insel verlassen kann, wusste Kapoor irgendwann nach Mitternacht, dass sie nicht abgefahren ist, um sich hier mit dem Erpresser zu treffen. Deshalb konnte der auch gestern Nacht den Zettel an der Haltestelle anbringen, obwohl das Ultimatum noch nicht verstrichen war. Deshalb das nächste Ultimatum, damit sie heute Nacht die Insel verlässt und herkommt. Inzwischen ist der tiefste Stand der Ebbe schon wieder vorbei, DCI Remington ist immer noch auf dieser Insel, und deshalb konnte der Entführer heute Nacht Mr Parker das neue Schreiben mitgeben, damit er es in den Briefkasten wirft. Er weiß, DCI Remington ist nicht hierher unterwegs, also schreibt er die neueste Nachricht in einem Tonfall, dass wir um das Leben der Katzen bangen müssen, weil er hofft, dass wir endlich reagieren und DCI Remington informieren. Ich meine, Kapoor ist ja schließlich darauf angewiesen, dass einer von Ihnen ihr von der Entführung berichtet. Solange Sie nichts sagen, sind ihm die Hände gebunden, er kann zwar zweimal am Tag fragen, wie es ihren Katzen geht, aber es gibt für ihn keinen Anlass, irgendwas Gezieltes zu fragen.«

Mays verstummte und sah die beiden Detectives abwartend an. Als die ihn nur weiter stumm anschauten, sagte er: »Okay, Sie dürfen jetzt anfangen zu lachen, ich werde schon drüber hinwegkommen.«

»Lieber Himmel«, murmelte Hennessy und schüttelte ungläubig den Kopf. »Was ist eigentlich mit unseren Constables los? Erst durchschaut Flaherty, dass Thelonius nicht unser gesuchter Mörder sein kann, und jetzt fängt Mays auch noch an, wie der gute alte Sherlock Holmes zu kombinieren.«

Franklin sah zum Himmel. »Vielleicht haben wir ja irgendeine besondere Planetenkonstellation, die so was auslöst.«

»Ich habe nur keine Erklärung dafür, wie er so schnell jemanden herschicken konnte, wenn man die Burg nur zu bestimmten Zeiten verlassen kann, und warum es kein Ultimatum für die Ebbe zur Mittagszeit gab «, fügte Mays etwas kleinlaut hinzu, da sich niemand mit ihm zu befassen schien. »Und ich nehme an, dass damit meine Theorie wohl in sich zusammenfällt.«

»Nicht so hastig«, widersprach Hennessy ihm. »Ihre Überlegung ist verdammt gut, und sie würde auch vieles erklären. Und was den Entführer angeht … vielleicht musste er ja niemanden herschicken, vielleicht war derjenige ja durch einen dummen Zufall schon hier und konnte das auf einem Weg mit erledigen.«

»Wer soll denn das sein?«, wandte Franklin rätselnd ein. »Mir ist hier kein Fremder aufgefallen.«

»Oh doch«, sagte Hennessy. »Denk mal an unseren geheimnisvollen Ninja, der vermutlich drei Menschen auf dem Gewissen hat. Der treibt hier seit ein paar Tagen sein Unwesen, warum sollte er nicht auch die Katzen entführt haben.«

»Hmm, vielleicht gibt es ja eine Verbindung zwischen den Opfern und Kapoor oder zwischen dem Projekt insgesamt und ihm«, ergänzte Franklin. »Ich muss unbedingt meinem alten Kumpel bei der Handelskammer in Neu-Delhi auf die Füße treten, damit er mir mehr über Kapoor erzählt.« Er sah auf die Uhr. »Halb drei, dann ist da jetzt … acht Uhr morgens, wenn ich richtig rechne.«

»Es ist Sonntag, vergiss das nicht.«

»Egal, sobald wir auf der Wache sind, rufe ich ihn an. Es gibt Wichtigeres als seine Sonntagsruhe, außerdem hat er mich auch zu jeder Tages- und Nachtzeit angerufen, als er noch hier in England gelebt hat.« Franklin nickte Mays zu. »Gut gemacht, Constable.«

16

Ja, Detective, danke«, sagte Anne, die immer noch ihren Notizblock vollschrieb, den Jess für sie festhielt, damit er nicht wegrutschte. »Das ist alles sehr interessant, richten Sie Ihrem Bekannten ein dickes Dankeschön von mir aus … nein, ich weiß noch nicht, welche Rolle das hierbei spielen wird … nein, auch nicht, wer der Mörder ist, aber da er hier den großen Unternehmer gibt, muss ja irgendwas dahinterstecken … sobald ich etwas weiß … ja, wenn Sie was Neues erfahren, jederzeit … okay, bis später.«

Sie legte auf und gab Jess ihr Handy zurück, während sie immer noch Notizen machte. »Das war Detective Franklin.«

»Hat er interessante Neuigkeiten?«

»Sehr interessante Neuigkeiten, und sehr brisante.« Sie legte den Stift zur Seite. »Franklin hat einen Bekannten, der seit Jahren in Indien lebt und dort bei der Handelskammer arbeitet. Von ihm hat er ein paar Dinge erfahren, zwar nur Gerüchte und Insiderinformationen, aber in der Geschäftswelt steckt da ja meistens doch mehr dahinter. Wie es scheint, steht Mr Kapoor kurz vor dem Ruin. Er hat Verbindlichkeiten in Höhe von mehreren Hundert Millionen Pfund, wohl weil er sich mit seinen Investitionen ordentlich verkalkuliert hat und weil er offenbar auch Gelder für Projekte eingestrichen hat, die von vornherein niemals verwirklicht werden sollten. Die Banken wollen angeblich in Kürze den Geldhahn zudrehen und die Kredite kündigen, das heißt, sie wollen ihr Geld zurück, sobald er wieder daheim ist. Sein Privatvermögen reicht vermutlich nicht aus, um alle Gläubiger zu bedienen, aber er wird so oder so ohne einen Penny in der Tasche dastehen, wenn sie sich das Geld geholt haben, was er noch besitzt.

Sie wollen auf diese Weise verhindern, dass er sein Vermögen außer Landes schafft und untertaucht.«

»Dann weiß er noch gar nichts von seinem ›Glück‹?«, meinte Jess grinsend.

»Anscheinend nicht, und wenn wir es schaffen, ihm eine Verstrickung in diese Morde nachzuweisen, dann wandert er von hier aus direkt in eine Zelle. Und selbst wenn er nach Indien ausgeliefert werden sollte, bekommt er wenigstens keine Gelegenheit mehr, sich mit seinem Vermögen aus dem Staub zu machen.« Anne betrachtete nachdenklich die Notizen, dann steckte sie den Block ein.

»Möchte nur wissen, was es mit den Wagen auf sich hat«, überlegte Jess.

»Auf jeden Fall stellen sie nicht das Vermögen dar, das er beiseiteschaffen könnte. Dafür sind diese Autos einfach zu alt.« Sie sah auf die Uhr. »Kurz vor acht. Dann werde ich mal zu Kapoor gehen und den Generalschlüssel abholen. Bin gespannt, ob er mir unter vier Augen die gleiche scheinheilige Freundlichkeit vorspielt wie gestern, als wir nicht allein waren.«

»Und ich kümmere mich in der Zwischenzeit wie besprochen um Phaedra«, erwiderte Jess und setzte die Katze in die Ledertasche, die seit dem Abenteuer auf dem Damm als ihre Transportbox diente. Phaedra ließ sich wie zuvor anstandslos in den Koffer setzen und sah nur interessiert zu, wie der Deckel zugeklappt wurde.

»Gut, wir treffen uns in fünfzehn Minuten an dieser Wendeltreppe im großen Saal«, sagte Anne. »Du weißt schon, die, die wir gestern Abend von diesem … Renas nach unten in den Keller geführt worden sind.«

»Ich weiß Bescheid«, versicherte Jess, dann verließen sie gemeinsam das Zimmer und gingen danach getrennte Wege.

Als Anne ziemlich genau um Viertel nach acht in den großen Saal kam, sah sie Jess mit dem Lederkoffer in der Hand am Zugang zur Treppe stehen. Die Diener waren bereits damit beschäftigt, das Büfett fürs Frühstück aufzubauen, und auch wenn sie alle kurz in Annes Richtung schauten, senkten die meisten von ihnen doch schnell den Blick und vertieften sich in ihre Arbeit. Lediglich Kohli winkte ihr zu und grüßte sie, was ihr einmal mehr deutlich machte, wie unsinnig und überholt das Kastendenken doch war.

An der Treppe angekommen, hielt sie den Generalschlüssel hoch. »Schau mal, was ich habe.«

»Und? War's schwierig?«

»Es ging so«, antwortete Anne. »Zuerst konnte er sich angeblich nicht mehr daran erinnern, aber schließlich konnte ich doch sein Gedächtnis auffrischen.« Sie ging vor Jess die Treppe nach unten. »Ich bin gespannt, worauf wir stoßen werden.«

»Ich kann es nicht glauben«, sagte Jess missmutig, als sie nach fast dreistündiger Suche wieder im Folterkeller ankamen, von dem aus sie durch die Kellergewölbe gegangen waren, um nach einem Hinweis auf das Versteck der Wagen Ausschau zu halten. »Die können doch nicht aus heiterem Himmel hinter der Burg auftauchen und von da losfahren.«

»Nein, das können sie nicht«, stimmte Anne ihr zu und strich gedankenverloren über den Lederkoffer, den sie auf der Bank der Guillotine abgestellt hatte. »Wie ging das noch mal bei Sherlock Holmes? Wenn man alles Unlogische ausschließt, dann bleibt nur das Logische übrig, auch wenn es noch so unwahrscheinlich ist. Ich habe mir den Satz noch nie merken können.«

»Der Satz hilft uns auch nicht weiter«, meinte Jess.

»Er hilft uns insofern weiter, als eine Geheimtür die einzig logische Erklärung ist. Alles andere ist unlogisch. Und das heißt, wir haben irgendetwas übersehen.«

»Wir haben jede Tür aufgeschlossen und nachgesehen, was sich in dem Raum dahinter befindet«, hielt die junge Frau dagegen. »Wir haben überall nach irgendeiner Art von Geheimtür gesucht, aber nichts gefunden.«

»Und doch muss es irgendwo eine Geheimtür geben«, beharrte Anne. »Und wenn wir sie bislang nicht gefunden haben, kann das auch bedeuten, dass sie so offensichtlich ist, dass sie deshalb nicht auffällt.«

»Heißt das, wir müssen noch mal alles absuchen?«

Anne schüttelte den Kopf. »Nein, nicht alles, sondern nur diesen Raum hier.«

»Die Folterkammer?«

»Ja, und vielleicht noch den Zellentrakt, der sich da vorn anschließt.«

Jess sah sie fragend an. »Wieso ausgerechnet hier?«

»Weil es hier angefangen hat.«

»Angefangen?«

Anne deutete mit einer Kopfbewegung auf die Guillotine. »Hier wurde Bakherjee ermordet. Entweder hat er sich mit seinem Mörder hier getroffen, oder es war für den Täter die naheliegendste Lösung.« Sie machte eine ausholende Handbewegung. »Er musste die Leiche wegschaffen, nachdem er Bakherjee geköpft hatte, und da wäre es doch ziemlich unpraktisch, einen kopflosen Toten erst durch die Burg zu schleppen, wo einem überall ein Diener entgegenkommen kann, der das nicht sehen soll. Durch einen Geheimgang wäre das viel einfacher und ungefährlicher.«

Jess musterte den Fußboden, aber Anne schüttelte sofort den Kopf. »Der Täter hat keine Spur aus Bluttropfen hinterlassen. Womöglich hat er den Toten in eine Plane gewickelt und dann weggeschafft.«

»Dann sehen wir uns eben noch mal die Wände an, ob irgendwo eine Ritze zu entdecken ist, die da nicht hingehört«, sagte Jess und zog Anne mit sich. »Komm, je eher wir damit anfangen, umso schneller werden wir hoffentlich fündig.«

Es war eine mühselige Arbeit, die sie zwang, gegen jeden Mauerstein zu drücken, um festzustellen, ob einer von ihnen nachgab. Entsprechend langsam kamen sie voran, und nach einer Stunde hatten sie gerade mal ein Viertel der längsten

Mauer in der Folterkammer abgetastet, als Jess auf einmal sagte: »Möchte nur wissen, wer hier dieses stinkende Kraut raucht.«

»Was?«, fragte Anne, die so darauf konzentriert war, ob sich unter ihren Fingern irgendetwas bewegte, dass sie Jess' Gegenwart fast vergessen hatte.

»Dieser Gestank nach Zigaretten.«

»Zigaretten?« Anne schnupperte. »Du hast recht. Aber … keiner von Kapoors Gästen raucht. Weder Zigaretten noch Zigarren. Kapoor raucht ebenfalls nicht, und seine Diener schon gar nicht. Zumindest habe ich bisher noch keinen von ihnen mit einer Zigarette im Mundwinkel beobachtet.«

»Wer soll denn sonst rauchen?«, wunderte sich Jess und schaute ratlos drein.

»Gute Frage«, gab sie zurück und legte den Kopf in den Nacken, dann schloss sie die Augen und atmete tief durch die Nase ein, um die Richtung zu bestimmen, aus der der Geruch kam, der zwar nicht allzu intensiv war, dafür aber unangenehm genug, um sofort bemerkt zu werden.

Sie machte die Augen auf und ging ein paar Schritte nach rechts, blieb stehen, machte zwei Schritte zurück und dann nach links. »Nein, da wird es schwächer«, murmelte sie und bewegte sich ein Stück nach vorn. Und dann … dann sah sie die Geheimtür. Sie war tatsächlich so offensichtlich, dass sie genau deswegen nicht auffiel.

»Die Eiserne Jungfrau«, murmelte sie.

Gegen zwölf Uhr betrat eine ältere Frau die Wache und marschierte schnurstracks an dem in diesem Moment nicht besetzten Tresen vorbei zu Hennessys Schreibtisch. Der Detective war in die Unterlagen über Mr Kapoor vertieft, da er auf der Suche nach einer Verbindung zu den Morden in Letchham war, und schoss vor Schreck in die Höhe, als die Frau mit der Krücke ihres Gehstocks auf die Tischplatte schlug.

»Was …?«, rief er verdutzt und brauchte einen Moment,

ehe ihm klar wurde, dass da eine fremde Frau vor ihm stand. »Wo kommen Sie denn her?«

»Na, durch die Tür natürlich«, knurrte sie ihn an. »Was dachten Sie denn? Dass ich mich hergezaubert habe?«

Hennessy vermied es zu antworten, dass sie ja vielleicht auf ihrem Gehstock sitzend hergeflogen war. »Ich meinte, wie sind Sie …?« Er sah an ihr vorbei zum Tresen, der nicht besetzt war. »Clarkson? Wo sind Sie?«, rief er verärgert. »Constable!«

Im nächsten Moment kam Clarkson aus der kleinen Küche geeilt. »Bin schon da, Detective.«

»Das hätten Sie vor drei Minuten sein sollen! Jetzt ist es zu spät.«

»Ich hab mir nur einen Kaffee geholt, Sir«, rechtfertigte sich der Constable. »Das hab ich Ihnen gesagt.«

»Haben Sie?«

»Ja, Sir.«

Hennessy schüttelte missmutig den Kopf. »Dann vergessen Sie, was ich gesagt habe.« Er wandte sich der älteren Frau zu: »Sehen Sie da vorn ein Schild mit der Aufschrift ›Hier warten‹? Das sagt Ihnen klar und deutlich, was Sie tun sollen, wenn Sie die Wache betreten.«

»Das kann aber nicht warten«, gab sie zurück.

»*Das* vielleicht nicht, aber *Sie* können sehr wohl da vorn warten, wenn ein Schild Sie dazu auffordert.«

»Ich habe meine Lesebrille nicht mitgenommen.« Sie sah ihn herausfordernd an, als warte sie nur auf das nächste Argument von ihm, um es auf der Stelle vom Tisch zu wischen.

»Also gut, was gibt es denn so Dringendes, Miss …?«

»Mrs Hoffs. Gertie Hoffs. Verwitwet, wenn Sie es genau wissen wollen.«

Er hob abwehrend die Hände. »Das genügt mir fürs Erste. Ihre übrigen Personalien kann ich immer noch aufnehmen, wenn ich weiß, um was es geht.«

»Wie Sie meinen.« Sie zog sich einen Stuhl heran, setzte sich hin und sah Hennessy abwartend an.

»Ähm … um was geht es denn?«, fragte er schließlich, als er das Gefühl bekam, dass Mrs Hoffs mit einem Mal gar nicht mehr reden wollte.

»Sehen Sie, ich wollte ja eigentlich noch gestern Nachmittag herkommen«, begann sie, »aber ich habe niemanden mehr gefunden, der mich hätte herfahren können.«

Vermutlich haben sich Nachbarn, Bekannten und Verwandte tot gestellt, als sie geklingelt hat, überlegte Hennessy.

»M-hm«, machte er. »Und weiter?«

»Ich wohne in Ellingsworth und gehe immer am Samstagnachmittag einkaufen, weil es dann in unserem Supermarkt nicht so voll ist. Wissen Sie, am Freitagnachmittag ist da immer sehr viel los und am Samstagmorgen auch.«

»M-hm.«

»Also war ich gestern Nachmittag auch einkaufen, und da habe ich diesen Mann gesehen, wissen Sie?«

»Nein, ich weiß nicht«, antwortete er.

»Ach, den kennen Sie doch. Diesen dunklen Mann, diesen Araber oder was der ist.«

»Von wem reden Sie, Mrs Hoffs?«, warf er ein. »Etwas präziser müssen Sie sich schon ausdrücken, sonst weiß ich nicht, wen ich verhaften soll.«

»Ja, verhaften sollten Sie ihn auf jeden Fall«, bekräftigte sie. »Das muss sein – für das, was er macht.«

»Okay, Mrs Hoffs, vielleicht werde ich ja jemanden verhaften, aber Sie müssen mir schon etwas konkretere Angaben machen, um wen es geht und was er getan hat«, erklärte er betont langsam, da er sich nicht sicher war, ob die Frau womöglich Schwierigkeiten hatte, ihm zu folgen.

»Der Mann, der mit seiner Küche durch die Gegend fährt.«

»Da gibt es einige.«

»Mit diesem bunten Auto.«

Hennessy überlegte kurz. »Meinen Sie das Curry-Mobil?«

»Ja, genau, ich kam nicht auf den Namen.«

»Dann geht es also um Mr Roowapindiban?«, fragte er.

»Wenn der Mann so heißt.«

»Er heißt so, wenn es der Mann ist, den Sie meinen«, gab der Detective zurück.

»Ich kann mir solche Namen nicht merken«, konterte sie. »Warum kann der sich nicht einfach Smith oder Miller nennen, so wie normale Leute heißen?«

»Vermutlich ist das nur ein Künstlername«, meinte Hennessy lächelnd.

»Ja, um sich wichtig zu machen«, stimmte Mrs Hoffs ihm zu, ohne seine Ironie zu bemerken.

»Okay, was hat er denn gemacht?«

Sie beugte sich vor, als wollte sie ihm ein schreckliches Geheimnis anvertrauen. »Er betrügt seine Kunden. Ich habe es genau gesehen.«

Er seufzte stumm. Bestimmt würde sie ihm erzählen, dass Roowapindiban das billige Mineralwasser aus dem Sonderangebot gekauft hatte, das er dann zu Hause in die Flaschen der besseren, fünfmal so teuren Marke umfüllte. Das konnte er sich jetzt nicht antun. »Mrs Hoffs, wir haben hier momentan alle Hände voll zu tun. Ich kann mich heute nicht um kleine Betrügereien kümmern. Das müssen wir auf die nächste Woche verschieben, wenn die Wache vollständig besetzt ist, okay?«

»Nein, das ist nicht okay«, widersprach sie ihm energisch und schlug wieder mit dem Gehstock auf seinen Tisch, um ihren Worten Nachdruck zu verleihen. »Dieser Mann vergiftet uns mit seinem billigen Fraß, und wenn Sie sich nicht anhören und ansehen, was ich beobachtet habe, dann rufe ich die Zeitung an, und dann hat nicht nur der Mann einen Skandal am Hals, weil er das macht, was er macht, sondern Sie auch, weil es Ihnen egal ist, was er den Leuten unterjubelt, die bei ihm bestellen!«

Am liebsten hätte er die Frau genauso energisch weggeschickt, weil es so skandalös nicht sein konnte, wenn Roowapindiban das Objekt ihres Zorns im Supermarkt kaufte.

Hätte sie ihn dabei beobachtet, wie er illegal eingeführtes Fleisch direkt von einem schmuddeligen Lastwagen herunter kaufte, dann wäre das ein ganz anderes Thema gewesen. Aber er konnte Mrs Hoffs nicht wegschicken. Falls sie tatsächlich etwas Wichtiges entdeckt hatte, wollte er sich lieber gar nicht erst ausmalen, was Chief Remington sagen würde, wenn sie nach ihrer Rückkehr die Zeitung las – sofern das Thema nicht auch noch von irgendeinem regionalen Fernsehsender aufgegriffen wurde und immer größere Kreise zog.

»Also gut«, erwiderte er schließlich zähneknirschend. »Dann erzählen Sie mal.«

»Gedacht habe ich mir so was ja schon länger, weil er mit vernünftigen Zutaten nicht so günstig seine Gerichte anbieten könnte. Ich wusste immer, dass da was nicht stimmt. Und jetzt habe ich den Beweis.«

»Und was genau stimmt nicht? Würden Sie mir das bitte verraten?«

Überlegen hob sie das Kinn an. »Viel besser, ich werde es Ihnen zeigen.« Sie griff in ihre Handtasche und holte ein recht neu wirkendes Handy heraus. »Sehen Sie, meine Enkelin hat mich begleitet, und sie hat mein Handy genommen, um Fotos zu machen, die beweisen, was er tatsächlich unter sein Essen mischt.«

Dann nahm sie eine Brille aus der Tasche und setzte sie auf, ehe sie geübt ein paar Tasten ihres Handys betätigte und es ihm hinhielt.«

»Ich dachte, Sie haben Ihre Lesebrille nicht dabei«, merkte er beiläufig an und zog vielsagend eine Augenbraue hoch.

»Wieso?«

»Na, das haben Sie vorhin gesagt, aber jetzt tragen Sie sie … Ihre Lesebrille, meine ich.«

Sie schüttelte verwundert den Kopf. »Das müssen Sie falsch verstanden haben, Detective.« Sie zeigte auf eine Taste. »Wenn Sie da draufdrücken, sehen Sie das nächste Bild, und damit können Sie einen Ausschnitt vergrößern.«

Hennessy klickte sich durch die Fotoserie, die aus dem Supermarkt bis zum Parkplatz davor führte und lückenlos dokumentierte, was Roowapindiban gekauft und in seinen Wagen geladen hatte. Zunächst fiel ihm nichts Ungewöhnliches auf, bis er auf dem vorletzten Foto auf etwas aufmerksam wurde. Er vergrößerte es, dann stieß er einen leisen Pfiff aus. Mrs Hoffs sah ihn interessiert an, während er die Fotoserie rückwärts durchlaufen ließ. Jetzt, nachdem er wusste, worauf zu achten war, wurde ihm klar, was Mrs Hoffs beobachtet hatte.

»Dann sehen Sie, was ich meine?«, erkundigte sie sich, als sie sein verstehendes Nicken bemerkte.

»Ja, das sehe ich«, antwortete er, dachte aber bei dem Anblick an etwas ganz anderes als die Frau ihm gegenüber. Sie hatte etwas entdeckt, nur war es nicht das, was sie glaubte.

»Und? Werden Sie etwas gegen ihn unternehmen?«

»Oh ja, Mrs Hoffs, das werden wir, sogar umgehend«, versicherte Hennessy ihr.

»Gut, Detective, sonst hätte ich die Bilder an die Zeitung verkauft«, meinte sie.

»Nein, das müssen Sie nicht, jedenfalls jetzt noch nicht. Für uns genügt das, um ihn zu überführen. Aber wenn das weitere Kreise zieht, dann kann ich mir vorstellen, dass die eine oder andere Zeitung daran interessiert sein dürfte.«

»Weitere Kreise?«, hakte sie interessiert nach. »Wollen Sie damit sagen, andere machen auch so was wie dieser Roo… Roosonstwas?«

Er schüttelte rasch den Kopf, bevor die Frau noch auf dumme Gedanken kam. »Es geht um eine andere Sache, zu der ich derzeit nichts sagen kann, weil wir noch ermitteln, aber Sie haben uns wahrscheinlich sehr geholfen. Wenn eine Zeitung daran Interesse zeigen sollte, werde ich sie wegen der Fotos an Sie verweisen.«

»Das würden Sie machen? Wirklich?«

»Na, falls das hier dazu führt, dass wir ein Verbrechen

aufklären können, dann haben Sie auf jeden Fall was gut bei uns«, versicherte er ihr. »Ich kopiere nur schnell die Fotos auf meinen PC, okay? Ich benötige die nämlich als Beweismittel.«

»Wenn Sie wissen, wie das geht.«

Er verzog den Mund und scherzte. »Na, das will ich doch hoffen.«

Nachdem Mrs Hoffs die Wache verlassen hatte, druckte Hennessy die Fotos aus und ließ noch ein paar Vergrößerungen folgen, danach rief er Franklin an. »Du musst sofort reinkommen, Ben. Ich hab hier was, das musst du dir ansehen.«

Die Eiserne Jungfrau war tatsächlich die Geheimtür, nach der sie so lange gesucht hatten. An der Rückwand des Folterinstruments fand sich ein falscher Metalldorn, der wie ein Hebel zur Seite umgelegt werden konnte, woraufhin man Zutritt zu einem Geheimgang erlangte, der recht grob in den Fels gehauen worden war. Anne ging voran, dicht gefolgt von Jess, die Phaedras Lederkoffer an sich gedrückt hielt. Nach gut zehn Metern in diesem kalten, klammen Gang, der von ein paar schwachen Glühbirnen in trübes Licht getaucht wurde, gelangten sie an eine rostige Metalltür.

Anne gab Jess ein Zeichen, einen Moment im Gang zu warten, während sie die Tür einen Spaltbreit öffnete und einen vorsichtigen Blick auf das warf, was sich dahinter befand.

Ihr stockte der Atem, als sie die riesige Halle zu Gesicht bekam, die sich vor ihr erstreckte, eine Halle, die so gigantisch wirkte wie ein Flugzeughangar. Der Anblick war so gewaltig, dass Anne ein Viertelminute oder länger benötigte, ehe ihr Verstand erfasste, dass es sich um das Innere der Felsformation handeln musste, die sich hinter der Burg auftürmte. Ein Teil dieser Halle schien natürlichen Ursprungs zu sein, der Rest war auf jeden Fall von Menschenhand aus dem Stein gehauen beziehungsweise gesprengt worden, anschließend hatte man einen Teil der Wände mit Beton verkleidet, was vermutlich aus statischen Gründen erforderlich war. Lange Reihen von dicht unter der Decke montierten Halogenstrahlern tauchten die Halle in fast taghelles Licht, sodass Anne keine Mühe hatte, zu sehen, was sich hier abspielte. Die Szenerie erinnerte sie stark an einen James-Bond-Film.

Die rechte Seite der Halle wurde von einer Anlegestelle beansprucht, die Platz für ein langes Schiff bot, das allerdings keine allzu hohen Aufbauten haben durfte, da Laufstege die Anlegestelle überspannten, damit man schnell auf die andere Seite gelangen konnte, ohne um das ganze Becken herumlaufen zu müssen. Am Ende des Beckens war ein großes metallenes Tor zu sehen, das in den Fels eingelassen war.

Die Sicht auf die gegenüberliegende Seite der Halle war zum Teil durch eine Rampe eingeschränkt, die sich über Annes Position befand und den Bereich vor der Tür in einen schützenden Schatten tauchte, sodass sie sich einige Meter weit nach vorn wagen konnte, ohne dabei gesehen zu werden.

Die linke Seite der Halle, die gut zwei Drittel der Fläche ausmachte, glich einer großen Autowerkstatt. Auf drei Hebebühnen standen ein Mercedes und zwei BMW, in einer Höhe von bestimmt vier Metern waren Schienen montiert, an denen in Abständen Kettengeschirre hingen. Mithilfe eines solchen Geschirrs wurde soeben von zwei Mechanikern ein Motorblock aus dem vorderen BMW gehoben und dann am Schienensystem entlang ans andere Ende der Halle geschoben. Gleichzeitig wurde von der anderen Seite ein identisch aussehender Motorblock zu den Mechanikern dirigiert, die sich dann daran machten, ihn vorsichtig in den entstandenen Freiraum im Wageninneren hinabzusenken.

Weitere Männer in Monteuranzügen machten sich an den beiden übrigen Wagen zu schaffen, ein paar liefen durch die Halle, und rechts von der Anlegestelle befand sich ein Aufenthaltsraum, in dem mindestens acht Männer saßen, wahrscheinlich aber noch mehr, da Anne von ihrer Position aus nur einen Teil dieses Raums einsehen konnte.

»Was ist das?«, fragte Jess leise, nachdem sie die Tür hinter sich zugedrückt hatte und zu Anne gekommen war.

»Das dürfte der Grund sein, weshalb das hier früher militärisches Sperrgebiet war«, antwortete sie ebenfalls im Flüsterton. »Das muss ein geheimer Stützpunkt unserer Streitkräfte gewesen sein. Das Becken dürfte von der Größe her sogar ausreichen, um einem U-Boot Platz zu bieten, und ansonsten ist hier ja genug Raum, um Material und Waffen zu lagern.«

»Ja, aber ich meinte, was das jetzt ist.«

»Tja, wenn ich mir diese Mechaniker da so ansehe und wenn ich höre, was sie sich zurufen, dann würde ich sagen, dass das alles ebenfalls Inder sind, also Landsleute von Mr Kapoor«, redete Anne weiter. »Das ist es also, was er vor uns verheimlichen wollte.«

»Aber was ist ›es‹?«, bohrte Jess weiter nach. »Ich meine, wofür braucht man eine geheime Werkstatt? Wer muss denn seinen Wagen schon heimlich reparieren lassen?«

Anne schüttelte den Kopf. »Lass uns mal gemeinsam überlegen. Die Autos kommen vermutlich auf dem Seeweg her, damit das nicht so auffällt. An der Anlegestelle dürfte nämlich auch eine kleine Fähre Platz finden. Aus den Wagen werden die Motoren ausgebaut, gleich danach baut man neue Motoren ein.« Sie deutete auf die breite Rampe über ihnen, deren Schatten sie beide vor den Blicken der Mechaniker verbarg. »Ich möchte wetten, auf der Rampe stehen die bereits fertigen Wagen, die nur darauf warten, von der Insel runterzukommen. Und mit Sicherheit auch der, der mich auf dem Damm gerammt hat.« Nachdenklich ließ sie den Blick durch die Halle schweifen. »Warum bringen sie diese Wagen auf dem Seeweg auf die Insel, wenn sie gar nicht mehr fahrtüchtig sind?«, fragte sie sich. »Und warum kommen die Motoren auf dem gleichen Weg hierher?«, fügte sie hinzu und zeigte auf einen der Arbeiter, der soeben mit einem Stemmeisen die Seite einer Holzkiste herausgedrückt hatte. Holzwolle quoll hervor, die in die Kiste gepresst worden war, dahinter kam ein ölverschmierter Motorblock zum Vorschein. »Und wieso sind das gebrauchte Motoren? Das ergibt doch keinen Sinn, es sei denn … mit den Motoren stimmt etwas nicht, die hier ausgebaut werden. Aber was? Und warum lässt Kapoor das von Landsleuten erledigen?«

Sie zog die Digitalkamera aus der Tasche und richtete sie auf den einen Motorblock, der vor wenigen Minuten aus dem BMW gehoben worden war, und verfolgte auf dem Display in vergrößerter Darstellung, wohin der im Kettengeschirr hängende Block geschoben wurde. Die Schiene endete an einer Werkbank, auf der bereits ein Motorblock lag, an dem sich soeben ein Schweißer zu schaffen machte. Verwundert sah sie mit an, wie der mühelos den in einem Stück gegossenen Block aufschnitt und die obere Hälfte abnahm. »Was gibt denn das?«, murmelte sie, während die Kamera die Szene filmte.

Der »Deckel« konnte nur ein paar Kilo wiegen, da der Mann ihn ohne erkennbaren Kraftaufwand anhob und ihn mit einem Ruck nach hinten wegschob, worauf er scheppernd auf dem Boden landete, als sei er aus nicht mehr als etwas dickerem Blech. Dann griff der Mann in den offenbar hohlen Block und nahm mit beiden Händen einen Gegenstand von der Größe eines Ziegelsteins heraus. Während er ihn auf eine Karre zu seiner Linken legte, fiel Anne anhand der Bewegungen auf, dass der Gegenstand deutlich schwerer sein musste. Er wandte sich wieder dem geöffneten Motorblock auf der Werkbank zu und holte den nächsten Quader hervor.

Anne stoppte die Aufnahme und gab Jess die Kamera. »Sieh dir das an, und dann sag mir, was du davon hältst.«

»Okay«, sagte sie, überließ Anne Phaedras lederne Transportbox und drückte auf die Wiedergabetaste. Eine Minute später war die Aufzeichnung gelaufen und Jess sah Anne an. »Ich hab zwar noch nie einen echten in den Händen gehalten, aber wenn ich im Fernsehen schon mal gesehen habe, wie schwer die wirken, wenn sie gestapelt werden, dann würde ich sagen, dass der Mann Goldbarren aus dieser Attrappe hebt.«

»Herzlichen Glückwunsch«, ertönte in diesem Moment eine Stimme hinter ihnen.

Während Jess zusammenzuckte, drehte sich Anne langsam um und sah in das lächelnde Gesicht von Ajay Kohli, der eine Waffe auf sie gerichtet hielt. »Sie?«, fragte sie.

»Überrascht?«, gab er amüsiert zurück. »Bevor wir ein Schwätzchen halten, gehen Sie erst mal raus aus dem Schatten, damit ich sie bei ordentlichen Lichtverhältnissen im Auge behalten kann.« Mit einer knappen Kopfbewegung deutete Kohli nach ganz links auf zwei übereinandergestapelte Container mit kleinen Fenstern, durch die man etwas erkennen konnte, was nach Etagenbetten aussah. »Da rüber mit Ihnen.«

Als sie unter der Rampe hervorkamen, wurden die Mechaniker auf sie aufmerksam, aber Kohli rief ihnen etwas auf Hindi zu, und sie machten wieder mit ihrer Arbeit weiter.

»Okay, jetzt können Sie stehen bleiben«, sagte er. »Und drehen Sie sich wieder zu mir um. Ich sehe meinem Gesprächspartner immer gern in die Augen.«

»Also, wenn Sie sich unterhalten wollen, dann sollten Sie sich ein wenig beeilen«, bluffte Anne und tat so, als sei sie von seinem Auftritt völlig unbeeindruckt. »Superintendent Hardison hat seine Leute nämlich längst auf den Weg hierher geschickt, und so weit ist die Isle of Gilmore nun auch wieder nicht entfernt.«

Kohli begann, von Herzen zu lachen. »Tatsächlich? Wenn schon, dann wird Hardison wohl eher persönlich hier erscheinen – um seinen Anteil abzuholen.«

Diese Worte kamen für Anne so überraschend, dass sie ihre Miene für zwei oder drei Sekunden nicht unter Kontrolle hatte und vor Schreck die Augen aufriss.

»Damit hatten Sie jetzt wirklich nicht gerechnet, wie?«, meinte er amüsiert. »Nein, niemand muss Angst haben, dass gleich Hardisons Leute hier auftauchen werden. Wir haben Zeit, denn Sie entkommen mir nirgendwohin. Die Ebbe erreicht zwar in diesen Minuten wieder einmal ihren tiefsten

Stand, aber erstens haben Sie Ihren Wagen so ungünstig auf dem Damm geparkt, dass niemand daran vorbeifahren kann, und zweitens wissen Sie ja, wie unmöglich es ist, diese Strecke zu Fuß zurückzulegen.«

»Dann haben *Sie* meinen Tank geleert?«, fragte sie.

»Ja, allerdings geschah das im Auftrag von Mr Kapoor, weil er Sie loswerden wollte. Nur kam mir das sehr gelegen, denn wir wollten das Gleiche, müssen Sie wissen ...«

»Wer ist *wir?*«, unterbrach sie ihn, während sie den Lederkoffer an sich gedrückt hielt.

»Alles zu seiner Zeit, Miss Remington. Wenn ich darauf antworte, werden Sie eine Zwischenfrage stellen, dann muss ich noch etwas weiter ausholen, dann kommt Ihre nächste Frage und so weiter und so fort.« Er zuckte mit den Schultern. »Lassen Sie mich am Anfang beginnen, und dann werden wahrscheinlich all Ihre Fragen beantwortet werden. Falls nicht, können Sie immer noch fragen. Sie dürfen ruhig alles erfahren, bevor Sie sterben, immerhin haben Sie so viel Einsatz gezeigt, um dem Rätsel in der Burg und auf der Insel insgesamt auf die Spur zu kommen. Da fände ich es einfach ungerecht, wenn Sie nicht mehr erfahren würden, wie dicht Sie vor der Lösung gestanden haben.«

»Dann lassen Sie mal hören«, forderte sie ihn auf, während sie fieberhaft überlegte, wie sie Jess und sich selbst in Sicherheit bringen konnte. Von den Mechanikern war keine Hilfe zu erwarten, so viel stand fest.

»Ich muss dazu ein wenig ausholen. Die Lloyd Isles waren bis vor ungefähr zwanzig Jahren eine Touristenattraktion, weil eine Sonderregelung den steuerfreien Verkauf von Zigaretten, Kaffee und Alkohol erlaubte. Als dieses Gesetz auslief, musste man die Bewohner vor dem Ruin schützen, weil alle Inseln ausschließlich von den Touristen gelebt hatten. Also dachten sich die Abgeordneten in London eine lange Liste von besonderen Vergünstigungen aus, zum Teil sehr eigenartige Dinge, bei denen ich nie verstanden habe, wie man auf solche Ideen kommen konnte. Eine dieser neuen Sonderregelungen besagt, dass den Lloyd Isles für jeden verschrotteten Personenwagen eine Prämie gezahlt wird. Ein paar Hundert Pfund, also nichts Nennenswertes. Sollte man jedenfalls meinen. Jedoch hat diese Regelung ein Haken, denn der Gesetzestext spezifiziert nicht, woher der zu verschrottende Personenwagen stammen muss. Eigentlich würde man so was ja auf Fahrzeuge beschränken, deren Besitzer auf der Inselgruppe leben und auf die der Wagen mindestens zwei Jahre angemeldet gewesen sein muss. Das hat man versäumt, weil naive Bürokraten eben keine findigen Geschäftsleute sind und weil sie ein Gesetz immer nur nach dem beurteilen, was sie selbst damit erreichen wollen. Diese Leute fragen sich nicht, welche Schlupflöcher sie möglicherweise übersehen haben, sondern sie bringen das Gesetz auf den Weg, und erst wenn es dann ein paar Jahre lang in Kraft ist, fällt ihnen so allmählich auf, dass da was nicht ganz so läuft, wie sie es sich vorgestellt haben. Und dank dieser Naivität floriert der Schrotthandel, besonders mit unseren Nachbarländern, aber teilweise auch mit Händlern aus aller Welt, und der britische Steuerzahler belohnt die Verschrottung von Autos, mit denen er sein Leben lang nichts zu tun gehabt hat.«

»Aber wenn die Wagen auf den Inseln verschrottet werden sollen, was machen sie dann hier?«, warf Jess ein.

»Gedulden Sie sich noch einen Moment, dazu komme ich gleich. Jedenfalls hat das Mr Kapoor auf eine Idee gebracht, wie er sein Vermögen aus Indien herausschaffen kann, um sozusagen für schlechte Zeiten vorzusorgen. Er hat diese Insel gekauft, die zu den Lloyd Isles gehört, damit ihm beim Schiffsverkehr zwischen hier und den Hauptinseln nicht der britische Zoll dazwischenfunken kann. Er kauft in Indien Luxuswagen älteren Baujahrs, ersetzt die Motoren durch die Attrappen, die Sie eben so schön gefilmt haben, dann werden die Wagen als schrottreif deklariert, da der Motor ja offensichtlich völlig hinüber ist. Die Fahrzeuge und die Motoren werden per Schiff zu den Lloyd Isles gebracht und da offiziell verschrottet. In Wahrheit wechselt ein Bündel Geldscheine den Besitzer, und die Verschrottung von Kapoors Limousinen wird mit Stempel und Unterschrift bestätigt …«

»Wieso unternimmt denn niemand sonst etwas gegen diese Korruption? Selbst wenn Superintendent Hardison beide Augen zudrückt, muss sich doch nachvollziehen lassen, dass …«

»Weil nicht nur Superintendent Hardison so korrupt und geldgierig ist«, fiel er ihr ins Wort, »wie Sie hier im Westen es den Polizisten in Asien oder Südamerika immer gern unterstellen. Das gilt auch für die ganze Chefetage der Verwaltung auf den Inseln. Ich glaube, es hat etwas damit zu tun, dass man sich von London gegängelt fühlt, deshalb will man möglichst überall noch etwas dazuverdienen.«

Anne schüttelte den Kopf.

»Machen Sie sich nichts draus, DCI Remington«, meinte er fast mitfühlend. »Nicht alle Polizisten sind so wie Hardison, manche sind so ehrlich und so pflichtbewusst wie Sie. Aber Sie sehen ja, wohin es führen kann, wenn man sich in Angelegenheiten einmischt, die einen gar nichts angehen. Wie Mr Kapoor gleich nach dem Zwischenfall mit Mr Bakherjees Kopf ganz richtig gesagt hat: Seine Burg fällt nicht in Ihre Zuständigkeit.«

»Tut mir wirklich leid, dass ich Sie so enttäuschen musste, Mr Kohli«, spottete sie. »Aber erzählen Sie doch weiter. Was hat das mit diesen Wagenkolonnen zu tun, die bei Ebbe über den Damm in Richtung Festland verschwinden? Und warum spielt sich das alles ab, wenn er seine Gäste eingeladen hat?«

»Es spielt sich *nur* dann ab«, korrigierte Kohli sie. »Es ist der einzige Grund, weshalb er überhaupt seine Geschäftspartner hierher einlädt.«

»Aber das ist doch viel zu riskant«, warf Jess ein, die über Kohlis Worte nachgrübelte.

»Eben nicht, das ist ja das Schöne daran. Sehen Sie, wenn

die Gäste auf die Insel kommen und auch wieder abfahren, sind in dieser ziemlich gottverlassenen Gegend auf dem Festland ungewöhnlich viele Personenwagen aus den oberen Preisklassen unterwegs. Die Leute, die da wohnen, wissen das, die Polizisten, die da Streife fahren, wissen das ebenfalls. Manche Gäste reisen schon mal früher ab, einige, weil sie keine Chancen mehr auf einen Sieg bei Mr Kapoors Mördersuche haben, andere, weil sie durch Geschäftstermine gezwungen sind, die Heimreise anzutreten. An den Wochenenden, an denen Mr Kapoor seine Geschäftspartner unterhält, wundert sich in den Dörfern, durch die man bis zur Autobahn fahren muss, niemand darüber, dass schon wieder ein Rolls-Royce, ein Bentley, ein Mercedes, ein Porsche und so weiter durchs Dorf fährt. Normalerweise bringt er nur vier oder fünf Wagen mit, die in mehreren Etappen mit den Goldbarren im Kofferraum aufs Festland geschickt werden. Die Wagen werden in die Nähe von London gebracht und auf verschiedenen Schrottplätzen zerlegt, um sie als Altmetall weiterzuverkaufen. Das Gold wird zwischengelagert und nach und nach verkauft, das Geld fließt dann auf Konten im Ausland. Die Schrottplätze gehören ebenfalls Kapoor, allerdings auf einem so verschachtelten Umweg über viele verschiedene Länder, dass man ein Heer von Anwälten benötigen würde, um die Eigentümerschaft zu ihm zurückzuverfolgen.«

»Und woher wissen Sie das alles?«

»Weil ich ihn darauf gebracht habe, wenn auch nur indirekt. Ich bin darauf gestoßen, dass es auch einige Besonderheiten bei der Besteuerung von Kapitaleinkünften gibt, wenn die Gewinne auf den Lloyd Isles erzielt werden«, erklärte Kohli. »Eins hat zum anderen geführt, und mit einem Mal stand Mr Kapoors Plan, sein Vermögen so aus Indien herauszuschaffen, ohne dass man es nachverfolgen kann.«

»Und warum haben Sie das mitgemacht?«

Kohli zuckte mit den Schultern. »Ich hatte Ihnen ja davon erzählt, dass er ein guter Freund meines Onkels ist. Ich verdanke meinem Onkel die Stelle bei der Bank, und ich konnte ihn nicht enttäuschen.«

»*Konnte?*«, wiederholte Anne.

»Ja, er ist vor drei Wochen gestorben.«

»Das tut mir leid, Mr Kohli. Aber ich kann Ihnen noch immer nicht so recht folgen, welche Rolle Sie in dem Ganzen spielen. Sind Sie auf Kapoors Seite oder sind Sie hier, um ihn zu zerstören?«

»Weder noch, ich will nur etwas wiedergutmachen, was ich in den letzten Jahren nicht tun konnte, weil ich mich sonst mit meinem Onkel überworfen hätte, und das hätte mich sehr wahrscheinlich meine Anstellung gekostet. Sehen Sie, ich bin hier nicht der Schurke, ich setze mich für diese Leute ein, die billig abgespeist werden sollen. Mr Kapoor bezahlt sie bei Ablieferung des Wagens mit einer legalen, wenn auch illegal beschafften, Aufenthaltserlaubnis und mit fünftausend Pfund. Fünftausend Pfund für jeden dieser Männer dafür, dass sie Gold im Wert von mehreren zig Millionen ins Land schaffen. Dafür, dass sie diesem Mann helfen, sein Vermögen vor seinen Gläubigern in seiner Heimat zu schützen. Diese Männer hier haben keine Möglichkeit, sich zur Wehr zu setzen oder Forderungen zu stellen, deshalb habe ich beschlossen, Mr Kapoor unter Druck zu setzen, damit er ihnen hunderttausend Pfund gibt, nicht bloß dieses Taschengeld, von dem sie gerade mal ihre Familie nach England holen können, um dann hier von der Sozialhilfe zu leben, während Kapoor allein von den Zinsen und Zinseszinsen seines Vermögens ein Leben in Luxus führen kann. Es ist meine letzte Gelegenheit, etwas wiedergutzumachen, und Mr Kapoor steht diesmal unter größerem Druck als sonst.«

Anne sah zur Rampe, auf der die Limousinen dicht an dicht standen. Sie entdeckte auch den Jaguar, der auf dem Damm vor ihr die Flucht ergriffen hatte. »Und wieso sind es diesmal nicht nur vier oder fünf Wagen? Weil Mr Kapoor diesmal nicht wie sonst üblich nach Indien zurückkehren wird? Weil er sonst sein ganzes Vermögen verliert, da die Banken ihm den Geldhahn zudrehen wollen?«

»Ach, davon haben Sie schon gehört?«, fragte Kohli und nickte anerkennend. »Ja, das ist der Grund. Das hier ist sozusagen der ›Rest‹, den er noch aus Indien herausbringen musste.«

»Und warum bleiben die Wagen nicht einfach hier stehen, bis er das nächste Mal Gäste einlädt?«, wollte Jess wissen. »Hier kann ihm doch keiner was, dann ist es doch egal, ob sie heute Nacht oder in einem halben Jahr aufs Festland gebracht werden.«

»Nein, es ist nicht egal«, widersprach er. »Diese Leute, diese Mechaniker, kommen mit den Wagen zusammen her, sie machen sie wieder fahrbereit und bringen sie nach London, wo sie ihr Geld und ihre Aufenthaltserlaubnis bekommen. Die können nicht ein halbes Jahr hier festgehalten werden. Und abgesehen davon muss Mr Kapoor in Kürze untertauchen, sobald man daheim merkt, dass er sein Vermögen beiseitegeschafft hat. Das wird kein halbes Jahr dauern, sondern in zwei oder drei Wochen der Fall sein, wenn er nicht wie erwartet in seine Heimat zurückkehrt.«

»Und wie haben Sie Kapoor unter Druck gesetzt? Indem Sie Mr Bakherjee enthauptet haben? Indem Sie Kapoors Katze vergiften wollten? Indem Sie Mr Carmichaels Zimmer in Brand gesteckt haben?«

»Bakherjee war die erste Warnung«, erklärte Kohli. »Ich hatte Kapoor schon Anfang letzter Woche einen anonymen Brief zukommen lassen, in dem ich ihn aufgefordert habe, die Mechaniker diesmal besser zu bezahlen. Das Geld oder zumindest einen Teil davon sollte er ihnen bis Mittwoch geben, sonst würde ich ihn und seine Machenschaften auffliegen lassen. Als er dieser Aufforderung nicht nachgekommen ist, wollte ich ihm zeigen, dass ich es ernst meine. Natürlich, ohne dass er weiß, welche Rolle ich dabei spiele. Um diesen arroganten Bakherjee war es ohnehin nicht schade, so mies, wie er seit Jahren Kapoors Bedienstete behandelt hat.«

»Aber wie haben Sie es bewerkstelligt, Bakherjee zu enthaupten, die Leiche verschwinden zu lassen und den Kopf in der Truhe zu platzieren?«

»Oh, das war ganz einfach. Ich habe ihn bereits am Mittwochabend geköpft. Die kopflose Leiche und den Kopf habe ich dann in der Kühltruhe da drüben im Aufenthaltsraum aufbewahren lassen. Bevor Sie alle auf die Insel kamen, habe ich den Kopf zum Auftauen herausgeholt, in den Saal geschmuggelt und in einem unbeobachteten Moment in die Kiste gelegt.«

»Dann konnte es also keiner der Gäste gewesen sein«, erkannte Anne und schnaubte verärgert, weil sie von einer falschen Annahme ausgegangen war.

»Machen Sie sich deswegen keine Vorwürfe«, meinte der Mann beschwichtigend. »Es wäre ein Gerichtsmediziner mit umfangreicher Ausrüstung erforderlich gewesen, um herauszufinden, dass Bakherjees Schädel im Inneren immer noch tiefgefroren war, als er mitten in der Reistafel landete.« Dann sah er zu Jess und ergänzte: »Das war nicht gegen Sie gerichtet, Miss Randall. Sie hatten nicht die richtige Ausrüstung zur Hand, ansonsten sind Sie eine vielversprechende angehende Gerichtsmedizinerin. Oder besser gesagt: theoretisch vielversprechend. Denn dazu wird es jetzt ja nicht mehr kommen.« Er lächelte sie flüchtig an. »Nehmen Sie es nicht persönlich.«

»Würde mir nie im Leben einfallen«, gab Jess spöttisch zurück.

Kohli nickte amüsiert. »Aber zurück zu Mr Kapoor. Gegen sieben Uhr abends riefen mich die Mechaniker der ersten Fuhre an und sagten mir, dass sie bei der Übergabe der Wagen nicht mehr Geld erhalten hatten als sonst, was ja Kapoors letzte Chance gewesen wäre, meine Forderungen zu erfüllen. Also musste ich den Druck auf ihn noch ein bisschen erhöhen. Das Gift im Katzenfutter war mein zweiter Streich. Dummerweise stellte sich dann heraus, dass Sie Polizistin sind, also musste ich Sie auch noch loswerden, weil ich wusste, Sie würden alles kaputtmachen.«

»Aber Sie haben keinen Anschlag auf mich …«, begann Anne, verstummte dann aber, als sie den Zusammenhang erkannte. »Sie hatten es gar nicht auf Mr Carmichael abgesehen. In Wahrheit wollten Sie mich umbringen. Sie waren derjenige, den ich im Korridor bemerkt hatte. Sie dachten, das wäre mein Zimmer, weil Sie mich sahen, wie ich abschloss, nachdem ich Carmichael dort eingesperrt hatte.«

»Sie sind wirklich eine verdammt gute Polizistin, Miss Remington. Dass es den guten Mr Carmichael erwischt hat, war bloß ein Irrtum, und Irren ist schließlich menschlich.«

»Irren ja, Mr Kohli, aber Morden ist nicht menschlich.«

»Wenn es einem höheren Ziel dient, kann ich einen Mord vor mir rechtfertigen«, meinte Kohli unbeeindruckt. »Na ja, und nachdem Sie mit Ihrer wundersamen Rückkehr vom Damm bewiesen hatten, dass Sie offenbar mehr Leben haben als jede Katze, dachte ich mir, ich unternehme einen neuen Anlauf, Phaedra zu vergiften. Schließlich geht es mir immer noch darum, Mr Kapoor unter Druck zu setzen.«

»Und mit dem erneuten Anlauf hatten Sie sich schon wieder geirrt.«

»Ich gebe zu, das wundert mich«, räumte Kohli ein. »Ich dachte, sie würde wenigstens die frische Leber fressen, die ich ihr unter der Tür durchgeschoben hatte. Aber offenbar hat sie nicht mal dieser Leckerbissen in Versuchung führen können.«

»Für einen Mann, der sich seiner Sache so sicher ist, muss ich ja sagen, dass Sie die meiste Zeit weit daneben liegen. Ich habe die ganze Zeit über gar nicht in meinem Zimmer geschlafen, und Phaedra war zu keinem Zeitpunkt da, wo Sie sie vermutet hatten. Ich frage mich, ob Ihnen nicht gerade große Zweifel kommen, ob Sie nicht vielleicht noch irgendeinem Irrtum erlegen sind. Zum Beispiel dem, dass Sie aus dieser Konfrontation als Sieger hervorgehen.«

»Ganz bestimmt werde ich das«, versicherte er ihr. »Oder wollen *Sie* mich jetzt noch davon abhalten?«

»Warum nicht?«, gab sie zurück und schleuderte unvermittelt den Lederkoffer in seine Richtung.

Kohli machte einen Satz zur Seite, doch der schwere Koffer traf ihn am Arm und knallte dann auf den Boden. »Was denn? Wollten Sie mich etwa mit der Katze erschlagen?«, rief er und bog sich vor Lachen. »Ich dachte, Ihnen liegt die Katze so am Herzen, und dann schleudern Sie das arme, arme Tier einfach so von sich?« Er sah zwischen ihr und der Tasche hin und her. »Wissen Sie was? Ich werde Ihnen einen Gefallen tun und dafür sorgen, dass Sie bald mit der lieben Phaedra wiedervereint sein werden ... im Jenseits.«

Dann riss er den Arm herum und feuerte dreimal auf den Lederkoffer, der den Projektilen keinen Widerstand bot.

Die kurze Ablenkung genügte Anne, um ihre Waffe zu ziehen und sie auf Kohli zu richten. Der drehte sich zu ihr um und hatte noch Zeit genug, eine ungläubige Miene aufzusetzen, dann fiel auch schon ein Schuss, und Kohli sank zu Boden.

Anne starrte verwirrt auf ihren Zeigefinger, da sie fest davon überzeugt war, dass sie nicht den Abzug gedrückt hatte.

Roowapindiban öffnete beim zweiten Klingeln. Als er sah, wer ihn zu Hause aufgesucht hatte, stutzte er. »Detectives? Sie wissen doch, dass ich sonntags kein Essen ausliefere. Oder ...« Er nieste zweimal, dann setzte er ein schiefes Grinsen auf. »Oder wollten Sie mir heute etwas zu essen liefern?«

»Nein, Mr Roowapindiban«, erwiderte Hennessy. »Und übrigens, Gesundheit. Immer noch die Allergie?«

»Ja, ganz schrecklich«, bestätigte er. »Ich weiß überhaupt nicht, welche Pollen im Moment unterwegs sind.«

»Gar keine, Mr Roowapindiban«, sagte Franklin. »Es hat in den letzten Tagen immer wieder geregnet, daher sind zurzeit überhaupt keine Pollen in der Luft. Sie sind offenbar gegen etwas anderes allergisch.«

Er zuckte mit den Schultern. »Das muss es wohl sein.« Dann schaute er zwischen den Detectives hin und her. »Sind Sie wirklich hergekommen, um mich zu fragen, wie es mir geht? Das ist aber nett.«

»Nein«, gab Hennessy zurück. »Wir sind hier, weil jemand Anzeige gegen Sie erstattet hat, weil Sie Ihren Kunden billiges Katzenfutter ins Essen mischen.«

Roowapindiban riss entsetzt die Augen auf. »Wie bitte? Das ist gelogen. Wer das behauptet, der lügt. In mein Essen kommen nur frische Zutaten, nichts aus der Konserve, und schon gar kein Katztenfutter.«

»Nun, wir haben sogar Fotos, auf denen man deutlich sieht, wie Sie mit zwei Paletten ... einen Moment, was haben Sie gerade gesagt?«

»In mein Essen kommen nur frische Zutaten?«

»Nein, danach.«

»Nichts aus der Konserve?«

»Nein, nein, *danach.*«

»Kein Katztenfutter?«

»Kein was?«, hakte Hennessy nach.

»Katztenfutter.«

Der Detective zog seinen Notizblock aus der Tasche. »Würden Sie mir das bitte mal aufschreiben?«

Schulterzuckend nahm Roowapindiban den Block, schrieb das Wort auf und hielt den Block Hennessy hin.

»Sie schreiben *Katztenfutter,* aber es heißt *Katzenfutter.* Sie schreiben das mit einem ›t‹ zu viel.«

»Ich bin aus Indien«, verteidigte sich Roowapindiban. »Ich schreibe viele Worte falsch.«

»Daran zweifele ich nicht, aber ich möchte mein Gehalt verwetten, dass wir in ganz Northgate niemanden finden, der Katztenfutter anstelle von Katzenfutter schreibt.«

Der Mann sah die Polizisten verständnislos an. »Und ... was wollen Sie damit sagen?«

»Wir wollen Ihnen damit sagen, dass Sie sofort unsere Katzen rausrücken sollen!«, herrschte Franklin ihn lautstark an, sodass Roowapindiban leicht zusammenzuckte.

»Das sind nicht Ihre Katzten«, gab der Inder aufgebracht zurück, dann erstarrte er und riss entsetzt die Augen auf.

»Ach?«, meinte Hennessy. »Und wessen Katzen sind es stattdessen?«

»Ich … ähm … keine Ahnung, ich habe sie gefunden«, versuchte er sich trotzig aus der Affäre zu ziehen.

»Sie haben sie entführt!«

»Ich habe sie nicht entführt, die standen bei mir in einem Karton vor der Tür.«

»Na, vielleicht dachte ja jemand, Sie stammen aus Südkorea statt aus Indien und bräuchten noch ein bisschen Frischfleisch für Ihre Küche.«

»Das ist rassistisch, Detective!«, setzte sich Roowapindiban zur Wehr.

»Sie könnten sich angegriffen fühlen, wenn Sie ein Koreaner wären.«

»Detective, Sie haben keinen Grund, mit mir so zu reden«, protestierte der Mann.

»Doch, den habe ich, Mr Roowapindiban. Ich bin nämlich sauer, weil Sie mich hier zum Narren halten. Mich und meinen Kollegen. Sie haben diese Drohbriefe geschrieben, weil Sie die Katzen entführt haben«, sagte er ihm auf den Kopf zu. »Warum haben Sie die Katzen entführt, und warum haben Sie so sehr darauf beharrt, dass nur Chief Remington sie bei Ihnen abholt?«

»Ich habe …«

»Wenn Sie weiter leugnen wollen, dann können Sie auch gleich den Mund halten. Reden Sie, wenn Sie was Vernünftiges zu sagen haben. Sie wussten, dass Remington nicht in Letchham ist, und dann entführen Sie die Katzen, um Remington zurückzuholen. Was wollen Sie von ihr?«

»Ich will gar nichts von ihr«, beteuerte Roowapindiban.

»Und was will Kapoor von ihr?«

»Er will nur, dass sie ... Sie wissen von Kapoor?«, fragte er und sah die beiden Detectives ungläubig an.

»Oh ja, wir wissen alles von Kapoor«, behauptete Franklin. »Wir wissen auch, wie massiv Kapoor Sie belastet.«

»Mich belastet?«

»Ja, wenn wir ihm glauben dürfen, dann haben Sie das Ganze eingefädelt.«

»Ich habe doch nichts eingefädelt!«, beteuerte Roowapindiban, der Hilfe suchend von einem zum anderen schaute. »Es sollte doch niemand ermordet werden!«

Hennessy und Franklin sahen sich kurz an, aber zu ihrem Glück war Roowapindiban so in Panik, dass er deren verdutzten Blick nicht mitbekam und den Bluff nicht durchschaute.

»Dann schildern Sie uns Ihre Version«, forderte Hennessy ihn auf.

Roowapindiban atmete seufzend durch. »Also gut, Detective ... Ich habe Ihnen doch davon erzählt, dass ich explodieren will.«

»Wenn es immer noch ums Expandieren geht, dann ja.«

»Ich könnte nicht so viel Geld aufbringen, um zwei neue Curry-Mobile zu bezahlen, darum habe ich einen alten Bekannten gefragt, der sehr viel Geld hat ...«

»Kapoor«, warf Franklin ein, als würde er jedes Detail der Geschichte kennen.

»Ja, Kapoor. Er hat mir sechshunderttausend Pfund geliehen, die ich ohne Zinsen zurückzahlen kann. Das Geld habe ich für die Wagen und für den Umbau ausgegeben, es ist also nichts mehr da. Erst danach habe ich von diesem Projekt erfahren, was diese Leute vorschlagen wollen ...«

»Sie meinen ›Grafschaft der Zukunft‹?«

»Ja, Detective. Mrs Boyle hat mir davon erzählt und mir ganz stolz gezeigt, was sie alles für Northgate tun will. Wissen Sie, ich hatte ihr Essen geliefert, und sie saß gerade mit Mr Dearing zusammen, um über dieses Projekt zu diskutieren. Dabei sagte sie mir, dass sie in der ganzen Grafschaft ein Fahrverbot für Lastwagen durchsetzen wollen und dass Lastwagen dann nur noch morgens bis um zehn Uhr anliefern dürfen.«

Franklin nickte. Er war mit dem Problem nur zu gut vertraut. Im Norden und im Süden der Grafschaft verliefen zwei wichtige und viel befahrene Autobahnen, auf denen es immer wieder zu Unfällen kam. Sobald sich ein Stau bildete, fuhren Personenwagen und Lastwagen quer durch die Grafschaft, um auf die andere Autobahn zu gelangen, was für die Anwohner gelinde gesagt nervtötend war, vor allem in den Abend- und Nachtstunden. Schon vor zwanzig Jahren hatte eigentlich eine Umgehungsstraße gebaut werden sollen, die war aber am Widerstand von Umweltschützern gescheitert.

»Und weiter?«

»Sehen Sie, Detectives, meine neuen Curry-Mobile werden wegen der Größe als Lastwagen behandelt. Wenn das Projekt angenommen wird, dann kann ich in ganz Northgate nur noch bis um zehn Uhr morgens Essen ausliefern – dann bin ich ruiniert! Dann stehe ich da mit zwei Wagen für sechshunderttausend Pfund, die ich Kapoor nicht zurückzahlen kann!«

»Haben Sie das Mrs Boyle gesagt?«

»Oh ja, das habe ich. Immer und immer wieder, aber sie und Mr Dearing haben beide gesagt, dass sie das Verbot wollen. Ich sollte mir dann doch kleinere Curry-Mobile anschaffen. Es hat sie nicht interessiert, dass ich meine neuen Wagen niemandem verkaufen kann, weil sie so eingerichtet sind, wie ich das brauche. Es hat sie einfach nicht interessiert. Dann habe ich Kapoor angerufen, weil ich nicht mehr wusste, was ich tun soll. Ich habe ihm das erzählt, er hat sich die Namen von Mrs Boyle und Mr Dearing und von den anderen geben lassen und gesagt, dass er sich drum kümmert.«

»Kümmert? Was genau hat er damit gemeint?«

»Er hat gesagt, er schickt jemanden, der die beiden einschüchtern soll, damit sie das mit dem Fahrverbot aus dem Projekt nehmen.«

»Einschüchtern? Oder mehr als das?«, hakte Franklin nach.
»Nur einschüchtern«, betonte Roowapindiban. »Nicht umbringen.«
»Und dann?«
»Am Freitagabend rief Kapoor mich an und sagte mir, dass ich die Katzten von Chief Remington bei mir verstecken muss und dass ich die Erpresserbriefe schreiben muss«, berichtete er. »Ich wollte das nicht, aber er hat gesagt, dass Sharukh – also der Mann, den er geschickt hat – die Katzten schon geholt hat, und dass ich genau das machen muss, was Kapoor mir sagt, weil Remington nach Hause kommen muss.«
»Wo finden wir diesen Sharukh?«, wollte Hennessy wissen und notierte gleich darauf die Adresse eines Bed & Breakfast gleich hinter der südlichen Grenze der Grafschaft; dann drehte er sich weg, zog sein Handy hervor und rief auf der Wache an, weil der Constable die Kollegen aus der Nachbarschaft um Hilfe bitten sollte, damit die diesen Sharukh festnehmen konnten.
»Hat er gesagt, warum sie nach Hause kommen muss?«, fragte Franklin.
Roowapindiban schüttelte den Kopf. »Er hat nur gesagt, dass er mir sein Geld geliehen hat und dass er jemanden geschickt hat, der sich um Mrs Boyle und die anderen kümmert, und deshalb muss ich jetzt auch was für ihn tun.«
»Okay, Mr Roowapindiban«, sagte Hennessy, als er wieder aufgelegt hatte. »Jetzt nehmen wir erst mal die Katzen mit, und dann begleiten Sie uns zur Wache.«
»Ja, ist gut«, willigte er kleinlaut ein. »Die drei sind oben im Schlafzimmer«, fügte er hinzu und begann wieder zu niesen.

Anne stand da und starrte noch immer auf ihre Waffe, als sie eine Bewegung dort unter der Rampe bemerkte, wo sie zuvor zusammen mit Jess gestanden hatte. Sie erkannte Kapoor, der mit einer Waffe in der Hand auf sie zukam. Den Griff der Pistole hielt er nur mit Zeigefinger und Daumen fest, um ihr zu zeigen, dass er nicht noch einmal schießen würde. Den Mechanikern rief er etwas auf Hindi zu, wohl um sie anzuweisen, sich nicht einzumischen. Innerlich machte Anne sich in diesem Moment darauf gefasst, sich gegen eine Meute zur Wehr setzen zu müssen, die mit Schraubenschlüsseln bewaffnet auf sie losstürmte. Aber alles blieb ruhig, auch wenn die Männer ihre Arbeit unterbrachen und gebannt zu ihnen herübersahen.

Als er nur noch gut zwei Meter entfernt war, blieb er stehen und legte die Waffe auf den Boden. Er machte eine finstere Miene, dann sah er den tot am Boden liegenden Kohli an und zischte: »Verräter.« Gleich darauf kniete er sich neben den Lederkoffer, der auf der Seite lag und deutlich erkennbare Einschusslöcher trug. »Meine arme kleine Phaedra«, flüsterte er und öffnete die Verschlüsse.

»Mr Kapoor …«, begann Anne, aber der Mann riss die Verschlüsse auf, klappte den Deckel des Koffers hoch und … stutzte.

»Was ist das?«, fragte er.

»Das ist eine Glasschale aus meinem Zimmer, eingewickelt in eine Wolldecke, damit es vom Gewicht her so wirkt, als würde sich Ihre Katze darin befinden«, erklärte sie.

Kapoor drehte sich zu ihr um und richtete sich auf. »Aber … wieso?«

»Weil uns klar war, dass jemand aus Ihrer Dienerschaft hinter den Anschlägen stecken musste, also haben wir dafür gesorgt, dass sich Phaedra dort aufhält, wo der Attentäter sie nicht vermuten würde. Dass es Kohli sein würde, hatte ich nicht unbedingt erwartet.«

»Und wo ist Phaedra?«

»Sir Lester war so freundlich, sie für ein paar Stunden in seinem Wagen einzuquartieren«, ließ sie ihn wissen.

»Danke, Miss Remington«, murmelte er. »Danke, dass Sie meine Katze gerettet haben.«

»War mir ein Vergnügen«, erwiderte Anne. »Ist nicht das

erste Mal, dass ich so was mache. Und vermutlich auch nicht das letzte Mal.«

»Sie sind ein guter Mensch, Miss Remington.«

»Danke.«

Er lächelte flüchtig. »Ich weiß, dass jetzt kein ›Sie auch, Mr Kapoor‹ folgen kann, aber das ist nicht schlimm. Ich habe verloren, so einfach ist das.«

Anne musterte ihn aufmerksam. »Ich habe das Gefühl, Sie nehmen das sehr gelassen.«

Kapoor verzog den Mund. »Was könnte ich bewirken, wenn ich es nicht gelassen nehmen würde? Würde ich Sie jetzt umbringen, hätte ich in wenigen Stunden Ihre Kollegen am Hals, die jeden Zentimeter der Insel nach Ihnen absuchen würden – und dann würden sie wahrscheinlich auch das hier finden. Ich hatte einen guten Plan, aber offensichtlich keinen perfekten. Vielleicht hätte ich mir mehr Mühe geben müssen, doch vielleicht war es mir auch einfach nicht bestimmt, mit meinem Plan durchzukommen.«

»Dann stimmt es, was Mr Kohli uns erzählt hat?«

»Jedes Wort. Es gibt nichts hinzuzufügen und nichts zu leugnen«, bestätigte er.

Dann wandte er sich zum Gehen.

»Wohin wollen Sie?«, fragte Anne, als sie sah, dass er sich der Rampe näherte. Ihre Waffe hielt sie weiterhin auf ihn gerichtet, weil sie sich nicht restlos sicher war, ob er nicht vielleicht doch noch irgendwie versuchen würde, sie zu überwältigen oder zu fliehen.

»Ich will Ihnen noch zeigen, wo sich die Ausfahrt für die Wagen befindet, nach der Sie seit gestern so angestrengt gesucht haben«, erklärte er. »Kommen Sie, wir gehen oben raus.«

Nachdem sie an den Limousinen vorbei die Rampe hinaufgegangen waren, drückte er auf einen Schalter an der Felswand, dann glitt das Metalltor, vor dem die Wagen parkten, die Kapoors Gold von der Insel hatten bringen sollen, von einer Hydraulik angetrieben langsam und fast geräuschlos nach oben. Als sie sich nur noch leicht ducken mussten, um nach draußen zu gelangen, verließen sie zu dritt die Höhle. Ein paar Schritte weiter blieben sie stehen, und dann sah Anne, dass die tonnenschwere steile vordere Wand des Felsens hinter der Burg sich um fast zwei Meter nach oben bewegt hatte. »Das ist natürlich kein Überbleibsel aus dem Zweiten Weltkrieg«, erklärte er. »Diese Anlage wurde noch bis Anfang der Neunzigerjahre vom britischen Militär genutzt, aber mit dem Ende des Kalten Krieges wurde sie überflüssig. Die Wahrheit über diese Einrichtung ist übrigens so gut wie unbekannt. Offiziell wurde verbreitet, dass die Burg nach dem Zweiten Weltkrieg in Privatbesitz überging, aber das war nur Tarnung. Wenn man etwas als militärisches Sperrgebiet ausweist, wird es dadurch für den Feind umso interessanter. Hier ist man den umgekehrten Weg gegangen und hat im Geheimen diese Einrichtung weiterhin betrieben, ohne dass sich jemand darum gekümmert hätte. Alle Anlagen wurden abgebaut, es wurden sogar Journalisten eingeladen, um darüber zu berichten. Aber kaum hatten die die Insel verlassen, wurde alles wieder eingebaut und angeschlossen.«

»Interessant«, kommentierte sie.

»Und so funktioniert das Tor zum Meer hin auch«, erläuterte Kapoor mit einer Gelassenheit, als sei nicht gerade eben seine ganze Welt in sich zusammengestürzt. »Von dort sieht man ebenfalls nichts von der Anlage.«

»Da hätten wir ja noch ewig suchen können«, meinte Jess kopfschüttelnd, während sie Anne ihr Handy reichte, damit diese ihre Kollegen in Northgate anrufen konnte.

»Werden Sie sich um meine Katze kümmern?«, fragte Kapoor, als sie um die Burg herum zum Tor gingen.

»Ich werde dafür sorgen, dass sie gut untergebracht sein wird«, versicherte ihm Anne, dann fügte sie hinzu: »Damit wir uns nicht falsch verstehen: Das tue ich nicht für Sie, sondern einzig und allein für Phaedra.«

»Ich weiß«, gab er leise zurück. »Sie hat jemanden verdient, der sich besser um sie kümmert als ich.«

Anne erwiderte darauf nichts, weil Kapoor bereits alles Wesentliche gesagt hatte, sondern wählte Franklins Nummer, während sie im Geiste alle Punkte durchging, die er würde erledigen müssen.

Epilog

Das war tausendmal besser als jede Mördersuche, Anne«, sagte Jess begeistert und umarmte sie zum Abschied. »Am liebsten würde ich ja sagen, dass wir das bei Gelegenheit mal wieder machen sollten, aber ich glaube, das passt jetzt nicht so ganz.«

Anne ließ einen Moment lang die Ereignisse der letzten drei Tage Revue passieren und antwortete: »Außer dass es wirklich eine Freude war, mit dir zusammenzuarbeiten, möchte ich von diesem verlängerten Wochenende absolut nichts noch einmal erleben müssen.« Dabei warf sie Lord Bromshire, der mit ihr, Jess und Detective Hennessy auf dem Gehweg vor Annes Haus stand, einen leicht verärgerten Seitenblick zu und ergänzte: »Und damit Sie es wissen, Lord Bromshire – von Ihnen lasse ich mich nie wieder zu irgendetwas überreden.«

Er lächelte und zuckte mit den Schultern. »Immerhin hatte ich recht mit meinem Gefühl, dass da irgendwas nicht stimmt. Und sehen Sie es doch mal so, Miss Remington: Sie haben nahezu im Alleingang mehrere Morde aufgeklärt, Sie haben verhindert, dass ein Mann mit seinem Vermögen untertaucht, Sie haben dafür gesorgt, dass er nicht länger illegal Menschen ins Land schleust, und durch die Informationen, die Sie sammeln konnten, kann nun der Korruption auf den Lloyd Isles ein Ende gesetzt werden. Und das alles in der kurzen Zeit von Freitag bis heute Mittag. Das ist doch eine bemerkenswerte Leistung, die von Ihren Vorgesetzten sicher nicht übersehen werden wird. Und was für mich das Wichtigste von allem ist, abgesehen von der Tatsache, dass Sie Jess wohlbehalten zurückgebracht haben: Sie haben einer Katze das Leben gerettet. Damit ist Ihnen ein Platz im Tierhimmel sicher, auch wenn ich hoffe, dass Sie den noch lange nicht in Anspruch nehmen werden. Ohne meine Überredungskünste wäre es zu all diesen Dingen niemals gekommen.«

Sie nahm seine Worte zur Kenntnis, indem sie eine Augenbraue hochzog, aber sie sagte nichts dazu. Natürlich hatte er recht, sie hatte all diese Dinge geleistet, dennoch gönnte sie ihm nicht die Genugtuung, das auch noch laut auszusprechen. Ohne seine Überredungskünste wäre Kapoor vermutlich mit allem durchgekommen, was er sich in den Kopf gesetzt hatte. Bislang hatte er sich nicht dazu geäußert, was er gemacht hatte, um die indischen Mechaniker dazu zu bewegen, seine Wagen doch von der Insel zu schaffen. Er war nicht auf die Drohungen und Forderungen eingegangen, die Kohli an ihn gerichtet hatte, und trotzdem waren bei jeder Ebbe einige Wagen an Land gebracht worden. Hätte Kapoor sie besser bezahlt, wäre es nicht nötig gewesen, dass Kohli weiter mordete und ihn erpresste. So aber ..., rätselte sie. Vielleicht hatte er ja im Gegenzug den Mechanikern gedroht, deren Familien in Indien etwas anzutun, wenn sie nicht gehorchten. Kohli hatte vor seinem Tod nichts mehr dazu sagen können, und Kapoor wollte nicht mehr zugeben als das, was der Mann über ihn enthüllt hatte. Womöglich würden sie das nie erfahren, zumal sie vermutete, dass die Regierung ihn an Indien ausliefern würde. Es war nur so ein Gefühl, denn mit diesen rechtlichen Details kannte sie sich nicht aus. Für den Augenblick saß Kapoor in der sehr bescheidenen Zelle der Polizeiwache von Letchham; alles Weitere würden die nächsten Tage ergeben.

Lord Bromshire sah auf seine Uhr. »So, wir müssen dann los«, sagte er an Jess gewandt, die sich mit einem Nicken von ihr verabschiedete und dann Bromshire zu dessen Wagen folgte. »Ich habe heute noch einiges vor und will dich möglichst bald zu Hause absetzen.«

Während sie Jess nachwinkte, die soeben in Bromshires Wagen einstieg, sagte Anne zu Hennessy: »Ich kann es noch immer nicht fassen, dass Sie es geschafft haben, einen Hubschrauber der Royal Air Force nach Grennich Castle fliegen zu lassen, um uns und Kapoor abzuholen.«

Der Detective zuckte mit den Schultern. »Alles andere hätte zu lange gedauert. Die Polizei in Whitehaven war mit einem Haufen Hooligans beschäftigt, und von den Lloyd Isles wollte ich niemanden ansprechen. Man muss halt die richtigen Leute kennen, die einem noch einen Gefallen schulden. Wissen Sie, Chief, ich dachte mir, wenn Sie noch bis zur nächsten Ebbe am Montagmittag oder womöglich noch länger warten müssen, ehe Sie von dieser Insel wegkommen können, dann sind Sie am nächsten Tag bestimmt mies drauf, und das wollte ich uns allen ersparen. Außerdem mögen es die Jungs von der Air Force, wenn sie mal was zu tun bekommen. Jetzt können sie auf der Insel Polizei spielen und alle einkassieren, die sich da so rumtreiben.«

»Von mir aus können sie auch ›versehentlich‹ ein paar von den Gästen einkassieren, ausgenommen Sir Lester natürlich. Der hat sich mehr als vorbildlich verhalten«, meinte Anne. »Aber so wie sich einige von den Übrigen benommen haben, würde ich ihnen das wirklich gönnen, jedenfalls zehnmal mehr als diesen armen indischen Mechanikern, die hier in England lediglich auf ein besseres Leben gehofft haben und jetzt wieder zurückgeschickt werden.« Dann musterte sie Hennessy eindringlich. »Apropos Benehmen. Kann es sein, dass Sie sich mit diesem ›Hubschrauber-Gefallen‹ bei mir einschmeicheln wollten, weil Sie mir kein Wort davon gesagt haben, dass jemand meine Katzen entführt hatte?«

»Ach, kommen Sie, Chief, Sie hätten doch sowieso nichts unternehmen können. Wenn wir es Ihnen gesagt hätten, wären Sie trotzdem auf der Burg geblieben und hätten von uns erwartet, dass wir uns darum kümmern. Es hätte doch nichts an der Situation geändert, außer dass Sie sich so ganz auf Ihren Fall konzentrieren konnten. Außerdem haben wir ja erst heute Mittag von Roowapindiban die Bestätigung erhalten, dass er etwas mit Kapoor zu tun hatte. Ich meine, wer hätte damit rechnen können, dass Kapoor einen Killer in unsere Grafschaft schickt, während Sie ihm gleichzeitig einen Überraschungsbesuch abstatten?«

Anne nickte lächelnd. »Ich weiß. Das war schon ganz richtig, wie Sie das gemacht haben. Ich wäre krank vor Sorge gewesen, wenn ich es gewusst hätte. Ich bin nur froh, dass ich es jetzt endlich weiß, dann kann ich gleich mal zur Wache fahren und Kapoor zum Abschied für diese Aktion einen Tritt in den Hintern verpassen.«

»Was machen wir eigentlich mit Roowapindiban?«, wollte der Detective wissen. »Ihn haben wir ja momentan unter Hausarrest gestellt.«

»Das ist auch gut so. Wenn er in der Zelle gleich neben Kapoor wäre, könnte ich mir vorstellen, dass der ihn noch einzuschüchtern versucht und Roowapindiban sein Geständnis widerruft.« Sie legte den Kopf schräg und überlegte laut: »Ich glaube, wir sollten uns Roowapindiban noch mal zur Brust nehmen, um ihm klarzumachen, dass er insgesamt noch mit einem blauen Auge davongekommen ist, weil er selbst ja genau genommen nichts Großartiges verbrochen hat. Er hat Kapoor gebeten, ihm zu helfen, damit dieses Fahrverbot für Lastwagen nicht vorgeschlagen wird, aber er hat keinen Mord in Auftrag gegeben, und er hat meine Katzen bei sich aufgenommen, nachdem der Killer sie aus meinem Haus geholt hatte. Eigentlich sollte ich ihm dafür sogar dankbar sein, denn es weiß ja keiner, was dieser Sharukh sonst mit Ihnen angestellt hätte.« Sie sah den Detective an. »Und wenn dieser Vorschlag mit dem Fahrverbot durchkommt, ist er mehr als gestraft.«

»Das wird sich zeigen. Als ich den verbliebenen drei Mitgliedern des Komitees gesagt habe, dass unsere Kollegen den Auftragskiller festgenommen haben, machten sie auf mich nicht den Eindruck, als seien sie noch weiter daran interessiert, sich für die Beteiligung unserer Grafschaft an diesem Wettbewerb zu engagieren. Wenn sich das Komitee wirklich auflösen sollte, dann wird Roowapindiban doch mit seinen neuen Curry-Mobilen durchs Land ziehen können.«

Anne nickte nachdenklich.

»Und was passiert jetzt mit Phaedra?«, fragte Hennessy.

»Die bleibt ein paar Tage hier bei mir, länger geht nicht. Drei Katzen in meinem Haus sind schon mehr als genug. Gleich morgen rufe ich im Tierheim an, damit sie umgehend weitervermittelt wird.«

»Schön, dass Sie noch an Wunder glauben, Chief«, meinte er amüsiert und ging zu seinem Wagen. »Wir sehen uns später im Büro.«

Anne Remington schaute ihm ratlos hinterher. Vermutlich hätte sie seine Bemerkung verstanden, wenn sie durch das große Parterrefenster ihres Hauses gesehen hätte, dass Laverne und Shirley bereits eifrig damit beschäftigt waren, Phaedras Fell zu putzen, was diese mit halb geschlossenen Augen genießerisch über sich ergehen ließ. Toby saß gleich daneben und schien heilfroh darüber zu sein, dass die beiden grauen Plagegeister sich ein neues Opfer gesucht hatten.

ENDE